感动系列

U0622949

没有上锁的门
感动小学生微型小说全集

◎总主编：刘海涛
◎主　编：郭学荣

九州出版社
JIUZHOUPRESS 全国百佳图书出版单位

图书在版编目(CIP)数据

没有上锁的门：感动小学生微型小说全集 / 刘海涛总主编；郭学荣主编. —北京：九州出版社，2007.5(2021.8 重印)

ISBN 978-7-80195-668-2

Ⅰ.①没...　Ⅱ.①刘...　②郭...　Ⅲ.①小小说—作品集—世界—现代　Ⅳ.①I14

中国版本图书馆 CIP 数据核字(2006) 第 056406 号

没有上锁的门：感动小学生微型小说全集

作　　者	刘海涛　总主编　郭学荣　本册主编	
出版发行	九州出版社	
地　　址	北京市西城区阜外大街甲 35 号(100037)	
发行电话	(010) 68992190/2/3/5/6	
网　　址	www.jiuzhoupress.com	
电子信箱	jiuzhou@jiuzhoupress.com	
印　　刷	北京一鑫印务有限责任公司	
开　　本	710 毫米×1000 毫米　1/16	
印　　张	21.5	
字　　数	460 千字	
版　　次	2007 年 5 月第 1 版	
印　　次	2021 年 8 月第 2 次印刷	
书　　号	ISBN 978-7-80195-668-2	
定　　价	78.00 元	

目 录

冠军母亲的诞生

窗外的风景

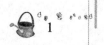

谁助我奔跑

购买上帝的男孩

让我流泪的香橡皮

明天你就来上课

水兵的圣诞礼物

谁能让我忘记

永远的箫声

拍下一生的祝福

你怎么看你自己

给美丽做道加法

每个女孩都是天使

冠军母亲的诞生

没有上锁的门

母爱源远流长，母爱不是人生中的一个凝固点，而是一条流动的河，就是这条河造就了我们生命的美丽之花。也许我们过着最平淡的生活，也许我们活得光彩夺目，但是母爱却始终渗透在生活的一点一滴里。

母亲擦了擦泪水，笑着说："什么事也没有。从你离开家的那天起，这门……从来就没有锁上过……"

没有上锁的门

● 文／［美国］罗伯特·斯特恩德利

在苏格兰南部的港城格拉斯哥，有一个十几岁的姑娘，她最讨厌父母对她的管束，也不接受家里的宗教信仰。她对父母说："我可不想要那个上帝，我烦死你们了，我要过自己的生活！"然后她就偷偷地离家出走了。

她立志要当一个自立的女人，一个不受别人约束的人。可是没有多久她就认输了，因为她没有什么特殊的技能，根本就找不到工作。本来回家去向父母认个错，这也没什么大不了的。可她是个特别倔强的孩子，宁死也不愿向父母低头。最终，穷途潦倒的她只得走上街头，当了一个妓女。

时间转瞬即逝，十年过去了。姑娘的父亲在失去女儿的忧郁中死去了，母亲的头发在对女儿的思念中变白了，姑娘在那肮脏的环境中越陷越深，不能自拔。

姑娘和家里完全没有联系，母亲却在家中耐心地等待着女儿的归来。一天，当母亲终于得知女儿的一丝线索时，便来到这个城市的贫民区，到一个个救助机构去寻找，仍然是音信全无。最后可怜的母亲向他们提了一个简单的要求：能把这张照片贴到布告板上吗？这是母亲的照片，面带慈祥的微笑，头发灰白。照片的下面有一行字：我像以前一样爱你，回家来吧！

几个月过去了，没有一点消息……

终于有一天，姑娘身无分文了，为了得到一顿免费的晚餐，她走进了一家救助机构。她懒洋洋地坐在桌前，跷着二郎腿，时不时地打量着周围。突然，她的视线在布告板上停住了，她看着那张照片，心想：怎么那么像我妈妈呀？

姑娘顾不得那刚刚摆出来的热腾腾的饭菜,不由自主地走到布告板前。她几乎僵在那里:"真的是妈妈!天哪,她的头发都白了。"当姑娘看清了照片底下的那行字时,她禁不住泪流满面。

除了回家,她已别无选择。回家心切的姑娘连车票也买不起,三十多公里的路程,她只能靠自己的双脚了。

寂静的黑夜里,姑娘不停地走着,她一点也不害怕。她的眼前不停地浮现出和父亲母亲在一起的美好情景,一股股暖流涌上心头。

天蒙蒙亮时,她到了家门前。心头忽然一阵胆怯,不知该怎么做了。在门口犹豫了好一会儿,她才举起手去敲门,可刚一碰到门,它就自己打开了。姑娘心里十分紧张:出了什么事?她赶紧冲进屋里,跑到母亲的床前,却发现母亲正安详地睡在床上。她禁不住摇醒母亲:"妈妈,妈妈,是我,我回来了。"

母亲闻声醒来,两人紧紧地拥抱在一起,失声痛哭了好一阵子。之后,姑娘哽咽着说:"我看……门……开着,以为出了什么事……"

母亲擦了擦泪水,笑着说:"什么事也没有。从你离开家的那天起,这门……从来就没有锁上过……"

沟通,父母与子女的桥梁

赏析／周敏茹

虽然故事的结局有点悲伤,但告诉我们一个简单而往往容易被人们所遗忘的道理:亲情是伟大的、无私的。

虽然有时候父母对孩子的要求过于苛刻,但他们的出发点都是为了孩子将来过得好;虽然孩子有时候会无理取闹,但孩子只想得到父母更多的关爱和认同。因此父母与孩子之间需要一个桥梁——沟通。只有沟通了,才会知道对方最想要的东西,才能更好地相处。缺乏沟通的父母和孩子,只会让双方的误会越来越深,最终形成不可逾越的鸿沟。

很多父母认为沟通就是向孩子低头,所以不肯迈出这一步;而孩子又认为父母不讲道理,所以不敢与父母沟通。正是这种错误的思想导致了社会上家庭的纠纷越来越多。

其实通过这个故事，我们不但可以看出父母与孩子之间需要沟通，人与人之间也需要沟通，例如：同学之间、朋友之间……通过小故事学习大道理，沟通虽然看起来很简单，但要学会还需要我们付出更大的努力。

其实这个吻不重要，重要的是对方的爱。每个人的表达方式不一样，有的人很含蓄，有的人很直率，但他们所表达的感情是一样的。

我的吻在哪里

●文／[美国]M·A·尤契哈特

有个女孩名叫辛迪。她有一个和睦的家，日子过得也不错。但这个家从一开始就缺少了一样东西，只不过辛迪还没有意识到。

辛迪九岁那年，有一天到朋友德比家去玩，留在那儿过夜。睡觉时，德比的妈妈给两个女孩盖上被子，并亲吻了她们，祝她们晚安。

"我爱你。"德比的妈妈说。"我也爱你。"德比说。

辛迪惊奇得睡不着觉。因为在这以前从没人吻过她，也没人对她说爱她。她觉得，自己家也应该像德比家这样才对呀！

第二天，辛迪回到家里，爸爸妈妈见到她非常高兴。"你在德比家玩得好吗？"妈妈问道。辛迪一言不发地跑进了自己的房间。她恨爸爸妈妈：为什么他们从来都不吻她，从来都不拥抱她，从来都不对她说爱她呢？

那天晚上，上床前，辛迪特地走到爸爸妈妈跟前，说了声："晚安。"妈妈也放下手中的针线活，微笑着说："晚安，辛迪。"除此之外，他们再没有别的表示了。

辛迪实在受不了了："你们为什么不吻我？"她问道。妈妈不知道如何是好。"嗯，是这样，"她结结巴巴地说，"因为，因为我小的时候，也从没有人吻过我，我还以为事情就该这样的呢。"辛迪哭着睡去了。好多天，她都在生气。最后,她决定离家出走,住到德比家去。

她收拾好自己的背包,一个字也没留下就走了。可是,当她来到德比家时,却没敢走进去。

她来到公园,在长椅上坐着,想着,直到天黑。突然,她有了一个办法。只要实施这个办法,这个办法一定会起作用的。

她走进家门时,爸爸正在打电话,妈妈冲她喊道:"你到哪里去了?我们都快急死了呢!"辛迪没有回答。她走向妈妈,在妈妈的右颊上吻了一下,说:"妈妈,我爱你。"辛迪又给了爸爸一个拥抱,"晚安,爸爸,"她说,"我爱你。"然后,辛迪睡觉去了,将她父母留在厨房里。第二天早晨,辛迪又吻了爸爸和妈妈。在公共汽车站辛迪踮起脚尖吻着妈妈,说:"再见,妈妈,我爱你。"

每天,每个星期,每个月,辛迪都这样做。爸爸妈妈一次也没有回吻过辛迪,但辛迪没有放弃。这是她的计划,她要坚持下去。

有天晚上,辛迪睡觉之前忘了吻妈妈。过了一会儿,辛迪的房门开了,妈妈走进来,假装生气地问:"我的吻在哪里?嗯?""哦,我忘记了,"辛迪坐起来吻妈妈,"晚安,妈妈,我爱你。"

辛迪重新躺到床上,闭上了眼睛。但她的妈妈没有离开。妈妈终于说:"我也爱你。"她弯下腰,在辛迪的右颊上吻了一下,说:"千万别再忘了我的吻。"

许多年以后,辛迪长大了,有了自己的孩子。她总是将自己的吻印在小宝贝粉红的脸颊上。

每次她回家时,她的妈妈第一句话就会问:"我的吻在哪里?"当她离开家的时候,妈妈总要说:"我爱你,你知道的,是吗?"

"是的,妈妈,我知道。"辛迪说。

用心去感受

赏析／周敏茹

故事里的小女孩是一个勇敢、聪明、坚持自己信念永不放弃的孩子。

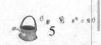

好多的小孩子都是通过哭闹的方式来满足自己的要求,而辛迪很有个性、很聪明,她通过自己的方法来实现自己的想法。这是值得我们去学习的。虽然有时候我们小朋友的要求是合理的,但父母毕竟跟我们的年龄有差距,所以想法或许会不一样,这时候我们不应该哭哭啼啼的,而是用行动来证明自己的想法是正确的。辛迪是懂事的,她最后还是打消了离家出走的念头,决定用更实际的方式表达自己的想法。

辛迪同时还是一个大方、有信念的孩子。虽然好多年后才实现她的想法,但她没有放弃,也没有责备自己的父母,而是默默地进行自己的计划,所以最后她看到了胜利的彩虹。她用她的爱来感动自己的父母,同时她也用自己的爱来养育自己的孩子。

其实这个吻不重要,重要的是对方的爱。每个人的表达方式不一样,有的人很含蓄,有的人很直率,但他们所表达的感情是一样的。所以,我们要学会用心去感受别人对你的感情,别从表面来判断。

一旦失信于人,乃至双方发生矛盾,则是第三方所乐意见到的结果——不费一兵一卒而坐收渔人之利。

星 球 大 战

● 文/刘万里

凌晨两点,D星球的国王醒了,醒来后他就无法入睡了,他想起了他的电子信箱好几天没有打开了,就披衣而起打开了他的电子信箱,只见显示屏上说:你想永远统治你的国家吗?X星球已开发出了一种高科技产品,这种软件可使你了解你的手下人对你是否忠诚……如需这种软件请将经费按如下账号输入,你就可以立即得到这种产品……国王想,我早就想知道我的文武大臣是否一心拥护我,这种产品正合我心意。国王就把巨额资金输入了对方的账号。

一会儿,显示屏跳出来一行字:欢迎你使用 X 星球的高科技产品,现在你可以按以下说明操作了。国王看了半天说明,才将信将疑地把自己的名字输了进去。显示屏上出现了几个供选择的目录:过去,未来,心中所想……国王就选择"过去"。只见显示屏上:国王×年×月×日出生于××地,×年×月在××大学就读。在大学期间曾追一女孩未果,差点自杀。后发奋读书,读完博士后混入政界,寻得一靠山,用巨额资金拉选票,终当选为国王。国王大吃一惊,简直说得太准了,连他的私事都抖了出来,国王就更加相信 X 星球的产品。

接着,国王就点击"心中所想",只见显示屏上:先将你手下的文武大臣一一点击后,才能点击你自己。显示屏上开始出现了一串长长的名字,全是他的手下人员。国王又一惊,他们怎知我手下人员的名单,连他的爱妻名字都在上面。国王就开始点击他的得力助手宰相。显示屏上跳出一行字:此人是个危险人物,一直想夺取你的王位,宜杀不宜留。国王一惊,心想,宰相是我一直宠信的人,他怎么会背叛我呢?显示屏上又跳出一句话:知人知面不知心,宁叫我负天下人,也不让天下人负我。

国王心事重重,就按了关闭系统。他躺在床上左思右想,为了他的江山,他最后终于下了决心:杀。第二天,他请了杀手,秘密的把宰相杀死在街头。

晚上,国王打开电脑,又开始点击他的文武大臣。没想到的是他手下的文武大臣没有一个对他是忠诚的,有的是想夺位,有的是大肆贪污国库,有的是混日子,有的是骂他……国王就按显示屏的吩咐去做,杀的杀,关的关,流放的流放……

D 星球开始大乱,一些文武大臣有的称病告老还乡,有的偷偷跑了……国家机构处于瘫痪状态,社会治安也立即乱了套,街上到处都是抢、劫、偷。

国王开始夜夜睡不着,就在电脑上继续寻找对策。他手下的文武大臣已一一点击完了,只剩下他的爱妻了。他想看看爱妻对自己是否忠诚,就点击了一下,显示屏上说:其实你的妻子一点都不爱你,她只看重你的王位而已……国王看不下去了, 普天之下竟没有一个对他是真心的人,他的精神一下崩溃了,气得晕倒在地上……

第二天凌晨,X 星球人大规模入侵 D 星球,迅速占领 D 星球。国王被捉了起来。

国王被押上断头台时,他说,为什么我手下的人没有一个对我是真心的?X星球执刑官说,不是你手下的人对你不忠诚,而是你中了我们的圈套,你使用的高科技产品,其实是我们研究的一种新型的核武器。

国王再一次晕倒在地……

信 任

赏析／卢志强　姚凤银

本文生动地以描述一个星球大战故事的形式,来说明一个简单而又深刻的道理,就是人与人之间关于信任的问题。

的确,无论任何社会,都充斥着各种流言蜚语,而这些话语起到的作用往往是消极的,最大的伤害就是离间人与人之间的关系,弱化彼此的信任。正如故事中的国王与大臣一样,历史上也不乏谗臣以莫须有的罪名陷害忠臣的例子:岳飞不是死在抗敌的战场上,而是死在秦桧的谗言陷害下。因此,一旦失信于人,乃至双方发生矛盾,则是第三方所乐意见到的结果——不费一兵一卒而坐收渔人之利。

现实中,我们与人相处不单单为了信任而信任。故事中国王只听到大臣对他不忠,他的想法就只有杀。其实,要杀一个人不难,但要令一个人对你心悦诚服则是一件困难的事,可惜国王一心为了自己的统治,却没有想到统治是要靠各个大臣的努力和人民对国家的归属所支撑的,所以也根本不可能主动去努力建立自己的威信来巩固统治。只有建立充分了解的信任才能成为抵御这种"新型核武器"最好的盾牌。

再想想我们自己,是否与身边的朋友、家人有良好的沟通与信任呢?当然我们在选择朋友的时候要慎重,这很重要。但更重要的是,在与共同生活的人一起时,要互相了解,互相信任,互相坦白,互相帮助。这样与家人相处才能更融洽,与朋友的友谊才能更长久,与合作伙伴的工作才能顺利地完成。

信任是你我他打开心扉,共创美好明天的钥匙!

有时候,你简直不明白是怎么回事,你说的越是真的,也越是像假的,越让人不能相信。

客厅里的爆炸

●文/白小易

　　主人沏好茶,把茶碗放在客人面前的小几上,盖上盖儿。当然还带着那甜脆的碰击声。接着,主人又想起了什么,随手把暖瓶往地上一搁。他匆匆进了里屋。

　　做客的父女俩呆在客厅里。十岁的女儿站在窗户那儿看花。父亲的手指刚刚触到茶碗那细细的把儿——忽然,"啪"的一声,跟着是绝望的碎裂声。

　　地板上的暖瓶炸了。女孩也吓了一跳,猛地回过头来,事情尽管极简单,但这近乎是一个奇迹:父女俩一点儿也没碰它。的的确确没碰它。而主人把它放在那儿时,虽然有点摇晃,可是并没有倒。

　　暖瓶的爆炸声把主人从里屋揪了出来。他的手里拿着一盒糖。一进客厅,主人瞅着热气腾腾的地板,下意识地脱口说了声:

　　"没关系!没关系!"

　　那父亲似乎马上要做出什么表示,但他控制住了。

　　"太对不起了。"他说,"我把它碰了。"

　　"没关系。"主人又一次表示这无所谓。

　　从主人家出来,女儿问:"爸,是你碰的吗?"

　　"……我离得最近。"爸爸说。

　　"可你没碰!那会儿我刚巧在瞧你玻璃上的影儿。你一动也没动。"

　　爸爸笑了:"那你说怎么办?"

　　"暖瓶是自己炸的!地板不平。李叔叔放下时就晃,晃来晃去就炸了。爸,你为啥说是你……"

　　"这,你李叔叔怎么能看见?"

"可以告诉他呀。"

"不行啊,孩子。"爸爸说,"还是说我碰的,听起来更顺溜些。有时候,你简直不明白是怎么回事,你说的越是真的,也越是像假的,越让人不能相信。"

女儿沉默了许久:"只能这样吗?"

"只好这样。"

最 佳 答 案

赏析／卢志强

从本文中我们可以得出一个事实就是——暖瓶是自己炸的,原因是地板不平,而且李叔叔放下时过于勿忙。这句话是出自那位小女孩之口,由此看出她与其他孩子一样拥有天真率直的性格,指出引起这一件事的直接原因就是李叔叔。

然而,作为客人的父亲,却对主人表示了歉意:一个善意的谎言。事情本不是自己的责任,但他这么说是出于一个考虑:如果自己细心一点的话,就可以避免这件事情的发生。所以他选择了承担这件事的责任,这种做法不仅有效地缓和了当时的气氛——如果为了一个暖水瓶而使气氛变僵了,甚至闹翻了的话,确实是不值得的;而且还能够得到主人的尊重——主人也应该知道有自己的责任,但对于客人的理解与风度,他更能感觉到是自己的责任,从而产生一种心悦诚服的感触。

当今社会上有多少人好大喜功,竞相争宠,而当面对错误或应当承担责任时,则逃之夭夭,避之大吉。这个故事难道不是对他们最好的教育吗?

他面对一群孩子瞪大的眼睛，忽然感到自己的解说是那样的苍白无力，毕竟，要知道梨子的味道，是应该亲口尝一尝的。

流泪的冰淇淋

●文/彭永强

不久前，我收到一位朋友的来信，给我讲了一个他亲身经历的故事，我听后很感动，就将它记录了下来。

朋友就读于一所师范学校，毕业后在父亲的努力下，去了县城的中心小学，日子过得平平淡淡，倒也有滋有味。

可是，朋友渐渐地对那种平淡的生活失去了耐心，他想过得更为激情更加精彩一点，于是就在一个青年志愿者协会发起的支援西部的活动中报了名，置亲朋好友的劝告于不顾，要求到西部支教。

朋友被安置到甘肃西部的一个小山村里。那所小学除了他之外还有一位教师，本村的，初中文化。朋友到来的第二天就正式讲课了，三、四、五年级在一起上课，讲得匆匆忙忙的。不久，朋友就来信说，那里条件很苦，工作也累，似乎有一些知难而退的意思。

但后来的一件事情改变了他的想法。

那天，班上最小的一个孩子问他："老师，书本上说的冰淇淋是什么东西？为什么城市里的孩子都喜欢吃冰淇淋？"

"冰淇淋是一种冰做的食物，里面放有奶油、巧克力等物，吃着凉凉的、甜甜的，是夏天最好的消暑食物……"他面对一群孩子瞪大的眼睛，忽然感到自己的解说是那样的苍白无力，毕竟，要知道梨子的味道，是应该亲口尝一尝的。

"老师，巧克力是什么呀？"他刚刚顿住，另一个孩子就迫不及待地问道。

看着孩子们迷惑的眼睛，朋友感到了问题的棘手，就匆匆地应付了几句，孩子们听得似懂非懂。此后，朋友的心中再也安宁不下来，城里的孩子整天在吃着麦当劳、肯德基、热狗、火腿，玩着电脑游戏、变形金刚，而这一群山里的孩子，连冰淇淋的样子都没有见过呢！

后来，一个偶然的机会，朋友到县城去领一个邮包，正打算回去时，无意中发现了那个县城为数不多的几家冷饮店，他决定为班上的近二十个学生每人买一个冰淇淋带回去。好在那天天气还不是很热，他向一家店里的老板讨要了一个塑料盒子，又找了一些破旧棉花包着装有冰淇淋的食品袋……

赶了近二十里的山路，朋友才回到了山村，还好，冰淇淋才稍微化了一点。他将冰淇淋分给了孩子们，看到了他们欢呼雀跃的样子，心里才稍稍多了一些安慰。

第二个星期，他看到了一个孩子的作文："我们都很爱我们的老师，他是一个好人，给我们每个人买了一个冰淇淋，很好吃。我们以前谁都没有吃过冰淇淋，那时，我们感动得流泪了，冰淇淋也很感动，也流着白色的泪水……"

甜蜜的泪水

赏析／黄　检

当这一群山里的孩子拿到老师走了二十里路才买回来的冰淇淋时，是多么开心和感动。也许，对于城里的孩子来说，冰淇淋已经不能对他们产生任何诱惑，每天吃一个冰淇淋也不是奢侈的事情。然而，就是这么不起眼的冰淇淋，却让一群孩子感动得泪流满面。

为什么会有这样大差别的反应呢？山里的孩子因为从来没有吃过冰淇淋才感动？不是的。而是他们有一颗感恩的心。当他们拿到冰淇淋的时候，不是急于尝尝它的味道，而是品味着老师为他们带来的那份感动，在心底真诚地为老师的付出而感动，所以，才会有对稍微融化的冰淇淋也流着白色的泪水的理解。他们的内心是细腻的，更懂得体会别人为自己付出的努力，简单、朴质的一段话，充满了真挚的感情和甜蜜的味道。

夸美纽斯说过，教师是太阳底下最光辉的职业。这位老师做到了把光辉撒播，把爱传递。一个来自城市的老师，面对孩子们满脸的困惑，天真的眼神，他只能尽最大的努力，来满足孩子们简单的要求和强烈的好奇心。为了这个简单的愿望，老师奔走二十里路，别出心裁地向一家店里的老板讨要了一个塑料盒子,又找了一些破旧棉花包着装有冰淇淋的食品袋,才终于把冰淇淋带回来了。这是一个老师强烈责任心的体现,是对学生爱的体现,这种爱,不仅仅是二十个冰淇淋,而是时刻对孩子的牵挂,对学生的关怀,是无微不至的爱的体现。

在老师的关爱中,孩子们吃着流泪的冰淇淋,倍感甜蜜。

我随着她走过红砖铺的小道走进一间整洁明亮的屋子里,不难看出是书房。就在这间屋子里,我被杀死了。从那里出来,我就是另外一个人了。

杭州路十号

●文/于德北

我讲一个我的故事。

今年的夏天对我来说很重要。

随着待业天数的不断增加,我愈发相信百无聊赖也是一种合理的生活方式。这当然是从前。很多故事都发生在从前,但未必从前的故事都可以改变一个人。我是人。我母亲给我讲的故事无法诉诸数字,我依旧一天到晚吊儿郎当。

所以,我说改变一个人不容易。

夏初那个中午,我从一场棋战中挣脱出来,不免有些乏味。吃饭的时候,我忽然想出这样一种游戏:闭上眼睛在心里描绘自己所要寻找的女孩的模样,然后,把她当做自己的上帝,向她诉说自己的苦闷。这一定很有趣。

我激动。

名字怎么办? 信怎么寄?

我潇洒地耸耸肩,洋腔洋味地说:"都随便。"

乌——拉——!

万岁！这游戏。

我找了一张白纸，在上边一本正经地写了"雪雪，我的上帝"几个字。这是发向天国的一封信。我颇为动情地向她诉说我的一切，其中包括所谓的爱情经历(实际上是对邻家女儿的单相思)，包括待业始末，包括失去双腿双手的痛苦(这是撒谎！)。

杭州路十号袁小雪。

有没有杭州路我不知道，也不必知道。我说过，这是游戏，是一封类似乡下爷爷收的信。

信寄出去了。

我很快便把它忘却。

生活中竟有这么巧的事，巧得让人害怕。

几天之后，我正躺在床上看书，突然一阵急切的敲门声把我惊起。我打开门，邮递员的手正好触到我的鼻子上。

"信。"

"我的？"我不相信是因为从来没有人给我写信。

杭州路十号。

我惊坐在沙发上。仿佛有无数只小手在信封里捣鬼，我好半天才把它拆开，字很清丽，一看就是女孩子。信很短：谢谢您信任我向我诉说您的痛苦。我不是上帝，但我理解您，别放弃信念，给生活以时间。您的朋友雪雪。

人都有良心。我也有良心。从这封信可以知道袁小雪是个善良的女孩子，欺骗善良无疑是犯罪。我不回信不能回信不敢回信。

这里边有一种崇敬。

我认为这件事会过去。只要我再闭口不言。

但是，从那封信开始，我每个月初都能收到一封袁小雪的信。信都很短，执著、感人。她还寄两本书给我：《张海迪的故事》、《生命的诗篇》。

我渐渐自醒。

袁小雪，你这是为什么为什么为什么呀?!

我渐渐不安。

四个月过去了，你知道我无法再忍受这种折磨。我决定去看看袁小雪，也算负荆请罪。告诉她我是个小混蛋，不值她这样为我牵肠挂肚。我想知道袁小雪是大姐姐小妹妹还是阿姨老大娘。我必须亲自去，不然的话我不可能再平静地生活。

秋天了。

窄窄的小街上黄叶飘零。

杭州路十号。

我轻轻地叩打这个小院的门，心中充满少有的神圣和庄严。门开了，老奶奶的一头花发映入我的眼帘。我想：如果可以确定她就是袁小雪，我一定会跪下去叫一声奶奶。

"您是？"

"我，我找袁小雪。"

"袁？……噢，您就是那个……写信的人？"

"是，是他的朋友。"

"噢，您，进来吧。"

我随着她走过红砖铺的小道走进一间整洁明亮的屋子里，不难看出是书房。就在这间屋子里，我被杀死了。从那里出来，我就是另外一个人了。

"她不在吗？"

"……"她转过身去，从书柜里拿出一沓信封款式相同的信，声音蓦然喃喃："人，死了，已经有两个多月了，这些信，让我每个月寄一封……"

我的血液开始变凉。这是死的征兆。

"她？"

"骨癌。"

她指了指桌子让我看。

在一个黑色的木框里镶嵌着一张三寸黑白照片。照片是新的。照片上的人的微笑很健康很慈祥。照片上的人，是一位白发苍苍的老爷爷。

他叫骆瀚沙。

他是著名的病残心理学教授。

把爱传递

赏析／黄 检

也许，我们总习惯于在别人身上得到爱，却忽略了把自己的爱传递出去，让别人在你的爱中得到鼓舞。确实，我们需要付出爱，传递爱。正如文中的老者，作为一名病残心理学教授，他时刻惦记着自己要为心理困惑者排忧解难，直至临终，仍不忘叮嘱老伴为他寄出最后的几封信，让他的"患者"得到及时的安慰。

佛曰:如果你有能力,请把爱撒播。是的,在生活中,撒播爱其实是那样的简单,你不用是上帝,不用是佛祖,也不用是雷锋,你只需要一句赞美的话语,一个会心的微笑,一个善意的眼神,一封鼓舞的信件,这都是在撒播爱。爱就在于行动,对你认识的、不认识的人,只要别人需要,你都可以尽力而为。

"爱是心灵的呼唤,爱是生命的源泉。爱如阳光雨露,爱似春风笑脸。爱是一种美德,世界因爱而发光。"简单的几句话,却是对爱的全面的诠释和深沉的表白,它道出了人世间最崇高的爱——人与人之间的关爱。这种关爱,没有时间、地点、年龄的界限,只要你愿意,你的爱就能传达出去,让得到爱的人备受鼓励,甚至改变一生。

文中的心理学教授,在病魔缠身的情况下,还以自己的实际行动,尽自身最大的努力,为一个素未谋面的人写信,以安抚对方的情绪,鼓励他积极面对人生,语言执著、行动感人。这种用行动诠释爱,用爱心美化世界的举措,既能感动人,又能鼓舞人。

既然我们有能力,就应该把握现在,行动起来,把爱传递。

突然,不知哪个女孩子沙着嗓子哭喊:"老师,您别跟那个女的走啊——等俺长大了,俺给你当媳妇!"

长大了俺都嫁给你

●文/刘志学

冬来是我高中时的同学,比我大一岁,今年三十六了。

如果不是小儿麻痹带给他的那条残腿,他肯定比我混得好。因为上学时他就是班上出类拔萃的好学生。每次考试结束后,班主任郭老师总是推推眼镜对大家说:找冬来对答案吧。他的答卷就是标准答案……

然而,冬来却在他那个叫做鹅脖湾的小村子做了一名小学教师,且至今未娶，固守着三尺讲台，一个人打发着东升西落的日子。

冬来也曾经有过女朋友，是俺班当年很崇拜他的一个女同学，叫香荷。人长得很漂亮，学习成绩和冬来不相上下。下晚自习回到寝室，熄灯后我们谈论最多的女同学就是她。她爸爸在新乡是个什么厂的科长，毕业后没几年就随父母进城了。

冬来和香荷相爱的保密工作做得很好。毕业五六年了，我才听说这档子事儿。当时，光知道他俩总被老师喊去帮忙改作业、开团会等等，谁知道他们咋就悄悄地好上了呢？

他们的爱情命运和大多数这类故事中的人物遭遇差不多——香荷的父母坚决不同意，放出话来说："腿不得劲吧，只要女儿喜欢他，俺也不干涉她的选择。但一家人好不容易熬到城里了，决不能让女儿再嫁到黄河滩！"香荷和父母挺了三年，他们终于妥协了，但要求冬来必须和女儿一起到新乡来。于是，香荷便心花怒放地赶到了鹅脖湾……

鹅脖湾因黄河在村南绕了一个很大的像鹅脖一样的弯儿而得名。这个被大堤圈在河滩里的村子只有八十多户人家，四百多口人。汛期一来，河水一漫滩，就成了一个四面环水的孤岛，但地势却很高，从未遭过水患，按他们一脸自豪的说法是：俺村要是被淹了怕是连北京城也保不住哩！这也许就是鹅脖湾人世世代代固守家园的原因吧。老辈子不知道是咋过来的，反正现在的鹅脖湾人巴不得早一天离开那个孤岛，融入外面的世界。别的不说，光孩子们上学就是个大问题。村子太小，没有学校，水一上来，孩子们就得一天两趟让大人划着船接来送去，才能到大堤外的村里去读书。很多不负责任的或无力应付的家长因为这，就眼看着自己的孩子慢慢地变成大字不识一个的"睁眼瞎"。村里的女孩子就别说了，十个有九个不知道学校的大门朝哪儿开。

冬来因为那条残腿，尽管学习很好也没能去上大学。死了这份心后回到村里，往村支书家里跑了几趟，居然办起了一个学校。从一年级到五年级，全村收了七十多名学生。支书又从村里选了一名高中生给他做帮手，借用了乡邻们的闲房子，全村人兴高采烈地放了几大挂鞭炮，"鹅脖湾小学"就算开课了。

尽管冬来被乡亲们封为"校长"，但在教管部门却没"名分"，他最多算个"编外"民办教师。冬来也不允许孩子们喊他"校长"，所以，一站到讲台上，下面几十张小嘴里喊出来的仍是："老师好——"

香荷是兴冲冲地赶到鹅脖湾的,但她在那儿住了一个多星期后是哭着走的,而且那天她直哭得死过去好几次……

本来,村支书找到冬来帮着香荷做工作,乡邻们也都挨家挨户地请冬来和香荷,准备为他们送行了,但几十个孩子却不依不饶。香荷不管走到哪里,总觉得背后有孩子们的目光跟着她,像刀片一样在她身上划。

冬来每顿饭都在乡邻家喝得酩酊大醉,喝醉了就光说大实话:"俺舍不得离开孩子们哪! 可俺没法呀——除了香荷,谁看得上俺呀——"他数落一阵就朝那条残腿上又掐又拧的,香荷拉都拉不住,于是,香荷哭,冬来哭,乡亲们哭,围在院子里的孩子们也跟着哭……

终于要离开那个孤岛了,全村的乡亲们都来送。两人上了木划子却走不掉——没有船桨! 支书骂骂咧咧地差人找,找遍了全村也没见到一个。后来才知道,孩子们早趁着天黑,把所有的船桨都偷走,一把火烧了!

无奈,支书吩咐几个小伙子凫水把冬来和香荷坐的小船拖到对岸。两人噙着泪和大家道别。

岸上的几十个孩子一直抽泣着,这会儿都号啕大哭起来。突然,不知哪个女孩子沙着嗓子哭喊:"老师,您别跟那个女的走啊——等俺长大了,俺给你当媳妇! "

"俺也给你当媳妇! "

"俺嫁给你! "

"俺都嫁给你!! "

十几个女孩子撕心裂肺地哭着、喊着,刚刚离岸的冬来愣住了……

最终,冬来还是被孩子们留住了,他仍然固守着鹅脖湾小学的三尺讲台,孤身一人打发着东升西落的日子……

之后不久,我因事回了一趟老家,多年不见的我们偶然遇到了一起。那天,冬来又醉了个一塌糊涂。他一个劲儿地摇晃着我的胳膊,反反复复地问:"你说说,我是不是很傻? 是不是呀……你说话呀——"

我无言以对。

冬来的选择

赏析/许晓霞

因为无法到大堤外的村里去读书,因为不想成为大字不识一个的

"睁眼瞎",因为对知识的渴求,这群天真朴实的孩子们以十分极端的方式来挽留这个为村里办了唯一一所学校的"校长",这个在教管部门没有名分的"编外"民办教师冬来。一边是孩子们对知识执著的渴望,一边是身有残疾的自己错过了就难以再得到的幸福,换作是你,又会如何抉择呢?或许,我们中的大多数人在很多时候都没有勇气去选择放弃自己的幸福来成全他人。因为我们自私,总是不愿意让自己吃亏;也因为我们明白,有些幸福只有一次,错过了便不再回来。

而最终,比正常人更加难以得到幸福的冬来在孩子们沙哑的"长大了俺给你当媳妇"的叫喊中,还是选择了前者。为的,不是学生长大后真嫁给他的承诺,而是她们强烈的求学愿望。

冬来的牺牲是有价值的,冬来的努力是大家有目共睹的,冬来的选择是让人感动的。相信,总有一天,冬来会重新得到属于自己的幸福。因为,善良的人总会好起来的。

这件事情以后,星子开始变得少言寡语,她很不喜欢这位年轻、漂亮的老师,在课堂上从不敢再向老师提出"特别"的问题……

弯弯的月亮

● 文/袁炳发

星子的老师是刚从师范学校毕业的,年轻漂亮,很招星子和同学们的喜欢。

一天,老师问:"同学们,弯弯的月亮像什么?"学生们几乎是异口同声地回答道:"像——小——船儿——"年轻的老师高兴地说:"好,回答得很正确。"这时,坐在前排的星子举起了手。老师说:"星子同学,有什么问题请讲。"星子站起来说:"老师,我看弯弯的月亮像豆角。"老师听完星子的话,一脸的不高兴:"你的回答是错误的。全班同学都说弯弯的月亮像小船儿,你为什么偏偏要说像豆角呢?难道就你特别有见解吗?"班上的同学一阵哄笑,星子的眼窝里满是泪水。

回到家后,星子把这件事告诉了曾做过小学教师的奶奶,奶奶说:"星子,老师的批评是正确的,弯弯的月亮是像小船,我从前教过的一批又一批学生,他们也都是这样回答的。"

这件事情以后,星子开始变得少言寡语,她很不喜欢这位年轻、漂亮的老师,在课堂上从不敢再向老师提出"特别"的问题……

很快,几年过去,星子考入一所师范学校;又很快地,星子从这所学校毕业,她回到故乡的小镇做了教师。走上讲台的第一课,星子老师就说:"同学们,我首先提一个问题——弯弯的月亮像什么?"学生们几乎是异口同声地回答:"像——小——船儿——"星子老师没有说同学们的回答是否正确,她又问:"同学们,有没有和这个答案不一样的?"一个叫田菲的学生举起了手,说:"老师,我的答案和他们不一样,我说弯弯的月亮像豆角。"

星子老师的脸颊上,浮现出一种从心窝里涌出来的笑容。

几十年过后,已退休闲居在家的星子,接到女作家田菲寄来的她自己创作、刚出版的第一部长篇小说《弯弯的月亮》。

星子急忙翻开书,见书的扉页上这样写道:

赠给最优秀的老师星子:

感谢您没有扼杀我少年时期富于想像力的天性……

您的学生:田菲

星子看后,脸上又浮现出当年那种很愉快的笑容……

答案并不总是只有一个

赏析／许晓霞

或许我们都曾有过星子这样的遭遇。从记事的幼儿园教育开始,许多问题的答案都只有一个。那时的我们充满热情,那时的我们富于想像,那时的我们也像星子一样自信地说出自己"特别的见解"。然而,在那些富有想像力的、奇特的答案遭受到一次次的否定之后,我们开始失去信心,失去敢于想像的勇气。于是,渐渐地,我们懒于去想像,懒于去思考,我们开始习惯地接受着约定俗成的答案,我们遵循着统一的标准,循规蹈矩,不敢跨越雷池半步,过着大多数人都相同的人生,走着大家都一样的人生道路。

星子是敢于坚持的,她没有因为老师和奶奶的否定而放弃自己的答案。星子是好样的,她没有用当年自己所遭受到的方式去对待自己的学生。她明白问题的答案并不只有一个,她明白想像力的天性对孩子的成长是多么的重要。她更加清楚地知道,当年她的老师所否定的,不只是那个"特别的见解",还有她少年时期那富于想像力的天性。

但愿有更多像星子这样的老师。

但愿小朋友们能遇上星子这样的老师,鼓励我们多想些"特别的见解",肯定我们这些"特别的见解"。

小朋友们,要相信自己,相信自己的想像力喔!因为问题的答案并不总是只有一个。

从早晨一开始就听到无数商品的名称,但过耳就忘,毫无记忆。人类所蕴藏的可能性是无可限量的,但是人类所蕴藏的适应能力比它更大。

广告宣传时代

● 文/[日本]星新一

早晨,N君离家去上班。他家住在公寓的三十五层楼上,要乘坐自动电梯下楼。

当电梯来到三十层楼的时候,一个孩子走进电梯。因为彼此都认识,N君向孩子打招呼说:

"小朋友,你上学去吗?"

"嗯,上学去。"

N君摸了一下孩子的头顶说道:

"你真是个好孩子,要好好学习。"

不料孩子突然唱起歌来了。他唱道:

"请吃拉夫拉,请吃拉夫拉。"

拉夫拉是某食品公司的商品名,这孩子唱的歌是这个公司的广告宣传歌曲。他唱完歌曲,方才醒悟过来,不觉冲N君笑了一下。

电梯来到十五层楼时,又进来一名妇女。当电梯刚往下开动时,只听她说了一句:

"贝林的糖果味道最美。"

她说罢,似乎如梦方醒,急忙向N君打招呼:

"今天天气好。"

电梯来到一楼,大家都分手向外走去。

科学进步了。无论什么事,凡是一想到科学,就没有不能实现的。由于心理学和大脑生理学的发达,又研制成功了一种利用某种训练或某些药品来操纵人的条件反射而进行广告宣传的新技术。

所谓条件反射是这样,比如按电铃唤狗来喂食,狗只要一听电铃响,就立刻意识到要给它喂食,于是就马上流出口水来。这就叫条件反射。现在把它应用到人的身上,就采用了某种固定的形式。

也就是说,刚才在电梯里一摸孩子的头顶,他就立刻唱起食品广告的歌曲;当那中年妇女乘上电梯刚一下降时,就立刻说出"贝林的糖果味道最美"的广告宣传来等。他们之所以如此,就是因为他们每月都分别从企业里领取若干广告宣传费的缘故。

几乎每个人都把他们的一个或几个反射神经出租给企业,成为企业商品的广告宣传媒介。人们蕴藏这种条件反射的可能性是无可限量的,而企业巧妙地利用这些可能性的才能也是无可限量的。

N君坐上通勤地铁。这时正是上班时间,人特别拥挤。只听一个年轻姑娘用娇滴滴的声音自言自语地说:"弗罗里那化妆品既高贵又优良。"因为有人拍了她肩膀一下,才引起条件反射,使她说出这样的话来,而且说个不停。

当企业租到这些反射神经的时候,他们就一定能赚很多钱。它的租价多少,要看宣传的效果如何而定。N君心想,那个年轻姑娘说不定就是为了积攒结婚费用,才来充当宣传广告工具的吧!

如何使用自己的身体,是个人自由;用自己的身体来挣钱,也是个人的自由。然而不许把个人的条件反射用于危险方面,也是理所当然的。无论一个人怎样需要钱,当他的手被门夹住的时候,他也决不会先喊完商品广告宣传,然后再喊疼痛。

车里坐着一个中年男人,大概因为昨晚失眠,打了个哈欠,就在口中念叨:

"啊,消除疲劳的营养药,数强力德敏最好。"

这时他对面一个青年打了一个喷嚏,就自言自语念叨:

"感冒应该服用鲁基药片。"

当然,青年是否服用了鲁基药片,不得而知,但这也是广告宣传媒介。这同某厂出产的收音机一样,它的宣传绝不仅限于这个工厂的产品。

N君忽然发现身后有人跟他说话:

"哎呀,好久不见,你好。"

N君急忙回头一看,原来是老同学。两人见面互相握手问候。N君问道:

"人物牌的咖啡最香。喂,你好。"

"嗯,好久不见了。我们到附近去喝一杯咖啡吧。可是你几时参加咖啡党了呢?"

"怎么?我说那话了吗?啊,对了。是我在握手时,条件反射地说出来了。那是由于我上一周租给公司反射神经的缘故。不过若是喝的话,我还是想喝带柠檬的红茶。"

N君同老同学走出地铁,在咖啡馆闲谈一会儿,互相打听了商情。他发现他的老同学每当熄灭香烟头的时候,嘴里总是说:"你旅行的时候,请你住恩杰尔旅馆。"他也把反射神经租出去了。

因为和同学喝了咖啡,上班就迟到了。这时电梯里人已经很少。开电梯的姑娘笑着向N君点了点头。姑娘长得比较美,N君不无好意地打趣道:

"你怎么总是这样漂亮呀。"

N君凑到姑娘身边低声说了一句,并悄悄地吻了她一下。姑娘并没有严词拒绝,只是出神地也说了一句广告宣传:

"卡培拉果汁比接吻还甜。"

这又是最近畅销的果汁名。

"噢,你把接吻的条件反射也当做宣传媒介出租了,真令人吃惊。"

说罢,N君在自己公司的那层楼走出了电梯。这些广告宣传刚时兴的时候,确曾感觉吃惊,可是今天已经普及了,所以也就无所谓了。从早晨一开始就听到无数商品的名称,但过耳就忘,毫无记忆。人类所蕴藏的可能性是无可限量的,但是人类所蕴藏的适应能力比它更大。

可能性的限量

赏析／张秀珍

在广告宣传时代,人们竟可以已将自己的条件反射转换成广告的宣传媒介,或出租,或出卖。

随着科学的不断发展,人们的生活也跟着发生着巨大的改变。其中的原因,不言而喻,正如文章中所说的"人类所蕴藏的可能性是无可限量的,但是人类所蕴藏的适应能力比它更大。"这是任何人都不可能改变的事情。

或许,这只是科幻小说里的情节,但很久以前,我们人类也只能羡慕神话故事里奔月的嫦娥,而今,自由地在天空中飞翔已不再是幻想。或许不久,移民月球也将变成现实。就如条件反射一样,本以为是不可操纵的,但"由于心理学和大脑生理学的发达,又研制成功了一种利用某种训练或某些药品来操纵人的条件反射而进行广告宣传的新技术"。

人类潜在的能量是惊人的,将本不可能的幻想变成梦想,最后将其化成可触摸可感官的真实所在,这就是人类的不懈追求。

永远不要对自己说"不可能",永远不要放弃自己的梦想,因为,放弃了梦想就真的会让它成为"不可能"。

科学家的不懈努力,让很多看似不可操纵的能量为我们所用。那么,我们的不屈,我们的奋斗,也将使我们真实地把握住我们的梦想,我们的目标。

因为,人类所蕴藏的可能性是无可限量的。

从小到大，我都紧跟在妈后面，如果你有这样一位妈妈，你也会跑得跟我一样快的，可是……我真的不希望天下有另外的妈妈也能跑得这样快！

冠军母亲的诞生

●文/童树梅

　　程亮妈每天乌漆麻黑地就起了身，和面、生火，手脚麻利地烙好一锅香香的饼，然后放入蓝布包袱，再满心欢畅地顶着稀稀的星星上路。儿子程亮在县城重点高中上学，从家到学校的山路是三十多里，妈想着儿子吃到饼时的快乐样子步履就轻快起来，有时浑身劲用不完，她就一路小跑，竟在儿子上课前准时赶到了学校。

　　程亮的吃饭大问题解决了，另一桩心思又让妈妈眉头不展：学校已多次催欠款了，因为上学时学费没交全。欠债还钱天经地义，妈妈的头发又白了许多，一天她望着后山满坡的青绿有主意了：现在城里人不是流行吃什么绿色蔬菜吗？咱这漫山遍野的蔬菜若是挑了进城卖不是可以赚大钱吗？

　　妈妈说干就干，第二天就怀里揣着饼、肩上挑着两担菜上了路，妈即使这样还是走得飞快，当天还蒙蒙亮时妈先把依旧香软的还留着她体温的饼给儿子，然后再卖菜，程亮望着妈瘦小的背影和一担沉重的菜吃惊得发了半天愣。

　　妈的菜好卖得出奇，那依旧滴着露水的青翠清香的菜总是第一个被抢光，妈喜坏了。可是还有愁事，就是街上有穿制服的人不让卖，每当穿制服的人一出现，好多像她一样的乡下人就像见了鬼似的四散奔逃，妈也吓得半死，有时跑得慢了，篮子就被踩了，青翠的菜也被踩得稀巴烂。可妈还是偷偷摸摸地卖、没命地跑，时间一长她就不怕了，因为没人能追赶得上她，妈跑起来太快了。

　　程亮舍不得妈妈，他也加入了卖菜的行列，每个星期六晚上步行回到家，星期天一大早再和妈妈一同挑菜进城。妈才开始不允许，后来见儿子的成绩一级棒才答应了，本来嘛，山里孩子走几十里山路也是无所谓的事，可才开始跑的时候程亮却吓了一大跳,他竟跑不过妈妈!妈妈挑着一担重重的菜竟像没事人似的。程亮不服气,脚下拼命加力,还是跟不上,可妈妈已是个四十多岁的人了啊!好在程亮年轻力壮,不久就能赶上妈妈了。

程亮一天在本地报纸上见到一则消息,说为了使全民健身,县里决定举办一次长跑运动会,参赛对象不加限制……奖金很是丰厚,冠军一千元,亚军五百元,程亮看了心一动。

程亮就为自己和妈报了名。那天观众看到一个头发斑白的瘦削女人也参赛个个觉得好笑,谁知发令枪一响他们才知道笑错了,那女人跑得快极了,简直像是平地刮起一阵旋风,没有人能追得上她,即使一个高高的、黑黑的、学生模样的大男孩也追不上。

冠军就是妈妈、亚军是程亮!

这一来媒体自然是蜂拥而至,先问程亮妈是怎么跑得这么快的,是不是有什么绝招?妈妈笨拙地拿着奖杯和厚厚的一大叠奖金笑得眼都细了,说:"这有什么,跑山路跑惯了呗,如果你也有一个儿子在几十里外上学,你天天也要送吃送衣给他,还有一大堆债要还,那你肯定跑得比我还要快。"

记者又采访程亮,程亮望着妈黑瘦的脸庞拼命克制着自己,好容易才说出声来:"从小到大,我都紧跟在妈后面,如果你有这样一位妈妈,你也会跑得跟我一样快的,可是……我真的不希望天下有另外的妈妈也能跑得这样快!"

冠军母亲诞生的绝招

赏析／张秀珍

"如果你也有一个儿子在几十里外上学,你天天也要送吃送衣给他,还有一大堆债要还,那你肯定跑得比我还要快。"

当读到这里的时候,我真切地了解到冠军母亲所谓的绝招到底是什么。

母亲是冠军,母亲是佼佼者,母亲是精英中的精英,或许这是很多孩子的期盼。因为这样自己就有了炫耀的本钱,我也曾经渴望过母亲是这样的人,而今,我才发现了其实母亲最值得炫耀的是她们的爱——母爱。

母爱永远是世界上最无私最可贵的爱,不要责怪母亲的平凡,不要嫌弃母亲的老土,不要反感母亲的懦弱,不要……

所有的所有,母亲都是出自于对你的爱,冠军并没有什么了不起,"母亲"这一身份才是她们最大的骄傲。她们的付出从没想过要我们报答,只想看见我们慢慢地成长,慢慢地发芽,她们用尽了所有心思和所有力量,只为陪我们渡过所有困难,教会我们什么叫坚强,什么叫人生。

无论何时何地何种境况,母亲为了自己的孩子都决不会向困难低头。程亮妈的坚强,是程亮克服困难的榜样和快乐的源泉,而程亮的体贴则是他母亲最大的安慰和不尽的动力。为人儿女的我们,是否该适时地为疲惫父母端上一杯热茶,是否该真诚地对他们说一声"我爱你们"呢?

文章的语言很朴实,很简单,却很感人。

儿子,当你把这些都加到一起时,妈妈付出的所有的爱都是免费的。

免　费

●文/[美国]雪莉·恺撒

一天晚上,我正在准备晚饭,我的十岁的儿子走进厨房递给我一张纸,他在纸上写了一些东西。我在围裙上擦了擦手,仔细地看了看,上面写着:

> 割草,五美元;这一周整理自己的床铺,一美元;
> 去商店,五十美分;你去购物我照看小弟弟,二十五美分;
> 倒垃圾,一美元;取得了优秀的成绩单,五美元;
> 还有打扫院子,二美元。

看着他满怀期待地站在那里,千万个记忆一瞬间闪过我的脑海。我接过那张纸,翻到背面,在上面写道:

怀你九个月,免费;

为你熬夜,请医生为你看病,免费;

多年来花在你身上的时光、为了你流过的泪、抚养你成长所付出的一切,免费;

日日夜夜为你担忧,将来还要为你操心,免费;

给你忠告和教你知识,供你上学,免费;

给你买玩具、食品、衣服,为你擦鼻涕,免费;

儿子,当你把这些都加到一起时,妈妈付出的所有的爱都是免费的。

看完之后,儿子的眼睛里噙满了大滴的泪水。他望着我说:"妈妈,我真的很爱你。"说着拿起笔在纸上写下了很大的几个字:"账已付清。"

两代之间的账目

赏析／刘庆儿

两代之间存在着一本厚厚的账本,但无论你怎样地计算,结果都是儿女亏欠父母。"父母债"是难以偿还的,就如同文章中的母亲所列举的,多年来花在你身上的时光、为了你流过的泪、抚养你成长所付出的一切,这花耗了父母多少青春与汗水?

现在的小孩,生活在一个物质世界当中,同学之间的攀比更加剧了孩子索取金钱的欲望。文章中十岁的儿子,年纪轻轻就要求索取"劳金",割草、整理自己的床铺、照看小弟弟等事情本是他作为儿子应该做的事情,却变成了出卖自己的劳动力,一分一毫都要计较。

父母是世上最无私奉献的人群。从你出生到你长大成人,爸爸妈妈都在默默地为你奉献。还记得你小时候日夜在父母的怀中酣然入睡吗?那时他们为了让你睡好觉,不分日夜地哄你、抱你;还记得你刚上小学时父母送你上学,看着你的背影远远离去,还在傻傻地看着你,生怕你发生什么意外吗?还记得你深夜被病痛折磨痛苦难受时,父母连夜送你去医院,熬夜照顾你吗?这一切,在父母的账本里都画上了零。难道,你还要跟父母计较你那小儿科的账目吗?

> 我们坐在教室里,有时便会听到阵阵"咯吱吱"、"咯吱吱"的响声,仿佛屋梁上有许多魔鬼在狂笑,我们很害怕,大人们说那是木头伸腰的声音……

木头伸腰

● 文/何雨生

市长以前曾是位小有名气的作家,所以上任伊始,对市里的文教工作便非常热心,鼎力支持。这不,在他的倡议下,市里正轰轰烈烈地举办每年一届的"桃李杯"全市作文大赛,他亲自担任了大赛评委会主任一职。

他这个主任可不是名义上的或象征性的,他身先士卒,放着有空调的办公室不坐,深入基层,跟他亲自挑选的一干精兵强将一起奋战在批阅作文的第一线,冷了喝口白开水,搓搓手、跺跺脚,饿了啃上口干面包,任劳任怨,以身作则。功夫不负有心人,市长终于在这次大赛上发掘出一个好苗子。

作文是市里最偏远的一个叫桑木桥的小学(那里素有市里"大西北"之称)的学生写的,光看题目就很别致——《木头伸腰》。市长情不自禁地读出声来:"你可曾听过木头伸腰的声音?我们坐在教室里,有时便会听到阵阵'咯吱吱'、'咯吱吱'的响声,仿佛屋梁上有许多魔鬼在狂笑,我们很害怕,大人们说那是木头伸腰的声音……"

市长激动地拍着那篇作文,禁不住舞之蹈之:"听听,听听,多么鲜活的语言,多么新颖的想像力!真希望多听到这些来自民间的声音!"见有人光扑闪着眼睛在发愣,市长便老道而又富有感情地介绍起来:乡下的房梁都是木头的,其中有的树木在做梁条时还未停止生长,所以有经验的木匠在盖房时,两根梁条之间总要预先留出一点儿空隙,以便木头伸伸腰、长足劲。据说黑松林那儿有座寺庙,你悄悄地走到正梁下面,乍一抬眼,便清晰可见有一条缝……

众人纷纷为市长渊博的学识所倾倒。结果,这篇《木头伸腰》以绝对优势夺得本届"桃李杯"作文大赛唯一的一个特等奖。

颁奖大会热烈而又隆重,与会代表对这样一件功在当代、泽被后世的活动报以经久不息的掌声。会上,市长发表了热情洋溢的演讲,称这次大赛使我们聆听到真正来自底层的心声,其间他又举了那个《木头伸腰》的典故。

不过,唯一遗憾的是,那个唯一获特等奖的小作者不知什么原因却缺席了,未能到现场来领奖。

会后,本次大赛赞助方之一的国际大酒店举办了盛大的招待酒会,宾主双方觥筹交错,其乐融融。席间,秘书匆匆赶来告诉市长:桑木桥小学校舍因年久失修,房梁断裂,今天上午坍塌了两间教室,死伤十多名小学生……

《木头伸腰》之后

赏析／刘庆儿

看完《木头伸腰》之后,不禁落泪了。作家出身的市长终于在"桃李杯"全市作文大赛中找到来自偏远山村的"好苗子",选到了人才,市长当然高兴,《木头伸腰》也当然地评为唯一的特等奖。可获奖者并没有出席颁奖典礼,在人才选拔的庆功晚宴上,人们得知桑木桥小学教室由于年久失修,房梁断裂,坍塌了两间教室,死伤十多名小学生,"苗子"也在死伤学生之中。

这不是一个特别的事例,我们的社会,有多少在尊师重教标语下仍在危房中上课的老师和孩子?有些领导好高骛远,大抓"华丽工程"、"眼球工程"、"政绩工程",为自己歌功颂德,而置人民群众的死活于不顾。这是社会的悲哀,是学生的悲哀,表面的繁荣掩饰不了内在的龌龊,社会需要有责任感,有爱心,对人民有情的领导干部,而不是演讲稿写得好的演说家。

作为领导,人民的公仆,应该全心全意为人民服务,领导的政绩应来自于为人民办的实事。教育是国家头等大事,再穷也不能穷教育,那些"面子工程"、"政绩工程"只是一些虚幌子,只有扎扎实实地为人民服务,着力解决好人民群众最关心、最直接、最现实的利益问题,才能得到人民群众的爱戴。

窗外的风景

没有上锁的门

生活的真谛,在于学会制造快乐并把这些快乐带给自己也分享给别人。这些都是生活最美好之处。学会用愉悦的眼睛看世界,是我们应该具备的能力。

生活中,所有人都能做微笑的天使,在为别人制造快乐的同时也就是为自己制造快乐。请睁开愉悦的眼睛吧!

刘孩说：我知道了，杨哥没有白白为你牺牲。可我还是不赞成你往水里跳，因为你不会游泳。

谁是真英雄

●文/秦德龙

刘孩和杨孩，都是苗壮成长的年轻孩。有一天，他俩在公园里玩，忽听见有人喊"救命"，就一同循声跑了过去。原来是个孩子掉到水里了，正在水里挣扎呢。

刘孩知道水塘很深，因为他在里面游过泳。杨孩不知道水深水浅，一脚就踏到水里了，朝小学生扑去。刘孩想喊住杨孩，可已经来不及了。

刘孩知道杨孩不会游泳。刘孩一边高声呼喊，一边跳进了水中。许多人闻声赶来了，小学生被救上来了，肚子里倒出很多水。杨孩也被救上来了，可他却停止了呼吸。刘孩望着杨孩的尸体，失声痛哭。

杨孩被授予了烈士称号。杨孩和刘孩的名字都上了报纸，走进了千家万户。

有人悄悄告诉那被救的小学生，那天，救你上岸的，是刘孩，而不是杨孩。小学生眨着黑亮的眼睛，不大相信这个说法。小学生也弄不清，当时是谁把自己救上来的，他只知道，杨孩为了救他，献出了宝贵的生命。现在，知道了真相，小学生就写了一篇作文，很想把刘孩写得高大一些。可不知怎么回事，写出来的高大形象却是杨孩，刘孩只被略带了几笔。

小学生的这篇作文，被老师推荐到了报纸上。刘孩看见了报纸，什么都没说，好像他什么都不曾做过。

有一天，小学生的父母找到了刘孩，千恩万谢地说，他们已经知道了，刘孩才是真正的救命恩人。他们表示，等将来儿子长大了，一定要让他来重谢他。

听到这话，刘孩的热泪就在眼眶里打转转了。

几年后，小学生长大了，长成了中学生。有一天，中学生找到了刘孩，与他探讨问题,中学生说:刘哥,我也说不清为什么,杨哥的形象在我的心中特别高大,虽然我知道他不会游泳。

刘孩说:为了救你,他献出了生命。

中学生说:我总想告诉大家,你才是我的救命恩人。但不知为什么,我说不出口。

刘孩笑笑:那是因为我活着。

刘孩反问中学生:如果现在有个儿童落水了,而你又不会游泳,你会不会救他?

中学生说:会。脸色十分庄重,像要随时去赴汤蹈火。

刘孩说:我知道了,杨哥没有白白为你牺牲。可我还是不赞成你往水里跳,因为你不会游泳。

当理智遇上见义勇为时

赏识／陈　韵

我们的生活中,见义勇为的英雄不少。我们很多人都明白,拯救别人的生命是一件至高无上的事情,在那紧张的时刻也许我们都会不假思索地作出拯救的行动,就像文中的杨孩一样。

刘孩和杨孩都想拯救落水的孩子。然而杨孩奋不顾身地跳下水,最后没有救起孩子,自己却牺牲了。刘孩却是理性地向人们求救,因为他估计到自己的能力不足,最后救起了小孩。无疑,他们的行动,无论结果如何,在出发点上都值得我们提倡和学习。但文章的标题,也值得我们深思。

整个营救小孩的事件里,谁是真英雄?是牺牲了的杨孩?还是理性救人的刘孩?或许我们该说,杨孩舍己救人的精神值得我们学习,但缺乏理性。如果没有刘孩的冷静沉着,最后也是无法把孩子救起来的。难道非要牺牲自己才能拯救别人吗?也许还有别的办法,能做到两全其美吧。杨孩为救人牺牲了,但是……当时真的只有牺牲自己才能救人这么一条路吗?危难时我们应该做的是沉着和冷静,理性地分析情况。

聪明的你们,究竟谁是真英雄。你们的心里早有答案了吧。就让杨孩舍己为人的精神永驻我们心中,让刘孩的机智冷静为我们所用吧!

生活的真谛，在于学会制造快乐并把这些快乐带给自己也分享给别人。

窗外的风景

●文/侯发山

　　小女孩因车祸造成大腿骨折，手术后躺在病床上不能动弹。小女孩十二三岁左右，正是活泼好动的年龄阶段。她给人绑架了一般，苦不堪言，度日如年，一天要哭上好几次。与她同一个病房，靠近窗户的病人是一位慈眉善目的老太太，据说是一位退休的教师。她的外伤基本痊愈了，每天能靠着床头坐起来读一阵子书，然后打开窗户，看一看外面的景色。

　　小女孩十分羡慕老太太，她也很想看看窗外都有什么东西，她像笼里的小鸟一样渴望外面的世界。可是她的一条腿上着夹板拉着牵引，病床又不靠窗，自然看不到窗外的景色，只能在老太太开窗后，呼吸到新鲜的空气。这天，当老太太推开窗户，痴迷地眺望着窗外时，小女孩情不自禁地问老太太："奶奶，您看到了什么？"老太太给吓了一跳，正不知如何回答时。小女孩把脸笑成了一朵花，央求道："奶奶，窗外都有什么？您给我说说好吗？"老太太明白了小女孩的意思后，佛似的笑了，忙不迭地说："好好好，我说给你听。"于是，老太太就一边看着窗外一边给小女孩讲述：

　　太阳露出了笑脸，照得遍地都是光灿灿的。湛蓝的天上，几丝白云慢慢飘动……远处有一座小山，向阳的地方一片葱绿，开着几树嫩白的梨花……山下有一条清澈的小河，它一边奔流一边玩耍。在阳光照射下，飞溅的浪花呈现出缤纷的虹彩。岸边站着两棵柳树，柳枝和风婆婆一起舞蹈，在阳光底下一动一动地放着一层绿光……

　　小女孩一边认真听，一边想像着窗外美丽的景色，不由得心旷神怡，心中那份郁闷寂寞顷刻间化为乌有，阴暗多日的脸也渐渐晴朗了。

　　老太太也越发精神十足，喜形于色，口若悬河：

　　窗子下面是个菜园。几畦小葱碧绿碧绿的，小脑袋顽强地伸向天空；

油菜花一片金黄,有七、八只蝴蝶在里面捉迷藏;黄瓜嫩绿的枝蔓缠绕在架子上,结出了指头大小的黄瓜……一群小蜜蜂在那儿嗡嗡地飞舞,辛勤地采摘着花蜜;一双小燕子逍遥自在,箭一般地过来又过去……

小女孩忍不住开心地笑了,笑得很灿烂。她说:"奶奶,真是太美了。"

就这样,老太太每天推开窗子给小女孩讲述窗外变化多端的景色。小女孩每天过得开开心心,再不忧愁地哭鼻子了。

时间过得飞快。一个月后,老太太出院了。

小女孩迫不及待地恳求医生把她调换到了靠窗的病床,就是老太太躺过的那张病床。医生和护士莫名其妙,但还是按照小女孩的要求把她的床位给调换了一下。小女孩过去后,迫不及待地挣扎着探起身,伸着脖子朝窗外一望,小女孩惊呆了:窗外是一栋楼房,看到只是一堵墙!这时,新进来那位靠近门口的病床上的小妹妹问小女孩:"姐姐,窗外都有什么? 你给我说说好吗? "

小女孩愣了一下,当她领会了小妹妹的意图后,忙笑着说:"好好好,我说给小妹妹听。"于是,小女孩就一边看着窗外一边给小妹妹讲述窗外的景致:

太阳公公露出了笑脸,照得到处都跟洒了一层金子似的。蓝蓝的天上,有几朵像马又像猪的白云在慢腾腾地奔跑……远处有一座馒头模样的小山,山坡披了一件葱绿色的衣服,衣服上面绣着红的白的黄的紫的花……

小女孩发现,小妹妹的脸蛋上露出了阳光般的笑容。

用愉悦的眼睛看世界

赏析/陈 韵

我一直认为,小丑和相声演员是高尚的职业,他们都有从烦闷的生活中制造笑声,并把它们带给观众的能力。

生活本身也许不全是可爱快乐的片段, 也许它更多是枯燥乏味的,也许它就像文中描述的那样,只有:一栋楼房,一堵墙。可是老太太为了能使小女孩感受到生活的希望与快乐,却每天都把窗外的景色描绘得出神入化,充满了生机和活力。生活的真谛,在于学会制造快乐并把这些快乐带给自己也分享给别人。这些都是生活最美好之处。学会用愉悦的眼睛看世界，是我们应该具备的能力。文中的老太太就是这样，从给小女孩描述自己想像出来的窗外的美丽世界的过程中，从小女孩欣喜好奇的眼光中，她也得到了同等的快乐。她知道她的美好的想像，能给小女孩带来对生活的憧憬，帮她驱除苦闷，使她对生活充满热爱与希望。

小女孩最终在老太太从前的位置上，看到了生活的真相。然而，她又为另一位小女孩制造着快乐和希望，因为，她明白了老太太的良苦用心。

你们明白了吗？生活中，所有人都能做微笑的天使，在为别人制造快乐的同时也就是为自己制造快乐。请睁开愉悦的眼睛吧！

我们不该以各种各样的借口，忽略了家人的存在，有时间的话尽量去和家人一起度过，哪怕只是吃顿饭聊聊天，那也是对父母最好的慰藉了。

信

● 文/［苏联］尤里·里希特

时值十二月三十一日。彼得·弗拉基米罗维奇·帕潘科夫坐在自己的办公室里，处理着即将结束的这一年的最后几件紧要公事。他一本正经地板着一副面孔，俨然一派首长的风度。每当电话铃响，帕潘科夫总是一边抓着话筒，简要而认真地回答着，一边仍继续签阅文件。

一会儿，女秘书柳多奇卡敲门进了办公室："对不起，帕潘科夫，打扰您了。有您一封信，您私人的。"

说着，她把信放到帕潘科夫的桌上，随即转身走了。

帕潘科夫拆开信就念起来：

亲爱的妈妈：

你的儿子在给你写信。我已经好久没给你写信了。因为我出差、度假、住医院了……

"真是活见鬼！"帕潘科夫惊诧不已。他又看了看信封，上面分明写着他的机关地址和姓名，而且一点儿也没错。帕潘科夫真是百思不得其解，但他仍然把信继续念下去：

> 我们这里现在正是秋高气爽、春光明媚、夏日炎炎、寒冬腊月的时节。
> 我身体还好、很好、不太好、很不好。
> 前不久我去逛过剧院、电影院、音乐厅、酒吧。
> 我打算再过一个月、一年、五年就来看你。
> 我知道你没钱花了，所以寄给你三十、二十、十、五卢布。
> 我已被任命为总工程师、厂长、总局局长。
> 我妻子祖莉菲娅向你问好。
>
> 你的爱子彼佳

帕潘科夫更加莫名其妙，他又把信从头至尾念了一遍，然后又往信封里看了看。信封里果然还有一张小字条：

> 亲爱的彼佳：
> 我多么盼望你能来信呀！可你却是个大忙人，哪有时间顾得上这种小事呢！我只好替你写了这封信，你只要简单地把那些不该要的词句划掉寄给我就行了。
> 吻你！
>
> 你的妈妈

帕潘科夫仰身靠到自己柔软舒适的安乐椅背上。

"唉，妈妈呀，你可真是位幽默家呀！而且对时间还掐算得那么准，让信不迟不早刚好在十二月三十一日送到，这一天我可是连喘口气的时间都没有啊！"

帕潘科夫叹了口气，把文件推到一边，接着便动手删起信中那些不该要的词句来。

记起你的父母

赏析／卢志强

　　也许,这世上没有其他感情比得上父母对孩子的那种无私奉献了。其实乍一看文章,很容易令人以为彼得收到的是一封恶作剧的信。但仔细阅读,不难发现彼得母亲写的这封信用语十分朴素, 短短几句话中包含作为一位母亲对儿子所有的爱:身体是否健康,生活是否愉快,工作是否顺利。

　　在日常的学习,工作以及生活中,我们是否忽略了身边的家人呢? 身为别人儿女的我们,是否真的去关心过父母呢! 其实他们要的很少很少,而你们是否想过孝敬父母从身边开始做起呢? 出门之前跟家人说一声——让家人放心;出门在外打个电话回家——让家人安心;有什么心事可以跟爸妈聊聊——让他们顺心; 父母工作累了可以帮他们捶捶背——让他们开心。因此,我们不该以各种各样的借口,忽略了家人的存在,有时间的话尽量去和家人一起度过,哪怕只是吃顿饭聊聊天,那也是对父母最好的慰藉了。

　　“爱”字前边,母亲涂了好几个墨疙瘩。
　　母亲最终没有学会写“我”字。

母亲的作业

●文/贺点松

　　驱车从千里之外的省城赶回老家,杨帆直奔县人民医院。
　　“我母亲得了什么病? 严重吗? ”他急切地问主治大夫。
　　“你是……他儿子? ”大夫问。
　　杨帆点头。

大夫说："检查结果刚刚出来。情况很糟。胃癌晚期。老人的时间可能不多了……你们要有心理准备。"

杨帆顿时泪如泉涌。

出了诊室，杨帆立即用手机通知他公司的副手，从今天起全权负责公司事务。

他要在母亲最后的日子里陪伴在母亲身边。

父亲早逝，拉扯他们兄妹四个长大，母亲受尽了千辛万苦。母亲的腹痛是从两年前开始的，杨帆兄妹曾多次要带母亲到省城医院检查，每次母亲都说："不就是肚子痛吗，检查个啥，吃点药就好了，妈可没那么娇气！"母亲总是这样，生怕拖累儿女，生怕影响儿女们的工作。

杨帆开始守在母亲的病床边。

母亲每天都要忍受病痛的折磨。杨帆想方设法转移母亲的注意力，减轻母亲的痛苦。他跟母亲聊天，给母亲讲一些有趣的事情，用单放机让母亲听戏……有一天，陪母亲闲聊时，母亲忽然笑道："你兄妹四个都读了大学，你玲妹妹还到美国读了博士。可妈连自己的名字都不认得，竟然也过了一辈子。想想真是好笑……"杨帆脑海里立刻跳出一个念头，就对母亲说："妈，我现在教你认字写字吧！"妈笑了："教我认字？我都快进棺材的人了，还能学会？""你能，妈。认字写字很简单的。"

杨帆就找出一张报纸，教母亲认字——

他手指着一则新闻标题上的一个字，读："大。"

母亲微笑着念："大。"

他手指着另一个字："小。"

母亲微笑着念："小。"

……

病房里所有的人都向这一对母子投来了惊讶、羡慕和赞许的目光。

隔天，杨帆还专门买了一个生字本，一枝铅笔，手把手教母亲写字。

母亲写的字歪歪斜斜，可是看起来很祥和，很温馨。

当然，母亲每天最多只能学会几个最简单的字。可是母亲饶有兴趣，每次写字认字时，都是满脸灿烂的笑容，不像一个身染沉疴的人了。

一个月后的一个深夜，母亲突然走了。

那个深夜，杨帆太累了，趴在母亲的床边打了个盹，醒来时，母亲已悄然走了。

母亲是面带微笑走的。

母亲靠在床上,左手拿着生字本,右手握着铅笔。

透过泪眼杨帆看到,母亲的生字本上歪歪斜斜地写着这样一些祥和温馨的汉字:

杨帆杨剑杨静杨玲爱你们

"爱"字前边,母亲涂了好几个墨疙瘩。

母亲最终没有学会写"我"字。

母　爱

赏析／卢志强

母爱的伟大在于母亲爱孩子是远远胜于爱自己的。文中的母亲把四个儿女拉扯大,在她的世界里就真的只有他们了,连留下爱自己的空间也没有。毫不夸张地说,儿女哪怕少根头发也会令母亲担心,而她自己的身体却没放在心上。她很珍惜儿子陪伴她的这段时间,文中所提到的她连学写字也先学会了儿女的名字,而直到过世了也没学会写"我"字,这就是最好的证明了。

儿女都有自己的生活,只剩母亲一人在乡下,想必是孤独的。但她看到自己的儿女过得很好,所以她也心满意足了,但作为她的儿女又是否真正地关心过母亲呢。母亲肚子一直痛,为何作为儿女的他们却没有放在心上,积极地陪母亲去求医呢。

父母含辛茹苦地把我们拉扯大,如果我们过上了幸福的生活却忘了他们,这又是何等的悲哀啊。无怪乎新闻上会出现如此多的孤寡老人无人照料,他们不是没有儿女,可就是没有一个人愿意照顾他们。姑且不论"老吾老及人之老",但如果连自己的老人都没有照顾好,以后你老了,又如何!孝从何来啊,因此,不要等到父母百年归老,才懂得去尽孝,那已经为时太晚了。

纵使岁月流逝，那一粒豆子和信就成为她坚强生存在这世上的理由。

一 颗 豆 粒

●文/[日本]铃木健二　译/亦　萍

我认识一位视一颗豆粒为自己生存意义的夫人。

她大儿子上小学三年级、二儿子上小学一年级的时候，悲剧降临她家。丈夫因交通事故身亡。这是一次非常微妙的交通事故，丈夫不仅自己身亡，而且最后还被法庭判成了加害者。为此，他的妻子只得卖掉土地和房子来赔偿。

母亲和两个孩子背井离乡，辗转各地，好不容易得到某一家人的同情，把一个仓库的一角租借给她们母子三人居住。

只有三张榻榻米大小的空间里，她铺上一张席子，拉进一个没有灯罩的灯泡。一个炭炉，一个吃饭兼孩子学习两用的小木箱，还有几床破被褥和一些旧衣服，这是他们的全部家当。

为了维持生活，妈妈每天早晨六点离开家，先去附近的大楼做清扫工作，中午去学校帮助学生发食品，晚上去饭店洗碟子，结束一天的工作回到家里已是深夜十一二点钟了，于是，家务的担子都落在了大儿子身上。

为了一家人能活下去，母亲披星戴月，从没睡过一个安稳觉，生活还是那么清苦。他们就这样生活着，半年、八个月、十个月……做母亲的哪能忍心让孩子这样苦熬下去呢？她想到了死，想和两个孩子一起离开人间，到丈夫所在地方去。

有一天，母亲泡了一锅豆子，早晨出门时，给大儿子留下一张条子："锅里泡着豆子，把它煮一下，晚上当菜吃，豆子烂了时少放点儿酱油。"

这天，母亲干了一天活，累得疲惫不堪，实在失去了活下去的勇气。她偷偷买了一包安眠药带回家，打算当天晚上和孩子们一块死去。

她打开房门，见两个儿子已经钻进了席子上的破被褥里，并排入睡了。忽然，母亲发现当哥哥的枕边放着一张纸条，便有气无力地拿了起来，上面这样写道：

"妈妈，我照您条子上写的那样，认真地煮了豆子，豆子烂时放进了酱油。不过，晚上盛出来给弟弟当菜吃时，弟弟说太咸了，不能吃。弟弟只吃了点冷水泡饭就睡觉了。

"妈妈，实在对不起。不过，请妈妈相信我，我的确是认真煮豆子的。妈妈，求求您，尝一粒我煮的豆子吧。妈妈，明天早晨不管您起得多早，都要在您临走前叫醒我，再教我一次煮豆子的方法。

"妈妈，今天晚上您也一定很累吧，我心里明白，妈妈是在为我们操劳。妈妈，谢谢您，不过请妈妈一定保重身体。我们先睡了，妈妈，晚安！"

泪水从母亲的眼里夺眶而出。

"孩子年纪这么小，都在顽强地伴着我生活……"母亲坐在孩子们的枕边，伴着眼泪一粒一粒地品尝着孩子煮的咸豆子。一种必须坚强地活下去的信念从母亲的心里生发出来。

摸摸装豆子的布口袋，里面正巧剩下倒豆子时残留的一粒豆子。母亲把它捡出来，包进大儿子给她写的信里，她决定把它当做护身符带在身上。

十几年的岁月流逝而去，兄弟俩长大成人。他们性格开朗，为人正直，双双毕业于妈妈所憧憬和期望于他们的一流国立大学，并找到了满意的工作。

直到如今，那一粒豆子和信，仍时刻不离地带在这位母亲的身上。

珍　惜

赏析／卢志强

生死，往往只在一念之间。人到底为了什么而生存，金钱？地位？还是名誉？人真的要为这些生不能带来，死不能带走的东西而活吗？如果是，那人一定是活得很孤单。

社会上有不少人遇到挫折就接受不了，大学生就业失败选择自杀的例子屡见不鲜,还有很多人遇到失败又会怨天尤人,殊不知今天的"果"就是当年自己种下的"因"。事情既然发生了,何不勇敢去面对,没错,试想一下有什么事情等着你去实现？文中的妈妈是幸福的,即使家庭面临困境,但她得到了孩子的理解。孩子的懂事,是因为他们看到妈妈工作的辛苦,知道自己要去分担家务,努力读书,他们活着的希望就是能够帮妈妈减轻负担,纵使再小,也是美好的;而孩子的这种精神也重燃了母亲生存的希望,就是把他们抚养成人,因此纵使岁月流逝,那一粒豆子和信就成为她坚强生存在这世上的理由。

　　他有了九十九块金币的时候,就会希望有一百块金币。这就是每个人都不可避免的贪欲,贪欲赶走了他的快乐。

九十九块金币

●文/刘志刚

　　皮克很快乐,皮克是地球上最快乐的叫花子。

　　"我为什么不快乐呢？我每天都能讨到填饱肚子的食物,甚至有时还能讨到一截香肠;我每天还有这座破庙可以挡风遮雨;我不为其他的人做工,我是自己的上帝。我为什么不快乐呢？"皮克这样回答那些羡慕他的人。这样回答问题的皮克总是快乐得像个天使。

　　可是有一天,皮克脸上的快乐突然丢失了。

　　那是因为,在一天下午,皮克在回破庙的路上捡到一袋子金币,精确地说是九十九块金币。

　　其实拾到金币的那个晚上,皮克是最最快乐的了。"我可以不做叫花子了,我有了九十九块金币！这够我吃一辈子啊！九十九块,哈！我得再数一数。"皮克怕这是一个梦,皮克不敢睡觉。直到第二天太阳出来时他才相信这是真的。

第二天,皮克很晚也没有走出破庙,他要把这九十九块金币藏好,这真的需要费一番工夫。"这钱不能花,我得攒着。我要是拥有一百块金币就好了。我要拥有一百块金币。"从来没有什么理想的皮克现在开始有了理想。他还需要一块金币,这对一个叫花子来说,绝对是一个非常远大的理想。

半晌午皮克才出去讨饭,不!他开始讨钱,一分一分的。中午他很饿,他只讨了一点儿剩饭。下午,他很早就"收工"了,他得用更多的时间守着他的金币。

"还差九十一分。"晚上他反复地数着他的金币,他开始忘记了饥饿。

一连几天,皮克都这样度过。这样过日子的皮克就再也没有吃饱过,同时也再也没有快乐过。

讨钱越来越难了。难的原因一是别人愿给剩饭而不愿给钱,还因为皮克用来讨钱的时间越来越少了,当然也因为他不快乐了别人也不愿再施舍给他了。

"皮克,你为什么不快乐了?"

"咱是叫花子,快乐个啥!"

"你原先可不这样。"

……

皮克越来越忧郁,越来越苦闷,也越来越瘦弱了。终于有一天皮克病倒了。这一病皮克就几天也没有起来。这几天里皮克就想着一件事:还差十六分就一百块金币了。

"皮克,你没有收到我的金币?!你为什么不看医生?"突然,一个富商找到破庙里生命垂危的皮克。

"什么?"皮克惊问。

"皮克,你的快乐,是你的快乐救过我。三年前,我在一次买卖中赔尽了家产。我正准备自杀,我见到了快乐的你,我明白了身无分文的人也能快乐地生活。后来,我就东山再起了,赚了很多钱。那一次,我带着九十九块金币出来游玩,见到你,就把钱丢到了你要走的路上。可是你现在为什么还做叫花子呢?为什么不快乐呢?生了病为什么不拿钱去看医生呢?"

"我想拥有一百块金币。还差十六分,就差十六分。"

富商从腰里取出一块金币给他。皮克接过钱,把钱装进袋子里,然后又全部倒出来,很细心地数——他终于有一百块金币了,对了还多八十四分。

皮克笑了，然后就昏倒了。

这时一个游僧路过这里，见到昏倒的皮克，向富商问明了情况，便开始为他诊治。

"什么？你又给了他一块金币？"

"是的！"

"这下，完了！"

"怎么了？"

"因为他有了九十九块金币的时候，就会希望有一百块金币。这就是每个人都不可避免的贪欲，贪欲赶走了他的快乐。你要救他，你得向他索回那九十九块金币，这样他或许有救。现在，你反倒满足了他的欲望，重病的他就失去了支撑下去的动力了。你开始时给他九十九块金币，你使世界上少了一个天使；你又给他一块金币，这就使世界上少了一个生命。"

富商试了试皮克的鼻子，皮克果然什么时候都不会快乐了。

贪婪一旦被诱发出来，那么在它支配下的人就会永远失去快乐。

谁是贪婪的奴隶

赏析／刘庆儿

皮克的快乐被夺走了，不是被别人夺走的，而是被那人人渴求的九十九个金币夺走了！你一定会觉得很奇怪，为什么会是那闪闪发亮的金币呢？这一点也不奇怪，因为皮克在得到那九十九块金币的时候，贪婪已悄悄地进驻了他的心。

世上有很多人很富裕，他们得到很多人羡慕的眼光，但是，他们可能并不快乐。因为他们有钱了就会想得到权势，得到权势了又希望得到更多的钱财……欲望一天一天地累积，就像滚雪球般，越累越大，总有一天会爆发。他们就像是贪婪的奴隶，每天活在贪婪的束缚下，为贪婪奔波，为贪婪劳碌。然而，贪婪从未给过他们一丝幸福，就像皮克般，日思夜想，最后活活地死在贪婪之下。

每个人都想自己富裕，但你们可曾想过，富裕之后又怎样呢？人只要活得快乐就已经是不枉此生了。也许你会说，不富裕何来快乐？我说，只要懂得满足，你就会快乐，就像没有得到九十九块金币之前的皮克般，快乐地像个天使。你希望自己是快乐的天使呢，还是贪婪的奴隶？

他们在最荒僻的乡野亮着，是温暖的灯盏；他们在最贫瘠的岁月绿着，一点一点，绿成一个春天，绿成无边的希望。

一 碗 面 条

●文/王梅芳

夏日的中午，我们坐在市中心一家极具乡村风情的酒楼聚餐。在座的人里，有一个乡镇的党委书记，话题便围绕着农民的命运展开。他以感伤的语调，讲了二十世纪七十年代初发生在鲁东南山区的一件鲜为人知的小事。

那时的村庄叫大队，大队很穷，村支书去县里开会，都是步行往返。路上连个拖拉机也见不着。有一个身经百战的老支书，在家里转了好几圈，找不到一点可当干粮的东西，就背上半袋地瓜干上路了。中午开完会，去树林里拾点儿干柴，借一口锅在县委大院的一角煮地瓜干吃。

有一次上级到老支书所在的大队检查。老支书捧出宝贝似的一点白面，让老伴擀了两碗面条。热气腾腾的、漂着油花葱花的面条端上桌，老支书正生病的儿子的眼睛都直了，他躲在里间门口探头探脑，不断地吸鼻子，他的小妹妹藏在他身后吮着手指。那么好吃的面条，上级人只吃了一碗就推开了碗筷。老支书送走领导，回身看见孩子们正争先恐后地扑向那碗面条，他严肃地呵斥住了他们："这碗面条是大队的，不是咱家的，你们不能吃。"

老支书召集大队干部开支委会，商议这碗面条的处理问题。最后商定以五分钱的价格卖出去。挂在村头老槐树上的大喇叭响起来了，村民们都听到了这个好消息,许多孩子都缠着他们的母亲,盼着吃上那碗面条。可是没有人舍得买。那时的五分钱,能买一瓶煤油。

正是炎热的夏季,那碗面条从中午放到下午,快变馊了。老伴看看孩子,决定把面条买下来,可是翻箱倒柜也没凑够五分钱。天快黑的时候,一个年轻的妇女来了,她的孩子被高烧折磨得几天不吃不喝,从喇叭里听到卖面条的消息,就央求妈妈买。妈妈舍不得,犹豫了一整个下午,才小心翼翼地端走了那碗面条。

听到这里,满桌的山珍海味没有人再动。人们的眼睛都潮潮地红着。那样贫穷的岁月,不会再有了,那样的村支书,在中国,还有着千千万万个。他们在最荒僻的乡野亮着,是温暖的灯盏;他们在最贫瘠的岁月绿着,一点一点,绿成一个春天,绿成无边的希望。

寒冬中的灯盏

赏析／刘庆儿

看完这篇文章,心坎一下子暖和了。村庄确实非常贫穷,贫穷到连解决一碗面条也要开会。虽然是如此的贫穷,可幸运的是,贫穷的村子里有位"不贫穷"的老支书。是的,老支书是不贫穷的,虽然他只能带地瓜干、步行去开会,但,他的精神却是富裕的,就像是在寒冬中点亮的灯盏般,让这贫穷的村子温暖起来。

贫穷的岁月过去了,人们过上了富裕的生活,面条已变成人们日常生活中最普通的食物了,然而,那样的村支书还存在。我们需要他们,因为,中国还有很多贫穷的地方,还有很多过着艰苦生活的人们需要他们。

作为祖国未来的花朵,我们要以这位团支书为榜样,公正、无私地处理事情,想人们所想,做人们所愿。在寒冬中,为祖国那些最荒僻的乡野送去温暖的灯盏。

憔悴的母亲为了让女儿读上大学，不顾风吹雨打，早出晚归地卖菜，她唯一的快乐是女儿快乐的笑容与依偎。

带锁的日记

● 文/贾　江

　　母亲很忙，自打去年提前退休以后就在市场上租了个摊位卖菜。每天，母亲要很早地起来，给女儿做好饭后再轻轻地叩女儿的房门。女儿起床洗脸刷牙的时候，母亲已急匆匆地跟车去批发点取菜去了。从这时到太阳落山，母亲就一直待在菜市场的摊位上。

　　母亲很老相，父亲之所以坚决地要离开母亲可能也有这个原因。离婚时母亲对父亲说，把女儿留给我吧，你拖孩带崽的娶人麻烦事儿多。父亲说每月我多拿些抚养费吧。母亲说不用，按协议好的给就行。那一刻，父亲很内疚，但还是走向了另一个女人。

　　整天风吹日晒，老相的母亲变得愈加憔悴。即使是雨天、雪天，母亲仍然去进菜、卖菜。母亲说，越是不好的天气，进菜的人越少，菜就越好卖。

　　女儿的学习成绩是从高三开始下降的，名次从以前班级的第五名落到第十名，又从第十名落到第二十名。母亲很着急，和旁边摊位的人唠起女儿的事。他们却羡慕母亲。说母亲的女儿如何漂亮，又如何懂事。并提醒母亲，要提防坏小子把你女儿缠上。恰在这时，母亲发现了女儿的带锁的日记本。

　　这是一本三十二开的日记本，极精致漂亮。是母亲在为女儿整理床褥的时候发现的。在女儿晚自习没有回家的时候，这个带锁的日记本强烈地吸引着母亲打开它的欲望。但她却打不开，也不敢用其他的办法，因为她知道女儿的脾气。在女儿上高一的时候，同学给她邮来封信，母亲随手给打开了。信里没啥事儿，母亲也没在意。可是女儿却因此大发脾气。这是母亲没有想到的。从那以后母亲不但不动女儿的信，就连女儿的贺年卡也不敢拆看了。女儿却在很高兴的时候依偎在母亲的身边,把她接到的来信和贺卡一封一封地念给母亲。在这个时候,母亲就会感觉很幸福。

女儿终于考上了省城的一所大学。在那些日子里,母亲极其兴奋,每天早晨天没亮就去批发点取菜,晚上天黑以后才回家。大伙儿都劝母亲,说歇几天帮女儿准备准备吧。母亲回回都笑着说来得及,来得及。可是到了女儿临近报到的日子,母亲却变得焦虑不安起来。

在女儿要走的前两天,母亲突然决定要送女儿。那天,母亲去了好几家银行,把家里所有的存款都凑到一起。母亲一边数钱一边很高兴地对女儿说,你的学费攒够了,妈送你报到的路费也挣出来了。这时,女儿的心里酸酸的。

去大学报到的那天,母女俩选择了价钱最便宜的长途汽车。到学校时,母亲虽然吐得晕头转向,但还是强打精神抢着为女儿办入学手续、拿东西,东一头西一头地忙活着。等把女儿完全安顿好了以后,已经是晚上七点多钟了。女儿想陪母亲到校外找个旅店住一夜,但母亲不肯。说时间赶趟儿,想坐夜车回去。女儿不同意,母亲却极其坚决。在送母亲去车站的路上,两人都默默无语,母亲要上车的时候,女儿从钥匙串上解下一把小巧的钥匙放在母亲手里,说这是开日记本的,母亲很惊讶。

母亲回到家的时候已是第二天的早上,望着冷冷清清的房间,筋疲力尽的她感觉心里空荡荡的。她突然想起女儿给她的钥匙,就手忙脚乱地掀起女儿的被褥,找到那本厚厚的带锁的日记。当母亲笨拙地把钥匙插进日记本的锁眼时,只听"啪"的一声,日记本打开了,母亲却呆住了。厚厚的日记本里,竟夹着一摞子钱。有一元两元的,还有五元、十元的,每张或新或旧的钱都夹得平平整整,在钱的最上面有一封信。

妈妈:

我知道您很想打开这个带锁的日记本,请原谅我没能太早地这样做。

妈妈,您的命很苦。自从爸爸离开这个家,您就独自承受着生活的一切压力。有一次,我们提前放学,我特意绕到菜市场远远地看您。看着您被太阳晒黑的脸,看着您被风吹乱的头发,看着您因劳累而变弯的身体,妈妈,在那一刻,我有了辍学的念头。

49

我想替您卖菜,想帮您挣钱,也许,这就是我学习成绩下降的原因。可我最终没有那样做,因为我知道,那样只会使您更伤心。

妈妈,为了让我上大学,我知道您把家里的积蓄都拿出来了。日记本里的钱,是我高中三年攒下的零花钱和早饭钱,您就用这些钱在卖菜饿了的时候给自己买一个面包,渴的时候买一瓶汽水吧! 只有这样,女儿的良心才会好受一些……

母亲读着,泪水模糊了双眼……

世上最无私的奉献

赏析／刘庆儿

看完这篇文章,两眼模糊了。文章中的母女是不幸的,但却又是幸福的。不幸的是父亲的离弃,幸福的是母亲无私的奉献与女儿的懂事。憔悴的母亲为了让女儿读上大学,不顾风吹雨打,早出晚归地卖菜,她唯一的快乐是女儿快乐的笑容与依偎。她从没有想过让女儿给她点什么,她关心的只有女儿的学业、女儿的生活。她是一个不幸的女人,丈夫的离异使他不得不背起家庭的重担。但她又是一个幸运的女人,因为她拥有世上最宝贵的东西——懂事的女儿。

父母,永远是子女停泊的港口。亲情,是世上最永久的情谊。当我们伤心时,父母会在你身边;当你病痛时,父母在你身边;当你落魄时,父母会在你身边。孩子,永远都是父母最最最宝贵的东西。

当父母向你唠叨时,请你不要厌烦,因为那是他们对你的关心。文章中的女儿是懂事的,她没有因为自己家境的贫困而埋怨母亲,反而是体谅他们,把自己的零花钱和早饭费存下来,为的是让母亲不再那样辛苦。母亲的泪水是幸福的,女儿那上锁的日记是她人生中最好的礼物。

谁助我奔跑

没有上锁的门

奔 跑

在人生的旅途中，每个人都会遭遇迷茫与无助，而这个时候，最需要、最希望的是有个人可以伸出手来，拉一把。有人不小心摔倒了，停下来，伸出你的手，拉着他一起奔跑，也许，此时是你最快乐的时刻。

一颗颗善良的心，一步步动人的足迹，一句句真挚的话语构成了一场非同一般的长跑运动会。

谁助我奔跑

●文／童树梅

这天学校广播播出一条消息：为了调剂同学们的身心，做到劳逸结合张弛有度，从而取得更好的高考冲刺效果，学校决定近日内举办一次高三学生长跑运动会。为了激发同学们参与的热情，学校决定只要是报名并坚持锻炼的同学，学校将为他们专开营养小灶，同时，获得名次的将给予重奖：第一名，现金300元；第二名，现金200元……高三(6)班的吴亮一听就兴奋起来，这真是刚想瞌睡就有人送上枕头啊！他当即就报了名。

学校果然说话算数，为吴亮他们开的营养小灶确实有营养，有鱼有肉，还有牛奶，吴亮他们快乐地吃喝着，几天一过原来苍白的脸色就慢慢红润起来。

可光吃这营养小灶还不是吴亮的最终目的，他瞄准了让人垂涎的重奖，有了那么多现金就能够买来许多学习资料，还可以很长时间不再为生活发愁了，这么一想他就起早贪黑地锻炼起来。当然喽，他的学习没有拉下反而往上冲了，良好的营养、有规律的锻炼在支撑着他哩。

运动会开始了，吴亮信心百倍地跑了起来，他的身边有许多长跑高手，有些还是校田径队的，可吴亮不怕。果然跑着跑着他就领先了，不过，一些平时名不见经传的黑马却冒了出来，吴亮仔细一看，哈，认识，全是近些日跟他一起吃营养小灶、而锻炼长跑的刻苦劲一点也不逊于自己的几个同学。

快到终点了，吴亮一马当先，300元的现金就要到手了，他心里不由得一阵阵激动。正高兴着，耳旁忽然响起一声声粗重得像拉风箱的喘息声，吴亮惊讶地回头一看，是一个叫刘威的同学。吴亮连忙加快步伐，他有足够的体力第一个冲过终点，而刘威明显体力不支了。

　　可刚跑了两步吴亮的脚步就慢了下来,眼看着刘威一点一点地超过他,然后踉踉跄跄的刘威在同学们山呼海啸般的加油声中咬紧牙关冲刺,第一个撞线了!接着是吴亮……

　　比赛结束后校长当场发了奖金,吴亮接过200元现金高兴坏了,这可是他生平挣到的第一笔"巨款"啊!

　　回到办公室里,校长、几位高三班主任一起快活地大笑起来。校长说:"你们提出的举办长跑运动会的点子不错啊,既让家庭贫寒缺少营养的同学们强壮了身体,又巧妙地不让他们觉得学校这是在照顾他们,从而很好地保护了孩子们年少敏感的自尊心,高,实在是高啊!以后咱学校就把这一方法不露声色地固定下来,永远惠及贫困的学生们,你们说好不好?"大家听了齐声叫好。

　　却说吴亮正高高兴兴地往宿舍走,有个同学忽然轻声叫住了他,吴亮一看,却是刚刚长跑获得第一名的刘威,刘威说:"吴亮,其实我知道刚才你明明可以获得第一名的,可你却让给了我……"

　　刘威有点哽咽,吴亮却憨厚地笑了,是的,刚才在他铆足劲准备冲刺的一刹那忽然想起刘威比他更需要第一名,因为他听说过刘威的家庭更困难,于是故意放慢了脚步……

　　吴亮忽然用饱含深情的口吻说:"刘威,其实你不用感谢我,真的,老师们的良苦用心我全知道,还有,实际上单凭我们短期的锻炼哪能跑得过那些长跑高手们,同学们在让我们啊,所以真正要感谢的人是他们,是他们在背后默默地助我们奔跑!"

良苦用心

赏析／刘庆儿

　　一颗颗善良的心,一步步动人的足迹,一句句真挚的话语构成了一场非同一般的长跑运动会。文章逐层铺垫,用一场原本简单的运动会揭示出人性的善良——老师们为了照顾贫困学生而又不伤害他们的自尊心,决定展开一场长跑运动会,给贫困学生补足营养的同时给予他们一定的生活费;长跑高手们为了让贫困生拿到奖金,故意放慢了脚步,让他们冲向了终点线;主人公

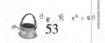

吴亮为了让比自己更困难的刘威拿上一等奖金,也把第一名让给了他。

简单的长跑运动会蕴涵着如此多的暖人心窝的"阴谋",真是让人欣慰。我们的身边,同样有一些需要我们帮助的朋友。无论是什么人,无论是贫困的还是富裕的朋友,他们总有需要别人帮助的时候。但是,每个人都存有那么一些自尊心,别人不说,不代表他们不需要帮助。当你感觉你身边的人需要帮助时,你会伸出你的援手吗?不过,当你伸出援手时,请尊重别人的自尊心,动动脑筋,想想法子,良苦用心!

同样,生活中,在你没有察觉的情况下,别人也同样给了你一些帮助,可不要忘记他们的良苦用心。我们要永存一颗感恩的心,用你的"良苦用心"去帮助有需要的人。

曾经,父母弯着腰,化作一座桥,承托着我们的未来,他们的希望。现在,该我们弯下腰,化作报恩桥,回馈父母快乐!

父 母 心

●文/[日本]川端康成

轮船从神户港开往北海道,当驶出濑户内海到了志摩海面时,聚集在甲板上的人群中,有位衣着华丽、引人注目的、年近四十的高贵夫人。有一个老女佣和一个侍女陪伴在她身边。

离贵夫人不远,有个四十岁左右的穷人,他也引人注意:他带着三个孩子,最大的七八岁。孩子们看上去个个聪明可爱,可是每个孩子的衣裳都污迹斑斑。

不知为什么,高贵夫人总看着这父子们。后来,她在老女佣耳边嘀咕了一阵,女佣就走到那个穷人身旁搭讪起来:

"孩子多,真快乐啊!"

"哪的话,老实说,我还有一个吃奶的孩子。穷人孩子多了更苦。不怕您笑话,我们夫妻已没法子养育这四个孩子了!但又舍不得抛弃他们。这不,现在就是为了孩子们,一家六口去北海道找工作啊。"

"我倒有件事和你商量,我家主人是北海道函馆的大富翁,年过四十,可是没有孩子。夫人让我跟你商量,能否从你的孩子当中领养一个做她家的后嗣? 如果行,会给你们一笔钱作酬谢。"

"那可是求之不得啊! 可我还是和孩子的母亲商量商量再决定。"

傍晚,轮船驶进相模滩时,那个男人和妻子带着大儿子来到夫人的舱房。

"请您收下这小家伙吧!"

夫妻俩收下了钱,流着眼泪离开了夫人舱房。

第二天清晨,当船驶过房总半岛,父亲拉着五岁的二儿子出现在贵夫人的舱房。

"昨晚,我们仔细地考虑了好久,不管家里多穷,我们也该留着大儿子继承家业。把长子送人,不管怎么说都是不合适的。如果允许,我们想用二儿子换回大儿子!"

"完全可以。"贵夫人愉快地回答。

这天傍晚,母亲又领着三岁的女儿到了贵夫人舱内,很难为情地说:

"按理说我们不该再给您添麻烦了。我二儿子的长相、嗓音极像死去的婆婆。把他送给您,总觉得像是抛弃了婆婆似的,实在太对不起我丈夫了。再说,孩子五岁了,也开始记事了。他已经懂得是我们抛弃他的。这太可怜了。如果您允许,我想用女儿换回他。"

贵夫人一听是想用女孩换走男孩,稍有点不高兴,看见母亲难过的样子,也只好同意了。

第三天上午,轮船快接近北海道的时候,夫妻俩又出现在贵夫人的卧舱里,什么话还没说就放声大哭。

"你们怎么了?"贵夫人问了好几遍。

父亲抽泣地说:"对不起。昨晚我们一夜没合眼,女儿太小了,真舍不得她。把不懂事的孩子送给别人,我们做父母的心太残酷了。我们愿意把钱还给您,请您把孩子还给我们。与其把孩子送给别人,还不如全家一起挨饿……"

贵夫人听着流下同情的泪:

"都是我不好,我虽没有孩子,但可以理解做父母的心。我真羡慕你们。孩子应该还给你们,可这钱要请你们收下,是对你们父母心的酬谢,作为你们在北海道做工的本钱吧!"

感恩的心

赏析／余跃华

你的第一次眨眼看见的是谁呢？答案是母亲。亲情是我们最富有的物品，它不会变质，它不会离弃。

当你埋怨父母的时候，请你设身处地地为他们想一下；当你感谢父母的时候，请你真心真意地献出自己的爱心。

父母心，永远是爱自己孩子的，无论换哪一个孩子，他们总会不舍，到最后，他们哀求贵妇把孩子还给他们，当然贵妇理解他们，所以也归还孩子。为什么会理解呢？她还没有孩子哦？因为她也曾经得到过母爱，她的母亲肯定很爱她，让她能够得到幸福。我想，最后贵妇给穷人的钱，是寄托了她的希望的，她希望这一家人以后能够幸福地生活。

看着父母老去，渐渐地，他们老去的轨迹，铭刻在我的心上。

曾经，父母弯着腰，化作一座桥，承托着我们的未来，他们的希望。现在，该我们弯下腰，化作报恩桥，回馈父母快乐！

感恩的心，作为儿女的，我们要铭记！

团长双眼圆睁，拉得枪栓咔咔作响，在场的人没有了呼吸，静静地望着团长。

别对孩子开枪

●文／左克才

女人背后绽放着鲜艳的红花，凄然地望着怀中一双女儿依依不舍地倒了下去。世界死一般的静寂，两个孩子惊恐地望着睡去的女人。

凄厉的尖叫划破天空,也惊醒了壕沟里的团长。一班长,快去把孩子抱过来。是,团长。一个矫健的身影裹风闪出,班长迅速抱起两个女孩弓腰狂奔。突然,枪声大作,无情的弹头钻开厚实的脊背,鲜血喷射而出。伟岸身躯前倾伏下,艰难地挪移女孩。旋风的身影再次跃出壕沟,他抢过班长怀中的女孩在枪林弹雨中穿行。离壕沟三十米处,战士中弹倒下,鲜红的花瓣点染着孩子白嫩的脸,顺着孩子身体渗进黑黑的土地。孩子被拽进壕沟,团长疯了似的喊,给我狠狠地打。弹头带着仇恨射出,手榴弹在鬼子头上开花。

团长把两个女孩带到团部,让警卫员到厨房找来大馍,女孩惊恐地望着团长,浑身战栗不止。女孩吃饱后酣然睡去,团长望着一班长和战士小李前倾弓腰僵硬的身形,泪水模糊了双眼。战争不分女人孩子么?他们难以承受战争之痛啊!女孩一直到掌灯时分才醒来,望着活泼可爱的小女孩,团长收拾起悲痛的心情,逗弄着她们。放松后的女孩说话了,让团长惊诧的是女孩竟然说着让他刺耳的日本语。团长本能地打开枪匣,女孩瑟瑟发抖,泪水在清澈的眸中流淌。

杀红了眼的战士眼射怒火,嘶哑的喉咙发出怒吼,团长,把一双狗崽子砍了,给班长他们报仇。团长眼里燃起仇恨的火焰,旋即焰火暗淡了,团长接通了师部电话。师长的答复让他惊愕,师长不但不允许对女孩有丝毫伤害,而且要给予最高礼遇,伙食标准比团长还要高,三天后毫发无损送到师部。

团长说师长要么脑子进水了,要么就是儿女不在身边想疯了。团长气归气,命令还得执行。

师长说要给团长记功,团长说这样的功不要也罢,这是一团的耻辱,一班长冒死救出的竟是日本女孩。日本兵真的没有人性啊!射杀自己的女人,枪击救日本女孩的战士。师长说,联系好国际红十字后就送她们回国。

这场战斗异常激烈,在三昼夜的激战中歼灭日军一千余人。在缴获的战利品中,团长留下了一些饼干、罐头和奶粉。团长望着女孩贪婪地喝着牛奶,津津有味地啃着饼干,他想到了妻儿。带食品回去的念头旋即散去,想见妻儿的欲念愈加强烈,团长一刻也呆不下去,让警卫员快去备马。团长跨身上马,白马一声长嘶,剑一般离去。马背上的团长想着回家的场景,妻子甜蜜的笑容挂在美丽的树阴下,儿子扑在背上双手环绕抚弄着硬扎的胡须,女儿双手挂吊在他的脖子上荡着秋千。家越来越近,扫荡的痕迹越来越重,满目疮痍。到了村口,团长惊呆了,没有一处完好的地方,烧焦的树、倒塌的房屋、漫山遍野的尸体。团长心情陡然沉重,高涨的热情一下降至冰点。团长下马缓缓前行,到家门口时,眼前现出惊人的一幕,妻子赤身裸体地躺在门槛上,乳房被割,下身血迹未干,团长一阵昏厥,幸亏马缰拉了他一把。团长脱下衣服盖在妻子身上。团长在断垣残壁间转悠,寻觅着一对儿女的踪迹。找遍了角角落落,也未见一双儿女的身影,团长心里顿时放松了,许是儿女跑了。团长坐在妻子身边,蓝色的烟雾在飞舞,团长木木地坐着,泪水在悄悄流淌。

团长扶马转身回望时,一口盖得严严实实的大军锅吸住布满红丝的眼球。团长警觉地走到灶台揭开锅盖,眼前的场景让团长轰然倒下。团长是警卫员用水灌醒的。团长阻止警卫员盖上锅盖,锅内被煮的儿女扭曲的身姿让硬朗的汉子失声痛哭。哭累的团长吸完一支烟站起来,将泪擦干,一声鞭响马已跃起,向团部飞奔而去。

两个女孩正在喝着牛奶,吃着鸡蛋,团长拖过女孩的茶缸狠砸下去,女孩哇地一声哭了起来。团长双眼圆睁,拉得枪栓咔咔作响,在场的人没有了呼吸,静静地望着团长。大女孩哭声戛然而止,极度惊恐的神情涂满脸庞。团长扣动扳机的手指僵硬了,他不能在日本女孩面前失去军人的风度。颤抖的手再次扣紧扳机,这时电话铃响了,是师长的电话。师长说,女孩明天就给送过来,师部已与国际红十字会联系上了,两天后有海轮去日本,两个女孩可以回国了。团长哽咽着,除了是、是、是外,没有再说别的了。

团长蹲下身去,抚摸着两个女孩,女孩出奇的安静,女儿般的柔情望着眼前硬朗的汉子。面色蜡黄,眼神木然无采的团长亲自送女孩到师部。

海轮笛声长鸣,大女孩牵着小女孩对着东方弓腰头触地鞠了三躬后,久久地跪在海轮的甲板上。

为了正义与和平

赏析／黄 检

这是一个特别的故事,团长以其军人的风度和忍耐,在看到自己家人被敌人残忍糟蹋至死之后,还要把自己的痛苦埋藏在内心深处,友好地面对来自敌方的两个孩子,在自我感情和正义、和平之间挣扎,最后为了正义与和平,保持了军人的风度,不对孩子开枪。

这是一次艰难的抉择！当团长看着两个日本女孩,内心的愤怒如熊熊烈火般燃烧起来。团长看着她们,就好像看到他的战友浴血战场、听到他的妻儿惨死的呼唤……多么抽心的痛！然而,我们决不能像日本兵那样没有人性——射杀自己的女人,还要枪击救日本女孩的战士。

团长的精神是高尚可嘉的,他的行为足以让日本侵略者在我们面前低下头来,因为我们是正义的民族,是酷爱和平的民族。

有时候,心灵也需要补丁,弥补那些在人际交往中的缺失,让人达到完美。

补　丁

●文/黄海英

来学校时,二狗突然发现自己最喜欢的那条深蓝色的裤子的屁股上有一个小小的破洞,于是把它放在家里,不想拿到学校。二狗他娘见了,立即找来针线,戴上老花镜,一针一针地把裤子缝好,要二狗拿到学校去穿。

"儿啊,娘给你缝好了,你看,不仔细谁也看不出的。"二狗他娘一边叠一边对二狗说。

"娘,补丁在那样显眼的地方,怎么会看不见?我不穿这条,我穿别的。"二狗实在不想穿这带补丁的裤子。

"唉,"二狗他娘深深地叹了口气,"儿,你现在哪还有别的裤子,除了包里那条浅蓝色的就没别的了。"

二狗看着娘的眼神,把声音压得低低的:"那我去城里买一条,那儿有好多哩!"

二狗他娘没有接话,只是朝屋里看了看,二狗明白娘的意思,家里为

了供他读书，值钱的东西都卖得差不多了。二狗低着头，一声不吭地把那条裤子放进了包里，背起书包走出了家门。

来到学校后，二狗只要穿上那条裤子就会很不自然，别人瞅他一眼他就会脸红半天，因为补丁在屁股上，所以二狗没别的事一般坐着不起来。当然，这裤子他是很少穿的，二狗总是穿那条浅蓝色的裤子，只有实在太脏了才会换上那条带补丁的，但只要浅蓝色的裤子一干就会换回来。这样倒也平静地过了些时日。

一日，班上组织攀山活动，要求每个人都参加。此时二狗突然为难了，因为身上浅蓝色的裤子已经穿一个多星期了，很脏了。第二天就要去攀山，为这两条裤子二狗竟失眠了，好不容易等到天亮他才作出决定，穿那条带补丁的。他想，只要我走在后面别人就看不到了。

第二天攀山，二狗一直走在后面，当然也没什么人注意他。山的风景很美，苍松古树，清泉小溪，鸟啼虫鸣，一切都使人有无限的遐想。但二狗没有，他只是小心翼翼地想着怎么才能让别人不发现那个补丁。最后大家来到那有名的"危崖"边，此崖一个危就能说明一切，在此俯瞰人会头晕目眩，而崖旁却刚好只能容纳一个人。面对如此美景，大家都不想错过，决定轮流照相留影。

轮到二狗了，面对相机，面对同学的眼睛，他的心不禁砰砰跳到了喉咙上。他不由自主地把手背到了后面，想捂住那个补丁，但却没摸到，心里更急了，可又不敢回头去看那个补丁。这时，举相机的同学说话了："二狗，你不要背着手，那样不好看。"听到这话，二狗心里一惊，本能地向后踏了一步。这不踏不要紧，一踏后面就是万丈深渊。

在一片惊呼声中，二狗只觉耳边风声大作，随着"砰"地一声，身体失去了知觉。待他醒来，已是在医院，身体没啥大碍，原来是裤子救了他一命，在他掉下时裤子被悬崖旁的一棵大树给挂住了。

同学见他醒来，都惊喜地说："二狗，你可得感谢你的裤子，要不是它，你就见不到太阳了。"

二狗一听，又惊又恼，不禁失声道："都是补丁惹的祸。"

同学你瞧我，我瞧你，最后一致惊讶地说："二狗，你没被摔坏吧，裤子上哪有什么补丁？"

二狗接过裤子一看，不禁傻眼，原来早上走得急，他又习惯地套上了那条浅蓝色裤子。

心灵的补丁

赏析／黄　检

　　衣服的补丁,是母亲巧手缝制的作品。在那个贫穷的年代,衣服的补丁是弥补衣物短缺的好方法。那个时候,货物短缺,破旧的衣服用相同或相近的布片裁成合适的尺寸小心缝上,遮住破洞,既省事又贴心。然而,随着时代的变化,穿补丁衣服却变成了一种心理负担。

　　为什么大家都想办法掩饰补丁呢?因为大家扯不下脸皮,要面子。同学之间,喜欢攀比,用物质标准来衡量他人。文中的二狗,只要穿上那条补丁的裤子就会很不自然,别人瞅他一眼他就会脸红半天,因为补丁在裤子上,所以二狗没别的事一般坐着不起来。最后,在拍照的时候,本来没有穿补丁裤子的他,因为内心作祟,差点丢了性命。

　　所以,补丁裤子不是问题的所在,而是他的心理问题。二狗的心像缺了个洞一样,不能得到满足。他需要的是把他的心灵医治好,把那个洞修补好,这样,他才能跨过内心的门槛,走自己的路。

　　有时候,心灵也需要补丁,弥补那些在人际交往中的缺失,让人达到完美。

没有上锁的门

感动系列

人们总喜欢从表面去判断人和事,合潮流的就视其为友,不合流的就视其为敌;表面漂亮的就视为珍宝,表面粗糙的就视为茅草。

十七岁那年的喇叭裤

●文/石庆滨

不知什么时候起,街上流行了喇叭裤。开始是小青年,后来连中年人也都喇叭了。八十年代,中年人思想上还没完全放开,只是喇叭一点,青年人肆无忌惮,一个比一个加大,有的裤角围长竟然达到一尺半,近五十厘米啊,如同一个人的裤腰,就像小腿穿上了裙子,走路扫扫拉拉的,就这样大家看着就美。

我们目测了一下,班主任马老师的喇叭裤角至少也有九寸半。马上就要毕业了,我们几个男党女朋决定去三十里以外的峄山游玩一下,目的就是想留下美好的一瞬——依山傍水照张相。借来了照相机,班长提议男生都穿喇叭裤,大家一致赞成,有几个女生还欢呼雀跃,好像男生只有穿喇叭裤才上她们眼似的。

星期天,我们都穿上家长给我们新做的喇叭裤,骑上自行车,男欢女唱地向峄山进发了。走到半路,在过一条小河的时候,我们遇到了同班同学丁晓亮。他当时正撅着屁股在漫水桥边割草,听到我们的歌声他惊讶地抬起头,我们想躲也来不及了,都不自在地和他打招呼。他看看班长胸前的照相机,目光飞快地扫过我们的喇叭裤,想说什么却低下了头。我们和他告别,走没几步,他大声喊了一句,我能与你们一块去吗?我们都停止了脚步,一时竟不知如何回答。

快言快语的王丽说,你家不就在这个地方,那山你还不天天爬吗?丁晓亮搓搓手中的泥巴,把头埋得更低了,小声说,我也想和你们一块照张相。

话说到这份上,我们谁也不好意思拒绝了。一路上我们虽然还是有说有笑,却没了先前的自然欢快气氛。丁晓亮却是很兴奋很高兴的样子,给我们讲了许多关于峄山的传说。在孔子"登峄山而小鲁"的地方照相的时候,班长有意叫丁晓亮离开我们,教他给我们照相。丁晓亮好像也看出了我们与他的不融洽,干脆抱着照相机不放,高兴而又主动担当起我们的摄影师。这样我们的合影每一处就有了两张,一张有丁晓亮,一张没有。其实想不这样找个游人帮照也行的,班长的这种做法似乎正合我们的心理,这个心理是什么,我们也说不清。

回来路上突然下起瓢泼大雨,雨稍微一停我们立马向丁晓亮割草的那个漫水桥奔去。看着没膝的河水我们都不敢下,丁晓亮自告奋勇地来回走了一趟说,现在还行,如果再下或者上游雨没停,再过一会我们想过也不能过了。班长和大家商量了一会,决定男生和女生插开手拉手过河。

丁晓亮向大家介绍了过漫水桥的经验:移小步,脚踩实,不离地,千万不能抬高脚,一心用力在腿脚,做到目中无水,千万不能往上游看,否则会被汹涌而来的河水吓怕,心里一慌脚底就没劲了。

丁晓亮主动在前领路,我们一开始走得很好,走着走着大家都感到先前卷起的喇叭裤腿被流水冲开了,顿时一股力量裹着小腿往下拽,肯定是这喇叭形的裤角在作怪。大家心里明白,不敢出声儿,我们的快嘴同学王丽颤抖着声音说,我们今天不该穿这喇叭裤。丁晓亮大吼一声,谁也不准说话,谁再说话过了河我就把谁揍趴下!

眼看着就要到岸,这时上游突然漂来一棵不知从哪里冲下来的手把粗的树。丁晓亮大叫一声快走,一纵身向那棵树扑去,树与我们擦身而过,一瞬间漂得很远很远……

奔跑,哭喊,眼泪,仰天大叫,我们不该穿喇叭裤,走快一点儿就没事了……一切的一切都无济于事了。

我们一直没有找到丁晓亮的尸体,他就这样与我们永别了。

当我们去他家看望他唯一的亲人奶奶,我们才知道他的父母在他十一岁的时候因无钱治病相继去世,全靠他奶奶一手把他抚养。村里人都说他是村里最聪明的孩子,不出事肯定能考上大学的。

村里人不知,他奶奶也不知,就在几天前,丁晓亮因为偷学校食堂的饭票被学校开除了。

我们一直对他的奶奶和村里人保守这个秘密。

虽然,后来我们几个向学校倾诉了他的家庭情况,为他奶奶养老送终，了却了他在天之灵的一个心愿，但我们心里总是还觉得缺少什么。

每到清明节扫墓的时候，我们心里都有一个不无遗憾的心愿——找到丁晓亮的尸体就好了，我们就可以把我们的喇叭裤给他穿上了。

虽然丁晓亮的坟墓里有我们穿着喇叭裤与他的合影，可他没穿啊！

同 学 之 间

赏析／刘庆儿

一个因偷学校食堂饭票而被学校开除的学生，一群因赶潮流而穿上喇叭裤的学生，一条因雨水突袭而河水急流的河流，构成了一个动人的故事。备受同学冷嘲热讽的丁晓亮在大树迎面冲来时，一纵身扑向大树，保存了同学们的生命，牺牲了自己。如果不是那喇叭裤，如果不是那突如其来的雨水与大树，同学们也不会知道晓亮偷饭票的原因——父母双亡，奶奶抚养，家境贫寒，善良、聪明的丁晓亮也不会丧失生命，尸首不见。

在同学的眼里，丁晓亮是个小偷，是个不合潮流的、与同学格格不入的学生，然而，他们没有想到，晓亮会舍命相救。人们总喜欢从表面去判断别人和事，合潮流的就视其为友，不合流的就视其为敌；表面漂亮的就视为珍宝，表面粗糙的就视为茅草。为何不透过表面看其内涵，拨开表皮见其真迹呢？

与人为友，不能只在乎其表。同学之间，不能因为小小的矛盾而大动干戈。我们要用心地去关心你的朋友、你的同学，探究他们的内心世界。故事中的主人公并不是一个小偷，他是一个善良、聪明的孩子，只因同学们只看到晓亮偷饭票的表面而没有看到晓亮的本质，自然把他看为小偷了。如果同学们给予他更多的关心、更多的了解，或许结局也不会如此，至少，同学们也不会如此地内疚。

细腻的母爱如同针线般把儿子曾经残缺的信心一丝一丝地缝补起来；细腻的母爱转化成缕缕阳光照亮了儿子曾经阴霾的天空。

嗨,迈克!

●文/周海亮

迈克得了一种罕见的病。他的脖子僵直,身体僵硬,肌肉一点一点地萎缩。他的病情越来越重,最后完全失去了自理能力。他只能坐在轮椅上,保持一种固定且怪异的姿势。他只有十四岁,十四岁的迈克认为自己迎来了老年。不仅因为他僵硬不便的身体,还因为,他的玩伴们突然对他失去了兴趣。

母亲常常推着迈克,走出屋子。他们来到门口,来到阳光下,背对着一面墙。那墙上爬着稀零的藤,常常有一只壁虎在藤间快速或缓慢地爬行。以前迈克常盯着那面墙和那只壁虎,他站在那里笑,手里握一根棒球棒。那时的迈克,健壮得像一头牛犊。可是现在,他只能坐在轮椅上,任母亲推着,穿过院子,来到门前,靠着那面墙,无聊且悲伤地看面前三三两两的行人。现在他看不到那面墙,僵硬的身体让那面墙总是伫立在他身后。

十四岁的迈克曾经疯狂地喜欢诗歌。可是现在,他想,他没有权利喜欢上任何东西——他是一位垂死的老人,是这世间的一个累赘。

可是那天黄昏,突然,一切突然都发生了改变。

照例,母亲站在他的身后,扶着轮椅,捧一本书,给他读一个又一个故事。迈克静静地坐着,心中盈满悲伤。这时有一位美丽的女孩从他面前走过——那一刻,母亲停止了朗诵。迈克见过那女孩,她曾和自己就读同一所学校,只是打过照面,他们并不熟悉,迈克甚至不知道女孩的名字。可那女孩竟在他面前停下,看看他,看看身后的母亲,然后,他听到女孩清清脆脆地跟他打招呼:"嗨,迈克!"

迈克愉快地笑了。他想，原来除了母亲，竟还有人记得他的名字，并且是这样一位可爱漂亮的女孩。

那天母亲给他读的是霍金，一位杰出的物理学家，一位身患卢伽雷氏症的强者。他的病情，远比迈克严重和可怕百倍。

那以后，每天，母亲都要推他来到门口，背对着那面墙，给他读故事或者诗歌。每天，都会有人在他面前停下，看看他，然后响亮清脆地跟他打招呼："嗨，迈克!"大多是熟人，偶尔，也有陌生人。迈克仍然不能动，仍然身体僵硬。可是他不再认为自己是一个累赘，因为有这么多人记得他，问候他。他想这世界并没有彻底将他忘却。他没有理由悲伤。

几年里，在母亲的帮助下，他读了很多书，写下很多诗。他用微弱的声音把诗读出，一旁的母亲帮他写下来。尽管身体不便，但他过得快乐且充实。后来他们搬了家，他和母亲永远告别了老宅和那面墙。再后来他的诗集得以出版——他的诗影响了很多人——他成了一位有名的诗人。再后来，母亲年纪大了，在一个黄昏，静静地离他而去。

很多年后的某一天，他突然想给母亲写一首诗，想给那老宅和那面墙写一首诗。于是，在别人的帮助下，他回到了老宅的门口。

那面墙还在。不同的是，现在那上面，爬满密密麻麻的青藤。

有人轻轻拨开那些藤，他看到，那墙上，留着几个用红色油漆写下的很大的字。那些字已经有些模糊，可他还是能够辨认出来，那是母亲的手迹：

嗨! 迈克!

细腻的母爱

赏析／许晓霞

一句句来自他人简单而亲切的问候"嗨!迈克!"，让遭受命运沉痛打击的迈克一步步走出生命中的阴霾，一点一滴地恢复自信，重新找回生活本该拥有的快乐和追求。而这一切的背后，都源于母亲的细心照顾和她那细腻的母爱。

十四岁的迈克在得病之后，本该属于他的那一片美好的天空突然崩塌。他失去的不仅是本来健壮的身体、生活自理的能力，还有对生活和对自己的信心，因为他的玩伴们在此时突然对他失去了兴趣。

细心的母亲明白迈克的心事，她知道迈克需要的，不仅是家人的鼓励和支持，还有来自外界的关怀。细心的母亲知道此时迈克那脆弱的心灵需要的不是来自他人的同情和怜悯，而是平等的尊重和对待。于是，她悄悄地在老宅前的那面墙上用红色油漆写下了"嗨！迈克！"这几个大字，并在之后的每天把迈克推到门口，背对着墙，用这种特别而又不被迈克察觉的方式提醒路过的人们和儿子打招呼。

简单的几个大字，包含的是多么强烈和伟大的母爱啊！母亲的良苦用心，让迈克觉得世界并没有将自己忘却，自己没有理由悲伤，并重新拾回自己的理想——对诗歌的追求。在母亲的帮助下，迈克读了很多书，写了很多诗，并最终出版了自己的诗集，成为影响他人的有名诗人。

细腻的母爱如同针线般把儿子曾经残缺的信心一丝一丝地缝补起来；细腻的母爱转化成缕缕阳光照亮了儿子曾经阴霾的天空；细腻的母爱如同丝丝的雨水滋润着儿子的诗歌灵感，让它茁壮成长。细腻的母爱，让迈克重新找回自己的梦想，自己的人生！

当学生的不该念死书，当老师的更不能教死书。我蓦然想起母校的校训："学为人师，行为示范。"

特别的祝福语

●文/王琼华

这年，我调到市一中工作。校长征求了我的意见后，就让我担任初三(6)班的英语老师。校长还特意提醒我，这个班有几个学生特别调皮。

果然，第一节课就有学生跟我发难。

我当时问学生："当我说'我很漂亮'的时候，是什么时态呢？"话音刚落,就从教室一角冲出一句怪怪的吼声:"过去时,老师!"

一听,我在一些学生哄然大笑中真的有点尴尬。

因为,我当时已经三十好几了。虽然平日里还是注意化妆打扮,但这个年纪的女人跟眼前这些花季少女相比还真成了明日黄花。只是面对这位同学似乎很刻薄的嘲讽,又该去怎么做呢?说实话,我心里感到十分别扭。

但少顷后,我平静地说:"请同学们稍等一下。"

说罢,我匆匆走出了教室。

当我返回教室时,教室里叽叽喳喳闹哄哄的。有个同学还伸长脖子看看门口外,奇怪地问:"老师,怎么校长没来呢?"

"怎么,还以为老师要去告状,搬来校长训话?你们给了什么理由让我这样做呢?"接着,我举起一张相片,"我去办公室找了一张照片。看看吧,这是我十多年前的照片,怎么样?我当时还被男同学捧为'校花'呐。跟这张照片比较的话,如果我还说'我很漂亮',确实是过去时。过去,我的确挺漂亮,十八的姑娘一朵花,所以,刚才这位同学说的是实话真话!"

鸦雀无声。

我又说:"现在坐在这里的女同学,说'我很漂亮',既是现在时,也是将来时。还有男同学,说'我很帅',也是如此。"

猛地,响起了掌声。

这掌声响得好长!

我笑了。甚至,眼睛有点湿湿的。我真的有几分感动,为自己,也为这几十个同学的掌声。

我说:"同学们,我们继续上课!"

时隔多年,这天是我的生日。一位自己称是我的学生的男子上门。他西装革履,温文尔雅的模样,一看就是一个挺有出息的人。不过,他一见我马上就有点不好意思。

因为,我开门一看,脱口就说:"哟,是你!"

"老、老师还认得我?"

"放心,我把其他学生忘掉,恐怕也忘不了你。还有,你年前当上了总经理,这事也有同学告诉我了。好,不错!"

于是,我和他笑了。

他说,他打听到今天是我生日,特意买来了一盒化妆品。他解释着,价钱不贵,主要是表达一下心意。化妆品盒上还捎了一张生日贺卡,上面写着一句特别的祝福语:"衷心祝愿老师永远漂亮——过去时!现在时!!将来时!!!"

他就是说那句"过去时,老师"的学生。

离开时,他深深地向我鞠了一个躬:"谢谢您,老师!您给了我知识,更给了我一种做人的智慧。"我又一次感动,但接下来他的回话更让我感动。我说:"要不,吃了饭再走。"他说:"下一次我请老师吃饭。今天还真有点事,我约好了,等一下带几个员工去探望一个烧伤了脸的女员工。还要告诉她,不会因为这张脸不好看了,就要炒了她的鱿鱼。"

我想,当学生的不该念死书,当老师的更不能教死书。我蓦然想起母校的校训:"学为人师,行为示范。"

后来,这盒化妆品用完了,但那张写着祝福语的卡片让我用精美的玻璃框镶着挂在墙上。

学 会 宽 容

赏析／许晓霞

读罢此文,为老师急中生智的睿智做法叫好,也被她的宽容大度所感动。

面对学生顽皮而又似乎带着点刻薄的恶作剧,她的急中生智,既为自己化解了难堪,又巧妙且生动地向学生们阐述了"过去时"、"现在时"和"将来时"的用法,还借此肯定了自己的学生们。这种做法,既为她赢得了学生们的尊重,也以身作则地把宽容教给了她的学生。多年以后,当年那个恶作剧的学生也受她影响,成为了一个懂得为他人着想的人。

这些,或许就是宽容的力量。很多时候,很多事情的处理在于我们本身的态度。用宽容的态度去对待那些原本让我们觉得难堪且难以接受的事情,在处理的过程中适当地运用自己的智慧,给它添加上润滑剂,用宽容的态度去包容他人,那么我们可以得到意想不到的结果。就如同年久未用的车轮,走起路来磕磕碰碰,但如果我们帮它滴上一两滴润滑油,它便又像新的那般,愉快地前行了。

智慧很重要,做人的智慧——宽容,更是我们所必不可少的。

让我们学会宽容吧!

那尿床的学生却写了这样一句话:老师,你让我懂得了这样一个道理:生命是美丽的!

生命是美丽的

● 文/李永康

举目远眺,没有绿色,天是黄的,地是黄的,路两边的蒿草也是焦黑的。

尽管来这个地方之前,我有充分的心理准备,可眼前的景象还是让我大吃一惊。最难的是给乡村孩子们上课。书上好多外面世界的精彩,他们闻所未闻。一些新鲜的词汇,我往往旁征博引设喻举例讲得口干舌燥,他们却仍是一脸陌生。

有一天上自然课讲到鱼,我问同学们鲫鱼和鲤鱼的区别,他们一个个都摇头。他们压根儿就没走出过大山见到过鱼呀!我和学校领导商量,买几条回来作活体解剖,校领导露出一脸难色。我只好借了辆自行车利用星期天骑了三十多里路到一个小镇上自掏腰包买了几条回来。

那节课,同学们高兴得像过节一样,我却流下了热泪。

听当地的老师讲,这里的学生有个最大的缺点,就是上课爱迟到。但开学两个月来,我教的班还未出现过这样的现象。为此,我非常得意。我当年读初中的时候,不喜欢哪位老师的课,就常常采取这种极端的行为来"报复"。虽然最终受伤害的是我,我当时就是不明白。现在我也为人师表了,如果我的学生这样对待我,我又作何感想呢?

世界上的事就是怪,不想发生的事偏发生了。我把那位迟到的学生带到办公室了解情况。原来他家离学校有二十多里路,他如果要准时到校的话,早晨五点钟就得起床,还要摸黑走上十几里山路。夏天还可以对付,可眼下是深冬,寒风刺骨。我要求他住校,他说他回家和父母说说。第二天,他却没来上课。我非常着急,找了个与他家相隔几个山头的同学去通知他,他还是没来。

我在当地老乡的带领下,来到了他家。忽然间,"家徒四壁"这个成语从我的记忆深处冒了出来。面对他的父母,我哽咽着对他说,老师不要求你住校,只要你每天坚持来上课就行。离开他家的时候,他父母默默地把我送过好几道山梁。

出乎意料的是,家访的第二天,他居然背着被褥来到学校。我心里非常激动。可没隔几天,他又不来上课了。

我再次来到他家里。他父母告诉我,说他小时候常患病,身体弱,有尿床的坏毛病,他怕在学校尿床被同学笑话。

我问他想不想走出大山。

他说,想。

我说,要走出大山就得好好读书。

他抹着眼泪点点头。

我说,相信老师,老师会帮助你的。

这个冬天,每天早晨等上课铃响过后,我和另一位老师轮换着去查他的被褥。如果是湿的,我们就悄悄地拿到自己的寝室里烘干。

做这些工作,我们既是在尽责任,更是凭良知。坦率地说,我心里也有过埋怨:这个学生从来就没有当面向我说过半个"谢"字——想到这一点我就脸红——我是不是太自私太虚荣太渴望回报了呢?

一件事净化了我的灵魂。

我知道山村孩子的渴求,他们需要知识,更需要做人的道理。

课外活动时,我尝试着给他们读一些脍炙人口的诗篇:"风雨沉沉的夜里／前面一片荒郊／走尽荒郊／便是人们的道／呀,黑暗里歧路万千／叫我怎样走好／上帝!快给我些光明吧／让我好向前跑／上帝说:光明／我没处给你找／你要光明,你自己去造!"

一双双纯洁晶亮的眼睛盯着我。我又声情并茂地朗读着穆旦的《理想》:"没有理想的人像是草木,在春天生发,到秋日枯黄／没有理想的人像是流火／为什么听不见它的歌唱／原来他被现实的泥沙／逐渐淤塞,变成污浊的池塘……"

下课后,同学们都围过来,要我把诗集借给他们传抄。我既高兴又担心。

我看了他们摘抄的诗,有的抄了顾城的《一代人》,有的摘录了惠特曼的《我自己之歌》,有的摘了穆旦的《森林之魅》。我心里充满了喜悦。

那尿床的学生却写了这样一句话:老师,你让我懂得了这样一个道理:生命是美丽的!

霎时,我的眼泪夺眶而出。

生命的花朵在乡间绽放

赏析/刘庆儿

当百花齐放时,我看见了生命的美丽;当稻谷收割时,我看见了生命的美丽;当雪花飘舞时,我看见了生命的美丽……但当我看完这篇文章时,我才真正领略到生命是美丽的精髓!

一位下乡任教的老师在偏僻的乡村里播下了生命的种子:他努力地让乡村的小朋友们认识外面的世界,让他们与外面的世界接轨;他默默地帮助有困难的学生,让学生知道,走出大山并不难,有毛病并不可怕,生命是美丽的,上帝是公平的,没有人永远都处于不幸之中。

这些种子在乡村教师辛勤的培育下,终于盼到了花朵绽放的日子——"那尿床的学生却写了这样一句话:老师,你让我懂得了这样一个道理:生命是美丽的!"

生活中,有多少人曾埋怨生命的不公?有多少人曾为了生命中的一些波折而自我摧残?当你沮丧的时候,你可曾回头看看路边那盛放的花朵,可曾见到花朵上面那翩翩起舞的蝴蝶?生命是美丽的,不要被一时的挫折蒙蔽你那欣赏生命美丽花朵的双眼。

在我们的人生中，父爱就是一座大山。父亲以他特有的方式呵护着我们成长。

五一是几号

●文/安　勇

　　爹一共来过我的学校两次，两次都让我丢尽了脸面。

　　第一次，爹送我报到，走到学校门口，突然停下来，把行李从左边的肩膀换到右边，咳嗽一声，冲地上重重地吐一口痰，用他山里人的嗓门儿冲我吼道，老丫头，给爹念念，这木牌子上写的啥玩意？我看见好多道含义复杂的目光，像训练有素的士兵听到口令一样，整齐划一地从四面八方围拢过来，最后全都落在我和爹的身上，好像我和爹都是怪物。这些目光烤得我脸红心跳，我跺跺脚，没理爹，逃似的跑进了校园里。

　　爹根本没发现我已经不高兴，迈着大步，咕咚咕咚地从后面追上来，固执地把他的问题又问了一次。我无可奈何，小声说了我考上的那所大学的名字。走向宿舍的一路上，爹非常兴奋，只要遇到人，不管人家理没理他，他都扯着嗓门儿，用手指着身边的我，自豪地说我是他的老丫头，考上了某某大学。还说，我从小就是学习的材料。爹可能一点儿也没想到，在这座校园里说这话，非常不合适。最后，我实在忍不住，带着怨气喊了一声爹。爹却不以为然，在宿舍里，对同学们又介绍了我一遍。然后，爹卷一支旱烟，心满意足地吸两口，又补充道，俺家老丫头是个要强的孩子，这回可有了大出息！

　　爹第二次来是在一年前，像现在一样，正是五一节前夕。同宿舍的姐妹们都在说黄金周的假期，计划着去哪里旅游。爹没有敲门，咣当一声推开宿舍门就闯了进来。惹得姐妹们顿时一阵惊呼，慌作一团——天气热，她们都穿得很少。爹一点儿也没意识到人家为什么尖叫，一进门就喊我老丫头，问我，带的山野菜吃没吃光。对我说，妈让他给我又送一袋子来。爹的肩上背着一只鼓囊囊的麻丝袋子。我看看姐妹们，再看看爹，脸上一阵发烧，不知道该对爹说些什么。爹打开口袋，妮子妮子地叫着，用他的两只大手，从袋子里捧出一把把野菜，自作主张地放在姐妹们的床上。即便人家拒绝他的礼物，他仍然把它们一一送了出去。还不厌其烦地说，菜已经用盐腌好了，拿热水泡一泡，就能下饭吃。

爹送完了礼物，卷一袋烟，毫不理会姐妹们捂住鼻子和嘴，坐在我床上有滋有味地吸了几口后，听见了姐妹们说黄金周旅游的事。不知道爹为什么会对这件事特别好奇，他站起身，问她们，黄金周是什么意思？一个姐妹惫住笑告诉他，黄金周就是七天的长假，可以不用上课，还可以出去旅游。爹就显得更加纳闷儿，问，好端端的，学校干啥要放长假？那个姐妹轻声地笑了，另有两个姐妹也笑出了声。一个姐妹忍住笑说，因为要到节日，"五一"劳动节，所以学校才放假。爹又问，劳动节是什么节？

我无法忍受爹再这样傻乎乎地问下去，抢着告诉他，劳动节就是全世界劳动者的节日，也叫五一节。

爹似乎明白了学校为什么要放假，点着头，反复念叨着劳动节和"五一"，从嘴里吐出一口浓浓的烟，突然又问了一句，劳动者是些啥人呢，谁答应让他们过节的？

爹这句话说完后，宿舍里的姐妹们再也忍不住，一齐发出了响亮的笑声。爹也咧开嘴笑了笑，摸着自己的脑袋问我，老丫头，你告诉爹，那个劳动节——"五一"是几号呢？我羞愧得满脸通红，抱怨地喊了一声爹，眼泪就流了下来。爹没看到我的泪水，又接着问姐妹们，旅一次游得花多少钱？

爹离开学校五天后，我收到了他寄来的三百元钱，在附言里写着旅游两个字。半个月后，我收到了爹的信。爹不识字，信是我的小学老师写的。在信里，爹问我，寄的钱是不是已经收到了。爹还说：爹的老丫头和别人比，不缺啥也不少啥，人家去旅游，你也得去旅游，钱可能不太够，找便宜的地方去游吧！在信里，爹还说，他已经知道了劳动节是全世界劳动者的节日，也知道了"五一"是五月一号。爹说，他还知道了，原来自己也是一个劳动者。最后，爹让我放心去旅游，不用惦念家里！在信纸的背面还写着一句话：祝老丫头劳动节快乐！

我没想到，暑假回到家时，竟然看见爹瘸了一条腿。爹看见我，有些慌张，咧开嘴笑了笑，响亮地冲着屋子里喊，她妈，赶紧杀鸡，咱老丫头回来了！

妈告诉我,爹的腿是在崖上采山野菜时摔断的,那面崖很陡,但长的野菜很新鲜,一看就知道能卖好价钱。妈还说,你爹盼着多采些野菜,好快点还上那三百元钱的债!

爹从此再没来过我的学校。

我刚刚给他和妈寄了一封信,信的末尾写着两句话,祝爹劳动节快乐! 祝妈劳动节快乐! 写下这两句话时,我哭了,眼泪滴到了信纸上。

父 爱 如 山

赏析／卢龙华

在我们的人生中,父爱就是一座大山,父亲以他特有的方式呵护着我们成长。也许父亲大字不识一个,也许父亲的言行举止与这个城市格格不入,也许父亲不懂得太多的人情世故,也许父亲不知"五一"究竟是几号……但是父亲知道用自己辛勤的劳动,默默地为我们的成长垫石铺路。父爱又是含蓄的,他们从不把爱说出口,需要我们用整个生命去解读。

这篇文章一开头设计非常巧妙:为什么爹一共来过我的学校两次却都让我丢尽了脸面呢?一下子抓住了读者的心灵,细细读下去,不觉随着作者的情感而起伏波折,多么伟大的父爱啊! 父亲虽然大字不识一个,但他从心底里为我们取得的成就而自豪;父亲虽然不知道"五一"是几号,但他用他朴素的思维试着去理解我们这一代人的思想,并支持我们这一代人的做法。于贫困的环境之中,父亲用自己宽厚臂膀撑起了我们头顶的一片蓝天,让我们感悟了父爱的凝重。亲爱的朋友们,我们这些在父亲的呵护下长成的大树,是不是应该首先对他说一声:"爸爸,祝您父亲节快乐! "

每天行走在城市的水泥地面上，或许早就遗忘了什么是自然，早就遗忘了什么叫饥饿!

三代日记

●文/侯发山

我到一位朋友家做客，偶然在书橱里发现了他们祖孙三代的日记，阅后甚觉有趣，经他本人同意，现各选一篇，以飨大家。

朋友父亲的日记是在一沓散发着潮湿味的麻纸上画着的(他父亲不识字，只能用图记下当时的情景，朋友看图说话，我把意思记下来)：

1937年12月2日　大雪

我已经两顿没吃饭了。娘说："喝水吧，狗蛋。"我摇摇头。我不顾寒冷蹲在门口，望着飘着雪花的院子，等待着爹的归来——爹早早出去要饭。娘说："狗蛋，我有办法让你不饿，你躺到炕上去。"我乖乖地躺到炕上。娘技术性地把枕头抽了塞到我屁股下面，又把被子叠方正垫到我双腿下面。娘苦笑着说："饿不饿了？""还饿。"娘说："你抵住炕，屁股靠墙，两条腿贴着墙尽量往上伸……"哈，我倒立起来后，果然不感到肚子饿了。

朋友的日记是写在一本发黄的白纸上的：

1962年8月5日　　阴

我和妹妹正在树下看蚂蚁搬家，冷不防爹踢我一脚："你要耍，今儿晌午不让你喝汤。"我忙从地上爬起来摸着干瘪的肚子："我不耍了。"爹暖了脸："提个篮去挖野菜。"村里大人小孩天天疯了似的挖，哪还有啊！爹说："去后山沟。"于是，我勒了勒裤腰带，就提个小篮去了后山沟。

我前、后、左、右看得很仔细,生怕漏掉一棵灰灰菜、刺角芽、毛妮棵、面条棵……忽然,我发现前面地堰上有几棵酸枣树,上面挂着嘟噜连串的红枣。我高兴坏了,忙攀上去摘一个尝尝,嗨,又酸又甜。我又吃了几个后,忙把小篮里的野菜倒了,开始手忙脚乱摘酸枣,唯恐有人来跟我抢了。几棵树摘完了,竟摘了满满一小篮。我一路跑回家里,等待着大人的夸奖。

不料,爹看到红枣不但没有笑脸,反而扬手在我的屁股上打了一巴掌,随后把一篮子酸枣全倒进了茅坑里。

我委屈得哇哇大哭。

"他还是个孩子,知道啥?"娘剜了爹一眼,拉我到怀里,用衣襟给我擦了把泪,叹道,"孩子,你不知道,酸枣开胃啊。"我愣愣地盯着娘,还是迷瞪不开。娘说:"人吃了它,就越想吃饭……"

朋友儿子的日记是记在一本精美的日记本上:

1992 年 3 月 2 日　晴

我在看动画片,妈喊我吃饭。我说不饿。妈说:"阳阳,你是不是又吃零食了?"我摇摇头。她见我还坐在电视机前,就给我端了碗饺子,嘟囔说:"整天不吃饭怎么行?"我接过碗,用筷子往嘴里扒拉一个,努力往肚里咽:"又是羊肉馅。"妈在一旁监视着我吃,我灵机一动,说:"妈,给我端杯茶。"妈扭身进了厨房。趁此工夫,我把饺子往沙发下扒拉了两个。妈端来水,立在旁边不走。我又说:"妈,把健胃消食片给我拿来。"妈不知是计,转身去取。我故伎重演又往沙发下塞了几个……就这样,不大工夫,我便把这碗饺子报销了。妈说:"还不饿呢?"晚上,妈去跳舞了。我就把饺子从沙发下弄出来,倒进院子里的狗食槽内,看着它吃完,我才回房间打游戏……

上一代,这一代

赏析／卢龙华

祖孙三代的日记,三个时代的真实写照。

上一代人确实比不上这一代人。当小阳阳们能够坐在宽敞明亮的教室里学习文化知识,拿起手中的笔写下一天的生活时,上一代人只能面朝黄土背朝天地在地里刨食;当阳阳这一代人把生活潇洒地写在精美的本子上,并为自己的小聪明而自鸣得意时,上一代人只能画或写在白纸甚至是麻纸上,饱尝着生活的苦涩和无奈;当阳阳这一代人把羊肉馅饺子拿去喂狗时,上一代人还在饥饿的边缘挣扎。正是有了上一代人的艰苦奋斗、吃苦耐劳才有我们这一代人的幸福生活啊!这种幸福生活来之不易,我们应好好地珍惜!

"这一代"人确实比不上"上一代"人。鲁迅先生曾说过:"没有亲吻过土地的人是没有童年的。""这一代"人脱离土地时间已太久了,每天行走在城市的水泥地面上,或许早就遗忘了什么是自然,早就遗忘了什么叫饥饿!当我们这一代人还在父母的身边撒娇的时候,我们父辈的那一代人已经用自己稚嫩的肩膀挑起了生活的重担。

购买上帝

没有上锁的门

的男孩

人原本就是在星星上出生的，暂时居住在这颗叫做地球的星星上。因此，任何一个人，都是具有星星般美好的心灵，生命尽管有限，依然不断用微笑和爱向他人散发光芒。

　　如果我回不来了，就把我的抚恤金用来翻盖一下我们的学校，我真怕咱学校迟早会倒下来砸着我的学生们！

豆苗的老师

 文／童树梅

　　炎热的夏天里，大山深处一个叫鹿茸沟的村子这天来了一个人，说是招井下挖煤工的。大伙听了对那人说："你别招了，肯定招不到人的，你钱再多、咱再穷，可谁愿拿自个的小命换钱啊？"

　　那人垂头丧气地正要回去，却听到有人说："我愿意去！"

　　大伙一看说话的人都愣住了，要去的不是别人，竟是村子里唯一的教师陈平凡！鹿茸村将近二十个学龄儿童全是陈平凡的学生，他一个人从一年级一直教到六年级。当下有人着急地说："陈老师，你不要命啦？那小煤矿也是去得的？你不想回来教孩子们啦？"忽又想到什么，连连拍打自己的嘴说："呸、呸，乌鸦嘴，陈老师你莫怪！"

　　陈平凡点点头，只说了一句："我是一定要去的。"

　　当晚村子里便议论开了，说肯定是陈平凡想钱想老婆想疯了，快四十岁的人了还是光棍一个，他这是想趁暑假挣大钱娶老婆哩。陈平凡却像没听到似的，抱着一大摞书本铅笔，挨家挨户分送给他的学生们，一边送一边摸摸他们的头说："好好学习，咱村子翻身就靠你们这些娃儿哩。"当来到六年级的豆苗家时陈老师把一本大红封面的漂亮的笔记本送给她，说："豆苗，夏天一过就上初中了，到时候老师会来送你的。你是村子里最有把握考上大学的孩子，老师希望你将来考所师范大学，回来好接老师的班，好吗？"豆苗只顾兴奋地摩挲着笔记本外面的塑料皮，她一点儿也不舍得拆开，头一个劲地点，可心里想：我将来才不要回到穷大山里做教师哩，咱这学校都破得不像样了，我要到大城市里生活。

　　时间过得很快，天气一点点的凉爽了，一晃暑假就要过去了，孩子们开始天天站在村口盼起陈老师来，以前跟老师在一起的时候光惹老师生气,现在几十天不见却又平白无故地想起老师来。豆苗更是一天跑三次村口,眼都望酸了,因为老师答应过要送她去山外读初中的,可一直没有看到老师那弯腰弓背的瘦削身影。

这天老师终于回来了,却是躺在一个小小的盒子里被两位政府人员送回来的,原来那小煤矿发生了透水事故!

大伙愣了片刻后忽然狠狠地抽起自个的嘴巴来,血沫都抽出来了,一边抽一边大喊:"打烂你这张乌鸦嘴!陈老师!陈老师!你真的走了吗?你走了孩子们怎么办啊?"

孩子们早已"哇"地大哭起来,豆苗抱着笔记本哭得快要背过气了,说:"老师!老师!你骗人,你说过送我上初中的!"

两个政府人员红着眼眶说:"陈平凡的亲属呢?请把抚恤金领一下!"

大伙擦擦眼泪没有主张了,陈老师可没有亲人啊!这时蹲在一旁的豆苗抽抽搭搭地小心揭开那本鲜红笔记本的塑料封皮,她要把今天这难忘的一幕写成日记,题目都想好了:豆苗的老师!

她忽然大叫起来:"老师写了一张小纸条夹在笔记本内!"

大伙一听"呼啦"一声聚拢来看,只见纸条上用有力的笔迹写着:"如果我回不来了,就把我的抚恤金用来翻盖一下我们的学校,我真怕咱学校迟早会倒下来砸着我的学生们!豆苗,这下你不会嫌弃咱学校破烂了吧?"

所有人"嗷"的一声全哭开了,豆苗更是顿着脚一迭声地说:"老师!老师!等我长大后一定回来接你的班!"

平凡老师不平凡

赏析／卢龙华

大山、孩子、老师、学校。人在山中,山在人心。

捷克教育家夸美纽斯曾说过:"教师是太阳底下最光辉的职业。"平凡老师用一生在大山的深处书写了一位普通的老师对大山孩子深沉的爱。虽然知道去井下当挖煤工是拿命换钱,但为了大山深处将近二十个学龄儿童,你义无反顾地去了;你不是一时的冲动,更不是不珍爱自己的生命,而是把孩子们的学习永远放在第一位。你也知道这一去凶多吉少,甚至把自己最糟的情况也预料到了:"如果我回不来了,就把我的抚恤金用来翻盖一下我们的学校,我真怕咱学校迟早会倒下来砸着我的学生们!"于是你头也不回地去了。平凡老师,是你,给了大山希望;老师,是你,扶正了我们人生的航向;老师,是你,筑起了我们知识的殿堂。师恩难忘,与其说您是豆苗的老师,不如说我们是老师的豆苗。我们在老师的关心呵护下一天天地成长,跨出大山,认识世界。我们还渴望在老师的带领下一起到知识的海洋深处遨游呢。可是老师您,却永远地离开了我们。我的眼睛湿润了,耳际边轻轻地回荡着那首您教我们的歌:"长大后我就成了你,才知道那个讲台举起的是别人,奉献的是自己……"

人生路上,我们不该忘记在这个世界上,有这样的一群人,需要我们去关注,去尽一点绵薄之力。我们的精神,要为一种称之为奉献的东西而敬礼,不是吗?

其实,拯救帕特鲁普的不是上帝,而是小男孩的爱心,确切地说,是小男孩和老头的爱心。在这个世界上,只要人人都献出一点爱,世界就会变成美好的人间。

购买上帝的男孩

●文/徐　彦

一个小男孩捏着一美元硬币,沿街一家一家商店询问:"请问您这儿有上帝卖吗?"店主要么说没有,要么嫌他在捣乱,不由分说就把他撵出了店门。

天快黑时,第二十九家商店的店主热情地接待了男孩。老板是个六十多岁的老头,满头银发,慈眉善目。他笑眯眯地问男孩:"告诉我,孩子,你买上帝干吗?"男孩流着泪告诉老头,他叫邦迪,父母很早就去世了,是被叔叔帕特鲁普抚养大的。叔叔是个建筑工人，前不久从脚手架上摔了下来，至今昏迷不醒。医生说，只有上帝才能救他。邦迪想，上帝一定是种非常奇妙的东西，我把上帝买回来，让叔叔吃了，伤就会好。

老头眼圈也湿润了，问："你有多少钱？""一美元。""孩子，眼下上帝的价格正好是一美元。"老头接过硬币，从货架上拿了瓶"上帝之吻"牌饮料，"拿去吧，孩子，你叔叔喝了这瓶'上帝'，就没事了。"

邦迪喜出望外，将饮料抱在怀里，兴冲冲地回到了医院。一进病房，他就开心地叫嚷道："叔叔，我把上帝买回来了，你很快就会好起来！"

几天后，一个由世界顶尖医学专家组成的医疗小组来到医院，对帕特鲁普进行会诊。他们采用世界最先进的医疗技术，终于治好了帕特鲁普的伤。

帕特鲁普出院时，看到医疗费账单上那个天文数字，差点吓昏过去。可院方告诉他，有个老头帮他把钱全付了。那老头是个亿万富翁，从一家跨国公司董事长的位置退下来后，隐居在本市，开了家杂货店打发时间，那个医疗小组就是老头花重金聘来的。

帕特鲁普激动不已，他立即和邦迪去感谢老头，可老头已经把杂货店卖掉，出国旅游去了。

后来，帕特鲁普接到一封信，是那老头写来的，信中说：年轻人，您能有邦迪这个侄儿，实在是太幸运了，为了救您，他拿一美元到处购买上帝……感谢上帝，是他挽救了您的生命，但您一定要永远记住，真正的上帝，是人们的爱心！

一美元的重量

赏析／卢龙华

看完这一篇微型小说，我不禁想：在当今这个物欲日益"盛行"的时代，不少人认为爱所占有的分量越来越轻了，面对我们自己的"帕特鲁普"时，我们会怎么办呢？

时间一天天地过去，我们一天天地长大。当有一天我们面对自己的"帕特鲁普"时，我们会不会像文中的男孩那样对生活充满爱的幻想——

只有上帝才能救得了把他抚养大的至今昏迷不醒的叔叔帕特鲁普而手持一美元满城去购买上帝？这种真挚的情感，是多么令人感动啊。小男孩就这样捏着一美元硬币，沿街一家一家商店询问："请问您这儿有上帝卖吗？"店主要么说没有，要么嫌他在捣乱，不由分说就把他撵出了店门。但小男孩没有气馁，继续寻找，因为他只有买到上帝才能挽救自己的帕特鲁普啊。这是小男孩心中多么朴素而真挚的爱啊。最终，在第二十九家商店的店主———一个老头那里，他用一美元买到了上帝，小男孩的帕特鲁普最终获救了。其实，拯救帕特鲁普的不是上帝，而是小男孩的爱心，确切地说，是小男孩和老头的爱心。在这个世界上，只要人人都献出一点爱，世界就会变成美好的人间。

　　我们生活在这个社会中，不光要有渊博的知识，还要同时具备高尚的道德品质。只有"渊博的知识＋良好的品德＝完美人生"。

博士的机器狗

●文／刘万里

　　A星球国王的女儿被一只狗咬伤后，刚开始国王也没在意，谁知几天后，公主开始发烧，全身奇痒，并且高烧不退。国王立即把公主送到市里最好的医院救治，结果还是高烧不退。国王带着公主跑遍全国各大医院，结果还是没能看好公主的病。国王非常着急，就发公告，谁能看好公主的病，将重金奖赏。但数月过后，都没人敢来揭榜。

　　这时一位大臣就给国王提议，他说，城东刚开了一家诊所，专治各种疑难杂症，据说大夫还是一位博士，咱们何不去试一试。国王叹了一口气，带着公主就去博士的诊所。博士见是国王的女儿不敢怠慢，他给公主把了一下脉说，公主的病已是晚期了，再不治恐怕就有生命危险了。公主是国王的掌上明珠,假若公主有个三长两短,国王不敢想了,他急着说,只要你能看好公主的病,你要什么我都答应你。博士说,救死扶伤是我们医生的本职,怎能提感谢两字?只是我担心……国王急着说,你担心什么?博士说,我正在研制一种治狂犬病的新药,这种药还没上市,我怕有什么副作用。国王豁出去了,说,你快治吧。博士给公主注射了一针。不久,公主的高烧退了下去,脸上有了红晕,并且能下床走动了。国王大喜,握着博士的手感激不已。国王立即把博士请到王宫,盛宴款待。国王说,我想请你到王宫,做我的专职大夫,至于年薪,你想要多少就是多少。博士说,等我把这种药全部研制成功后再说吧。国王只好作罢,他趁着醉意,提笔给博士题了"神医"两字。

第二天,全国各大媒体都在头版头条报道了博士给国王女儿看病以及国王题字的消息。博士名声大振,每天找他看病的人络绎不绝。

国王为了防止狂犬再咬人,就在全国展开了一场声势浩大的"打狗风暴",无论是谁家的狗,一律格杀勿论。

狗被杀尽后,还是每天都有人被狗咬伤。被狗咬伤的人就给国王写信投诉。

国王感到奇怪,就把调查局的局长叫来。国王说,你把这件事给我调查一下,到时给我写个报告。局长就联合公安、工商等部门,再次展开一场"打狗风暴",结果这次连一只狗都没打上。局长就把这次行动给国王做了汇报,说狗完全被杀尽。国王大喜,准备为他们开一个庆功大会时,又接到了几个被狗咬伤的投诉信。国王大怒,对局长训斥道,睁着眼睛说瞎话。再给你一次机会,如果这次再不彻底,你就撤职吧。

局长就去博士那里了解情况,他见到了几个病人,病人说他们就是被疯狗咬了的。局长大惑不解,狗确实是被杀尽了,为什么还有人被狗咬伤呢?局长绝不放过任何线索,他还特意在博士门前安排了几个人日夜监视着博士的一举一动。

一天半夜时分,局长看到了几只狗从博士的门口窜出来,局长立马跟踪,并通知特警部队围剿。其中一只黑狗发现有人跟踪,翻墙想跑,局长立即开枪射击,局长是有名的神枪手,子弹打在狗的头上,只见冒起星火和轻烟,黑狗依然没事一般奔跑。局长连连开枪,黑狗就是不倒下。这时,特警部队赶来用一张大网罩住了黑狗,黑狗被捉了起来。

黑狗身上中了几枪,但没有一点伤痕和血迹。局长很奇怪,他就仔细研究黑狗,黑狗原来是一只机器狗。

局长立即派人把博士抓了起来。在博士的地下实验室里,人们发现了不少的机器狗以及各种操作制剂室……

国王亲自审问博士,在证据面前,博士低下了头。他说,他是 B 星球人,B 星球为了征服 A 星球,特派他在 A 星球开发一种犬疫细菌武器,为了利用活人做实验,他每天晚上就在机器狗的牙齿上抹上犬疫细菌,然后让狗去咬人……,一旦实验成功,时机成熟,B 星球就会利用机器狗大规模的袭击 A 星球的人……

博士被押上了断头台,这时广场上空飞满了和平鸽……

知识＋品德＝完美人生

赏析／卢龙华

一直以来,我们都很强调知识在我们的社会中的作用。因为在这个竞争激烈信息化的时代,在求职择业中知识结构和能力水平已成为用人单位选人用人的重要标准,没有知识就没有出路,就无法生存。而人的品德如何不但影响着人的一生,而且影响到社会生活的质量,也关系着人类社会是否能得到健康和谐的发展,甚至直接关系着祖国的命运,所以说知识和品德是同等重要的。假使你有了丰富渊博的知识,而在道德上却是个不折不扣的流氓,就像《博士的机器狗》中的博士一样,虽然博士医术非常的高超,但却是一个野心勃勃的侵略者,这给社会带来多大的危害呀!相反,如果你光有高尚的道德品质,而在知识上却是一无所知,那么纵使你的道德品质再高尚,恐怕你也只能是个百无一用的人,那么你的生存都成了问题,又怎么去谈维护世界和平呢?

我们生活在这个社会中,不光要有渊博的知识,还要同时具备高尚的道德品质。因为有了知识和具备良好的道德品质,你的知识也就有了用武之地,用你的知识报效国家,报效社会,报效人民,有了人民的支持你的知识也就会更加的渊博,更加的丰富。只有"渊博的知识＋良好的品德＝完美人生"。

生活是面镜子,学会感恩,对生活时时保持微笑的心情,生活也会还你以微笑。

女孩来信了

● 文/徐均生

早上刚上班不久,老婆来电话,让我赶快去银行取三千块钱,给梅雨送去。梅雨老公住在医院里,等钱交医药费。

这让我感到很意外,以梅雨家的经济条件,怎么会交不出住院费呢?

我从银行赶到医院时,梅雨在住院部外等着,她连忙从我手里接过钱,边道谢边急切地往里面走,去办理入院手续。由于当时领导来电话,让我去处理事情,只得往回赶,也没有去看梅雨的老公。

老婆晚上回家后,一声不吭地坐在沙发上叹息。我问她:"发生了什么事?让你这样不开心。"老婆是个乐观派,一般事情都能想开的。

老婆不解地说:"我想不通啊,梅雨他们真是太善良了,竟然连自己生病住院的钱都没有了,我真想不到啊!"

我感到莫名其妙。老婆转身问我:"你说我们会不会也这样?"

我当即表示:"这怎么可能呢?我们是公费的,不存在这个问题。"

老婆反驳说:"梅雨老公也是公费的,但就是没有钱交住院押金。"

我感觉出来了,老婆肯定有什么心事,便没有再问话了,而是等她往下说。果然老婆说出了事情的原委。

梅雨和老公资助一名贫困山区的男孩读书,从小学开始一直到大学毕业。问题是梅雨老公单位效益不太好,收入大打折扣了,而这位被资助的男孩正好考上了大学。这不,男孩上个月寄来一封信,说学杂费要六千块钱。梅雨和老公咬着牙,凑足了钱给寄去了,梅雨老公生病住院就没有钱了。

老婆担忧地说:"老公,你说该怎么办啊?"

我听明白老婆的意思了,我和老婆也资助了一名女孩,已经六年了。

女孩上初二,成绩不错,也时常给我们来信,向我们汇报学习情况,是个非常懂事的女孩。

我安慰老婆:"不会的,没有事的。我们资助的孩子还小,还用不着担忧钱的事。"

这一点我坚信,就算六年后这孩子考上了大学,到那时说不定上大学不要钱了。而她家里条件也会好起来的,这是很有可能的。

过了一些天,老婆竟然气呼呼地说:"那个男孩真可恶,竟然说梅雨骗他。"

那个考上大学的男孩来电话了,说大学里同学们都有电脑,他也想买一台,请梅雨他们快点给他寄钱。梅雨当即告诉男孩没有钱买电脑,希望他能理解。谁知道这男孩竟然说是梅雨不诚实,是为了骗名誉。

"老公,你说我们资助的孩子也会不会这样啊?"

我嘴里说:"不会的,不会的。"可心里实在是没底了。

过了三天,正好我们资助的女孩来信了,信上说——

叔叔阿姨:

您们好!

首先向您们问好!祝您工作顺利!生活愉快!

叔叔阿姨,是这样的,因为我的作文得了奖,学校让我参加夏令营,但需要五百块钱。我很想参加可又拿不出钱。请问叔叔阿姨能不能帮帮我?我真的很想去参加。

……

老婆看了这信后,顿时就来气了,鼻子"哼"地一声说:"给她写信,就说我生病住院了,没有钱给她寄,看她怎么说。"

我说:"这不太好吧,我们不能骗孩子的。孩子得奖了,去参加夏令营是一件非常高兴的事,我们没有理由不资助她啊!"

老婆不愿意,让我写信。我不写,老婆就在电脑里写,写好打印后,便去寄了。

老婆寄信回来后,我没有理睬她。她这样做也太武断了,太不应该了。

信寄出一个星期后,孩子没有来信,也没有来电话。

半个月后,还是没有来信。到这个时候,我有种不安的感觉,就算老婆写的信是不真实的,女孩你最起码也应该来封信问候一下吧。

直到一个月后,女孩来信了。我没有一点心情看了,把信搁在一边。直到晚饭后,老婆拿起信,打量了好半天,才拆开信。老婆看着看着,就泪流满面了,还哽咽着对我说:"老公,老公,你,你也看看吧。"

我看了,眼睛湿了。信是这样写的——

叔叔阿姨:

您们好!

阿姨的病好些没有?我很挂念。我每天放学后,帮爸爸妈妈去搬砖瓦,搬了整整一个月,全家刚好挣了一千块钱,我给阿姨寄五百块钱看病,还有五百块钱,我去参加夏令营。祝阿姨早日康复!

叔叔阿姨,请以后不要资助我了。爸爸妈妈找到挣钱的活了,我也有能力挣钱了。下次有钱时,我一定来看望叔叔阿姨……

感恩是小德,忘恩是大恶

赏析／卢龙华

生活中,总会有许多事情影响着我们的情绪,或喜,或忧,于是,选择一种什么样的心态去面对生活,也就选择了过什么样的生活。中国有句俗语说得很好:"受人滴水之恩,当以涌泉相报。"

梅雨夫妇资助那个男孩从小学一直到进入大学,甚至在自己的单位效益不太好的情形下,还咬着牙给他凑足了学杂费,最终导致连住院费也交不起。而这个男孩进入大学后,不但不懂得感恩,反而因自己提出购买电脑的要求得不到满足而写信大骂恩人,这实在是令人寒心啊!而"我"和老婆资助的小女孩在听到自己的恩人生病住院的消息之后,身体力行,跟着双亲一起去搬砖瓦挣钱,并将辛苦了整整一个月挣来的一千元钱分成两半：一半寄给恩人治病，一半拿去参加夏令营。自力更生，知恩图报，这怎不让恩人欣慰流泪？怎么不让"我"和老婆因错怪了小女孩而哽咽呢？

感恩，是一种积极的处世方式！学会感恩，不要去记恨对你不好的人。作家余杰说过一句话：恨一个人对自己的伤害，远远比对对方的伤害大。学会感恩，懂得知恩图报不忘恩负义，滴水之恩要以涌泉相报，受人一掊土还人一座山；学会感恩，懂得给别人机会就是给自己机会，赠人玫瑰手留余香，今天拉人一把明天陷入困境也会有人拉自己一把。生活是面镜子，学会感恩，对生活时时保持微笑的心情，生活也会还你以微笑。

当她再一次从我身边走过时，我看见，在她的手臂上，那烙痕一样清晰的，分明是一道长长的泪痕……

麦当劳的礼物

●文/叶倾城

大一圣诞节前的那个周末，我回了家，喝着妈特地给我煨的排骨汤，我心里一直在犹豫：该不该向妈要这笔钱呢？

爸去世得早，自小我便看惯了妈的操劳，从不曾向她要过额外的花费。可是，这次是不同的，因为朱樱。

常常地，我与朱樱徘徊在小径上，不知不觉，走遍了校园的每一个角落，不知道怎么样才可以将时光留住。室友们为我出谋划策，建议我趁热打铁，给朱樱一个浪漫的圣诞夜。中式餐厅嘈杂，气氛差，情调好的地方我又消费不起，最后选定了麦当劳。

可是该怎么向妈开口呢？滚烫的汤哽在我喉间，我反复思量着，室内满满的，全是我喝汤的声音。妈坐我对面，静静看我，忽然说："前两天，厂里开了会，说一批人要下岗。"

我霍地站起，惊恐地盯着妈的脸。"妈，你下岗了？"妈一愣，然后就笑了，笑容里是无限的疼惜与爱怜。"看你吓的，我说要下岗一批人，又不是说我，妈干得好好的呢。"

我松了一口气。想，妈现在心情应该不错，咬咬嘴唇一口气说出来："妈，下学期要去工厂实习，学校要交二百块钱材料费。"

妈"啊"了一声，有明显的失望意味："又要交钱……"我不敢看妈的眼睛："要不然，我跟老师说……"妈已经转过身，拉开了抽屉。"我给你两张一百元的，路上好拿。"

妈找了半天，也只找出一张一百元，一张五十元，其余的都是十元的。她把每一张钱的纸角都压平，仔细地数了好几遍，把钱折了四折，叠成一个小方块，小心地塞进我书包的夹层里，把双层拉链锁好，送我出门的时候还在反复地叮咛："车上小心，现在小偷多。"我"嗯嗯"地答应着，却已控制不住自己的脚步，飞奔着，越跑越急，要即刻到朱樱的身边。

圣诞节的黄昏，下了雪，将圣诞的气息衬得更繁华鲜明。麦当劳里人山人海，我们等了好久，才有一桌人起身，我一个箭步冲上去，抢到座位。朱樱伸手招呼："小姐，清一下台子。"

一位女服务员疾步走过来，远远地，只见她略显单薄的身影，走路时上身稍稍地前倾，竟是十分熟悉。我在顷刻间呆住了：妈！

怎么会是妈？她现在，她现在应该在上班呀。陡然地，我记得在厨房幽暗的灯光下妈黯然的脸色，难道，难道妈在骗我？妈下了岗？

她也同时看见了我，刹那间，她的眼睛瞪得很大，死死地、用力地盯着我，我看见惊骇、怀疑、失望、痛楚，仿佛巨浪滔天，从妈的眼中无穷无尽地涌出。她的身体轻轻地摇晃了一下。

然而妈什么也没说，只是低下头去，利索地开始清理桌上的残杯剩盘。我想喊她"妈"，可是也许是因为震惊，也许因为周围喧嚣的人流，也许只是因为朱樱，我竟一个字也说不出口，只是愣愣地看着她。

她再没有看我一眼，径直到邻台清理。把废物倒入垃圾桶里时，她停一停，伸手印一印额头，当她再一次从我身边走过时，我看见，在她的手臂上，那烙痕一样清晰的，分明是一道长长的泪痕……

哦，那个周末的晚上，是不是，妈本来是准备告诉我她下岗的消息？是什么让她改了口，是不忍见我那一刻的紧张与焦灼吗？我紧紧地握住袋中的纸币，第一次知道了钱的分量。

许多成长岁月的事，像旋风一样涌上来又翻下去，我竟不能止住自己的泪。泪光里我看见朱樱，她娟秀的眉眼，精美的黑皮衣衬出她的玲珑腰身，忽然知道：对于我来说，爱情是太奢侈的游戏……

大二开学的时候，我把一沓钱放在妈的面前，说："有我的奖学金，也有我当家教、打工的钱。妈，下个学期的学费我自己付，你以后不要那么辛苦了。"

妈久久地看着那些钱，双手突然蒙住了脸，她，哭了。

母亲的泪痕

赏析／卢龙华

母爱是人间最伟大的真情。在我们成长的路途中，每一步都伴随着母爱的脚印；在我们进步的征程中，每一次跋涉都渗透着母爱的汗水。母爱，以她博大的胸怀，包容了一切：痛苦、无奈、艰辛、欣慰、喜悦、自豪……

母亲和儿子相互欺骗。母亲是为了给儿子一片无忧的天空，让儿子可以自如地成长；而儿子只是为了得到一夕狂欢，在母亲心上划了最痛的一刀。于是有了母亲那一道长长的泪痕。母亲的泪痕深深地印在了儿子的心上，让他愧疚，催他警醒。第二次看见母亲的眼泪，是在大二开学时，儿子通过自己的努力挣来自己下个学期的学费时，母亲为儿子的懂事而流泪。母亲的两次泪痕，让儿子理解了母爱，也让儿子更懂得了生活的哲理。

亲爱的朋友们，世上只有妈妈好，别再让母亲流泪了。

老人终于要回家了，他特意带了半瓶香油，这既是一个游子对母亲的尽孝，也是为了还几十年前的那一份沉重的心债。

半瓶香油

●文/彭永强

故事发生在一九九三年。那时离春节只有一个月的时间了，从香港海关到大陆的人特别多，因此，工作人员也格外忙碌。

一位老人吸引了他们的目光。他衣着朴素，随身仅带一个简易的旅行包，然而，令人不解的是他的左手提着一个瓶子，瓶子里有半瓶黄澄澄的液体。一位工作人员按捺不住好奇心，问他："这位先生，您的瓶子里装的是什么呀？"

老人淡淡地说："是香油。"

这时，所有在场的人都感到不可思议，这位老人千里迢迢地赶往大陆，竟带着半瓶香油。"您这是为什么呢？"另一位女士终于忍不住问道。

老人脸上浮出了凄楚的神色，缓缓地说："这是我母亲要我买的。四十四年前的一个中午，母亲正在做饭。饭马上就要做好了，却发现家中没有了香油。她拿出一些零钱来，让我到不远处的一家卖油铺去打半斤香油。临走时，她还说：'孩子，你跑快一点，娘马上就把饭做好了，别耽误吃饭。'"

这时，泪从他的眼角流出来。顿了一顿，老人接着说："我刚走出家门，就碰到了一群穿军装的人，他们用枪逼着我，让我帮他们拉大炮。后来，为了活命，我就跟随着他们一起打仗。再后来，我随着军队到了台湾……这几十年，我得不到一点儿家中的消息。直到三年前，我才和家乡的亲人联系上。他们说，我母亲在我走了之后就疯了，见人就说等着我打香油回家……"

老人的故事讲完了。所有的人都安静地听着，不少人眼中泛起了闪闪的泪光，老人已是满脸的泪水。

半瓶香油，一生的债

赏析／卢龙华

孔子曰："父母在，不远游，游必有方"。意思是说，父母在世的时候，不出远门去求学、做官，如果要出游，一定要有去处。中国的古老的传统习惯，父母健在，子女不可远游。子女守候在爹娘的身边，早晚请安，问寒问暖，尽其之孝道，使年迈的双亲在晚年能够安享天伦之乐。

《半瓶香油》中老人在少年时去给母亲买香油时被一群穿军装的人用枪逼着去拉大炮，连一声招呼也没来得及与母亲说，最后辗转到了台湾。几十年没有家中的一点儿消息，直到现在才有机会回家，但是母亲在他走了之后就疯了，见人就说等着他打香油回来，这怎不令人扼腕叹息？母亲心中对儿子的牵挂是多么地急切而沉重啊！老人终于要回家了，他特意带了半瓶香油，这既是一个游子对母亲的尽孝，也是为了还几十年前的那一份沉重的心债。香油依然可以买到，但母亲已疯，少年已老，物是人非，长歌当哭。

希望亲爱的朋友们心中能牢记父母的期盼，多孝顺父母，记得自己的志向。

惠子就像根木头定在了原地，然后，突然喊了声，娘！猛地扑到她继母的怀里。娘儿俩成了泪人……

秘　　密

●文／萧　磊

一

娘是在换洗床单时，发现了惠子藏在枕头下的秘密的。那一瞬间，娘觉得积压在心头的那个疑惑,好像和随口而出的那个"噢"字一起从身体里呼了出去。难怪惠子这几天一直情绪不高,像瞒着什么事情的样子,甚至为了给她加强点营养,每天候着家里的老母鸡得来的那个荷包蛋,她都坚决不吃,说自己鸡蛋吃腻了,还是用这蛋换点钱维持家里。

眼泪在娘的眼眶里打转,然后像个顽皮的孩子一般跳到了地上。就在这时候,娘听到门外惠子喊弟弟泥巴帮忙的声音,连忙整理了一下枕头,用衣角擦了擦眼角,拿着被单走出了房间。

吃晚饭的时候,电视里正放着一个"春蕾行动"的专题片。惠子很快地吃完了饭,就到灶间去忙活了,但那声音好像毛毛虫蠕动一样直往惠子耳朵里钻。惠子洗完碗朝房间里走去的时候,看见娘正一手端着那个青花瓷碗,一手拿着筷子往嘴巴里扒饭,眼睛却像铁钉被电视机这块磁铁吸住了一般。她说,娘我先睡了。娘却没多大反应,就"嗯"了一声。

惠子关了门进了房间才发现被单已经被拿掉了。她连忙跑过去一把抓起枕头,把它翻了个身,那个秘密似乎并没有被动过的痕迹。

惠子放心地躺了下来,但一闭上眼睛,爹像松树皮一样粗糙的脸就从黑暗里浮了出来,那双浑浊的眼睛死死拽住她的脸,只说了"把书读……"几个字就头一歪不见了,然后是娘呼天喊地的声音像水一样铺展开来要把她淹没了。惠子觉得自己快要窒息了,眼角边一阵凉意刺醒了她。

第二天早上,娘儿俩见了,几乎是同时问,眼睛怎么这么肿?

大概是昨晚有蚊子了,没睡好吧!娘先说了个惠子也想说的答案。

二

惠子是在做了个决定以后才发觉娘的秘密的。那会儿,她一个劲地责怪自己怎么这么粗心呢?

这几天干活或者休息的时候,娘总是叫弟弟泥巴给她捶捶腰或者敲敲背的。有一次,惠子和弟弟割了草回来要吃饭,见娘嘴角流着口水,头靠着墙壁睡得正香。等叫醒她准备吃饭了,才发现锅里还是水泡着米!

惠子也没多想,只想着娘为了这个家,豁了命在干活呢!

但最让人想不通的是,干活已经这么累了,让娘早点休息,但她却似乎特别喜欢串门了,好像家里事情也多起来了。那晚,惠子正在门口的石板地看电视,娘又说,这电视也不怎么好看,天又开始热了,睡觉早了点,要先到菊根婶家去说个事,不用等她了。

惠子又说了,娘,你这么累了,早点睡吧!

不累,这事要紧着呢!娘笑笑,已经转过身去了。

看着娘佝偻着的背影,惠子很想帮家里赚点钱贴补家用。办法仿佛知道惠子心事似的、心有灵犀地出现在了电视屏幕上,惠子觉得那的确也是个办法。

第二天,等娘出去一阵子以后,惠子和弟弟打了个招呼,拿着一个塑料杯上路了。

等惠子喝完八杯冷水,憋涨着肚子到达镇上的医院门口时,她看到一个熟悉的身影从医院里走出来,左手拿着颗棉花球正按着右手臂,然后就势坐在了医院门口的水泥阶梯上,心满意足地晒起太阳来。三三两两的人从她身边像鱼儿一般游过,但无一例外地都回头看了看她!

惠子觉得自己的眼泪像水库开闸般要汹涌而出了,她连忙转过了身去。天上的毒日头刺得她有种晕眩感……

三

第二天,也就是"中专录取通知书"上写着的报到日子,惠子对这个日子既刻骨又模糊,就像收到通知书的七月二十一日一样。

惠子刚洗完脸,娘就把惠子叫到房间里了。

娘弯腰从枕头底下掏出一叠新旧不一的百元大钞和那张"录取通知书"来,说,惠儿,这里五千块应该够你一个学期的学费和生活费了。

惠子就像根木头定在了原地,然后,突然喊了声,娘!猛地扑到她继母的怀里。

娘儿俩成了泪人……

薄薄录取通知书,沉甸甸的母女情

赏析／卢龙华

中国有句老话,叫"后娘的拳头,中午的日头"。意思就是说继母对不是她生的孩子是不会喜欢的,甚至会狠狠地打骂他们。但是读了萧磊的这一篇《秘密》却让我终于明白,继母的意思就是要将母爱继续下去。继母为凑钱供惠子上学,竟去医院卖血！这怎么不让我们的心灵受到深深的震撼呢？曾读过杏林子的《朋友和其他》,其中有一句话是这样写的："其实,友情也好,爱情也好,久而久之都会转化为亲情。"我想亲情应该是世间最伟大的感情,因为亲情绝不会改变——血浓于水啊。

接到了"中专录取通知书",惠子的心情肯定是很开心的,但昂贵的学费却让她不得不认真去思考这个摆在她面前的问题。于是在她的心中就藏有了一个秘密:省吃俭用也要去读书。这从一个侧面反映了惠子对知识的渴望。于是她更懂事地去体贴母亲,为母亲分担生活的重担,最后甚至打算去卖血！而母亲自发现惠子藏在枕头下的"中专录取通知书"起,在她的心中也有了一个秘密:那就是不惜一切代价都要供惠子上学。于是母亲瞒着惠子去卖血筹学费。小说正是通过惠子巧遇了到医院卖血的母亲,让彼此的秘密成了不是秘密的秘密,而母亲实际上是惠子的继母！此情此景,怎不令人因心灵的震撼而泪流满面呢！怎不令人由衷地叫继母一声:"娘"啊！

母女情深哪,这种感情至纯至真,值得我们好好去珍惜。

孩子们怎知道,她不是去结婚。三天前,去县城体检,她患了白血病,在人生的旅途上,她只有半年的时间了。

小站歌声

●文/修祥明

子夜时分,山村的小站昏暗静谧。苗兰老师提着行李来到站台,像触电般浑身颤抖起来。

她本想在夜深人静时悄悄离开山村,没想到全班四十多个孩子全站

在这里为她送行。站牌下,放着一篓子山核桃,篓把上贴着个红双喜字。这是山里人祝贺新婚的礼节。

三天前,她去了趟县城,回到山村,她对孩子们说,要和远离千里的男朋友举办婚礼,婚后,她就在那里定居了。孩子们舍不得她,却没张口将她挽留,只将一串串难舍难离的泪水洒下。

远处传来列车的长鸣。

四十多个孩子含着泪水,像一棵棵被雨水浇伤的禾苗一样,凄悲地立着。

班长说:"咱们为苗老师唱一首《好人一生平安》吧。"

歌声在夜空中响起:"有过多少往事／仿佛就在昨天／有过多少朋友／仿佛还在身边／也曾心意沉沉／相逢是苦是甜／如今举杯祝愿／好人一生平安。"

这歌声,低沉悲哀。这是孩子们真诚的祝愿。

列车徐徐地向前开动着,孩子们像一阵旋风一样随车跑着,唱着……

好人一生平安。歌声像泪水滤过似的。

车上苗老师失声痛哭起来。

孩子们怎知道,她不是去结婚。三天前,去县城体检,她患了白血病,在人生的旅途上,她只有半年的时间了。

美丽的谎言

赏析／卢龙华

读完了这一篇微型小说,我的脑海中仿佛看到了一群孩子顶着寒风恋恋不舍地与老师告别,耳边一直回荡着那首熟悉的旋律:"有过多少往事／仿佛就在昨天／有过多少朋友／仿佛还在身边／也曾心意沉沉／相逢是苦是甜／如今举杯祝愿／好人一生平安。"

从文中的字里行间,我们可以感受得到师生之间的那种深厚的爱:老师在得知自己患了白血病之后,她编造了一个要和远方男朋友结婚的美丽的谎言。因为她不想在孩子们蔚蓝的天空里,留下半点人类悲哀的阴云。孩子们舍不得她，却没张口将她挽留，只将一串串难舍难离的泪水洒下，并用山里人最淳朴的方式表达了他们对老师的真诚的祝福："一篓贴着双喜的山核桃""用泪水滤过的歌声""像一阵旋风一样随着车跑着，唱着……"

但愿好人一生平安。

总有一种感动震撼人心，总有一种眷爱经久不衰。沧海桑田，唯有宽容的母爱历千年而不变——大爱无言！

妈妈的秘密

●文/[日本]赤川次郎

千万不能让丈夫知道。

绫子拿着那个小包，站在桥上。夜深人静，河水在黑暗中悄无声息地流淌着。

它能带走这秘密吧。

小包飞快落入河中。回家吧，明天丈夫住院，得起个大早呢。

绫子疾步往回走。轻轻打开后门，穿过厨房，溜进卧室——丈夫站在那里，满脸愤怒。

"上哪儿去了？""这……""哼，是把见不得人的东西扔到河里了吧！"丈夫真的动了气。绫子的脸也变白了。

"扔了什么。说！"绫子忍不住反问一句，"你怀疑我什么？""我替你说吧——是北山的信！"绫子睁大了眼睛。接着，慢慢将视线移至脚下。

"跟那家伙勾搭上啦！""啪"，一记沉重的耳光。绫子头晕目眩，一头栽倒在床上。

好不容易抬起头时，女儿有纪子正怯生生地站在床边，黑黑的瞳仁里充满了恐惧和疑惑。

"我到底是谁的孩子？"有纪子问，"是爸爸的，还是叫北山的那个人的？"

"你为什么问这个？"

"想知道。"

良久，绫子没有作声。微风吹拂着她那已大部分变白的头发。

"好。"绫子终于开口了，"那就告诉你吧。"

"和我结婚前，你爸爸爱着一个人，她叫……"晶美，并不出众，在中学，比他低一年级。当时她们都很迷恋他，绫子偏偏和晶美又是最好的同性朋友。不过，这两个女孩儿那时都还不到敢向异性吐露爱心的年龄。因此，也就没有发生什么争"郎"大战。论家庭背景，绫子占上风。晶美死了父亲，与母亲二人相依为命，度日维艰。她自然穿不起绫子身上的漂亮衣裤，也不善于玩耍。不过，绫子知道，晶美特有的那种清纯、温柔和娴静是谁也学不到手的。

那件事发生在一个炎热的暑假。

晶美突然跑到了绫子家，他正巧也在。紧追而至的是一群恶煞似的男仆，他们的主人是当地首富，晶美的母亲在那家干活。

"让那个女孩儿滚出来！"男仆们叫嚣说，他们小姐放在梳妆台上的宝石不见了，晶美当时正进府找她母亲，偷宝石者必是晶美无疑……他发怒了，让晶美躲进里屋，他转身直奔门口，跟那帮男仆大吵起来。

大概是被他那不要命的样子吓住了，男仆们嘟嘟哝哝着回去了，本来他们也没有充分的证据。

他走向面色惨白、颤抖不已的晶美，温柔地拉起她的手……然而，那件事并未结束。暑假期间，晶美偷盗宝石的传言飞遍整个镇子。新学期开始后，没一个人愿跟她说话。她母亲也失去了工作，娘儿俩的日子更难过了。他则明明确确地爱起了晶美。那不是出于怜悯或同情，而是纯粹发自内心深处的诚挚之情。绫子一如既往关心着晶美，同时暗暗在心里发誓：委屈自己，成全他们。

然而，单靠一个学生的爱情，是无法支撑母女俩的生计的。这个事终于画上了一个句号——晚秋的一个黄昏，晶美和她母亲一同投河自尽了。

"后来，你爸爸倒插门到了咱们家，再后来，就有了你。"绫子停顿了一下，"不过，你爸爸在心里一直思念着晶美。我只是他的妻子，晶美才是他的恋人，而且只有她一个……"有纪子长长地叹了口气。

"可这与你扔到河里的东西有什么关系呢?""我打扫里屋的时候,发现了塞在天棚上的宝石,就把它偷偷地扔进了河里。""是,是这样……"有纪子几乎喘不过气来。"晶美被人追到咱们家,趁你爸爸跟人吵架的当儿,踩着板凳,把宝石塞到了天棚里。"

"那你为什么不告诉爸爸呢?"绫子莞尔一笑:"我那时已经得知,晶美的不幸使你爸爸在身心方面所受的打击和悲痛该有多大。对你爸爸来说,晶美是完美无瑕的女性偶像。如果告诉他真实情况,你想会发生什么事儿?""妈妈!"有纪子紧紧地抱住了母亲。

"您才是最爱爸爸的人啊。"

绫子的脸微微发红。

大 爱 无 言

赏析／赵拓坤

总有一种感动震撼人心,总有一种眷爱经久不衰。相信我们读完这篇文章之后会像有纪子一样热泪盈眶,因为妈妈绫子的爱是如此无私:不求回报,甚至不求理解。多年以后,爸爸依然爱着晶美,在他心中,晶美是圣洁的女神。如果他知道晶美当年确实偷取了别人的宝石,那么他将受到多么大的伤害。虽然丈夫最爱的人不是自己,但为了保持晶美在他心中的完美形象,为了保护他那颗"脆弱"的心,绫子无言地接受了误解与屈辱。这种无言的爱是最真诚的,也是最感人的,所以纪子对妈妈说:"你才是最爱爸爸的人啊!"

故事最后的真相包含着妈妈一颗宽容的心:不想家里的任何一个人受到伤害,纵然自己受了天大的委屈。

其实,每个妈妈都有一个博大的胸怀,包容了孩子的顽皮、叛逆或者是不孝。许多儿女反感母亲的啰嗦,看不起母亲可怜的文化水平,讨厌母亲日渐苍老的颜容。可是母亲呢,她将苦难咀嚼成岁月的装饰后,淳朴依旧地相夫教子,依然慈爱地呵护着她的小宝贝,依然默默地为这个家燃烧着自己的生命!

沧海桑田,唯有宽容的母爱历千年而不变——大爱无言!

　　母爱是人间最伟大的真情。在我们成长的路途中,每一步都伴随着母爱的脚印;在我们进步的征程中,每一次跋涉都渗透着母爱的汗水。母爱,以她博大的胸怀,包容了一切:痛苦、无奈、艰辛、欣慰、喜悦、自豪……

让我流泪 的香橡皮

没有上锁的门

人的一生每时每刻都在延续着成功和失败、追求与失落、理想与幻灭的悲喜剧，人在追求中往往会遇到一些不顺的事。跌倒，我们就爬起来，仍然行色匆匆、一如既往地去升华自己的一生。擦干我们的眼泪吧，勇敢地去面对更加波澜壮阔的人生。

细细一想,其实"富豪叔叔"的所有举动都饱含智慧。为搜寻一枚五角硬币而大失身份,就因为他懂得:不积小石细沙,就没有巍峨高山;不容小溪细流,就难成汪洋大海。

富豪叔叔

● 文/杨学利

我是高中快毕业的时候遇上他的。

那天傍晚,我放学回家,走到一座大楼前,忽然看见一个人撅腚哈腰趴在一辆高级轿车旁,像在找什么。我顺便问了一句:"叔叔,你在找什么?我可以帮你吗?"他直起腰看了看我,说:"我刚才下车,掏兜里的手绢,不想把一枚五角硬币带了出来,不知滚到哪里去了,请你帮我找找。"

我见这人胖胖的,西装革履,戴着一副金丝边眼镜,心里不免感到好笑,看样子他不是个大官就是位大款,为区区的五角钱怎么会这么动心?我把头伸到车底下,很快就找到了那枚五角硬币,他很高兴地拍了拍我的肩膀说:"谢谢你了,小伙子,你叫什么名字?""杨格。""好,你帮助了我,我应该酬谢你!"说着,他从兜里掏出一张百元大钞给我。

这下可把我弄得发愣了,这人是咋的啦?为了找到五角钱,竟拿出一百元酬谢,是不是哪根神经错了位?

他见我愣住了,急忙说:"你不要感到奇怪,钱掉到地上,无论多少都应该找回来;而你帮助了我,不管价值大小,都是情义,所以我应该对你酬谢。"

我笑道:"叔叔,您说的似乎也有道理,但我从小就受父母、老师的教育,帮助人是不能要酬谢的。"

他听了,点了点头,说:"那好,我给你一张名片,以后如果你有什么需要我帮助的,可以直接找我,也让我助人为乐一次!"说罢,匆匆走进大楼里去了。

我接过名片一看,上面印着一行金字:永盛集团董事长、总经理何强。我听说过,永盛集团是个外资企业,不仅经营房地产,还开了四家工厂,何强是新加坡籍华人,是我们这座城市里的第一富豪。但我对这位大富豪如此的举动却无法理解。

　　这年高考,我差六分落榜了。下岗的爸爸对我说,考不上也好,真考上了咱家也难供你。你想法找点活儿干吧,能自己养活自己也就行了。但我找了十几天,也没找到适合我干的工作。我忽然想起了何强,就拿着他给我的名片去碰碰运气,想不到他对我说:"我的企业里适合你干的工作有的是,但我不想让你来干,你应该复习一年,明年再考。"我说:"我很想继续上学,可我的家庭条件不允许。"他说:"我可以给你提供个机会,你除了复习功课,每天到我集团办公楼里来干两个小时的活儿,主要是打扫这十二层楼梯,我每月付给你二百元生活费。要是明年考上大学,每月生活费增加到四百元,其他学杂费我也全包,但每年的寒暑假你都要到这里来打扫楼梯,除非有病,否则一天都不能缺勤。你觉得行,咱们马上就可以签个合同。"我当然同意。何强立即让秘书打印了一份合同,我们两人都在上面签了字。我激动地说:"叔叔,谢谢您这么帮助我!"他笑道:"如果说这是帮助的话,那么我也享受了一次助人为乐了,我们彼此彼此了。"

　　就这样,我复习了一年,第二年考上了省建筑学院。今年毕业时,同学们都为找工作犯愁,我心里却很有底儿。我是由何叔叔资助念完大学的,他肯定会在他的企业里给我安排一个工作。但事实却在我意料之外,何强拒绝了我,他说:"你大学毕业,咱们的合同就结束了,以后的事完全由你自己安排,我的企业里现在不缺人。"我说:"何叔叔,你这么大个集团,难道安排不下我一个人,我想用工作成绩报答您……"他说:"为什么要报答我?你不是说助人为乐是不要报答的吗?你不要有什么心理负担,我们只是互相帮助了一次。"

　　我最终没有在他的集团里求到一份工作,决定到南方去闯闯。临走那天,何叔叔这位大富豪竟然到车站去送我,临上火车时,他从兜里掏出一枚五角硬币送给我说:"渴了可以买碗水喝。当年一位叔叔也是这样送我上路的……"

　　我忽然觉得这位富豪叔叔像一部深奥的书,也许自己现在还没读懂他,需要在今后的日子里细细研读……

让生命富有起来

赏析／赵拓坤

小说有四处违背"常理"，颇为费解：第一，"富豪叔叔"西装革履，坐拥高级轿车，却不舍不弃地寻找一枚不慎失落的五角硬币；第二，一个家财万贯的集团董事长，四处搜寻一枚五角硬币，应该是一个"吝啬鬼"，可是他却毫不犹豫地拿出一百元奖励"我"；第三，他资助"我"读书，但是要求"我"付出努力，签正规的工作合同，以劳换酬；最后，"我"以为毕业后可以到他的公司工作，但他没有为我安排任何职位，馈赠给"我"的只是一枚五角硬币。

细细一想，其实"富豪叔叔"的所有举动都饱含智慧。为搜寻一枚五角硬币而大失身份，就因为他懂得：不积小石细沙，就没有巍峨高山；不容小溪细流，就难成汪洋大海。最后拒绝了"我"为他工作的请求，是以自身的经历激励我去磨砺、去闯荡，不想我不劳而获，坐享其成。

这篇文章中还有许多温情的东西，值得我们去细细品味。比如不轻言放弃，比如帮助他人是一件很快乐的事情。品尝人生百味，能够让生命富有起来。

一个人如果赞美了一天中所有他遇到的人，小则可以拥有一个好心情，大则可以拯救一个城市，这个城市甚至可以是纽约。

拯 救 纽 约

●文／[美国]阿特·布彻沃德

一天，我和一个朋友坐着出租车在纽约市里行驶，当我们下车时，我的朋友对司机说："谢谢你给我们开车，你的驾驶技术真是好极了！"

司机愣了一下,停顿了片刻,迟疑地问:"这话是什么意思?你是个聪明人还是个特殊的人?"

"不,亲爱的朋友,我可不是讨好你。你在道路堵塞不堪时能那样冷静,这可不是一般人能做得到的。我很佩服你。"

司机半信半疑地说了句:"是吗?"就开车走了。

"你这是干什么呀?"

"我要把爱带回纽约市。这是能拯救纽约的唯一办法。"我的朋友说。

"一个人能拯救纽约这样一个城市,你可真是疯了。"

"不是我一个人,还有这位司机。设想他拉了二十位乘客,由于有人对他很好,他也会善待二十位乘客,而这二十位乘客也会友善地对待他们的同事、下属、商店雇员以及所有为他们服务的人,包括他们自己的家人。这种友善将伸延到一千个人身上,这总不是一件坏事吧!"

"你把所有的结果都押在一个出租汽车司机身上,这怎么可能?"我说。

"当然不是这样。但是,我每天,至少会面对十个完全不同的人,如果我能使其中三个人高兴,就可以间接地影响到三千多人的态度。"我承认道:"在理论上听起来是对的,但在事实上恐怕就不是这么回事。"

我的朋友却坦然地说:"即使它不能实现,我也没有任何损失,就算对方是个聋哑人,又有什么关系呢?明天,我还会碰到另一个出租汽车司机,我将努力使他高兴。"

"你可真让人费解,傻瓜才这么想,这么干。"我淡淡地说。朋友立刻说:"这说明你已经变得多么玩世不恭了。我对此做过研究,除了金钱之外,这里缺乏一种十分可贵的东西:没有人告诉我的在邮局工作的员工们,他们的工作做得多么好。"

"但他们做得并不好呀。"

"你知道这是为什么吗?就是因为他们觉得没有人关心他们做得好与不好,怎么就不能有人夸奖他们几句呢?"

我俩边说边走过一片施工的工地,几个工人正在吃午餐。我的朋友停下来对他们说:"你们干的工作真了不起,这活儿一定又困难又危险。"

工人们疑惑地看着他。他又问:"什么时候完工?"

"六月份。""噢!这可真让人兴奋,你们一定很自豪!"他边说边同我一起走开了。

我说:"自从《外里人》以来,我还真从来没见过你这样的人。"他却信心十足地说:"当这些人领悟了我的话,他们将会对工作有另一种感觉。这样,从他们愉快的工作情绪中,城市将受到益处。"

"但你不可能自己完成这项计划。"我断言。

"重要的是一定要鼓励这些人,要使生活在城市里的人们重新变为友爱、和蔼不是件容易的事,如果我能号召,吸引其他人加入我的行动中……"

"你刚才是在向一个长得非常丑的妇女眨眼睛?"我打断他的话说。

"是的,我知道。"他回答道,"如果她是一个学校老师,她的班级将有非常美好的一天。"

一缕阳光也能温暖人心

赏析／赵拓坤

赞扬的威力有多大?一个人如果赞美了一天中所有他遇到的人,小则可以拥有一个好心情,大则可以拯救一个城市,这个城市甚至可以是纽约。

赞美能使沮丧的人振作,使忧郁的人兴奋,让社会和谐,明天美好。赞美他人的优点,就如帮助他人解决困难一样,具有辐射作用。你赞美或帮助过的人,会将这份爱心传继下去。你赞美或帮助的人越多,你的温暖笼罩的距离就越远,覆盖的范围就越广泛。不吝啬一个微笑,真诚地送出一缕阳光,那么你就能温暖一个城市的人心。

朋友鼓励每一个人,给大家以自信,传播好心情。"我"却对朋友的做法不以为然,认为他"一个人拯救纽约这样一个城市"的想法是疯狂的。但是,如果每一个人都能如"朋友"般送给他人最真诚的鼓励,那将是多么温馨的画面。

"只要人人都献出一点爱,世界将变成美好的人间……"这首歌唱了十九年,可惜人们被太多的俗事和私心所蒙蔽,竟然无法明白如此简单的道理。刘备也曾对儿子说:"不要因为善事太小而不去做(勿以善小而不为)。"所以,请伸出双手,捧出一缕阳光,温暖自己、照亮他人。

橡皮可以擦掉字迹,却抹不去朋友之间的情谊;橡皮终会消磨干净,而感人的友爱却将永远铭刻心底。

让我流泪的香橡皮

● 文/纪广洋

初二开学那天,按高矮个重新分座,和我同村的纪翠兰成了我同桌。她是个漂亮且优秀的女生,但令人遗憾的是,学习成绩名列前茅的翠兰,家庭状况却最糟糕。在她刚出生不到一个月时,母亲忙于麦收被暴雨淋湿从此落下了病,常年药不离口;在她考上初中入学的第三天,父亲去集上给她买自行车,回来的路上,刚买的自行车车闸失灵,父亲跌入深壕摔断了大胯和腿骨,一年后还离不开双拐。这样一折腾,她家的情况就可想而知了。看吧,在我们校园里,没有哪个女孩子比翠兰更清秀,也没有哪个女孩子比她穿戴得更寒酸。在学习中她也最节省、最俭朴,买个练习本总先用铅笔在正反面写,再用钢笔覆盖一遍,她甚至捡一些瓶塞、管头等橡胶制品代替橡皮来用。

那天,我买了两块包装精美的香橡皮,准备送给翠兰一块。午休,我乐呵呵地跑进教室,正好只有她一人在。我把那块橡皮放在她面前的书上,"送给你的。"她抬头看了看我,犹犹豫豫地拿起橡皮:"你干吗买这么贵的橡皮?我才不要呢。"我怕伤了她的自尊心,就说:"既然买了,你就收下吧。我去买橡皮,一看挺好的,就给你捎了一块。""这样说我就收下,"她下意识地摊平了手,"多少钱一块?""我就不能送给你一块小小的橡皮吗?"我一听她问价格,心里猛然涌起一种说不上来的滋味,提高了嗓门说,"咱俩同村、同姓、同族、同辈分,按生月我还得叫你姐姐哩,又没有别的意思,又不怕别人说闲话……""你不怕,我还怕呢!"她也提高了嗓门说,"我知道我家穷,可我凭什么要你的东西!我用不着别人可怜我……"

就在这时,几个同学说笑着走进教室,我不便再和她理论,就顺手拿起她的那本书盖在橡皮上面。她神情复杂地凝视我一阵,便趴在桌上不动了。

班主任宣布下午全体同学到操场上清除杂草。翠兰离开座位前,用书把那块橡皮推过了我与她的"三八线"。我装作没看见,与同学一起走出了教室。就在操场上的杂草清除得差不多时,有同学发现翠兰的手上有血(她揪一种三棱草时划伤的),班主任就让她去清洗一下,提前回教室。十分钟后,我先同学一步回教室,看到她的手已止血,就没再说什么。这时,翠兰忽然问我:"记得那块橡皮吗?你没收起来,怎么不见了?"我以为她改变了先前的主意,又乐意收下那块橡皮了,才和我这样幽默一下,就以一种无所谓的口吻说:"不见就不见吧,不见就对了。""你这是啥意思?"翠兰表情忽然严肃起来,一副焦灼万分的模样,"那块橡皮真的不见了!"看她那认真相,我才意识到橡皮真的不见了。可我一时又找不出原因,就暂且找缘由安慰她说:"或许哪个同学拿去看了……""哪个同学能拿去?所有的人都去了操场。况且是咱俩最后出去的,而我又是最先回来的……"翠兰说着说着竟有了哭腔,"今天是怎么啦?!真是见了鬼了不成……"

这时,已有同学陆续走进教室。我说:"明天再说吧。也许当时都忙着出去,忘了具体细节了。"翠兰不说话了,眼里却凝聚着浓重的疑云。

放学后,在回家的路上,我一遍遍寻思:这件奇怪的事还没有结束,明天翠兰还会提起。她的心够苦了,不能再让她遭受这不白之冤。思来想去,我急中生智……跑到商店再买一块同样的橡皮,就说我昨天顺手放到兜里了……

第二天,我在去学校的路上追上翠兰,没等她发话,我就哈哈笑着从口袋里掏出两块一模一样的橡皮,装成自怨自艾的样子:"哎呀,我真糊涂,回家一摸口袋,两块都在里面……"

"你胡说!"翠兰停下自行车,一边掏书包一边幽幽地说,"那块橡皮在我包里呢,是我不留神把它夹在书里面的,回家一掏书,就掉在地上……你说实话,是不是跑到商店里又买了一块?"

我只好不打自招:"昨天,我也弄不清橡皮是怎么不见的,怕你惦记,就……""别说了,"翠兰半嗔半怨地笑起来,"其实这事儿全怪我,我太执拗、太不近人情了,才惹出这样的误会。让你受委屈了,请你原谅。"

我嘿嘿地笑了,笑着笑着眼睛就开始发涩、发热……而让我真正不能自已地流下眼泪来,是在两天之后的物理课上。

那天上物理课,赵教师手里拿着一块精美的橡皮,径直朝我走来,嘴里还不停嘟囔着,"前天你们在操场上劳动时,我从教室窗外经过,偶尔看到放在你课桌上的这块四四方方的新橡皮,就联想到我正为初一准备的浮力课,打算用它做个试验,看把它放在水中能浮出几分之几……没耽误你用吧?"

赵老师回到讲台上,目瞪口呆的我,也重重地坐下了。我想,我肯定是流泪了,不然,翠兰怎么一边夺我手里的橡皮一边这样说——"两块橡皮我都要、四块橡皮我都要……别哭了,好吗?"说着说着,她竟也泪流满面。

抹不去的友谊

赏析／赵拓坤

橡皮可以擦掉字迹,却抹不去朋友之间的情谊;橡皮终会消磨干净,而感人的友爱却将永远铭刻心底。

"漂亮且优秀"的翠兰和善良细心的"我"是同桌。翠兰家境困窘而坚毅要强。这天,"我"买了两块包装精美的香橡皮,准备送给翠兰一块。尽管"我"装作是"顺便"捎给她的,但自尊心过强的翠兰却是无法接受,下午大清洁前把橡皮放回"我"的桌面。这时,误会发生了,香橡皮不见了,翠兰心里十分难过,因为最有可能拿走橡皮的人就是她。为了翠兰,"我"急中生智……跑到商店再买一块同样的橡皮,就说我昨天顺手放到兜里了……"而翠兰也做了同样的事情。显然,"我们"都十分珍惜对方。当真相大白(老师把橡皮拿去做实验了)之后,"我"和翠兰不禁泪流满面……

相信所有人都会为她们这份淳朴的友谊而感动,感动于朋友之间对彼此的呵护。因善良而产生的误会,因疼爱而出现的误会,那误会,也是十分美丽的。

在男孩的大脑中，他认为输血会失去生命。但他仍然肯输血给妹妹，在那一瞬间，男孩所作出的决定是付出了一生的勇气并下定了死亡的决心。

平 分 生 命

● 文/叶 编

男孩与他的妹妹相依为命。父母早逝，她是他唯一的亲人。所以男孩爱妹妹胜过爱自己。

然而灾难再一次降临在这两个不幸的孩子身上。妹妹染上了重病，需要输血。但医院的血液太昂贵，男孩没有钱支付任何费用，尽管医院已经免去了手术费，但不输血妹妹就会死去。

作为妹妹唯一的亲人，男孩的血型与妹妹相符。医生问男孩是否勇敢，是否有勇气承受抽血时的疼痛。男孩开始犹豫，十岁的他经过一番思考，终于点了点头。抽血时，男孩安静得不发出一丝声音，只是向着邻床上的妹妹微笑。手术完毕，男孩声音颤抖地问："医生，我还能活多长时间？"

医生正想笑男孩的无知，但转念间又被男孩的勇气震撼了：在男孩的大脑中，他认为输血会失去生命。但他仍然肯输血给妹妹，在那一瞬间，男孩所作出的决定是付出了一生的勇气并下定了死亡的决心。

医生的手心渗出了汗，他握紧了男孩的手说："放心吧，你不会死的。输血不会丢掉生命。"

男孩眼中放出了光彩："真的？那我还能活多少年？"

医生微笑着，充满爱心地说："你能活到一百岁，小伙子，你很健康！"男孩高兴得又蹦又跳。他确认自己真的没事时，就又挽起了袖管——刚才被抽血的胳膊，昂起头，郑重其事地对医生说："那就把我的血抽一半给妹妹吧，我们两个每人活五十年！"

所有的人都震惊了，这不是孩子无心的承诺，这是人类最无私纯真的诺言。同别人平分生命，即使亲如父子，恩爱如夫妻，又有几人能如此快乐如此坦诚如此心甘情愿地说出并做到呢?

向爱敬礼

赏析／赵拓坤

如果有可能,我想见见这个男孩,让他知道我心底真切的感动、无比的震撼和满怀的崇敬。如果有可能,我想见见这个男孩,向他立正,敬礼!

向勇敢的小男孩,更是向伟大而感人的爱敬礼。

当医生询问这个十岁的"小伙子"是否愿意给妹妹输血,而他开始思考与犹豫时,所有人都会认为,男孩是害怕抽血的疼痛。殊不知,他是用了莫大的勇气和赴死的无畏做下的决定,因为他以为输血是会丢掉性命的。男孩的勇气震撼了医生,让所有的大人在这一刻不得不在心里仰视他!但男孩紧接着作出的承诺给了我们心灵更大的冲击:"那就把我的血抽一半给妹妹吧,我们两个每人活五十年!"那些只知向父母索取的不孝儿女、那些为了蝇头小利而兄弟反目的人们、那些眼中只有金钱而无亲情的迷失者,你们应该惭愧啊,因为你们连一个小孩都不如!

"这不是孩子无心的承诺,这是人类最无私纯真的诺言。"希望看了这篇文章的你能够好好珍惜身边的人,把你最纯真最无私的爱献给他们。

贝利"骗取"了父亲,成功地把钱交到母亲手上。他的确是一个聪明伶俐而又善解人意的孩子。我想,大概没有谁会责怪他的"不诚实"吧。

养家的孩子

●文／[英国]莱斯利·霍沃德　译／曾育英

一个十四岁男孩的父母正等着他们的儿子,把他挣的头一个星期的工钱带回家来。

母亲摆好餐具,正在切全家人要吃的黑色的奶油面包片。她面庞清瘦,穿着一件蓝色连衣裙,裙子前面系着一条浆洗过的白围裙。她面带疲惫,不住地唉声叹气。

男孩子的父亲长得并不高。此时,他平伸着两只脚,四仰八叉懒洋洋地躺在火炉旁边的旧扶手椅上。他似乎闲得很无聊,不时地伸出舌头舔舔他那浓密的八字胡。

这家人很穷。他们的房间虽然被女主人收拾得很干净,但整个房间的摆设却十分简陋,餐桌上摆放的只是一片片黑色的奶油面包片。

女主人一边准备饭,一边没正眼地瞟着自己懒惰的丈夫。可他却并不理会,有时扬着眉摇头晃脑地哼着小调,显得很得意;有时用黝黑的指甲轻轻地敲敲黄板牙,又显得有点急不可耐。

"不许你动孩子带回来的钱。"女主人一字一句地重复着她已经说了好几遍的话,"我知道钱到你手里会怎么样,让孩子把钱交给我,我用钱可以交房租、买吃的,不能让你把钱都扔到酒馆的钱柜里去。"

"你给我住嘴。"男人不动声色地说。

"不,这次我偏要说!"女人突然发起火来,她大声说,"我为什么总不该说?咱们这个家你一人说了算的年头够长了。你挣钱的时候我总忍着,现在我不忍了!你瞧瞧你那样子,三十多岁的汉子什么都不干,不喝不赌就像散了架似的塌在椅子上。靠你能过日子吗?动不动你还说三道四,你为这个家做什么了? 孩子的钱必须交给我。"

"那咱们就走着瞧吧。"男人一边说,一边拨弄着炉子里的火。

大约五分钟的时间他们谁也没有再说话。

一会儿,孩子走了进来。这孩子看上去很瘦小,穿着一条不合身的长裤子,那样子看起来有点可笑。他看见仰坐在火炉边的父亲,脸上立刻显出十分惊恐的表情。

孩子的父亲站起身来。

"钱呢? "他问道。

男孩子看了看父亲,又看了看母亲。他很怕父亲,没敢说话,只是用舌头舔了舔自己那没有血色的嘴唇。

"说呀,"男人逼问着,"钱呢? "

"别把钱给他,"母亲说,"别把钱给他,贝利,把钱交给我。"

孩子的父亲一步步逼近了孩子,在咆哮中露出了他胡子下面的牙齿。

"钱呢?"

孩子直盯着父亲的眼睛。

"我弄丢了。"他回答说。

"什么?你……"父亲大喊起来。

"我把钱丢了。"孩子又说了一遍。

男人立刻挥舞着双手大喊大叫:"弄丢了,弄丢了!你说什么?钱怎么会弄丢的?"

"我把钱装在一个包里,"孩子说,"装在一个小信封里,我把小信封丢了。"

"丢在哪儿了?"

"不知道,可能掉在街上了。"

"你找了吗?"

孩子点了点头说:"可没找着。"

孩子父亲的喉咙里发出一种声音,半咕噜半呻吟很像动物的叫唤声。

"这么说,你真把钱给弄丢了?"男人追问说。他边说边向后退了两步,接着解下了腰带——他的腰带是一条又宽又厚带着一个沉甸甸的铜扣环的带子。他对男孩吼道:"过来!"

孩子咬着下嘴唇努力不让眼泪流出来,他慢慢走过去,孩子的父亲抬起了胳膊。母亲在这之前一动未动,这时候她快步向前抓住了男人的胳膊。狂怒之下的男人来了劲头,他一下把妻子推到一边。他用皮带狠狠地抽打着孩子的后背,并凶狠地往孩子的腿上乱抽。孩子被打倒在地,可是他仍然一声没吭。

男人打累了,系好皮带把孩子从地上揪了起来。

"睡觉去吧。"他对孩子说。

"孩子得吃点东西。"母亲说。

"让他睡觉去。去,自己洗一下。"

孩子一声不吭地走进洗碗间洗了洗手,洗了洗脸,然后就上楼了。

男人坐在餐桌旁,吃了几块奶油面包喝了两杯茶。母亲什么也没吃,她坐在男人对面,两眼一直盯着男人的脸,狠狠地看着他。就像以前一样,男人并没有注意她,他在桌旁又吃又喝,就像妻子根本不在对面一样。

吃完、喝完，他就出去了。

他一关上门，母亲立刻站起来奔到楼上儿子的房间。

孩子把脸埋在枕头里正在痛哭。她坐在床边把孩子紧紧地搂在怀里，用手抚摩着儿子杂乱的头发，低声地说着贴心话，安慰着孩子。儿子顺从地任母亲轻轻地抚慰着，他从母亲的抚爱中得到了最大的安慰。

过了一会儿，他不再哭了。他抬起头，微笑地看着母亲，他湿润的双眼里放出光辉。他把手伸到枕头底下，抽出一个又小又脏的信封。

"妈，钱在这儿呢。"他小声地对母亲说。

母亲接过信封，打开后从里面抽出了印着人物、数字的纸币——一张十先令的纸币，还有六个便士。

善意的谎言

赏析／周润华

都说穷人家的孩子早当家，这是有根据的。因为穷人家没有优越的生活条件，小孩子必须面对艰苦的生活，所以从小就深深体会到生活的艰难，理解父母的艰辛，养成为家分忧的良好习惯。《养家的孩子》中的贝利就是这样一个孩子。

十四岁的贝利明白，自己挣来的工钱是全家的生活依靠，用来交房租、买食物，绝不能交给好吃懒做的父亲。但是，如果把钱当着父亲的面交给母亲，必然会加剧父母之间的矛盾冲突，如火上浇油。于是，他想到了一个两全其美之计，编了一个善意的谎言，骗父亲说把钱弄丢了。父亲无奈地相信了孩子的话。贝利"欺骗"了父亲，成功地把钱交到母亲手上。他的确是一个聪明伶俐而又善解人意的孩子。我想，大概没有谁会责怪他的"不诚实"吧。

然而，在我们的生活中，像贝利这样年纪小小却乖巧懂事的孩子实在太少了。现在，绝大多数孩子都生活在幸福家庭之中，过着"衣来伸手、饭来张口"，对父母发号施令的小皇帝、小公主的生活，更谈不上为父母分忧、为家庭减负。我们是否应该向贝利好好学学呢？

只有心灵的沟通，才能消除大人与小孩之间的隔阂。这或许就是《午夜电话》给我们的最大启示。

午夜电话

●文／[美国]利斯蒂·克雷格

我们都知道午夜的时候突然来一个电话会是什么样的感觉。这个午夜电话也是一样。我一听到电话铃响，就立刻从床上爬起来去抓话筒，同时看了看墙上的红色数字。午夜。当我抓住话筒的时候，各种各样的恐慌想法充斥着我睡意蒙眬的大脑。

"你好？"

我的心突然沉重地一跳，下意识地把话筒握得更紧些，眼睛注视着我的丈夫，此时，他正把脸转向我这一侧。

"妈妈？"由于静电干扰，我几乎听不见电话里的低语声，但是我立即想到了我的女儿。当电话另一端那个年幼带着哭泣腔的绝望声音变得越来越清晰的时候，我伸手握住了丈夫的手腕。"妈妈，我知道现在已经很晚了。但是，不要……不要说话，听我说完。在你问话之前，是的，我喝了酒。我一路驾车回来，跑了好多英里的路……"

我猛吸了一口凉气，松开丈夫的手腕，把手覆在前额上。睡意仍然搅扰着我的大脑，我努力压抑住内心的恐惧。有什么事情不太妙。"我很害怕。我所能考虑的是如果警察对你说我已经死了，这会对你造成多大的伤害。我想……回家。我知道离家出走是错误的。我知道你很为我担心。我几天前就应该给你打电话了，但是我害怕……害怕……"极度压抑着的痛苦的啜泣声通过话筒灌注到我的心里面。我女儿的面孔立即浮现在我的脑海里，我睡意蒙眬的意识变得清晰起来："我想……"

"不！请让我把话说完！我请求你！"她恳求道，声音里没有太多的愤怒，但充满了绝望。

我住口不言，开始考虑该说些什么。这时候，她继续说："我怀孕了，妈妈。我知道我现在不应该喝酒……尤其是现在,但是我很害怕!"声音再次中断了,我咬着嘴唇,觉得自己的眼睛湿润了。我朝丈夫看了看,他正静静地坐在那里。他问:"是谁?"我摇摇头,因为我不知道该如何回答。他跳下床,走出房间。几秒钟后拿着一台手提电话回来了。他把电话贴在耳边听着。

她一定听到电话里的咔嚓声了,因为她问:"你还在听吗?请不要挂断电话!我需要你。我觉得很孤独。"我抓着话筒,注视着我的丈夫,寻求指导。"是的,我在听,我不会挂断的。"我说。"我早就应该告诉你,妈妈。我知道我应该告诉你。但是我们一谈话,你就只是告诉我我应该怎样做。你读过所有关于如何处理事情的小册子,但是一直以来,都只是你一个人在说。你从不肯听我说。你从不肯听我告诉你我的感觉,好像我的感觉一点也不重要。因为你是我的母亲,你认为你知道所有的答案,但是有时候,我不需要答案,我只想有人听我说。"

我觉得喉间哽着一块硬块,眼睛注视着床头柜上放着的那本打开的《如何跟你的孩子交谈》的小册子。"我在听着呢。"我轻声说。

"你知道,我驾车回到这条路上来,才开始想到我的孩子,想保护他。接着,我看见这个电话亭,我仿佛又听到你说不应该喝酒,更不应该酒后开车的话。于是我叫了一辆出租车,我想回家。"

"你做得很对,亲爱的。"我说,我觉得心里的痛苦有所减轻。我丈夫坐得离我更近一点,把他的手指插进我的手指中。我从他的触摸中知道他心里想的和我一样,并且认为我说的恰到好处。

"不过你知道,我认为我现在能开车。""不行!"我猛咬了一下嘴唇。我的肌肉变得紧张起来,我紧紧地握住丈夫的手,"你要等出租车来。在出租车来之前不要挂断电话。"

"我只想回家,妈妈。"

"我知道,但是为了你的妈,你必须这样做。请你等出租车来。"

我听到电话里一片沉寂,心里很害怕。我听不到她的回答。我咬着嘴唇,闭上眼睛。无论如何,我必须阻止她亲自开车。

"出租车来了。"

仅仅在我听到电话里有人叫出租车的那一刻,我才感到如释重负。"我回家了,妈妈。"我听到电话咔喀一声挂断了,接着话筒里一片寂静。

我下了床,眼里盈满了泪水。我走到客厅里,来到我的十六岁女儿的房间里,黑暗,沉寂笼罩着房间里的一切。我的丈夫来到我身后,用胳膊搂着我,他的下巴贴在我的头顶上。我擦去脸颊上的泪水:"我们必须学会聆听。"我对他说。

他把我的身体扳过去面对着他:"我们会学会的,你就瞧着吧。"然后他把我拥进怀里,我把头伏在他的肩膀上,任由他抱着我。过了一会儿,我站直身子,注视着女儿的床。他深思了一会儿,然后问道:"你认为她会知道她拨错号码了吗?"

我看着我们熟睡中的女儿,然后转向他说:"也许这并不是一个拨错的号码。"

"妈妈,爸爸,你们在干什么?"女儿的声音从棉被底下传出来,有点模糊。女儿从床上坐起来,我走到她的床边。"我们正在练习。"我回答。"练习什么?"她咕哝了一句,又躺了回去。她的眼睛很快又闭上了。"练习聆听。"我轻说着,用手抚摸她的脸颊。

教育,从聆听开始

赏析／周润华

小说叙写了这样一个故事:一对中年夫妇因接到一个拨错号码的女孩电话,引发对教育孩子方式方法的深思,懂得了聆听孩子心声的重要性,真是耐人寻味。

由此我不禁联想起我们教育孩子的一些误区。在家长、老师们心中,孩子总是幼稚、无知的,自己的想法永远是对的,于是习惯了命令孩子该如何如何去做。不错,大人人生经历多,知识丰富,明白什么是对什么是错。可他们却忘了孩子也是人,孩子也有自己对是非黑白的判断,也有自己的价值取向和内心感受。大人却总是忽视了孩子的判断、感受。正因为这样,家长、老师教育孩子、学生,往往事倍功半,收不到良好效果,甚至造成不必要的误会和冲突。

因此,家长、老师有时也要放下大人的架子,学会聆听、善于聆听孩子的心声。只有心灵的沟通,才能消除大人与小孩之间的隔阂。这或许就是《午夜电话》给我们的最大启示。

　　将军几十年如一日,以自己独特的方式——艺术创作,延续着他的革命事业。他身上所体现出的是一种革命军人永远的革命情怀,一种对职责的高度负责。

将 军 泪

● 文/中 学

　　将军已年逾古稀。

　　将军那条左腿就是当年攻打金沟时被日本鬼子的炮弹炸飞的。

　　将军虽然离休多年,但他对书画艺术的酷爱却从没有丝毫减弱。将军小时候,像许多穷人家的孩子一样,从没进过学堂。后来,日本鬼子侵占了他的家乡金沟,尚未成年的他被迫下井采矿,眼看着黄灿灿的金子被日本人掠走,将军死活不再为日本人卖命。

　　一天深夜,将军逃出了金沟。找到了"队伍"的将军脱下了日本人的矿工服,换上了八路军的"军服",成了军人的将军对书画更加痴迷。

　　当年, 将军还不是将军时就曾为许多阵亡的弟兄画过肖像写过挽联。作战间歇,望着满眼的硝烟,将军常常情不自禁地抓起被炮火烧焦的炭条儿在岩石上画几笔。或许正是经过了炮火和硝烟考验的缘故,将军的艺术功底十分了得!

　　离休后,将军多次向省城书画院的教授求教,其书画技艺有了长足的进步。在县工会举办的老同志书画大赛中,将军连年独占鳌头,一人独得书法、绘画两项桂冠。

　　一日,一台小汽车在将军宅前的土路上戛然而停,车上下来两位年轻人,自称是县文联的,要请将军为即将落成的烈士纪念碑题写碑文。将军听后异常激动、满口应下。当他拿过碑文,看到一串熟悉的和陌生的人名时,他呆愣了好半天,将军像泥塑一般,一动不动。

　　"将军?"有人催他。

　　将军回过神儿来,铺开宣纸。提起笔,将军的思绪又回到了当年。

阵地上,将军伟岸的身躯迎着呼啸的子弹,他果断地下达命令:"二营长!你营火速包抄金沟东路,切断敌人退路……三营,跟我上!"

金沟终于拿了下来——将军是在苏醒后得知这一消息的。那次战斗非常激烈,弟兄们伤亡惨重,二营的弟兄全部阵亡……二营长刘玉喜是他亲如手足的兄弟啊!

饱蘸浓墨,气沉丹田,将军抖着腕,挥起笔。他呼吸急促,手抖得厉害,换了几张宣纸都没能成功。无奈,将军与县上的人约定,两天后来取碑文。

第三天,小车又一次停在将军宅前,车上下来四个人。

来人推门进屋,只见将军正在埋头作画。饭桌上凳子上角落里,到处都是人物的肖像画。

"碑文呢?"来人问。

将军不语,继续作画。

"将军,我们是来取碑文的。"来人又说。

将军抬起头,两眼噙满泪水。大喊一声:"刘玉喜啊,我的好兄弟哎——"将军泪如雨下,瘫坐在木椅上。

来人捧起碑文的原稿,"刘玉喜"三个字赫然在目。将军的泪水溅落到一张没有画完的年轻人的画像上。

后来听说,矗立在县城西郊的抗日英雄纪念碑的碑文并不是将军的手笔。县里举办的将军个人画展倒是历久不衰,人们经常看到有成队成队戴着红领巾的小学生到展览馆参观。

永远的情怀

赏析／周润华

将军一生练就出一手绝活——书画创作,书画大赛中连年摘取书法、绘画桂冠。可当文联的同志请他为烈士纪念碑题写碑文时,他几天黯然神伤,竟泣不成文。原因就是那些熟悉名字,使他想起了当年在战斗中阵亡的同志,便无法压抑心中的悲痛。或许他是在为自己当年指挥不当而悔恨,悔恨阵亡的为什么不是自己,他无法原谅自己,无法忘怀那些已痛失的亲如手足的兄弟。将军几十年如一日,以自己独特的方式——艺术创作,延续着他的革命事业。他身上所体现出的是一种革命军人永远的革命情怀,一种对职责的高度负责。故事感人肺腑,催人泪下。

将军的泪水让我们想到了许许多多。我们今天的幸福生活,是革命先烈用鲜血换来的,来之不易,我们应当好好珍惜;他们为国家和人民冲锋陷阵、不怕流血牺牲的革命精神,我们要继承发扬;将军的革命情怀,对革命的忠诚负责,鞭策着我们要学会为人处事……

她只能把这种担忧埋藏在心里,于是用沉默来表达自己对儿子的关心、理解、支持和鼓励。那"嗵嗵"的心跳声就是母亲的爱啊。

血 型 符 号

● 文/马金章

那天夜里,熄灯号悠长的颤音像一只无形的手,一下揪住了他的心,揪得他七慌八乱,离凌晨五点仅剩七个小时了呀。

"娘,您路上劳累,就先歇吧。"他截断娘绵长无尽的话,抓起军上衣,想赶紧在左口袋上沿儿缝上部队代号,姓名和血型。

娘把军衣从他手里扯过去:"让娘缝。"

"我会缝。到部队一年,我连被子都会缝呢。"

"会归会,娘在跟前,就该娘缝。"

"是缝字。"他知道娘大字不识一个。

"你用笔写上。依着样儿,娘还能描花绣凤哩。"

他掏出钢笔,在口袋上沿儿一笔一画写上"33702 张强根 O 型"的字样儿。

"衣上缝字干啥?"娘一边穿针引线,一边问。

"战友这么多,一色一式衣服,缝上字,不易串换,丢了好找。"说这话时,他舌头有点打拐发硬。

娘嗯了一声。她沉默了一会儿,停下手中的针线,看着他问:"根儿,离家一年了,想娘不?"

他心一紧,但还是用平静的口气说:"想娘时,合上眼,娘就到跟前了。"

娘笑了。娘心中盛不下的甜蜜正从她那眯细的眼角溢出来。

他入伍离家的那天晚上,娘摸着他的头说:"根儿,到了部队,若想娘,就合上眼,心里轻轻喊声娘,娘就到你跟前了。"他当时以为娘开玩笑,可到部队一试,果真灵验。后来,他就把这法儿传给了战友,战友们试了都说灵。他们戏称这法儿为"强根定理"。可这定理的发现者不是他强根,是娘呀。

他端详着娘:娘的头发已由去年的灰白变为银白,脸上的皱纹也加深了一些,像一道道反画的抛物线。娘今天突然来部队,莫非听到了什么风声,还是意外巧合……强根想了想,试探着问:"娘也想儿吧?要不,这么远来……"

娘咧嘴笑了:"儿是娘身上掉下的肉,想不想,你说呢?"

强根嘿嘿笑了。笑过,心一沉,嗫嚅地说:"娘,前一段,我参加了部队高校统考,但没考上,孩儿无能,这辈子,恐怕不能穿四个兜儿的军服给娘荣耀了。"说过这些,他不安地看着娘。

娘停住针,用异样的眼光审视儿子一会儿,说:"根儿,娘送你到部队,不图你混个一官半职,只求你出息个人样儿。"

娘的话,似一股清凌凌的泉水在儿子心头漫过。强根感到清爽爽、甜丝丝的。

娘这时已缝到"O"字,缝着缝着,娘的手哆嗦起来。娘慢慢抬起头,意味深长地打量着儿子:"根儿,这是血型符号吧?"

他惊愕了,娘怎么认识血型符号?

"根儿,你有事瞒着娘。抗美援朝时,送你爸上前线,我给你爸缝衣服,你爸衣服上,就有这么个圈圈儿。"

娘的声音发颤。

听了娘这话,强根心头一阵滚热,欣喜和愧疚的泪水夺眶而出,他觉得再也不能隐瞒娘了,他抹着泪水说:"娘,天一亮,我就要随部队,奔赴前线保卫边疆了。"

娘听了什么也没说。

在娘手里，绿军装上红色的圆慢慢合拢了。

"娘。"他一下扑到娘的怀里。

娘紧紧地搂着儿子。

这时，世界上一切声音都不复存在了。他听到的，只有娘"嗵嗵"的心跳声。

无 声 的 爱

赏析／周润华

　　有一种爱，只可用心去感受，而难以用言语来表达，这就是母爱。《血型符号》表现的就是这样一种爱。儿子在部队思念母亲时，只能以特殊的方式——闭眼来回忆母亲。母亲想念儿子时，又怎么不是这样呢？母亲突然来到部队探亲，让即将上前线的儿子感到十分意外，为了不让母亲担心，儿子企图隐瞒真相。母儿相互倾诉思念之情，感人至深。在为儿子军装缝姓名、血型和部队代号时，不识丁字的母亲想起了当年为丈夫缝衣的事，才明白过来儿子也要上前线了，这是一场告别仪式。母亲明白，儿子这一走将意味着什么，可儿子是为保家卫国，自己不能那么自私呀。谁也不想失去儿子，这是人之常情。然而她只能把这种担忧埋藏在心里，于是用沉默来表达自己对儿子的关心、理解、支持和鼓励。那"嗵嗵"的心跳声就是母亲的爱啊。母爱就是这样，既自私又无私。

　　血浓于情的母爱尽在不言中。这种爱有时无形无色无味，可又无时无处不在。母亲的一个微笑、一次点头、一句问候，也是她们深深的爱意。平时，我们都留意到、感受到了吗？

批评、惩罚要讲究方式技巧分寸,因为恰当的批评、惩罚也是一种智慧。

惩　　罚

●文/天　水

小时候,我很调皮,上课时总爱东张西望,学习很不专心。加之班主任是个刚从师范学院毕业的年轻女教师,人长得温柔漂亮,说话柔声细语,又不爱发脾气,所以任凭老师的教鞭在眼前晃来晃去,我依然调皮捣蛋不好好学习。

曾几次把老师气得当场落泪。有一次老师气得没辙了,只得把我的父母叫到学校,最后我父亲当着我的面向老师授权:"不听话就惩罚。"

自此,只要我上课不专心听讲,老师就把我叫到她的办公室去接受惩罚。

说是惩罚,其实既不挨打也不挨骂,老师只是让我面壁盯着一幅画看,直到看出名堂。

我十分奇怪:这幅画花花绿绿、斑斑点点的,什么也没有啊!可老师偏说那幅画里有很美很美的东西。

满心疑问的我虽不信老师的话,但在老师严格监视下还是上下左右地端详,却始终没看出什么。不过,被惩罚几次之后,我再不敢在课堂上开小差,调皮的我变得乖巧了,学习成绩也直线上升。

直到我小学毕业,老师的这幅画还挂在她的办公室墙上,我一直想弄清那张惩罚过很多学生的画到底画的是什么,我大胆地向老师索要以作留念。老师爽快地送给了我。

从此,这幅画一直被我带在身边,伴我度过初中、高中乃至大学。终于有一天,我看到那张花花绿绿、斑斑点点的画里面隐藏着一颗红红的心,越看越清晰,后来才知道这种画叫"三维画"。就在那一刻,我终于明白了老师的良苦用心!

后来，我也成了一名人民教师，依葫芦画瓢，我也在办公室墙上挂上了一些三维画，每当我的学生调皮捣蛋，或不专心学习时，我都会把他们叫来，面壁赏画，与其说是惩罚不如说是洗脑。

教语文的我，不仅像我的老师让学生"面画思过"，更让那些捣蛋的学生把从画中所见所思所想以作文的形式写下来。

虽然每位同学作文水平参差不齐，但令我吃惊的是每位同学都参透了画中的玄机，居然还有学生背后说我弄张破画糊弄人，其实他们对四维画乃至更高深的画都不在话下，何况这张小小的三维画。

听到此，我感慨万千：现在的学生已不是当年自己当学生的学生了，先师的教育方式已过时了。思前想后，我在办公室墙上更换了一幅画。

这次，那些调皮的捣蛋的上课不专心听讲的学生一旦"犯事"（当然是违反校纪班规），惩罚规则还是一样："面画思过"，但必须把从画中所见所思所想以作文的形式写下来。

说来奇怪，我这招终于制服了那些平时调皮捣蛋不守纪的学生，拿他们的话说，他们真的怕面对那张高深莫测的画，因为他们什么也写不出来，也就安心学习再不敢"犯事"。

在师生的共同努力下，我所带的年级升学都考得较好，上重点高中的比率在全市名列前茅。

后来，学生们都千方百计向我打探那张神圣的画的秘密，我很保守地拒绝：天机不可泄漏，那可是老师我的法宝啊，点破了以后我惩罚你们的师弟就不灵了，何况我也不知画中的奥秘。

其实，我怎能告诉我的学生：那是我刚满周岁的小儿的胡乱涂鸦，经老师我特意费心请人加工的裱饰画呢！

惩罚的智慧

赏析／周润华

读完《惩罚》一文，打自心里佩服主人公教育学生睿智。他竟用软办法毫不费力地征服了那些调皮捣蛋的学生，并收到良好效果。教育调皮捣蛋学生，是最令老师伤脑筋的问题。许多老师不善于运用教育技巧，苦口婆心，批评痛骂，以硬碰硬，学生只当耳边风，结果无济于事。殊不知，教育学生需讲究方法技巧。因为学生是孩子，并不一定都能理解老师的良苦用心，再加上他们的性格千差万别，用单一方法教育显然是行不通的。而且教育方法也应该与时俱进，就像小说中已为人师的"我"仍用三维画来惩罚学生，结果不灵了；然而换用胡乱画成的画竟收服了他们。

近年来，教育家周弘在全国刮起了"赏识教育"风，主张用赏识来教育学生，极力反对批评、惩罚学生。不错，表扬、赞许是一种有效的教育方法，批评、惩罚又何尝不是呢？不过，批评、惩罚要讲究方式技巧分寸，因为恰当的批评、惩罚也是一种智慧。

父爱也许不像母爱那样细腻、温和，可是父亲付出的爱可以比世间任何一样东西都来得真切而深厚。

奇迹的名字叫父亲

文/叶倾城

一九四八年，在一艘横渡大西洋的船上，一位父亲带着小女儿，去和在美国的妻子会合。

海上风平浪静，晨昏瑰丽的云霓交替出现。一天早上，男人正在舱里用水果刀削苹果，船突然剧烈地摇晃，男人摔倒时，刀子扎进胸口。他全身都在颤抖，嘴唇乌青。六岁的女儿被父亲瞬间的变化吓坏了，尖叫着扑过来想要扶他，他却微笑着推开女儿的手："没事，只是摔了一跤。"然后轻轻地拔出刀子，很慢很慢地爬起来，不引人注意地用大拇指揩去了刀锋上的血迹。

以后三天，男人照常每晚为女儿唱摇篮曲，清晨替她系好美丽的蝴蝶结，带她去看大海的蔚蓝。仿佛一切如常，而小女儿没有注意到父亲每一分钟比上一分钟更衰弱、苍白，他看向海平线的眼光是那样忧伤。

抵达纽约的前夜，男人来到女儿身边，对她说："明天见妈妈的时候，请告诉妈妈，我爱她。"女儿不解地问："可是你明天就要见到她了，为什么不自己告诉她呢？"他笑了，俯身在女儿额上深深刻下一个吻。

船到纽约港了，女儿一眼便在熙熙攘攘的人群里认出母亲，她大喊着："妈妈！妈妈！"

就在这时，周围忽然一片惊呼，女儿一回头，看见父亲已经仰面倒下，胸口血如井喷，染红了整片天空……

尸解的结果让所有人惊呆了：那把刀无比精确地洞穿了心脏，他却多活了三天，而且不被任何人察觉。唯一可能的解释是因为创口太小，使得被切断的心肌依原样贴在一起，维持了三天的供血。

这是医学史上罕见的奇迹。医学会议上，有人说它是奇迹，有人建议以死者的名字命名，还有人说要叫它神迹……

"够了！"那是一位坐在首席的老医生，须发俱白，皱纹里满是人生的智慧，此刻一声大喝，然后一字一顿地说："这个奇迹的名字，叫父亲。"

爱是奇迹的源泉

赏析／谭智文

感人的故事可以没有精雕细刻的场景，也没有华丽动人的对白。但故事却凭借着一点淳朴自然的语句，一滴短暂而微妙的动作，便汇成了爱的河流，流向永恒。

读了《奇迹的名字叫父亲》，我不禁为父亲在生命将尽时顽强的意志所深深震撼。父亲为了女儿不在旅途上感到孤单、感到害怕，用善意的谎言来隐瞒自己受伤的事情。他用对女儿的爱来支撑着即倒的身体，为女儿唱摇篮曲，为她系美丽的蝴蝶结，仿佛一切都美好如初。到了第三天，当他们和亲人相见的时候，这位书写奇迹的父亲方血染天空。是什么力量能让一个人被刀子刺中了心脏后还能存活三天？又是什么力量能令一个人挺立到临死前一刻而毫不畏惧？是父爱，一种伟大的爱，一种为儿女守护而挺立的爱。

父爱像是一个无底洞，深沉而伟大。父爱也许不像母爱那样细腻、温和，可是父亲付出的爱可以比世间任何一样东西都来得真切而深厚。他们的爱，给了我们前进的勇气与动力，给了我们对生命的热情与执著。

明天你就来上课

没有上锁的门

来上课

为自己的梦想，到自己想到的地方，做自己想做的事，因为你只有一次的人生去做这全部的事。宁可失败在你喜欢的事情上，也不要成功在你所憎恶的事情上，人生并非都是选择题或是非题，大部分是应用题，要我们一点一滴的论证、取舍的过程，做错了也没关系。

正因为如此艰难的背景显示出亲情的动人，这告诉我们，不要轻易放弃生活。

河 豚 子

● 文／王任叔

他从别人口中得来了这一种常识，便决心走这一步。

他不知从什么地方讨来了一篮的河豚子，悄悄地拿向家中走来。

一连三年的灾荒，所得的谷只够作租，凭他独手支撑的一家五口，从去年冬支撑到今岁二三月，已算是困难极了。现在也只好挨饥了。

但是——怎样挨得下去呢？

这好似天使送礼物一般地喜悦，当一家人见到他拿来了一篮东西的时候。

孩子们都手舞足蹈地向前进去。

"爸爸，爸爸！什么东西啊！让我们吃哟！"

这样的情景，真使他伤心落泪了！

"吃！"他低低地答一声后，无限地恐惧！为孩子生命的恐惧，怒潮般压上心头，喘不过气来。

他嘱咐妻子把河豚子煮熟来吃，自己托故外出一趟。他并不是自己不愿死，不吃河豚子，不过是他不忍见到一家人临死的惨状，所以暂时避开。

已过了中午了，还不见他回来。孩子却早已绕着母亲要吃了。这同甘共苦的妻子，对于丈夫是非常敬爱，任何东西断不肯先给孩子尝吃的。

日车已驾到斜西，河豚子，依然煮着。他归来了。他的足如踏在云上一般。他想像中一家尸体枕藉的惨状，真使他归来的力也衰了。

然而预备好的刀下舍生的决心，鼓起了他的勇气。早已见到孩子们炯炯的眼光在门外闪烁着，过后，一阵欢迎归来的声音也听到了。

"怎么还没有死呢？"他想。

"爸爸！我们是等你来一同吃呀！"

"哦！"他知道了。

一桌上争争抢抢地吃着。久不得到鱼味的他的一家人，自然分外感到鲜甜。

吃好后，他到床上安安稳稳地睡着，静待这黑衣死神之降临。

但毕竟因煮烧多时，河豚子的毒性消失了，一家人还是要安安稳稳地挨饿。

他一觉醒来，叹道："真是求死也不得吗？"泪绽出在他的眼上了。

在重担下的亲情

赏析／施媛媛

读罢这篇文章，我的心像被大石压住似的极度沉重。

巨大的生活重担压在主人公身上，逼得他要以壮烈悲哀的方式结束全家人的宝贵生命。在他看来，吃河豚子毒死比挨饿等死更痛快。可想而知，他的生活重担已远远超过他能力所能承受得了。当他把河豚子带回家时，看到孩子们欢呼雀跃的情景，真是伤心无奈！他不忍亲眼看全家人临死的惨状而暂时离开；但当他回来的时候，一家人仍在等他回来吃河豚子——家中唯一的食物。如此真挚、深沉的亲情怎能不让人感动？幸运的是，河豚子因煮烧多时，毒性已消失了，这是多么令人欣喜的结局！然而，他一声哀叹"真是求死也不得吗"，让读者的心一下子再度沉重，为他们伤感——他们依旧要挨饿，依旧要承受生活的重担。

正因为如此艰难的背景显示出亲情的动人，这告诉我们，不要轻易放弃生活。或许以后会有更多的"河豚子"使他们总有一天彻底摆脱眼前的困苦，未来总是充满着希望——如果再遇河豚，亲情就是最好的"去毒剂"。

放飞天真的梦,抖落覆盖在心灵上的尘埃,放生被现实的枷锁锈蚀的思想。灰蒙的双眼会在想像的天宇中回复光亮,未来的蓝图也会被描绘得更加五彩斑斓!

画家和他的孙女

● 文/王奎山

画家有一个六岁的孙女。六岁的孙女叫婷婷。婷婷也喜爱画画。

婷婷画了一棵树。

他说:"婷婷,你画的树不对。"

婷婷说:"怎么不对呢?"

他说:"树枝不对。"

婷婷说:"树枝怎么不对呢?"

他说:"树枝怎么能比树干粗呢?"

婷婷说:"树枝怎么不能比树干还粗呢?"

他说:"那就不是树了。"

婷婷说:"不是树你怎么说是树呢?"

他无话可说了。

婷婷画了一只小兔子。

他说:"婷婷,你画那小兔子不对。"

婷婷说:"怎么不对呢?"

他说:"兔子有红色的吗?"

婷婷说:"兔子怎么会没有红色的呢?"

他说:"你见过红色的兔子吗?"

婷婷说:"没见过的就没有吗?"

他说:"那就不是兔子了。"

婷婷说:"不是兔子你怎么说是兔子呢?"

他没话说了。

婷婷画了一匹马。

他说："婷婷，你画那马不对。"

婷婷说："怎么不对呢？"

他说："马有翅膀吗？"

婷婷说："马没有翅膀。"

他说："那你为什么给马画了翅膀呢？"

婷婷说："我想让马长出翅膀来。"

他说："那就不是马了。"

婷婷说："不是马你怎么说是马呢？"

他又没话说了。

婷婷还画了一只老母鸡。老母鸡下了一个蛋。那蛋比老母鸡还大。婷婷就拿那画去参加西班牙的一个国际儿童画展。结果，婷婷得了一等奖。

画家心里就犯嘀咕："这洋人，怎么跟小孩子没两样儿呢？"

为心灵插上想像的翅膀

赏析／胡观韵

这是一个发人深省的故事。

我们不断地接受新的知识，已经习惯于用最直白的方式看待事物，据说这些就叫做"真实"。因为"真实"，我们便对很多事物失去了原有的兴趣，甚至厌倦、摒弃。可贵的童真，就在无形中离我们越来越远了。很多时候，我们就像小说中的画家爷爷，用中规中矩的态度重复着日复一日的生活。生活就这样蒙蔽了我们像婷婷那样纯真而富有想像力的眼睛和心灵，于是手中的画笔也失去了原本的色彩。

常常怀念童年，怀念那时候可以"指鹿为马"，理直气壮地用童稚的眼光去审视这个高深莫测的世界。童年的世界，只有花鸟、玩具和零食，多么清透、自由的一幅漫画！可如今，心灵似已呼呼沉睡，失却了鲜活的动力。

试着给心灵插上想像的翅膀吧！放飞天真的梦，抖落覆盖在心灵上的尘埃，放生被现实的枷锁锈蚀的思想。灰蒙的双眼会在想像的天宇中回复光亮，未来的蓝图也会被描绘得更加五彩斑斓！

> 在追求的路途中，也许会有痛苦和挫折，但是，爱会支撑着我们。

明天你就来上课

●文／[新加坡]秦　林

最近一次离开胡老师的家，她送我到门口，一再嘱咐：

"你带着我这封信，见到吴门先生，交给他。他就会说：'明天起你就来上课。'"

为什么？胡老师含笑不答。轰轰的列车声，并没有打断我的思路——跟胡老师学了几年古筝，在技艺上虽未臻化境，但也达到一定水平。这次公司派我做驻 H 市的商业代表，离乡背井倒是无所谓，习惯了就好，只是要因此长时间不能接触古筝，那不就日久荒疏了吗？因此，胡老师替我写了一封介绍信，要我去拜见 H 市一位著名的古筝老师。

他会是一位严师吗？ 他会看完介绍信后说明天起你就来上课吗？

怀着一颗忐忑不安的心，我走进吴老师家的胡同，左弯右拐的路仿佛永远也走不完。近了，却一点动静也没有。他在休息，没练琴？

更近了，一个学生模样的少女走出来，是他的学生？

对，就是这间，门牌号码对上了，门没掩，里头黑漆漆的。

"你找谁？"一个家庭主妇问我。

"这里是吴门老师的家么？"

"他在里头，就在窗帘后面，你只要掀开它就行了。"

"你是……"

"哦，这里是两户人家。吴门他单身，住后头。"我跨进"门槛"，惊讶地发现一个满脸忧思的男人坐在床头上发愣，一架黑亮的古筝就摆在他面前。整个"房间"的面积也就是这么大了。

我恭敬地把信交给他，他颤抖地伸出手来接。这时，我发现他的右手的大拇指、食指和中指都少了一截,我简直不敢相信自己的眼睛。

我的耳边似乎响起一阵声音:

"明天起你就来上课!"

我不知道我怎样回答。真的,走在路上,我的头脑昏乱极了,冰心老人的一句话突然"冲"了出来:"十年动乱,和中华民族五千年的历史长河相比,实在是微不足道。"

爱,就是不放弃的理由

赏析/谭雅倩

小说描写吴门老师的手,真是感人至深。可以想像,当他一个人独处的时候,坐在那样简陋的房里,面前唯有一架黑亮的古筝,他伸出残缺的手掌,一下又一下地慢慢细抚着心爱的古筝,眼里尽是执著不渝的追求。他一定从来没想过要放弃,即使他已经不能再弹了。

在这样一个繁忙的世界里,也许有人有时候会想,累啊,能放弃的话就好了。有时候,也许选择放弃比较好,但更多时候不是这样的——有些东西,不能放弃。像堕入凡间的天使不能忘记天空一样,那是自己一心向往的目标。可能是体面的成绩单,可能是理想的工作,可能是一种艺术,可能是幸福,可能是朋友,可能是无价的健康……在追求的路途中,也许会有痛苦和挫折,但是,爱会支撑着我们。面对困难,不要绝望、不要放弃、不要退却。

在吴门先生眼中,十年浩劫与自己所热爱着的、在中国流传了五千年的古筝相比,的确是微不足道。而对我们来说,在爱铺砌的道路上,相信自己——我们有足够多的力量去打倒那些所谓的障碍与苦楚。

我们或许并不是每时每刻都能意识到，平淡的生活中其实蕴藏着许多爱的细节。

瓶 水 之 爱

文/马　德

一个不常出差的年轻人这次要出差，是去很远的地方，而且途中还要辗转好多个地方。

临行前，母亲在一旁为他整理行囊，不一会儿，便装了鼓鼓囊囊的一大包东西。他一边翻拣着背包一边露出不以为然的笑意，因为里边除了必要的物品之外可带可不带的东西实在是太多。他对母亲说，出远门，不需要拿这么多东西的。于是，他把母亲装进去的东西又一件一件地拿了出来。他怕伤了母亲的心，每拿出一件的时候，都要简单地解释一下。

到后来，他翻出一瓶水，用很大的塑料瓶盛着的一瓶水，他随即把这瓶水也拿了出来。心想带这个实在没必要，火车站，码头，到处有卖水的地方，一两元一瓶的矿泉水，极便宜的。带一瓶水，多重啊。虽然他依旧是笑着解释不带的理由，但看得出来，他心里多少有些责备母亲在帮倒忙了。

在此之前，母亲一直静静地站在一边，任由儿子把她装进去的东西，一件一件地拿出来。但当儿子拿出这瓶水的时候，母亲似乎并没有听儿子的解释，便抓起那个瓶子，重新塞进背包里。嘴里念叨着，这个你一定得带上，这个你一定得带上。

母亲还未放妥当，谁知儿子又一次把水瓶扔出来。水瓶落在床上，发出"咚"地一声闷响。带这个干什么，这么重，谁愿意背包！看来他有些不耐烦了。

空气似乎凝滞了一会儿。最后还是母亲打破了这片刻的沉闷，她有些蹒跚地走过去，把那瓶水又重新装进了包里。说，还是带上吧，重就重些，这次你去的地方远，妈怕你水土不服，特意为你装了一大瓶家乡的水。

母亲接着说，在你很小的时候，第一次带你回东北的老家，你却闹起了肚子,那时候妈妈不懂,害得你闹肚子好长一阵子,人也瘦了许多,后来,听说这叫水土不服。老辈人讲,到了一个生地方后先喝几口家乡水,情况就会好些,妈把这话牢牢地记在了心里。以后再带你回爷爷家,妈在大背包中,总不忘带上一大瓶家乡的水。别说,这一招还真管用。现在你大了,水土不服的毛病早就没有了。可妈好像改不了"老毛病",一听说你要出远门,就又为你准备了这瓶水,心想带上终归没有坏处的。

这次儿子没再拒绝,泪眼婆娑地看着母亲为他所做的一切。

我们或许并不是每时每刻都能意识到,平淡的生活中其实蕴藏着许多爱的细节。它琐碎、细小,像一丝风,似一缕雾,淡淡的,藏在生活不起眼的某个环节上。或者说,它更像是一滴水,早已默默地渗透在了生活的深处。可惜,活得很粗糙的我们,往往感受不到。就像这瓶水,我们更多的时候只把它简单地看成了一瓶水,殊不知,在水的晶莹中,蕴含着母亲那玲珑剔透的爱心。

装在瓶子里的母爱

赏析／甘进盛

或许,爱有时并不表现得像黑板上的粉笔字那么明显。爱并不需要太多的语言,有时是一个简单的动作,而这个动作在这位母亲的行动里却重演了这么多年。

一瓶装在背包里的水,在这个商业高度发达的社会里,显得那么的笨重,那么的不合时宜。然而它却装进了母亲多年来对儿子未曾动摇的爱。读完这个故事,我被这位如此细心的母亲深深地感动了。或许父亲的爱是粗糙的,不容易感受得到;可母亲的爱却是细腻的,细腻的深入生活的每个细节中,而作为儿女的我们却常常忽略。

想一想,面对母亲细碎的唠叨,我们常常避而远之。可那是点点滴滴却无微不至的关爱呀!哪怕它不能瞬间变江河、成湖海。

爱与被爱让我们感受到生活的意义;爱与被爱让我们学会了宽容理解;爱与被爱让我们被幸福包围。在一个个无言的细节行动中,为人子女的我们更要细心地去感受,让爱悄悄地将我们"俘虏"。

夏天的故事

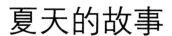

●文/曹志平

　　这故事从入夏以来一只蚊子被爷爷的乖孙子发现开始。

　　孙子这一天发现一只蚊子就停在爷爷的前额上。

　　孙子就对爷爷叫开了："你脸上有只蚊子！"

　　"哦，来得这么早？"爷爷反倒乐了。

　　"爷爷你别动，我来打死它。"孙子说。

　　"哎，这怎么行？"爷爷把眼一瞪，嗔怪起来，"冤冤相报何时了。你只管取我们家生产的蚊香来。"

　　孙子这才意识到爷爷是做蚊香的，早些年是一家国营工厂的头儿，人老了，退休了，就成了私营的头儿。孙子乖乖地去了。一会儿，蚊香拿来了。爷爷说："乖孙子，你把蚊香点着就是。"孙子点了蚊香，眼睛开始瞪着爷爷的额头。爷爷叫孙子数数，孙子一秒一秒地数，数到了"六"，蚊子摆摆腿，抖抖翅，飞走了。

　　爷爷看着孙子的眼睛笑了："只六下吧，这叫六六大顺。少一下不能，多一下也不行。"孙子心有不甘，他没有看见蚊子死掉，而是大摇大摆地飞走了。而且他发现爷爷的额头被蚊子叮过的地方长包了。孙子说："一掌打死它多省事呀。"爷爷再一次把眼瞪起来："你以为，就那么简单呀，打死它就省事了？按你这道儿走，爷爷不白活过来了！"

　　孙子气愤地说："那蚊子没死呀，蚊香只是赶跑了它，它还会叮人的呀！"

　　"对，没错。"爷爷点着头，"蚊子总是要叮人的，人总是要吃饭的。"

　　孙子说："我不明白。"

　　"你到时候就会明白。"爷爷说。

"我现在就要明白。"孙子挺直了身板说。

望着齐耳高的孙子,做爷爷的软下来了,他放出了耐心:"这道儿深着哩,古人说'小不忍,则乱大谋'。你看啊,这蚊字的左边是'虫',右边是个'文',为什么右边安'文'不安'武',老祖宗老早就有讲究的。这就是说,对待蚊子,只能来文的,不能动武的。它不就叮了你一口嘛,你不过出了一点儿血,若是弄死了它,可就去了一条命。若是用上蚊香就好了,蚊子就不再叮你,你也就不再出血。"

"可为什么不能弄死它呢?我记得老师给我们讲过釜底抽薪,就是说要想使一锅子热水冷却,往锅里加冷水不是根本办法,得把锅底的柴火抽了……"孙子看着爷爷说。

"够啦!"爷爷愤怒地叫起来,"我是你爷爷,用不着你来教我!在这个问题上,爷爷的耐心是有限的。"

"爷爷你干吗生这么大的气呀?"孙子委屈得想哭。

"事不能做绝了,你知不知道?这是祖辈一代一代传下的理儿!是我们家的六六顺蚊香长盛不衰的原因。"说到最后,爷爷乜斜着眼望着孙子问,"这下,你明白了吗?"

孙子说:"我……我明白了。"

"祖传"

赏析／刘恩恩

读完这篇短篇小说后,我为文中爷爷愚昧无知的行为感到可笑,更为孙子的朴素、正确地思维被埋没而扼腕叹息。

故事发生在一天夏夜里,孙子发现爷爷的额头上停着一只蚊子,于是想举手拍死它。但爷爷并没有因此顺从,而是阻止孙子的行为,并吩咐他拿出自家制造的蚊香来赶走蚊子。孙子不明白爷爷的做法,他认为只要轻轻一拍,蚊子就必死无疑了,何必这么麻烦呢?"蚊子总是要叮人的,人总是要吃饭的。"爷爷的一句话更使孙子迷惑了。最后,自家制造的"六六顺"蚊香并没有杀死蚊子,而只是不紧不慢地把蚊子熏走了——在这里,蚊香只起了一个简单的驱赶作用。

爷爷是在掩饰自己的无知行为吗？那么，他不但欺骗了自己，还将"糊涂药"灌给了年幼的孙子！原本思维正确的孙子也被爷爷的歪理所左右了——殊不知，长大后的孙子会按当年爷爷所教的方式去办事，甚至去蒙骗年幼的儿孙。就是这么一种错误，破坏了一个孩子的正常的思维方式。这就是"祖传"吗？确实引人深思。

爱是丰富的物质生活所永远不能替代的，父母无论如何忙碌，都不要忘记多点关心和陪伴给子女，让家庭中处处都充满爱的芬芳。

爱 的 故 事

● 文/佚 名

一个失去了双亲的小女孩与奶奶相依为命，住在楼上的一间卧室里。一天夜里，房子起火了，奶奶在抢救孙女时被火烧死了。大火迅速蔓延，一楼已是一片火海。

邻居已呼叫过火警，无可奈何地站在外面观望，火焰已经封住了所有的进出口。小女孩出现在楼上的一扇窗口，哭喊着救命，人群中散布着消息说：消防队员正在扑救另一场火灾，要晚几分钟才能赶来。

突然，一个男人扛着梯子出现了，梯子架到墙上，人钻进火海之中。他再次出现时，手里抱着小女孩，孩子交给了下面迎接的人群，男人消失在夜色之中。

调查发现，这孩子在世上已经没有亲人了，几周后，镇政府召开群众集会，商议谁来收养这孩子。

一位教师愿意收养这孩子，说她能保证让孩子受到良好的教育。一个农民也想收养这孩子，他说孩子在农场会生活得更加健康惬意。其他人也纷纷发言，述说把孩子交给他们抚养的种种好处。

最后，本镇最富有的居民站起来说话了："你们提到的所有好处，我都能给她，并且能给她金钱和金钱能够买到的一切东西。"

从始至终，小女孩一直沉默不语，眼睛望着地板。"还有人要发言吗？"会议主持人问道。一个男人从大厅的后面走上前来。他步履缓慢，似乎在忍受着痛苦。他径直来到小女孩的面前，朝她张开了双臂，人群一片哗然。他的手上和胳膊上布满了可怕的伤疤。孩子叫出声来："这就是救我的那个人！"她一下子蹦起来，双手死命地抱住了男人的脖子。就像她遇难的那天夜里一样。她把脸埋进他的怀里，抽泣了一会儿，然后，她抬起头，朝他笑了。

"现在休会。"会议主持人宣布道……

有爱的地方，便是天堂

赏析／陈君滢

小女孩放弃了许多人梦寐以求的东西：良好的教育机会、舒适的生活环境、金钱财富等等，而最终选择了在大火中挽救了自己的生命的恩人。男人用爱打动了小女孩，让她毫不犹豫地作出了选择。

小说读起来让人不由感动，这全是源于那神圣的爱。这让我想起了辛勤劳作的父母。许多父母为了能够给子女更加富足的生活而日夜奔波，他们以为只要能让孩子吃饱穿暖，有足够的钱花，便可以让他们生活得幸福快乐。其实他们忽略了，孩子真正需要的，是父母更多精神上的关爱。小女孩的选择告诉我们，爱是丰富的物质生活所永远不能替代的，父母无论如何忙碌，都不要忘记多点关心和陪伴给子女，让家庭中处处都充满爱的芬芳。

对于我们来说，虽然我们的父母不都是腰缠万贯的富人，不都拥有美丽的大农场、漂亮的小汽车，也不都能支持我们得到更好的教育，但是我深信，有爱的地方，便是天堂。

有许多学生，在迷惘和自卑面前，滋生了自暴自弃的心理。这种情况更需要"另类"的教育。也就是说，仅有层面上的语言是不行的，还要有内涵的寓意。

一束鲜花

● 文/陈永林

李老师走进教室时，我们的眼睛不由一亮，目光都落在李老师手里的一束鲜花上。我们都感到奇怪，李老师拿鲜花干吗？

但一万个想不到的是这束鲜花竟是送给我的。

李老师喊："上课。""起立。"我在班长喊起立的同时，拿块尖石头迅速放在前排杨小凤的凳子上。谁叫杨小凤在同学面前说我没教养？李老师说："坐下。"杨小凤一坐，"唉哟"一声尖叫。杨小凤拿手起尖石头向老师告状："老师，这石头是陈勇放的。"李老师说："陈勇放学后去我办公室一趟。"去你办公室就去办公室，大不了关学，再大不了挨我父亲两个耳光。我是关学关惯了，挨打挨惯了，挨打没啥可怕的，牙一咬就熬过去了，就像教数学课的刘老师说我死猪不怕开水烫那样。让我愤怒的是杨小凤竟敢告我的状，看我怎样报复她，得罪了我绝对没好果子吃。许多同学都扭头看我，我把眼一瞪，像在说，有什么好看的？他们都不敢看我。我心里很得意，同学们都怕我。

李老师说："我在这里要表扬我们班的一位同学。昨天上午一位一年级的学生突然肚子痛，并且痛得在地上打滚，是我们班里的一位同学背着他上了医院，并且打电话叫来了他的父母。他得的是急性阑尾炎。昨天上午那位同学迟到了，我还批评了他，我在这里向他道歉。刚才那位小同学的家长给他送来了鲜花，我才知道了真相。同学们，你猜这位同学是谁？"

同学们的目光刷地一下一齐望着我，因为只有我昨天上午迟到了。我的脸着了火样烫，我可从来没受到过表扬，我不好意思地低下头。

李老师接着说："他就是——陈勇。"李老师说完鼓起掌来，同学们都跟着鼓掌。

"陈勇,上来领鲜花。"

我接过李老师手里的鲜花时,同学们又热情地鼓起掌来,爆竹样噼里啪啦的掌声一直响了很久。

"陈勇同学身上尽管有不少缺点,但我们同时也要看到陈勇身上的优点。总体来说,陈勇是位好同学,我希望同学们多关心他,多帮助他,让他改掉缺点……"

我的泪水再也忍不住哗地一声淌下来了,泪水一滴滴掉在手里的鲜花上。

放学后,我捧着鲜花去了李老师的办公室。李老师的门虚掩着,李老师正同刘老师谈话,他们谈的正是我。刘老师说:"陈勇这么调皮捣乱的学生,我们应该向校长建议开除他,别一粒老鼠屎脏了一锅汤。前天上午,他竟把一只青蛙绑在杨小凤的辫子上,搞得同学们哄堂大笑,课也没法上了。"

李老师说:"我相信陈勇会成为好学生的,他的本质是好的,只是我们的教育方法不得当。他的母亲死得早,他缺少爱,我们要把他当成自己的孩子来爱。我们不能为了升学率和奖金而只需要那些成绩好、认真听课的学生,而不管那些更需要我们教育的学生。世上没有最差的学生,只有最差的老师。"

刘老师显然生了气:"反正我这个最差的老师再懒得管他了。"刘老师说完拉开门,他见了站在门外的一脸泪水的我,怔了片刻,便拂袖而去。

李老师说:"陈勇,进来呀!"

我哭着对李老师说:"李老师,我一定不会让你失望!"

李老师欣慰地笑了。李老师抚着我的头说:"老师今天很高兴。"

此后,我就像变了一个人,我不再调皮捣乱了,而是认真念书。我的成绩便刷刷地往上蹿。期末考试时,我竟考了全年级第二名。

六年后,我考上了清华大学。

我去北京的前一天,去向李老师告别。走进李老师的办公室时,我见李老师的桌子上摆着一束鲜花。李老师笑着说:"我班里又有一位像你当初那样调皮捣乱的学生,我又买了一束鲜花送他。"

我说:"当年您送我的那束鲜花也是你买的?"

"你说呢?"

我的眼睛一涩,泪水又涌出眼眶。李老师说:"大学生还哭鼻子,也不害臊。上课铃响了,我得上课了。"

看着李老师佝偻着的背影,我大声喊:"李老师,我爱您!永远爱您!"

芬芳的教育

赏析／黄梓宸

　　一个自暴自弃的学生陈勇，总是喜欢捉弄别人，班里的人都怕他。李老师捧着一束鲜花送给他，原因是他送学生去医院而导致自己迟到。李老师当众表扬了他，并让同学们关心他，帮助他。刘老师认为还是让陈勇退学，不要让他影响其他同学；但李老师认为陈勇本质是好的，他从小缺少母爱，才自暴自弃，更应该得到关心。而这时候，陈勇刚好站在门外听到两位老师的对话，感动不已。于是他开始发愤学习，六年后考入了清华。最后回到学校向李老师告别发现，李老师班中又有像陈勇一样的学生，看到手捧鲜花李老师佝偻的身躯，不禁泪如泉涌……

　　一束鲜花，让一个"坏"学生改过自新，刻苦学习。在现实生活中，确实有许多像陈勇这样的学生，在迷惘和自卑面前，滋生了自暴自弃的心理。这种情况更需要"另类"的教育。这种教育也就是说，仅有层面上的语言是不行的，还要有内涵的寓意。这便是"一束鲜花"带来的芬芳。

　　大哥为了激励弟弟走向发家致富的道路，不惜为他背了一副道德的枷锁、人情的黑锅；而弟弟也发愤图强、勤勤恳恳，终于如大哥所愿走向了成功之路。如此手足情深，让人为之动容。

富豪兄弟

●文／施　翼

　　施家有两兄弟，大哥大学毕业，在政府机关供职，因工作踏实、能力超群，被选为第三梯队，前程一片辉煌。但在大家的恭维声中，他却急流勇退，毅然下海，白手起家，经商办企业。小弟学习马虎，高考落榜，只好到大哥店里帮忙。

哥哥苦心孤诣、惨淡经营、以小谋大，很快就把蛋糕做大了，成了一掷千金的大富豪。小弟粗心大意，作风拖沓。大哥悉心教导，鼓励和激发，有时肝火上来，也不免大发雷霆，严加呵斥，使小弟下不了台，泪眼汪汪……

几年后，小弟因受不了大哥的严厉管教，便想自立门户，要大哥提供本钱。大哥说："你想自己成就一番事业，我支持，我给你十万元启动资金。但是，我的钱是血汗钱，只能作为贷款给你，按银行利息计，期限为三年，到期后，你必须连本带利还给我。小弟乍一听，还以为大哥在开玩笑，但审视良久，见大哥一副斩钉截铁，毫不通融的模样，他的心一下就缩紧了，一股无名怒火在心中突突乱窜……好一会儿，他才把自己克制住，接过大哥递来的支票，按要求立了字据，悻悻地走了。

此事在家乡传得沸沸扬扬，有位堂兄来责问大哥："你是大款了，自己的弟弟创业，你理应扶持，再说他也给你帮了几年的忙，你现在不仅要他还本金，还要计利息，实在太过分了！你不知道，家乡的父老兄弟都在骂你心黑，为富不仁哩！"

大哥的脸一阵白，一阵红。他是个豁然大度的人，最怕人家戳脊梁骨，他犹豫片刻，只好坦然相告："你知道，我弟弟一向大大咧咧。我要他还本息，是给他施加压力，要他破釜沉舟，背水一战，走向成功。如果说白送他，钱来得容易，他就会掉以轻心，甚至挥霍一空。其实，他立的字据，我早就焚毁了。为了小弟的成长，我希望你给我严守秘密，我只好背着骂名，承受精神折磨……"

堂兄突地跳起来，"我就知道，你不是那种人！原来你有这种深层考虑……"他握着堂弟的手，久久没有松开……

再说，小弟被大哥的"绝情"深深刺伤了，他发誓，一定要发愤图强，超越大哥。他克勤克俭，苦心经营，财富不断增加，很快就成为闻名遐迩的千万富翁。当他得知，为了他的成功，大哥为他背了一副道德的枷锁、人情的黑锅时，他才恍然大悟，禁不住热泪盈眶，号啕大哭……

无价之情

赏析／李倩影

　　富豪兄弟的故事在我的心中留下了不可磨灭的印记。大哥为了激励弟弟走向发家致富的道路，不惜为他背了一副道德的枷锁、人情的黑锅；而弟弟也发愤图强、勤勤恳恳，终于如大哥所愿走向了成功之路。如此手足情深，让人为之动容。

　　小说向我们述说的这段千万富翁不平常的发家史，使我们明白，在金钱利益面前并非只有利欲熏心和尔虞我诈，更多的是盛开着香郁扑鼻的关爱之花。环视我们的周围，有多少个原本幸福美满的家庭，在财富、权力面前撕破了平日伪装的关心和爱护，他们像一只只饿狼为了自身的利益而不顾一切地骨肉相残，为了一己之私欲而落得众叛亲离。这类人与小说中的大哥相比，可真该汗颜了。

　　放下小说，我还想起身边的许多人，他们就像这位富豪大哥一样，为了我们的成长，付出了不为人理解的爱。但如果我们能认真体会，就能明白其中的用心良苦，这种感情是无法用金钱来衡量的。相信这无价之情已传递到了每一位读者的心里，愿这个故事能温暖大家的心灵。

　　生活只有经历酸、甜、苦、辣才不会乏味，不会厌烦。

玲　　珑

●文／杨　熠

　　发明静脉注射的人，应该被挂在墙上当靶子。我看着二十三小时以来打的第八瓶青霉素,这样想着,然后绝望地闭上眼睛。不知道过了多长时间,我突然感到鼻子很痒,禁不住打了个喷嚏,睁开眼睛,只见一个坐着轮椅的小姑娘在床边,手里拿着一根马尾草,笑盈盈地向我问好:"杨熠哥哥好!"

我问:"你是谁呀?你怎么知道我的名字?"

"我叫玲珑,住你隔壁。我还知道你十六岁,身高一百六十五厘米,体重四十九公斤,O型血,在外语中学读高一年级。"

"天!你什么都知道!"

玲珑看着我惊讶的模样,笑得前仰后合。她笑着喘了一会儿,接着说:"你床头的病历卡上都写着呢。"

我恍然大悟,这才想起刘护士长跟我谈起过这个只有十一岁的女孩儿。她两天前因腿部骨折来院治疗,没想到因为麻醉意外,心跳、呼吸突然停止,医生们全力抢救,才算救活了她。没想到她已经会坐着轮椅到处跑了。

"杨熠哥哥,"玲珑说,"刘阿姨说你会写童话故事,等我做完手术,你能不能讲故事给我听?"

我笑着说:"没问题。"

我是和玲珑一块进手术室的。在手术室门口,她躺着,我也躺着。她扭头跟我说:"杨熠哥哥好!"

"你好!"

她说:"你做完手术一定要给我讲故事,不要忘记啊!"

我说:"忘不了的。"

然后我就被推进去了。躺在床上被人推来推去的感觉是很有趣的,只看见天花板在晃来晃去,最后天花板也没有了,只有像莲蓬一样的无影灯。医生和护士来来去去忙碌着。主刀的医生走过来问我:

"怎么样,小伙子,紧张不紧张?"

我说:"还可以。"

他说:"你在北京做过一次手术?"

我说:"对,那时我四岁。"

他笑着说:"那你肯定不会害怕了,见过大世面嘛!"他顿了一下,又说:"这个手术简单得很,你要想学,回头我教你做。"

我一下子笑出声来。

147

手术开始了，手术室里顿时安静下来。只听见心电图仪有节奏的"嘀嘀"声、医生们的小声交谈声、还有手术刀和剪子彼此撞击的声音。心电图仪屏幕上高低起伏的曲线让我想起了三角函数图像。

时间正是午后两点半。我幸福地想，此时同学们正在学校里上课，而我却有足够的时间用来睡觉，于是，我闭上了眼睛。

当我再次睁开眼睛的时候，已经是深夜了。麻醉剂的药力已经过去，刀口开始剧烈地疼痛。整整一个晚上，我被失眠和疼痛折磨着，每当我刚要睡着的时候，疼痛就把我弄醒。我不断地翻身，希望找到一个最舒服的姿势，但那是徒劳的，仿佛有一个人一直在我的伤口处磨刀。

就在这个难熬的夜晚，耳边却突然传来了歌声。我静下心来聆听这歌声，这是玲珑在唱。除了她，外科病房不会再有第二个人能唱出这样的歌声了。我有些奇怪，这个女孩儿在这种时候还有心思唱歌？她不怕痛吗？不过，我想，至少她的手术一定很顺利。

她一直在唱那首《七色光》："七色光，七色光，美丽的光彩，我们带着七彩梦走向未来……"这歌声像清凉的泉水一样，让人的心情不由自主地好了起来。

连着三天没有吃饭，我已经饿得奄奄一息了。除了输液，我不干别的任何事。但刀口已经不怎么痛了。主刀医生在给我换药时说："你恢复得真好。"

这天下午，我下了决心，一只手捂着刀口，慢慢走到隔壁的病房。

进了病房，见玲珑躺在病床上，刘护士长正在给她量血压。玲珑见我来了，冲我艰难地笑笑，招手说："杨熠哥哥好。"

"你好！玲珑，你瘦了不少，这几天也受了不少罪吧？"

"受罪？岂止是受罪！"她猛地掀开了被子，我惊呆了，她的右腿已经被截去了！

"这……这是为什么？"我结结巴巴地问。

刘护士长叹了口气说："她的腿部神经已经坏死了，没有办法，只有这样。"

我问："玲珑，那天晚上，是你在唱歌吧？"

"是的，因为腿痛得厉害，打了止痛针也没有用。"

"感觉好一点儿。"她看着我，安慰似的说，"别担心，我不会有事的。"

"是的，是的，我们都不会有事。"我流着眼泪说。

天　使

赏析／张小敏

看完小说才发觉,我的心在抽泣,它早已沁出感动的泪。

玲珑,一个十一岁的平凡的小孩在别人绝望的时候取悦别人。她的一举一动都会使人融入她的快乐中,让人感觉不到绝望的悲伤。同样是疼痛,但是她却能在痛苦中寻找快乐,在绝望的茫茫大海里寻找达到希望彼岸的扁舟。因被截去右腿而疼痛的夜晚,她唱了明快的充满希望的《七色光》,让隔壁饱受疼痛煎熬的"我"心情也不由自主地好起来。当别人为她失去右腿而悲哀落泪时,她却反过来安慰别人:"别担心,我不会有事的。"面对不因身体残缺而绝望的小女孩你会不感动落泪吗?

生活只有经历酸、甜、苦、辣才不会乏味,不会厌烦。其实,谁不曾有绝望的一刻呢?但是,又有多少人能够忘掉悲哀的过去,努力跨越层层阻碍迎接新的生活呢?

朋友,当你悲伤,绝望的时候,想想那个病床上承受痛苦却依旧快乐的小天使,或许你会突然明白:其实,我并非不幸福,至少,我拥有一个完整的身体。

无论将来从事什么工作,只要是为了自己的国家,它都是一个伟大的职业。

叶 莲 卡

● 文／[苏联]叶·明

这是战争的最后一年。我们的部队驻扎在国境线上,离莫斯科很远。

傍晚,我回营房去。我疲倦极了,对故乡的思念之情,压抑在我心头。

"让这一切都赶快结束,赶快回到家乡才好。"我思忖着。

在庭院里,一位小女孩迎面向我走来,她身材纤细,梳着两条淡褐色的发辫。

"你好,叔叔。"她说的是陌生的语言,但听起来与俄语很相近。

"你好,小妹妹。"我回答说。

我们走到操场边,坐在一条板凳上。操场上铺着光滑平整的白色石块。黄昏时分,又凉爽,又寂静。山脚下,湖水好像蜷缩成一团,静静地睡着了。

"你叫什么名字呀?"我问道,热情地和这位新交攀谈起来。

"叫叶莲卡。"她慢条斯理地说起来,同时用十分明亮而又极其严肃的双眼注视着我。

"你几岁啦?"

"六岁半了。您几岁呀?"

"我呀,你看有几岁?"

叶莲卡犹疑了片刻,然后很自信地说:

"大概,有十六岁吧。"

可爱的叶莲卡,这也许是她能数到的最大的数字。我不愿意使她失望,用肯定的口吻回答她:

"你说对了。"

我们坐在那儿,默不作声。叶莲卡仔细地打量扣在我制服上的奖章,并忧伤地轻声说道:

"都发黑了。您不常擦它吗?"

"不擦。"

"可以用牙膏擦,也可以用砖灰擦。"

"是的,可以。"我同意她说的话。

我们又默不作声了。

"叔叔,您讲个故事给我听好吗?"她要求我。

"从前,有个国王,"我开始讲了,"他很老了,同时,又很凶残。"

"像希特勒一样吗?"

"比希特勒还要凶残。"我一边讲,一边做出凶狠的表情。

"没有比他更凶残的了,"叶莲卡提出抗议,"他是最凶恶的人,就是这个希特勒，他把我们都赶出家门，还把我们的爸爸给偷走了。"

叶莲卡不说话了，后来，又悄悄地对我耳语，好像是有什么秘密要跟我讲：

"以前，爸爸还常给我们写信，可现在不写了。是不是他忘了我们的地址？"

"大概是忘了。"我随声附和她。

我们又沉默起来。我在痛苦地思索，怎样才能排解叶莲卡这些悲伤的思念，但始终找不到话题。我不知所措，完全不知道怎样和孩子说话了。

最后，我问她：

"告诉我，叶莲卡，你长大以后想做个什么人？"

她又用十分明亮而又极其严肃的双眼望着我：

"叔叔，我要像妈妈那样，长大做个寡妇。"

她说出这个奇怪的字眼之后，自己也笑了。也许，在她看来，寡妇——这是个职业，就像司机，或者看院子的人一样。

我望着叶莲卡，望着她瘦削的双肩，望着她那像溪水一样在背上流淌的明亮的发辫，对自己刚才那瞬间的疲乏，感到无地自容了。

伟大的职业

赏析／陈海燕

"我问她：'告诉我，叶莲卡，你长大后想做个什么？'她用十分明亮而又严肃的双眼望着我：'叔叔，我要像妈妈那样，长大做个寡妇。'"每当读到《叶莲卡》这段问答对白时，我心中都会击起无数个如同大海汹涌的波涛。从小说里，我收获了一股细水流淌般的感动。

在硝烟弥漫的战争年代里，寡妇竟是一个伟大的职业！

当时苏联抵抗德国的侵略，女孩叶莲卡的父亲在这场战争中牺牲，于是她的母亲成了一名寡妇。叶莲卡想抗议发动这次战争的德国人——希特勒，一个战争魔头，一个和平的刽子手。以后，她想让心爱的丈夫像父亲一样保卫莫斯科、保卫国家、保卫和平。她宁肯牺牲家庭的幸福，做一名寡妇。

　　读到这里，我像文章里那位思乡而恨不得一切结束的边境战士一样无地自容，我为这个女孩深深地打动着。也许我没有女孩那么伟大，但我会努力，为社会奉献青春，哪怕是如大海中的一滴水那么渺小。同时想到，无论将来从事什么工作，只要是为了自己的国家，它都是一个伟大的职业。

没有上锁的门

水兵的圣诞礼物

每个人的心都像上了锁的大门，唯有爱才能把自己变成一把万能的钥匙，进入别人的心中，了解别人。因为爱不是一种可有可无的情感，它是生命的血液，使分离之人重新团聚的力量。如果没有爱，我们就无法坚强。

立正的惯性越大,主人公被伤痕车轮撞得就越惨烈。而那惨痛的叫声,仿佛不是一个人喊出来的……

立　　正

●文/许　行

"你说说,为什么一提蒋介石你就立正?是不是……"

我的话还未说完,那个国民党军队的被俘连长,早又"叭"一下子来了个立正,因为他听到我提蒋介石了。

这可把我气坏了,若不是解放军的纪律管着,早就给他一撇子了。

"你算反动到底啦!"

"长官,我也想改,可不知为什么,一说到那个人就禁不住这样做……"

"我看你要陪他殉葬啦!"我狠狠地说。

"不,长官,我要改造思想,我要重新做人哪!"那俘虏连长很诚恳地说。

"就凭你对蒋介石这个迷信的态度,你还能……"

谁知我的话里一提蒋介石,他又"叭"一下子来了个立正。

这回我终于忍不住了,一杵子把他打了个趔趄。并且厉声说:

"再立正,我就打断你的腿!"

"长官,你打吧!过去我这也是被打出来的。那时我还是个排副,就因为说到那个人没有立正,被团政训处长知道了,把我弄去好一顿揍,揍完了对我进行'单兵训练',他说一句那个人的名字,我就马上来个立正,稍慢一点就挨打。有时他趁我不注意冷不防一提那个人名字,我没反应过来便又是一顿毒打……从那以后落下来这个毛病,不管在什么时间什么地点,一说到那个人或一听到那个人的名字就立正,弄得像个神经病似的,可却受到嘉奖,说这是对领袖的忠诚……长官,你打吧! 你狠狠地打一顿也许能打好了呢,长官,你就打吧!打吧!"俘虏连长说着就痛苦地哭了,而且恳切地求我打他。

这真怪了!可听得出来,他连蒋介石三个字都回避提,生怕引起自己的条件反射。不能怀疑他这些话的真诚。

他闹得我也有些傻了,不知该怎么办啦!

一九四八年我在管理国民党军队俘虏房时,遇到了这么一件事。当时那个俘虏大队里都是国民党军队连以下的军官,是想把他们改造好使用,未曾想竟遇到了这么一个家伙。

"政委,咱们揍他一顿吧!也许能揍过来呢。"我向大队政委请示说。

"不得胡来,咱们还能用国民党军队的办法吗?!你以为你揍他,就是揍他一个人吗?!"

好家伙,政委把问题提得这么高。

"那么?"我问。

"你去让军医给他看看。"

当时医护水平有限,自然看不出个究竟来,也没有啥医疗办法。以后集训完了,其他俘虏作了安排,他因这个问题未解决,便被打发回了家。

事隔三十年,"文化大革命"后,我到河北一个县里去参观,意外地在街上遇到了他。他坐在一个轮椅上,隔老远他就认出我来。

"教导员,教导员!"他挺有感情地扯着嗓子喊我。

他头发花白,面容憔悴,显得非常苍老,而且两条腿已经坏了。我问他腿怎么坏的,他说因为那毛病没改掉,叫"红卫兵"给打的,若不是有位关在"牛棚"的医生给说一句话,差一点就要他的命啦!

我想这个我们不许作,也不忍做的事,"红卫兵"却作了。打断了他两条腿,当然就没法立正了,这倒是一种彻底的改造办法。于是我有意识地说:

"你这一辈子,算叫蒋介石给坑啦!"

天啊!我非常难过地注意到:在我说蒋介石三个字时,他那坐在轮椅中的上身,仍然向前一挺,作了个立正的姿势。

伤痕车轮的"惯性"

赏析／刘光全

《立正》写了一个国民党的俘虏连长可怜、可叹的悲剧的一生,我们能听到"立正惯性"的时代挽歌。

只要提到蒋介石的名字,俘虏连长就会条件反射"叭"地来一个立正。这个毛病他是被国民党军官打出来的。"文化大革命"中，仍因这个问题，他被红卫兵打断了双腿。三十年过去了，当年的教导员与他重逢，教导员说了一句"你这一辈子，算叫蒋介石给坑了"，而坐在轮椅上的他又是一挺身，作了个立正的姿势！

国民党的反动军纪和残酷迫害给主人公造成了一个无可挽救的心理和生理的后遗症。可以看到，这个"惯性"有着一步步加深、加浓的过程。一提蒋介石，他立正；打了他，他仍立正；最后双腿被打断了，他还是立正。"立正"作为一个国民党反动军纪造成的畸形"惯性"，在一次比一次严厉的冲击中，都无法纠正过来。这一变态的"立正惯性"在发展变化中被用重彩做了不断深入的描绘。

立正的惯性越大，主人公被伤痕车轮撞得就越惨烈。而那惨痛的叫声，仿佛不是一个人喊出来的……

在雪中，父亲是天使，默默地守护着我们的火焰，用有限的体温温暖着我们。天亮，雪停，我们的希望火焰在雪地中绽放，而父亲却倒下了；可他因为守护希望的意志，又没有倒下。

敲　雪

●文/刘靖安

睡到半夜，忽然觉得好冷。也许，外面下雪了，我想。我蜷着身子，强迫自己再睡。不知过了多久，迷迷糊糊中，我听到了屋前屋后的惊叫声。睁开眼，天亮了，透进屋的亮光，冷冷地泛着朦胧。

好久没见过雪了！我顾不上睡觉，一骨碌爬起来，小跑着跨出门。屋檐下，我极目远眺，整个世界全是一片白，白得晃眼。慢慢收回目光，我就看见了父亲。

父亲站在屋对面的小路上，他眼下，是一丛一丛的雪枝。我知道，托着雪的，是密密麻麻的树枝。每到春天，那些树枝就开出一堆一堆的杏花、李花、桃花，五彩缤纷的，像一片花的海洋。花一天一天地谢了，青涩的果子藏在绿叶间，一天一天地长大了，泛红了。父亲的笑容也多起来，有时不知不觉就到了树下。开始，父亲轻轻掰下枝丫，寻找枝叶间还没完全长出来的果子，偶尔发现米粒大的一颗，也要小跑回家雀跃着向全家人报喜；后来，父亲就踮着脚尖，痴痴地看，痴痴地闻，即使枝丫垂到眼皮下，也舍不得动一指甲，生怕惊跑了它们。果子渐渐成熟了，父亲停了农活，从早到晚蹲在树下守着，守着我们的"书本"。我们兄弟多，家里又没有其他收入，读书全靠它。到了上市季节，父亲就在树下铺几床棉絮，说这样落下的果子就不会摔烂，能卖个好价钱。卖果子的钱，父亲一分一厘也不花，全存着，刚好够我们读一年书。所以，只要我们目不转睛盯着父亲担子里那些红嘟嘟的杏呀、李呀、桃呀的时候，父亲总是拍着我们的头说："馋了吧？这可吃不得，它是你们的书本啊，不想读书吗？"我们一起点头："想读！""还想吃吗？""不想！"我们一起咽口水，狠狠摇头。从此，我们就把那些杏呀、李呀、桃呀叫书本了。

可是，这不是果树开花、结果的季节呀，父亲看那些雪树做啥呢？我很是不解。

我朝父亲走去。踩着积雪，吱吱地响。雪挤进鞋里，有一丝浸骨的寒意。眼前，是一串深深的脚印，我想那应该是父亲的，我仿佛听到了父亲踏着积雪的声音。鞋里的雪越挤越多了，我只好把脚放进父亲踩出的脚印里。我腿短，父亲步与步之间拉得很长，看样子走得很急。尽管这样，三个脚印我还是能踏中两个。因为雪被踩实了，挤进鞋里的也就少多了。

走到父亲面前，父亲看了看我，说："星期天，多睡会吧？"

我不回答父亲的话，不解地问："你看这树干嘛？春天还早。"

"真的还早么？快了快了！可是——"父亲顿了顿，脸上露出了忧郁，"这雪太大了，你看，树枝压断了好多。"

我细细一看，真的，一些断枝落在地上或是横在树上，全被雪掩住了，不仔细看根本看不出来。

"回去拿根竹竿来吧。"父亲沉吟了一阵，对我说。

我怔了怔，一下子明白了父亲的用意，于是，忙不迭地回家找来一根稻田里赶鸭子用的长竿。父亲站在树下，竹竿伸到枝头、慢慢地，轻轻地把积雪一点一点蔽下来……几十棵果树，父亲整整敲了一个上午。父亲回家,头上、脸上、身上,全是雪。给体温融化的雪水,湿透了父亲的衣服。我连忙烧起一堆旺旺的柴火,父亲骑在火上,还在瑟瑟发抖。

这天晚上,父亲问我:"今晚还会下雪吗?"

"下呀,老师说'瑞雪兆丰年',下得越大越好!"我说。

"我娃儿有长进了,好,那就下吧!"父亲抚摸着我的头,频频颔首。

晚上,果真又下起了大雪。父亲怎么也睡不着,他耳朵支棱着,听着外面的风吹草动。"睡呀,你怎么了?"母亲不耐烦了。"你懂啥?这叫听雪!"父亲的声音很大,传进篱笆墙另一边的我们的耳里,我和弟弟就吃吃地笑,笑父亲不会用词,雪,是能听的吗?

半夜,父亲突然翻身跳下床,惊醒了我们。我们问他怎么了,父亲说:"我听到树枝又断了,一声连一声,我得敲雪去。"我们说这么远,听不到,你那是幻觉,睡吧睡吧。可是父亲不理会我们,拖着竹竿,打着手电就出了门。我们穿了衣服撵出去,在屋檐下看见的已是一束在树下晃来晃去的亮光了。看了一会,冷得不行,我们只得跑进了被窝。

天亮,父亲回家,把我们全都摇醒,高兴地说:"一根树枝也没断,你们又能上学了,又有书本了。"父亲的牙齿咯咯直响,磕得不听使唤。

第二天,父亲就病了。

冬天完了,春天来了,夏天也来了,杏呀、李呀、桃呀,比哪一年都大,都红,父亲的病却一直不见好转。我挑了两个又大又甜的桃,捧到父亲床前,说:"爸,你尝尝,好甜呢!"

父亲挣扎着撑起身子,劈手打掉我手里的桃,怒气冲冲地吼:"谁叫你们吃?这是你们的书本哪!不想读书了?"

"想!"我哭着说,"我们没吃,只想你吃一个,你的口味不好!"

父亲叹了口气,拉过我,给我擦了一把眼泪,说:"拣起来吧,我吃一个!"

我看见父亲咬了一口桃,父亲的眼泪也一下子流了出来。

守 护

赏析／黄志强

早春,看到花海在父亲脸上那遭受岁月磨砺的沟壑里绽放,那是"书本"新生的喜悦;金秋,看到父亲在果园里踱步,"我"知道,他已在硕果累累的枝头里满足。读完了《敲雪》,泪水已侵占了我的双眸。

父亲说,听雪的低语,"我"和弟弟笑他的无知;父亲在雪中为"我"开路,"我"浅浅的脚丫嵌套在父亲坚实的脚印里;当"我"把桃递到父亲的唇边时,一向坚强的他竟流下了眼泪,一滴又一滴。在雪中,父亲是天使,默默地守护着我们的火焰,用有限的体温温暖着我们。天亮,雪停,我们的希望火焰在雪地中绽放,而父亲却倒下了;可他因为守护希望的意志,又没有倒下。

当我们在街边小贩手中接过一袋袋水果时,可曾想过,它们是一代人的希望,更是另一代人的心血,是他们在挣扎中的丰收。"父亲们"不断地努力着,是为我们补给精神的食粮。我们可曾注意,他们的肩膀早已不堪重负,在岁月中渐渐被剥蚀!

在生命的暴风雪中,陪伴我们的是父亲无言的守护。那深沉的守护,尽是爱的分量。

我们总以为,我们是鹰,总有一天会脱离父母的视界;我们总以为,总有一天会独自在暴风雨中搏击天空。但错了,我们就像鱼儿,是离不开水的,水也总是包围着鱼儿。

盼　望

● 文/齐　闯

海子妈从村长家出来,细脚伶仃的瘦腿在窄窄的土路上迈得特别轻快。土路上草色、土色的蚂蚱纷纷向深草里飞溅。海子妈手中紧紧地攥着一封信,是海子从部队寄来的。海子当海军已两年,新兵时来信很勤,经常说说自己的学习和生活情况。第二年成了老兵就懒惰了,有时两三个月来一封信,有一次,还把给战友的信装错信封寄回了家。海子妈把沉甸旬的信捏了个遍。

路边的油菜花开得正旺,黄澄澄的一片接一片,在阳光里金光灿灿的叫人有些睁不开眼。海子妈路过自家的油菜地也没顾上看花开得繁不繁,只是疾步往家里赶。

其实,家里这会儿没人。海子是老幺,哥姐们都有了自己的光景,海子爹在镇小学当民办教师还没放学。但海子妈还是一步比一步走得急,她要让老头子一进门就得到这个喜讯。她知道,老头子盼得厉害,虽然每次她一念叨海子该来信了咋还不来时他总是平平淡淡地说:"来了来,不来罢。"但她还是发现,好几次老头子对着相框子里的海子呆望。那张相片是海子年前探家时带回来的。那天海子的男女同学挤了一屋子,其中一个叫娅妮的闺女长得真水灵,像画里人似的。

院子里芦花鸡在和煦的阳光里打盹,翅膀左一撑右一撑,栽不倒,撑不醒。海子妈一进门就径直从堂屋的柜子上抱下那只盛放信件的匣子放到院子的石桌上,里面共有十六封信,全是海子的,每次收到信,她总要他爹连念三遍,一字一句听清楚了才像神符一样放到匣子里,等想海子了再拿出来温习。时间一长,她几乎能准确地复述出匣子里任何一封信的内容。

海子爹还没有回来,海子妈一时激动得不知该干啥。她先是把信展展地放在匣子最上头,忽而觉得不妥,又把信放到桌子上,但又害怕被风吹跑,就又放回到匣子里。最后还是觉得揣在身上保险,就把信塞进了热热的怀里。

太阳上了房脊,芦花鸡的影子在月下浓缩成巴掌大的黑团。海子妈一下子想起是做午饭的时候了,海子爹喜欢吃手擀面。汤要宽,醋要重,辣子要旺,他一气儿能吃两海碗。当年海子爹可是十里八村的俊后生,想跟他好的姑娘们差点儿挤破了头。她就凭擀得一手好面赢得了他的爱情。只是现在孩子们大了,她身子骨也老了,一般海子爹是没有机会享受口福的。

海子爹一进门就闻到了油泼辣子的香气,当下饥肠辘辘。一边洗手一边问:"老婆子,今儿遇上啥喜事啦?"

"你估。"海子妈把表情装得平静,边说边将辣子、醋水往桌上端。

海子爹猜了几下没猜到,就从锅台上抱起老碗面呼呼噜噜起来。海子妈上前把碗口一捂:"先念信,先念你娃的信!"

一大口面把海子爹噎了一下。他接过厚厚的信封正正反反仔仔细细地端详了一遍,眼圈就发红了。这几天他老梦见海子,在枪林弹雨中海子受了伤,他和海子妈去扶海子,可海子不理他们,跟着那个叫娅妮的姑娘走了。这个梦折磨着他，但他不敢说给老伴儿听。

拆开信，信封里有好几张照片，蓝莹莹的海水，雄伟壮观的军舰。海子站在战舰上咋看咋英武，咋看咋帅气。海子妈的热泪沿着满脸错乱纵横的皱纹落在了相片上。她没有见过海，但照片使她一下子相信海的确是个美地方，倏然间她感到老头子给娃取"海子"这名字很有文化。

海子爹展开信陡然有些惊慌，密密麻麻的字迹他却支支吾吾念不出音来。

"念，快念呀，别光顾自个儿高兴。"海子妈等得有些焦急。

海子爹微微打了个寒战，高声而动情地念了起来："亲爱的爹、妈，孩儿在部队一切都好……"念完长长的信，海子爹已经泪流满面。

第二天，海子爹一大早去了学校。海子妈还想听海子的信，就叫隔壁刚刚初中毕业的栓娃给她念，栓娃照着信一字一句认真地念了起来："亲爱的娅妮，我在部队很想念你……"

不相交的盼望

赏析／黄志强

向左，爱在爸爸妈妈的怀抱里；向右，爱在爸爸妈妈的唠叨里。怀抱是一掬温馨，一份关爱，是我们成长的温室；而唠叨则是一抹牵挂，一份羁绊，是剪不断、割不裂的亲情。

盼望着，盼望着，远方的信笺飞来了，是风捎来的思念。通往村长家的土路，再熟悉的莫过于海子妈在风中蔓延的气息。终于，海子久别的信寄来了，信躺在海子妈宽大的手心里，"无声地颤抖"，她那高兴的劲儿，更别提了。但是，知道海子"盼"的是娅妮后，海子妈喜极而泣的老脸，不知会填满多少无奈和悲伤。原本土草色的小路，而今却在一双长满老茧的脚下，无声地衰败，无奈地干秃。

海子或许早已忽略亲情，他已经不是那个想家的孩子了。所以很敬佩海子爹，一个人独自承受着痛苦，却把快乐留给了海子妈。

我们总以为，我们是鹰，总有一天会脱离父母的视界；我们总以为，总有一天会独自在暴风雨中搏击天空。但错了，我们就像鱼儿，是离不开水的，水也总是包围着鱼儿。

快乐是创造出来的,只要我们心灵的快乐之火不灭,我们每个人都会成为快乐的创造者。

水兵的圣诞礼物

● 文/[德国]威廉·里德洛

圣诞节前夕,我和妻子及三个孩子去了法国。一次,从巴黎到尼斯去,一连五天事事不顺,下榻的旅店勒索敲诈,租来的汽车又出了毛病,令人懊丧。圣诞之夜,我们住进了一家又脏又暗的小旅店,心中早无欢度圣诞节的兴致。

天气寒冷,淫雨绵绵,我们出外就餐,走进一家装潢草率、毫无生气的小饭铺。铺内油腻味特别重,只有五张饭桌,一对德国夫妇,两家法国人,还有一个没带伙伴的美国水兵。角落里坐着一位钢琴手,无精打采地弹奏着一首圣诞乐曲。

我心灰意冷,情绪低落,实在不愿再上他处了。环顾四周,发现其他顾客也都默默地吃着饭,只有那位美国水兵似乎心境特佳,他一边用餐,一边写信,脸上露出笑意。

妻子用法语点了饭菜,可端上来的却是另外的东西,我责备妻子,她抽抽搭搭地呜咽起来,孩子们站在妈妈一边护着她。我真是心乱极了。

坐在我左边的那一家法国人,做父亲的因为一点鸡毛蒜皮的小事动手打了小孩子,小孩开始号啕大哭;右面,德国女人训斥起她的丈夫来。

这时,一股毫无清新之意、令人生厌的冷空气涌进屋内,大家不约而同地抬起了头——正门走进一个上了年纪的法国卖花女,她身穿一件旧外衣,水淋淋的,一双破烂的鞋子也湿透了。她挎着一篮花,从一张饭桌挪向另一张饭桌。

"买花吗,先生?只要一法郎。"

众人无动于衷。卖花女疲惫地坐在美国水兵和我们之间的桌子旁,朝店员喊道:"来一碗汤!整个下午连一束花也没卖出去。"她又声音嘶哑地向钢琴手抱怨,"约瑟夫,圣诞前夕喝汤,你说是啥滋味?"

钢琴手指指空荡荡的钱匣子。

年轻的水兵用完了餐,起身准备离开。他穿好衣服,走到卖花女的桌旁。

"圣诞快乐!"他微笑着挑出两束胸花,"多少钱?"

水兵将其中一束小巧的胸花压平,夹在写完的信中,然后交给卖花女一张二十法郎的钞票。

"我没零钱,找不开,先生!"她说,"我跟店里的伙计先借一点儿。"

"不必了,夫人。"水兵俯身亲吻了一下她那苍老的面容,"这是我赠送给您的圣诞礼物。"

接着,他直起身,将另一束胸花拿在胸前,来到我们桌旁。"先生!"他对我说,"我可以将这花献给您漂亮的女儿吗?"

他迅速将花递给我的妻子,祝愿我们圣诞快乐后便离开了店铺。

在座的每一个人都停止了用餐,望着水兵,寂静无声,转眼间,圣诞节的气氛像爆竹一样在店内骤然作响。年老的卖花女跳起来,挥动二十法郎,蹒跚地走到屋子中央,欢快起舞,并冲着钢琴手嚷嚷:"约瑟夫,我的圣诞礼物!另一半归你,你也可以痛痛快快吃一顿了!"

约瑟夫急速弹奏《开明国王温西斯丽思》,他的十指魔术般地按着琴键,脑袋伴随节奏晃动不止。

我妻子不失时机,随着音乐挥舞胸花。她热泪盈眶,容光焕发,仿佛年轻了二十岁。她开始歌唱,三个孩子也与妈妈一道纵情高歌。

"妙,太妙了!"德国人大声叫喊,他们跳到椅子上,唱开了德国歌曲;店员搂抱着卖花女,摆动臂膀,用法语一展歌喉;动手揍孩子的那个法国人用餐叉敲击酒瓶打拍子,他的小孩骑在爸爸的膝上,咿咿呀呀;德国人为每一位顾客订了酒并亲自送上前来,与大家紧紧拥抱;另一家法国人要来香槟,逐桌敬酒,亲吻大家的双颊。店内开始高唱《第一个圣诞节》,我们都放开歌喉,一半人还哭了。

行人从街上拥入店内,许多人都无法入座。大家合着圣诞颂歌的节拍手舞足蹈,墙壁也随着震动。

在这个装饰简陋的饭铺内,一个原本让人沮丧的夜晚变成了最好的圣诞之夜。我们能拥有这样的经历,完全是因为遇见一位心灵中圣诞情意不灭的年轻水兵,他把我们因恼怒和失望而压抑着的爱情与欢乐释放了出来。他赠予了我们这个圣诞节!

一束花的快乐

赏析／谭开胜

小说前后形成了鲜明的对比，大家转了一百八十度的大弯：卖花女由"抱怨"变成"欢快起舞"；钢琴手约瑟夫由"无精打采"变成"激情狂热"；"我"的妻儿由"懊丧"变成"容光焕发"；法国人和德国人由恼怒变成欢乐；小旅店由沉闷变成热闹非凡。而所有这一切变化，都是源于年轻水兵向卖花女买了一束花，并把花送给了"我"的女儿。

可见，快乐是创造出来的，只要我们心灵的快乐之火不灭，我们每个人都会成为快乐的创造者。快乐是平易近人的，但她永远偏心于那些主动去感受她的人。当我们情绪低落的时候，千万不要因恼怒和失望而压抑着阳光和快乐，我们应尽情释放，然后就会发现快乐无处不在。有快乐做伴的日子，你会活得得心应手，即便有困难也会迎刃而解。

年轻的水兵就是这样一位爱和快乐的使者，一位阳光的传播者，他能把爱散播到四方。我们生活中因有了这样的人而焕发光彩。

有时候，伤我们最深的可能不是那个隐痛的伤口，而是在面对伤口时失去的那股无惧的勇气。

美丽的谎言

●文／徐慧芬

明明瘦瘦的，十二岁了，看上去顶多十岁模样，大大的眼睛里，总好像藏着些什么。今天，他很怕到学校去，可是，学总是要上的。他不敢多想昨天的事情。

明明只有爸爸，而且爸爸是个盲人。他很爱爸爸，爸爸长得很帅，眼睛很大,不仔细看是看不出眼瞎的。他一直不明白,妈妈到哪里去了,爸爸的眼睛怎么会看不见的。很小的时候,他问过爸爸。

爸爸能告诉年幼的孩子一个关于那个荒蛮年代留下的生死离恨的凄惨故事吗?能告诉孩子一个七尺男子汉因为感情的折磨而永远失去了光明吗?爸爸只是默默无语。那双大眼睛里的水使明明感到害怕,他再也不敢问爸爸什么。

但是,昨天,这个孩子本来就伤痕累累的心又流了一滴血。语文课上,老师叫同学解释"睁眼瞎"这个词。那孩子想了一会儿笑嘻嘻地说,那不就是明明的爸爸么,眼睛睁得老大,什么都看不见。大家都笑了,明明的心抽搐起来,他真想逃出教室去。尽管美丽的女教师严厉制止了大家,可是,明明整整一个下午都没说一句话。

今天的作文课,题目是"我的家",这个题目使明明的心又开始发颤。他拨动着笔,想了好久。他这样写了,他说,爸爸和妈妈原先在一个厂工作。小时候,爸爸妈妈常带他出去玩,妈妈常给他讲好听的故事。后来有一次,厂里失火,爸爸妈妈奋不顾身去救火。妈妈牺牲了,爸爸的眼睛被火烧坏了,他再也听不到故事了……

第二天,老师讲评作文时,明明的头一直低着。忽然,他听到老师用充满感情的声音在读他的那篇作文。同学们把头都朝向了他。

下了课,同学们都围着他,夸他的爸爸妈妈是英雄……此后好几天,明明都得到了大家不同往常的友爱。渐渐地,他的脸上有了笑容。

两周后的又一节语文课,预备铃响了,女教师踏进教室,明明正在哭。大家七嘴八舌在问明明,他的爸爸妈妈到底有没有救过火?有个孩子不知从哪里听来的,说明明骗了大家,他的爸爸妈妈没有救过火。女教师看着这一幕。

第二遍铃声响了,女教师开始了讲课。下课前的一分钟,她用目光扫视了全班同学,然后平静地说:"我想告诉同学们,明明是个好学生,他没有说谎。"

一周后,一个傍晚,明明出现在办公室,他抖动着嘴唇,说出了一句:"老师,那篇作文是我编的……"

女教师沉默,她轻轻为明明擦干了眼泪,把他搂在怀里:"孩子,你没有错。"声音也是轻轻的,一大颗热泪顺着美丽的脸颊落到明明冰凉的手心里。

勇者无惧

赏析／林城敏

在现实生活中，像小说中明明的遭遇可能比较少见，但却有很多与他类似的经历——我们也会小心地存放着这么一个吹弹可破的伤口，也会有不愿被人知晓的隐私。这伤口就像一个藏在心里的定时炸弹，或许会因为被人无意中的一个小小动作所触动；或许也会被他人一句不经意的话引爆。

小说中明明的伤口就恰巧被老师一个无意的提问划破了。为了使伤口尽快愈合，他选择了说谎，编了一个美丽的故事去掩饰。读到这里，一阵怜惜之情涌上心头。我们不会认为他这种做法是错误的，女教师也和我们一样，十分同情明明的窘境。我们看到周围类似女教师那样善良而美丽的人，他们会在最困难的时候温暖我们的心。

小说的结尾更是感人至深——一个十二岁的孩子，竟能主动捅破精心编织的谎言。这需要多大的勇气，如此赤裸地揭示自己的伤口！

对照一下我们自己，又有多少人能有这样的勇气，坦然面对自己的伤口呢？有时候，伤我们最深的可能不是那个隐痛的伤口，而是在面对伤口时失去的那股无惧的勇气。

在人生的旅途中，愿你我常把感恩之心带上。

半支蜡烛

●文／谢志强

那天出差，我来到北方一个陌生的小城市，投宿在一家普通的旅馆。

进进出出的，都是陌生面孔。

房间内有三个床位。夜晚，仍是我一人，我担心着随时可能闯进一个陌生人来。我看着电视，荧屏一闪一闪换着人物，很频繁。我略为轻松了。蓦然，荧屏的热热闹闹的人群没了影儿，室内一片漆黑，像隆重的舞会一下断了电，楼外的灯光也消逝了。整幢楼传出惊愕和呼吁。

我摸近写字台，拉开抽屉，捏住了空荡荡的抽屉一隅的半截蜡烛。这是我进入这个房间时，无意中发现的。

半支蜡烛，躯干很细很圆，也很凉，它躺了不知多久，几乎被遗忘了，连服务员清理房间时也忽视了它的存在。我捏着它。我没有火柴，捏着蜡烛，走出房间，能看到长长的走廊尽头一扇窗口外边朦胧的夜色。走廊内一片紊乱，开门声、脚步声、呼唤声。显然，大家都没料到断电。

于是，我想，我手里的半截蜡烛已有些年月了——人们似乎已经忘记了它的存在。可现在我握着它，生怕它失落，我握着它，我的体温通过掌心温暖了它。

迎面闪过一个身影。我说："有没有火柴？"她说没有。她一开口，我才知道是个女性，声音使我想到了山泉。她喊服务员，声音包含着恐慌。我说我有蜡烛。她便朝走廊内毫无目标地喊，"谁有火柴打火机，点个亮。"她仿佛向人间呼吁。

我继续试探着朝走廊尽头的窗口方向走。我的眼睛渐渐适应了突然降临的黑暗。我像持着旗帜招兵买马，我大声喊，"我有蜡烛，谁有火柴？"那个女性也尾随着我协同呐喊，我说："这么多旅客，肯定会有火柴的。"似乎自言自语，似乎在安慰她。

数步远，猛然跳出一朵火苗，像茫茫戈壁的暗夜中遥远处闪现出一堆篝火。"快点、快点。"一个中年男子粗犷的喉音。

我赶上前，蜡烛的顶端棉芯接触了打火机的火苗，像恋人美好深情的吻。蜡烛的火苗陶醉般地摇摇晃晃，渐渐明亮起来，欢跃起来。它的光亮映出其他两张绽开了微笑的脸。接着，又惊喜地围过来几张陌生的脸，都笑着。我看着他们并不陌生的陌生的脸，我也笑了。我没急于返回房间。这亮光属于众人，我不能独自享用。

她说："你倒有经验，出差还备着这玩意儿。"

我说："我在抽屉里发现的，我可没先见之明，现在出差到哪里会没有电灯呢？在城市，蜡烛已成稀罕物了。"

我托着蜡烛，缓缓地走过一张张敞开的门——迎接光明的门，我十分乐意地接受里边的旅客偶尔提出的借个光的要求。他们是在寻觅断电的瞬间失却或遗落的物件，找着了那物件，像重逢一样的欢欣，简直显出孩童的纯真。

我的心房也随着烛光一亮一亮闪动。这座旅馆这座城市不再陌生和恐惧——一个人进入一个陌生地难免生出的感觉。

经过一扇一扇敞开的门，我到达了房间。又是意外，豁然灯火通明，荧屏又出现一个彩色的世界。走廊传来惊喜的声音，接着，纷纷"砰砰"的关闭房门的响声。我也关上了房门。

患难是否见真情

赏析／黎运通

小说描写的这种情况在现实生活中或许并不多见，但我们又怎能肯定在哪一天是否也会出门在外，独处陌生之地呢？

蜡烛，燃烧自己而照亮别人的无私奉献者，在熙熙攘攘匆匆忙忙的都市里，它早已被遗忘在某个角落里——也只有停电的时候，人们才会想起它的好。在故事里，主人公所在的旅馆突然停电，因为半截蜡烛引出了值得深思的地方：停电时众人为"我"寻火，驱走黑暗的那般热情，之后又突然来电各个房客"砰砰"的关闭房门的响声。这形成了鲜明的对比，从中反映出来的是一种什么现状？人们对"半截蜡烛"持什么态度？文中的房客是否过于冷漠，过于谨慎？也许只有那"半截蜡烛"才最清楚。

不要在黑暗之中才会想起蜡烛，也不要在困难之中才会想到别人。只有记住曾经接受过的帮助，时刻准备自己的真情，才能让心灵散发出金子般的光芒。在人生的旅途中，愿你我常把感恩之心带上。

做人有许多不同的选择,但做好人就一定有回报,起码会一生平安快乐。

善心如水

●文/许智红

我有一位朋友,夫妇俩在同一家企业工作,两个人都是老实巴交的小职员。

两年前,朋友所在的那家企业推行改制,对部分职工实行下岗分流。由于夫妇俩为人老实,在第一批人员分流中下了岗。好在夫妇俩平时待人不错,在街坊邻居中有极好的人缘,下岗不久,便在朋友、亲属以及街坊邻居们的帮助下,在小城新兴的一个服装市场里开起了一家川火锅店。

火锅店刚开张时生意冷清,全靠朋友和街坊照顾;但不出三个月,夫妇俩便以待人热忱、收费公道而赢得大批的"回头客"。火锅店的生意,也一天一天地见好起来。

念及友情,每遇单位有了接待,常常去照顾生意,去的次数多了,我便发现几乎每到吃饭的时间,小城行乞的七八个大小乞丐都会成群结队地到朋友的火锅店来行乞。

说实在话,我从未见过小城里其他店主,能够像朋友一样宽容平和对待这些乞丐的,其他店主一见到乞丐上门,就会拉下脸来严厉地呵斥。而这夫妇俩则每次都会笑呵呵地给这些肮脏邋遢、令人厌恶的乞丐高举到面前来的那些五花八门的锅碗瓢盆中盛满热菜。而且我特别注意到,夫妇俩施舍给乞丐们的饭菜,都是从厨房里盛来的新鲜饭菜,并不是那些顾客用过的残汤剩饭。每遇乞丐前来行乞,我便注意观察夫妇俩的表情神态,结果发现夫妇俩在施舍给乞丐的时候,毫无做作之态。他们的神态是那样的镇定,好像是在做一件原来就是分内的、自然而然的事情。有禅语说"善心如水",我想,一定就是夫妇俩这个样子。

大约半年前的一天深夜,一家从事服装批发生意的老板,因为沉迷于麻将桌前而忘了将烧水的煤炉熄火，结果引发了一场大火，由于整个市场都是些丝绸化纤、棉麻制品一类的易燃物品，火借风势，眨眼的工夫，整个市场便成了一片火海。

这一天，恰巧我的这位朋友到昆明进货，店里只留下女人照看。一无力气二无帮手的女店主，眼看辛苦张罗起来的火锅店就要被熊熊烈火所吞没，着急万分之时，只见那班平常天天上门乞讨的乞丐，不知从哪里钻了出来，在老乞丐的率领下，冒着生命危险将那一个个笨重的液化气罐马不停蹄地搬运到了安全地段。紧接着，他们冲进马上要被大火包围的店内，将那些易燃物品也全都搬了出来。消防车很快开来了，火锅店由于抢救及时，虽然也遭受了一点小小的损失，但最终给保住了。而周围的那些店铺，却因为得不到及时救助，早已变成了一片废墟。

夫妇俩都思谋着在今后的日子里要更加真诚地对待这些上门乞讨的乞丐。但奇怪的是，这七八个平时大白天上门乞讨的乞丐，自火锅店恢复营业的那天起，就再没有见他们的踪影，好像一下子从小城里消失了。

后来，有小城的人到了另一个城市去出差发现了这一群乞丐，不过他们已经不再行乞而是改捡垃圾为生了；再后来夫妇俩为感谢这群乞丐的帮助，曾专程到那里探望，老乞丐满眼泪花地对夫妇俩说："在小城乞讨的日子里，从来没有人把我们当人，是你们夫妇俩的尊重，使我们又重新恢复了自尊和自信。我们之所以要离开小城，是因为我们想开始一种新生活。尽管我们目前仅能靠捡垃圾为生，但我们感到快乐和幸福。"

好人总有好报

赏析／陈楚滢

俗语常说："好人总有好报。"这篇文章就深刻地体现了这一点。

火锅店的夫妇每当遇到前来行乞的乞丐，都会盛满热菜给他们，而且毫无做作之态，让那些对生活失去希望的乞丐重拾自尊与自信。而当火锅店遭遇火灾时，乞丐们能够做到奋不顾身地帮忙抢救。这让我们尤为感动。之后，乞丐消失在小城里，夫妇俩几番辗转，终于打听到他们已经有了快乐的工作,便专程前往另一城市探望已经一扫阴霾的乞丐……

文章中的夫妇与乞丐们都是好人,一方有着如水的善心,一方常怀感恩之心,这深深地打动着我们。

当今社会,已经很少有像火锅店夫妇这样对乞丐热情的人了。我们不是冷酷无情,而是还没有用心体会过这些生活在社会底层的人的感受,以至不懂得知恩图报,为了利益丧失人性,甚至为此甘心做一个人人喊打的过街老鼠。他们一掷千金地享受着荣华富贵,也不肯拿出哪怕一分一厘,去给亟须帮助的人雪中送炭。做人有许多不同的选择,但做好人就一定有回报,起码会一生平安快乐。

"谁言寸草心,报得三春晖",希望成长中的我们终有一天了解父母的苦楚,将拖欠的爱加倍还给他们。

我的妈妈很美丽

●文/刘　磊

常言道:儿不嫌母丑,狗不嫌家贫。可新河中学的马小花同学却偏偏讨厌她妈妈长得丑。

也难怪,她妈妈脸庞上有大块大块的像被火灼了似的乌黑印记,大凡见过她妈妈的同学,都被她妈妈脸庞上的印记吓得再也不敢多看一眼。

这天,班主任李老师偶尔听到同学们正在小声议论马小花,说她母亲的形象如何如何丑陋,立刻引起了李老师重视。为了配合学校正在兴起的素质教育,上课的时候,李老师着重讲解了"母亲"一词的分量,并临时将课堂作文的题目改为《我的妈妈很美丽》,要求用真情实感写出母亲内心世界的伟大和美丽,不要在外表上做文章。

李老师布置完作业,同学们就全都埋头书写起来。同学们交作文的时候,李老师有意识地检查马小花的作文。没料到,李老师读着读着,竟然被马小花的作文感动得抽泣起来。原来马小花的母亲是在一场大火中,为了抢救国家财产而被烧伤的。面容被毁坏之后,小花的父亲竟然抛弃她们母女,另寻新欢去了。她们母女两人相依为命,生活得非常艰难……

李老师马上叫起马小花,要她在讲台上朗诵这篇作文。同学们在下面听着听着,眼泪就不自觉地簌簌掉落下来。

第二天,李老师和同学们买了鲜花,一起来到了马小花的家,都想看看这位英雄的母亲。

马小花的家非常简陋。李老师和同学们到她家的时候,她妈妈不在家。过了一会儿,她妈妈才背着一大捆破烂回家了。见到家里突然来了这么多人,她妈妈吓得瞪大眼睛问:"出了什么事? 出了什么事? "

李老师忙说:"没有什么事,我们只是想来看看您! "

她妈妈不好意思地说:"没事看我干什么? "

李老师又说:"我们今天才知道,您脸上的疤痕是为了抢救国家财产而留下的,并且……"

马小花的妈妈突然拉长了脸,问:"这是谁说的? "

"这是马小花同学的作文里写到的。"

"唉! "她妈妈长叹一声粗气,说,"我知道小花嫌我长得丑,害得她在同学们面前抬不起头。"

"不,您不要这样说。您这是为了抢救……"

"老师,您不要说了,我这脸上疤痕是先天性的。根本不是什么为了抢救国家财产留下的! "

"什么? "李老师呆住了,同学们也呆住了,马小花却悄悄低下了头。片刻,李老师又细声问,"这到底是怎么回事? "

"这话说起来就长了。"马小花的妈妈轻轻擦了眼角的泪痕,接着说:"我一直不知道我的亲生父母是谁。我听我的养母说,我也是她在垃圾筒旁边捡到的。由于我脸上的疤痕太让人害怕,所以不管我走到哪里,人家都像看怪物似的盯着我。我找不到工作,也没有哪个人愿意要我。养母去世后,我一直都靠捡破烂为生。"

李老师不解地问:"那马小花……"

"记得那天夜里,我很晚才回来,刚走到离家不远的地方,忽然听到路边有个小孩嘶哑的哭声,我赶紧跑过去把她抱了起来。那孩子瘦得皮包骨,并且还发着高烧,我急忙又把她送到医院。经医生诊断,她患了急性肺炎,需住院治疗。我手上哪里有钱,只好偷偷跑到血站卖血……"

马小花听到这里,忙扑向妈妈的怀抱,轻声说:"妈妈,是我不对。"

妈妈摸着她的头说:"当初我只是想把你的病治好后,就把你送给一户经济条件好的家庭去做女儿,让你吃好一点,穿好一点,今后还能上一流的大学。可娘俩在一起时间长了,妈妈对你有了感情,妈妈舍不得把你送给别人。小花,妈妈对不住你,让你吃了好多的苦!妈妈我……"

马小花急忙抬起手,要为妈妈擦去喷涌而出的泪水,边擦边哭泣着说:"妈妈!是我不好,我哪儿也不去,你永远是我最好的妈妈!你永远是我心目中最美丽的亲妈!"

妈妈把她抱得更紧,控制不住自己,索性放开嗓子大哭起来……

李老师哭了,同学们也哭了。

心灵的美丽

赏析/刘小芹

读完小说,相信很多读者会和我产生同样的判断:马小花的妈妈一点儿也不丑;相反,她很美丽!她的无私、善良,仿佛有耀眼的光辉,把她映照得格外高大、美丽。这种心灵的美丽完全盖过了她外表的缺陷,所以感动了李老师和同学们,也感动了马小花。

生活中,我们可能也会碰到跟马小花同样的苦恼:父母长得难看、工作单位不好、收入较低,等等。有时候,我们会因为父母这样那样的不足而感到羞涩、难受,甚至拒他们于千里之外。当他们向我们嘘寒问暖时,我们会觉得他们啰嗦,显出不耐烦的表情来。不懂事的我们总是对他们煞费苦心的爱视而不见,根本不懂得理解、关心他们,让他们伤心。

"谁言寸草心,报得三春晖",希望成长中的我们终有一天会像小花那样变得懂事,了解父母的苦楚,将拖欠的爱加倍还给他们。到那天,我们才是真正长大了。

为人子女，我们要常回家看看，看看坐在家门口天天企盼和等待的父母。

寄　钱

●文/白旭初

　　回乡办完父亲的丧事，成刚提出要母亲随他去长沙生活，母亲执意不肯，说乡下清静，城里太吵住不惯。成刚明白，其实母亲是舍不得丢下已长眠于地下的父亲。父亲是村小学老师，人不在了，原本不多的退休工资也没有了。成刚是个孝顺的儿子，临走时对母亲说，过去您总是不让我寄钱回来，今后我可要每月给您寄两百元生活费了。母亲心疼儿子，说，乡下开销不大，要寄寄一百元就够用了。

　　母亲住的村子不通公路十分偏僻，乡邮员一个月才来一两次。如今村里外出打工的人多了，留在家里的老人们时时盼望着远方亲人的信息，因此乡邮员在村子里出现的日子是留守村民们的节日。每回乡邮员一进村子就被一群大妈大婶和老奶奶围住了，争先恐后地问有没有自家的邮件，然后又三五人聚在一起或传递自己的喜悦或分享他人的快乐。这天，乡邮员又来了。母亲正在屋后的菜园里割菜，邻居张大妈一连喊了几声，母亲才明白是在叫自己，慌忙出门从乡邮员手里接过一张纸片，是汇款单。母亲脸上洋溢着喜悦，说，是我儿子成刚寄来的。邻居张大妈夺过母亲手里的汇款单看了又看，羡慕得不得了，说，乖乖，两千四百元哩！人们闻声都聚拢来，于是这张高额汇款单像稀罕宝贝似的在大妈大婶们手里传来传去的，每个人都是一脸的羡慕。

　　母亲第一次收到儿子这么多钱，高兴得睡不着觉，半夜爬起来给儿子写信。母亲虽没上过学堂，但父亲教过她，她识得些字，也能写得些字。母亲的信只有几行字，问成刚怎么寄这么多钱回来？说好一个月只寄一百元，一年只有一千二百元呀，可别只顾了娘弄得自己没了饭钱。成刚回信说，乡邮员一个月才去村里一次两次，怕母亲不能及时收到生活费弄

感动小学生数型小说全集　没有上锁的门

得揭不开锅。成刚还说如今他工资不低,说好每个月寄两百元的,用不完放在手边也好应付急用呀。看了成刚的信,母亲甜甜地笑了,心想还是儿子想得周到。

过了几个月,成刚收到了母亲的来信,信只短短几句话,说成刚你不该把一年的生活费一次寄回来。明年寄钱一定要按月寄,一个月寄一次。成刚理解母亲的愿望心情,母亲总担心儿子给她寄多了钱,弄得没了饭吃。成刚心想,过去母亲吃了不少苦,纵使做儿子的现在吃不饱饭也该先孝敬母亲呀,何况儿子赚的钱并不少呢。

转眼间一年就过去了。成刚因单位一项工程工期紧,脱不开身,原打算回老家看望母亲的计划不能实现了。他本想按照母亲的嘱咐每月给母亲寄一次生活费,又担心因为忙会忘了误事,只好又到邮局一次给母亲汇去两千四百元钱。二十多天后,成刚收到一张两千二百元的汇款,汇款是母亲退回来的。成刚先是十分吃惊,后是百思不得其解,正要写信问问母亲却又收到了母亲的来信。母亲又一次在信上嘱咐说,要寄钱就按月给我寄,要不我一分钱也不要! 原来是母亲因为成刚没听她的生活费按月寄的话而生气了。成刚知道母亲的固执做法还是为儿子着想,是出于对儿子的疼爱。成刚感动得泪水湿了眼眶,立即提笔给母亲回了一封信,说儿子以后按月给您寄生活费就是了,请母亲一定放心。

一天,成刚遇到了一个从家乡来长沙打工的老乡,成刚在招待老乡吃饭时,顺便问起了母亲的情况。老乡是母亲的邻居,对母亲很熟悉,说你母亲虽然孤单一人生活,但很快乐。尤其是乡邮员进村的日子,你母亲更是像过节日一样欢天喜地。收到你的汇款,她要高兴好几天哩。成刚听着听着已泪流满面,他明白了,母亲坚持要他每月给她寄一次钱,是为了一年能享受十二次快乐。母亲心不在钱上,而在儿子身上。

把快乐分十二次寄出

赏析／梁瀚文

小说中母亲的快乐来自于儿子。她知道儿子工作忙,不能常回家看望她,却坚持要儿子将一年所要寄的钱分为十二次寄来。这样她就能把

汇款单看作是儿子,享受全年仅有的十二次"儿子归来"的快乐。

读到小说的结尾,我想到了现在在外工作的儿女,他们每天都勤奋地工作,为的是能让家里的父母过上富裕的生活。他们认为只要让父母吃得好,穿得好,住得好,父母就会感到快乐和欣慰了。但他们似乎误解了父母快乐的真正含义,不清楚父母最需要什么,因此常常忽视父母的精神世界。

父母把翅膀给了孩子去飞翔,却留下了年老的落寞与孤寂。但遥远的儿女以"忙"为理由不能回到父母身边,不能给父母捎来更多的欣喜和欢乐——一年甚至连半次见面、一封家书、几句问候都显得那么奢侈。

这篇小说告诉我们,父母快乐的源泉来自孩子。为人子女,我们要常回家看看,看看坐在家门口天天企盼和等待的父母。

母性存在于任何生命,因为她是一种自然属性。

一次失败的劫持

● 文/安　勇

我把那个孩子弄出来时正是一天里最热的中午。

知了的叫声锯似的割着我的耳膜,一只黄狗蜷缩着在树下午睡,我走过它的身边时,它竟然毫无察觉,我冲它撇撇嘴,立刻断定这是个不值一提的蠢货。孩子的父母也在午睡,如果他们发现孩子已经不翼而飞了,就会后悔,午睡真不是什么好习惯。

一路上那孩子都在睡觉,均匀的鼻息痒痒地吹在我的脸上。这让我不由自主地想起我的孩子们,不知道他们现在怎么样了。

我把那个孩子轻轻地放在妻子的面前,妻子默默地看我一眼。我立刻把头扭到一旁,我不敢看她红红的眼睛,昨晚她哭了一夜,把所有的眼泪都哭干了。在她的哭声里我想到了劫持一个孩子换回自己孩子的主意。

妻子望着那个孩子默默地发呆,从昨天开始,发呆就是她对这个世界唯一的认知方式了,我不知道除了发呆她还能做什么。我很理解她此时的心情,一颗母亲的心已经破碎了。我说了一句,如果三个钟头内还不见我回来,你就把这个孩子杀掉吧!说完我悄悄走出家门。边走边想着下一步的行动计划。按常理那人应该能够自动找上门来,但如果他像那只黄狗一样愚蠢的话就很难说了。

我想,如果那人能够发现我故意踩下的脚印,就会自然而然地找到我。但我对他的智慧并不抱太大的希望。所以我打定主意主动去找他。在树林的边缘我不由自主地停了下来,因为我突然感觉到了空气中一种熟悉的气息。昨天留在我家里的,正是这种气息。在前面几十米的地方我见到了那个人,他正赶着一头牛在耕地。看来我估计的没错,他还没有发现自己的孩子已经被人劫持了。

我缓缓地走向那个人,现在最需要的就是冷静和勇气,因为我是一个父亲。最先发现我的是那头牛,它恐惧地喷了一个响鼻。这时那个人也看到了我,吓得一屁股坐在了地上。

我默然地看了看他,咧开嘴向他笑了笑说,你好先生,你可能还不知道你的孩子已经被我劫持的事吧!他不说话,惊恐地看着我。

我接着说,如果你想要回你的孩子,就把我的孩子给我送回来吧!我以一个父亲的名义起誓,我不会伤害你的孩子。我们来一个公平的交换好吗?为了让他能够正常思维,我向后退了两步。

我说,你应该能理解一个父亲的心情,而你的妻子也应该能理解一个母亲的心情。因为孩子的事,我们很难过。

他终于从地上站了起来,胆战心惊地说,你是说你劫持了一个孩子?我点点头,是的,他是你的孩子。

他说,你不想伤害我只想换回你们的孩子?我又点点头说,请你考虑一下吧!他说,好吧,我同意你的要求,你在这里等着我,我马上就把你的孩子送回来。说着他赶着他的牛出了树林。

我等着他时心里想,当父母的心情果然是一样的,孩子是未来,是希望嘛!我甚至为自己想出的这个主意自鸣得意起来,但任何时候沾沾自喜都是不明智的,等我发现一个黑洞洞的枪口对准我时,一切已经来不及了。

出现这样的情况是我始料不及的，有几秒钟的时间我的头脑一片空白。但很快我就镇定了下来，看着他和他端起的枪口说，你为什么要干这样的蠢事呢？如果我不回去我的妻子就会杀了你的孩子。

他淡淡地笑了笑说，孩子，我老婆明年就能给我再生一个，但你和你的孩子却能给我换来一大笔钱，你以为我会愚蠢地和你交换吗？

听到这句话时我知道我犯下了一个致命的错误，我不该用自己的观念衡量他的观念。我不由自主地闭上了眼睛，就在这时我听到了一声枪响，空气中立刻弥漫了一股刺鼻的火药味。右腿上一沉，我随之倒在了地上。脚步声传了过来。但想抓到我没有那么容易，在他走到我眼前的一瞬间，我腾身而起，箭一样地射了出去。

我流着血跑到家门口时，用力喊了一句，杀死那个孩子。但家里却传出了妻子的喊声，不！不！别忘了，我是个母亲。我看到，妻子正把那个孩子搂在怀里，慈爱地抚摸着他的后背，而那个孩子的嘴里正含着妻子的一只乳头。

此时，作为一只狼我只得承认，妻子的选择是正确的，她是个伟大的母亲。

母性是一种自然属性

赏析／陈朗霞

看到小说的结尾才知道，劫持别人孩子的是一只狼，这令人不能不惊讶。母性在动物和在人身上散发出的光辉是等量齐观的。

先来听听那个男人怎么说的："孩子，我老婆明年就能给我再生一个，但你和你的孩子却能给我换来一大笔钱，你以为我会愚蠢地和你交换吗？"那男人真是可恶极了，难道他觉得自己的孩子连钱财都比不上吗？连动物为了孩子都会冒着生命危险去赌一把，而他竟然会冷血到如此地步。我不明白，难道人类还比不上动物吗？

听到狼夫人喊的那一句"不，不，别忘了，我是个母亲"，我有一股想流泪的冲动，也许狼夫人在失去了自己的孩子之后，再也不忍心看到另一个孩子就这样突然消失在自己面前，哪怕这个孩子是敌人的孩子。孩子是无辜的，他们是坠入凡间的精灵，天真、可爱，谁也不忍让他们受到伤害。看到狼夫人把敌人的孩子搂在怀里，慈爱地抚摸孩子的后背，并给孩子喂奶的画面，谁都会为此感动，铁石的心也随即温柔起来。

　　母性存在于任何生命，因为她是一种自然属性。

　　患不治之症快要死去的孩子们，他们忍受病痛、同死神决斗的信念和他们势不可挡的勇气，使我们这些人的心都快要碎了。

最后的歌声

●文/[英国]A·艾德里安　译/文　军

　　在伦敦儿童医院这间小小的病室里，住着我的儿子艾德里安和其他六个孩子。艾德里安最小，只有四岁，最大的是十二岁的弗雷迪，其次是卡罗琳、伊丽莎白、约瑟夫、赫米尔、米丽雅姆·莎丽。

　　这些小病人，除了十岁的伊丽莎白，他们都是白血病的牺牲品，他们活不了多久了。伊丽莎白天真可爱，有一双蓝色的大眼睛，一头闪闪发亮的金发，人们都很喜欢她。同时，又对她满怀真挚的同情：原来伊丽莎白的耳朵后面做了一次复杂的手术，再过大约一个月，听力就会完全消失，再也听不见声音了。伊丽莎白热爱音乐，热爱唱歌，她的歌声甜美舒缓、婉转动听，显示出在音乐上的超常天赋，而这些将令她失去听力的前景更加悲惨。不过，在同伴们面前，她从不唉声叹气，只是偶尔地、当她以为没人看见她时，沉默的泪水才会渐渐地充满她的眼眶，缓缓流过她苍白的脸蛋。

　　伊丽莎白热爱音乐胜过一切。她是那么喜欢听人唱歌，就像喜欢自己演唱一样。那段时间，每当我去看望儿子时，她总是示意我去儿童游戏室。经过一天的活动，空荡荡的游戏室显得格外安静。伊丽莎白坐在一张宽大的椅子上，紧紧拉着我的手，声音颤抖地恳求："给我唱首歌吧！"

我怎么忍心拒绝这样的请求呢？我们面对面坐着，她能够看见我嘴唇的开合，我尽可能准确地唱上两首歌。她着迷似的听着，脸上透着专注喜悦的神情。我唱完，她就在我的额头上亲吻一下，表示感谢。

小伙伴们也为伊丽莎白的境况深感不安，他们决定要做一些事情使她快乐。在十二岁的弗雷迪倡议下，孩子们作出了一个决定，并带着这个决定去见他们认识的朋友柯尔比护士阿姨。

最初，柯尔比护士听了他们的打算吃了一惊："你们想为伊丽莎白的十一岁生日举行一次音乐会？而且只有三周时间准备！你们是发疯了吗？"这时，她看见了孩子们渴望的神情，不由得被感动了，便想了想，补充道："你们真是全疯啦！不过，让我来帮助你们吧！"

柯尔比护士一下班就乘出租车去了一所音乐学校，拜访她的老朋友玛丽·约瑟芬修女，她是音乐和唱诗班的教师。在柯尔比含泪的叙说中，玛丽·约瑟芬马上答应了她的请求：每天免费教孩子们唱歌。这一切当然是在伊丽莎白接受治疗的时候。

在玛丽·约瑟芬修女娴熟的指导下，孩子们唱歌进步神速。然而每当其他孩子全都安排在各自唱歌的位置上时，玛丽注意到动过手术、再也不能使用声带的约瑟夫却总是神色悲哀地望着她，这令她十分心酸。终于有一天，玛丽说："约瑟夫，你过来，坐在我的身边，我弹钢琴，你翻乐谱，好吗？"一阵惊愕的沉默之后，约瑟夫的两眼炯炯发光，随即喜悦的泪水夺眶而出。他迅速在纸上写下一行字："修女阿姨，我不会识谱。"

玛丽低下头微笑地看着这个失望的小男孩，向他保证："约瑟夫，不要担心，你一定能识谱的。"

真是不可思议，仅仅三周时间，玛丽修女和柯尔比护士就把六个快要死去的孩子组成了一个优秀的合唱队，尽管他们中没有一个人具有出色的音乐才能，就连那个既不能唱歌也不能说话的小男孩也变成了一个信心十足的翻乐谱者。

同样出色的是，这个秘密保守得也十分成功。在伊丽莎白生日的这天下午，当她被领进医院的小教堂里，坐在一个"宝座"（手摇车）上时，她的惊喜显而易见。激动使她苍白、漂亮的面庞涨得绯红，她身体前倾，一动不动，聚精会神地听着。

尽管所有听众——伊丽莎白、十位父母和三位护士——坐在仅离舞台三米远的地方，我们仍然难以清晰地看见每个孩子的面孔，因为泪水模糊了我们的眼睛。但是,我们仍能毫不费力地听见他们的歌唱。在演出开始前,玛丽告诉孩子们:"你们知道,伊丽莎白的听力已是非常非常的微弱,因此,你们必须尽力大声地唱。"

音乐会获得了成功,伊丽莎白欣喜若狂,一阵浓浓的、娇媚的红晕飘荡在她苍白的小脸上,眼里闪耀出奇异的光彩。她大声说,这是她最最快乐、最最快乐的生日!合唱队十分自豪地欢呼起来,乐得又蹦又跳的约瑟夫眉飞色舞、喜悦异常。而这时候,我们这些女人流的眼泪更多。

谁都知道,患不治之症快要死去的孩子们,他们忍受病痛、同死神决斗的信念和他们势不可挡的勇气,使我们这些人的心都快要碎了。

这次最令人难忘、最值得纪念的音乐会,没有打印节目表,然而,我有生以来从没有听过比这更动人心弦的音乐。即使到了今天,倘若我闭上眼睛仍能够听见那一个个震颤人心的音符。

如今,幼稚的歌喉已经静默多年,合唱队的成员正在地下安睡长眠。但我敢保证,那个已经结婚、有了一个金发碧眼女儿的伊丽莎白,在她记忆的耳朵里,仍然能够听见那幼稚的声音、欢乐的声音、生命的声音、给人力量的声音,因为那是她此生曾经听见过的最后最美的声音啊!

特别的音乐会

赏析／黎继锐

一个热爱音乐、热爱唱歌的女孩——伊丽莎白,即将失去可以感受世界的听觉,这以后就不能接触至爱的音乐了。这对于她来说是一个多么大的遗憾和打击啊!但是六个身患绝症的小孩用生命的最后时光,为伊丽莎白演奏了她生命中最后也是最美的旋律。

当修女玛丽安排孩子们各自唱歌的位置时,失去了说话能力的约瑟夫是"神色悲哀"地望着她。当他有了自己的岗位,能帮着出一分力时,他两眼"炯炯发光"。我们不得不佩服玛丽的智慧,对不能发音的约瑟夫,她巧妙的给他安排了翻乐谱的任务,让他成为这次音乐会的一分子,而不至于让他觉得自己没用——即使身有缺陷,也能帮助别人。

这些患了不治之症的孩子表现出来的勇气和执著,令大家为之感动。虽然不久之后就要长眠,但在生命即将燃尽前,他们忍受着病魔的折磨,用最后的力量为伊丽莎白倾情演绎。他们的歌声会永远在伊丽莎白的生命里回响——是他们给了她最后的最美的歌声,是他们给了她对生活的信心。

谁能让

没有上锁的门

我忘记

当明天变成了今天,成为了昨天,最后成为记忆里不再重要的某一天,我们突然发现自己在不知不觉中已被时间推着向前走,这不是在静止火车里,与相邻列车交错时,仿佛自己在前进的错觉,而是我们在真实地成长,在这件事里成了另一个自己。

作为孩子的第一任老师,父母应意识到孩子时刻都在模仿自己,不冷静的行为将可能让孩子从小学会粗暴、偏激,而良好的道德会让孩子耳濡目染,从小塑造一个美丽的心灵。

预　　演

●文/[苏联]杜姆巴泽

我们是老同学,当时我们俩并排坐在最后一排课桌。当老师转身在黑板上写字的时候,我们常一起冲着老师的后背做鬼脸儿。我们还一起参加期末补考。

那是十五年前的事了。十五年来我们一直没有见过面。今天,我终于怀着激动的心情登上了四层楼……

不知道他是否还能认出我来?

我毅然按了一下电铃。

"不怕烂掉你的臭爪子,可恶的东西!震得整个房子嗡嗡响。什么时候你才能改掉这个坏习惯?"里面传出一阵叫骂。

我羞得满面通红,连忙把手塞进口袋。前来开门的是一个淡黄头发的女孩,看上去约摸有八九岁。

"努格扎尔·阿马纳季泽在这儿住吗?"

"他是我爸爸。"

"你好,小姑娘,我是绍塔叔叔,是你爸爸的老同学。"

"噢,您请进来吧!……玛穆卡!爸爸的同学绍塔叔叔来了。"女孩朝里边喊了一声,领着我向屋子里走去。

迎面冲出一个六岁左右的小男孩,浑身是墨水污迹。

"你们的爸爸妈妈在家吗?"

"不在。他们很快就会回来的。"

"你俩在做什么呢?"我问。

"我们在玩'爸爸和妈妈游戏'。我当爸爸,姆济娅当妈妈。"玛穆卡对我说。

"你们玩吧,我不妨碍你们。"我一面点着烟,坐在沙发上。"不知道努格扎尔过得怎么样,"我寻思着,"生活安排得好不好,是不是幸福?"

孩子们尖利的喊叫声把我从遐想中唤醒过来。

"喂,孩子他妈! 今天做了什么好吃的?"玛穆卡问道,显然是模仿某个人的腔调。

"吃个屁! 我倒要问问你,我拿什么来做饭? 家里啥也没有! "

"你的嘴可真厉害,骂起人来活像个卖货的娘儿们! "

"你怕什么! 在饭馆一坐,就能吃个酒醉饭饱……可我怎么办? "

我顿时出了一身冷汗。

"昨天夜里你跑哪儿逛去了? 说! "姆济娅握着两个小拳头,叉腰站着。

"你管不着! "

"什么,我管不着? 好吧,我叫你和那帮婊子鬼混! "

"你疯啦? "

"我受够了! 够了! 今天我就回娘家去,孩子统统带走! "

"不准动孩子,你自己爱上哪就上哪儿! "

"没那么简单! "

"把儿子给我留下! "

"不行,我已经说了! "姆济娅高声叫道。

"你听着:把儿子留下! 要不然……"玛穆卡抱起枕头,一下子砸在姆济娅身上。

"好哇,你敢打人?! 畜生! "姆济娅抢起洋娃娃,狠狠地打在弟弟头上。她打得那样厉害,玛穆卡的两眼当即闪出了泪花。

我跳起来把他们拉开。

"孩子,真不知道害臊。这是什么游戏哟! "

"放开我,尼娜! "姆济娅突然朝我喊道。"你们这些邻居不知道他是什么玩意儿! 我整天受他的气,没法跟他过下去了,我的血全被他吸干了,可恶的东西!你们瞧,我瘦成了什么样子! "姆济娅用纤细的指头戳了戳她那玫瑰色的脸蛋儿。

"别信这个妖婆的鬼话! "玛穆卡冲我说。

"不要吵了! "我实在控制不住,向他们大吼了一声。孩子们恐惧地盯着我。我喘过一口气,勒令两个孩子向我发誓,保证往后不再扮演他们的爸爸妈妈,然后便步履蹒跚地离开了这个家。

"看来，我的朋友生活得蛮'快活'的！"我一路上想着姆济娅和玛穆卡，他们在我面前表演了一幕未来家庭生活的丑剧。

未来剧的上演

赏析／阮文迪

姐弟俩玩"扮双亲"的游戏，他们的表演令人大跌眼镜———一场战火纷飞的家庭争吵瞬时爆发。显然，他们的表演是父母日常生活的缩影。看来，这个家庭充斥着种种不和谐元素：一个暴戾蛮横的父亲，一个不善持家的母亲，两个幼稚、可怜的小孩子……

这让我们想到了家庭教育。父母如果不注意自己的言行举止，很容易导致孩子的不健康成长。或许，小说中的父母都不曾料到孩子们会受到"家庭内战"深刻的影响，孩子们极有可能会在未来上演类似的生活闹剧。

父母的言行会对孩子产生潜移默化的作用。作为孩子的第一任老师，父母应意识到孩子时刻都在模仿自己，不冷静的行为将可能让孩子从小学会粗暴、偏激，而良好的道德会让孩子耳濡目染，从小塑造一个美丽的心灵。

生活是一个大舞台，每个人扮演的角色丰富多彩。大人们有责任监督自己，把角色演得出色、完美。因为台下的观众正单纯地接受心灵的熏陶。

或许只是你的举手之劳，却改变了另一个人的命运。

恩重如山

●文／鲁先圣

我的好友林就要应加州大学的邀请去做访问学者了。他是我们这些朋友中间惟一获得博士学位的。我去给他送行。在他宽大的客厅里，我们依依惜别时还认真地听了他的一段叙述。没想到，林这些年来奋发努力的源泉，原来是从一个偶然发生的故事开始的。

他的家乡在偏僻的乡村，那里很穷，能吃饱饭的人家就算是殷实之家了。他家里四口人，奶奶、父母和他。奶奶常年有病，父亲身体也不好，家里生活只靠母亲一人支撑。在他八岁那一年，父亲的身体稍稍好一些了，就跟着村里人到一个小煤窑去挖煤。不料，正赶上了小煤窑坍塌，被砸死了。

为了埋葬又借了很多钱，家里的饥荒就更多了。

临近春节了，奶奶躺在床上有气无力，母亲出去一整天卖家里的一垛谷草，没有人买，又拉了回来。这个时候，不要说买肉过年，就连第二天吃的都没有着落。

八岁的他已经懂事了，看着母亲悲苦的神情，他想到自己养了一年的两只小白兔。那是父亲活着的时候花一元钱给他买的。父亲说，你要天天割草喂它，它就会生很多很多小白兔，然后把小白兔卖了当学费，就有钱读书了。这一年多，他天天割草、风雨无阻，小白兔已长成了大白兔，过了年就能够生小白兔了。他经常对奶奶和母亲说，我要让它生一院子的小白兔，卖很多的钱，除了上学够用，还要给奶奶治病，买好东西给母亲吃。

他实在是舍不得卖啊。可是，看着病床上的奶奶和无奈的母亲，他咬了咬牙说，把我的小白兔卖了吧，好买肉给奶奶包饺子。

母亲的泪水刷刷地落下来。她知道那是儿子的全部希望和寄托，可是家里实在没有任何东西可以换钱了，总得让婆婆和儿子吃一顿水饺呀。

八岁的他把两只小白兔装进背篓后就到集市上去了。

他蹲在街口，两只手抓着小白兔的两只耳朵，向过往的行人喊：谁买小白兔？

喊了多少遍，过了多长时间，他记不清了。

到了中午时，一个穿制服的人在他面前停了下来。他问他为什么卖小白兔，家里的大人为什么让他一个孩子来卖。他一五一十地全说了，从父亲给他买小白兔，到他养小白兔，还有他的希望和憧憬。

他记得那人听后沉思了很久，而后掏出五元钱，又从上衣口袋里拿出一支钢笔给他,说:"小白兔不要卖了,还要养着将来上学用,这支钢笔送给你写字。"然后,那人帮助他把小白兔装进背篓,让他赶快回家去。

五元钱对于当时的他家来说,过了一个很富裕的年,买了肉,买了白面,还有鱼。

第二年春天,他的大白兔一次生了六只小白兔,兔的规模一下子到了八只,后来最多的到了30多只。他一年当中卖小白兔能有几十元的收益,足够他上学用的,还能贴补家用。

博士告诉我,他之所以能读大学,正是这些小白兔的功劳。

于是,几十年来,他一直都在寻找那位帮助过他的人。他说,也许那个好心人早就忘记了那样一件小事,他也许永远都不知他的那一次举手之劳,对于当时的那个孩子却是恩重如山。

我对林说,我们可能永远也找不到那个人了,但我们有更好的办法可以了却心愿,让我们在自己的生活中,经常做这样五元钱和一支钢笔的事情。

林已经远赴加州。我相信林早已把这个美好的故事讲给了他来自世界各地的学生,而我也一直为这个故事感动着。

难能可贵的雪中送炭

赏析/晓 凡

文中"穿制服的人"在林和家人最困窘的时候帮助了他们。这不仅仅是五元钱和一支笔的物质给予,而是给了林的家人新年的快乐,更重要的是给了林继续上学的希望。林就是带着这样的希望获得了博士学位,而后又远赴美国的加州,把这美好的故事讲给他来自世界各地的学生。

伸出不求回报的双手,给那些需要我们帮助的人。或许只是你的举手之劳,却改变了另一个人的命运。让我们都来帮助贫困地区失学的同龄人,身患绝症却无钱医治的病人,遭遇自然灾害无家可归的人,还有我们身边遇到困难的人,每个人哪怕是小小的资助,就能汇成股股爱的宏流,点燃困境中人的希望之火。

贫穷不是一种错误,更不是一种屈辱,它可以是我们改动力源!

母亲的纯净水

●文/乔　叶

这是我朋友的故事。

一瓶普通的纯净水,两块钱;一瓶名牌的纯净水,三块钱。真的不贵。每逢体育课的时候,就有很多同学带着纯净水,以备在激烈地运动之后,可以酣畅地解渴。

她也有。她的纯净水是乐百氏的,绿色的商标牌上,帅气的黎明穿着白衣,含着清亮腼腆的笑。每到周二和周五中午,吃过午饭,母亲就把纯净水拿出来,递给她。接过这瓶水的时候,她总是有些不安。家里的经济情况不怎么好,母亲早就下岗了,在街头卖零布,父亲的工资又不高。不过她更多的感觉却是高兴和满足,因为母亲毕竟在这件事情上给了她面子,这大约是她跟得上班里那些时髦同学的唯一一点时髦之处了。

一次体育课后,同桌没有带纯净水。她很自然地把自己的水递了过去。

"喂,你这水不像是纯净水啊。"同桌喝了一口,说。

"怎么会?"她的心跳得急起来,"是我妈今天刚买的。"

几个同学围绕起来:"不会是假冒的吧?假冒的便宜。"

"瞧,生产日期都看不见了。"

"颜色也有点别扭。"

一个同学拿起来尝了一口:"咦,像是白开水呀!"

大家静了一下,都笑了。是的,像是凉白开水。瞬间,她突然清晰地意识到,自己喝了这么长时间的纯净水,确实有可能是凉白开水。要不然,一向节俭的母亲怎么会单单在这件事上大方起来呢?她当即扔掉了那瓶水。

"你给我的纯净水,是不是凉白开水?"一进家门,她就问母亲。

"是。"母亲说，"外面的假纯净水太多，我怕你喝坏肚子，就给你灌进白开水。"她看了她一眼，"有人说你什么了吗？"

她不做声。母亲真虚伪，她想，明明是为了省钱，还说为我好。

"当然，这么做也是为了省钱。"母亲仿佛看透了她的心思，又说，"你知道吗？家里一个月用七吨水，一吨八毛五，差不多六块钱。要是给你买纯净水，一星期两次体育课，就得六块钱，够我们家一个月的水费了。这么省下去，一年能省一百多块钱，能买好多只鸡呢。"

母亲是对的，她知道，作为家里唯一的纯消费者，她没有能力为家挣钱，总有义务为家里省钱——况且，喝白凉开水和喝纯净水对她的身体来说真的没什么区别，可还是感到有一种莫名的委屈和酸楚。

"同学里有人笑话你吗？"母亲又问。

她点点头。

"那你听听我的想法。"母亲说，"我们是穷，这是真的。不过，你要明白这几个道理：一、穷不是错，富也不是对，穷富都是日子的一种过法。二、穷人不可怜，那些笑话穷人的人才真可怜。凭他怎么有钱，从根儿上查去，哪一家没有几代穷人？三、再穷，人也得看得起自己，要是看不起自己，心就穷了。心要穷了就真穷了。"

她点点头。那天晚上，她想了很多。天亮的时候，她真的想明白了母亲的话：穷真的没什么。它不是一种光荣，也绝不是一种屈辱；它只是一种相比较而言的生活状态，是她需要认识和改变的一种现状。如果她把它看做是一件丑陋的衣衫，那么它就真的遮住了她心灵的光芒。如果她把它看做是一块宽大的布料，那么她就可以把它做成一件温暖的新衣——甚至她还可以把它做成魔术师手中那种幕布，用它变幻出绚丽多姿的未来和梦想。

就是这样。

后来，她去上体育课，依然拿着母亲给她灌的凉白开水。也有同学故意问她："里面是凉白开水吗？"她就沉静地看着问话的人说："是。"

再后来，她考上了大学，毕业后找了一个不错的工作，拿着不菲的薪水。她可以随心所欲地喝各种名贵的饮料，更不用说纯净水了。可是，只要在家里，她还是喜欢喝凉白开水。她对我说，她从来没有喝过比凉白开水的味道更好的纯净水。

贫穷,是上帝对我们的考验

赏析／冼美伶

一瓶名牌纯净水,在富贵人家的眼里,只是一样普通的东西。但在她眼里,却成为唯一跟上潮流的时髦物。小说里的穷母亲用凉白开水假冒名牌纯净水,让她在同学面前赢得小小的自尊。可这点仅有的自尊也被无情地戳伤了。最后母亲一番语重心长的话彻底敲醒了她的虚荣心。

这位善良的母亲的做法,不仅是为减轻家里的负担,更重要的是希望女儿明白人穷志不穷的道理。贫穷不是一种错误,更不是一种屈辱,它可以是我们改变生活的动力源!

在穷人的世界里,或许没有华丽的衣裳,但粗布麻衣一样温心暖体;或许没有丰富的食物,但白饭小菜一样肚饱心足;或许没有大厦别墅,但砖瓦平房一样安乐舒服。虽然没有优越的物质生活条件,但我们有昂贵的梦想,有不向命运认输的精神,还有勤劳的双手!不要用自卑的心态面对贫穷,纵然有旁人嘲笑,那也只是无知的行为。

正因为贫穷,才让我们燃起心中的焰火,让我们拥有坚强的意志。贫穷是上帝对我们的考验,它能让我们在炼炉中变得更加勇敢、成熟!

> 把平凡的事做好就是不平凡。子女那平凡的充满爱意的一言一语、一举一动，都能带给父母莫大的安慰！

深情

● 文/王 莹

记得我小学四年级时，夜晚总喜欢踢被子，妈妈怕我着凉，常半夜起来为我盖被子。

一次，妈妈在帮我盖好被子时，发现我的头怎么热得像个大火炉似的，就拿来体温计为我测了测体温，"怎么这么高呀，39度！"妈妈连忙叫起爸爸，爸迅速地用被子裹着我把我抱起来送往医院。经过医生一番检查说："没事，开几副退烧的药，烧就会很快退下来的。"听了医生的话，家人的心才恢复平静。

回到家，奶奶让妈妈去休息，要不然第二天上班就没精神了。妈妈连忙说："妈，没事，您放心，我明天去单位请个假就行了。""要不然莹莹由我来看，你先去睡，明天照常到单位上班去！"奶奶和蔼可亲地对妈妈说。"那我怎么能让您来为我看孩子呢？您老身体也不好。"妈妈怎么也不肯。

两天过去了，妈妈除了吃饭，其余的时间都坐在床头看护我，生怕我又出什么毛病。功夫不负有心人，我的烧终于退了，全家都高兴得不得了。可妈妈因为两天来从未合眼而病倒了，爸爸连忙抱起妈妈冲往医院，经医生一番细致检查，确定是腰肌劳损，医生安慰我们道："没什么大碍，只要好好休养很快就会好的。"听了医生的话，我们全家紧张的心才渐渐地平静下来。可我的心却久久不能平静，怎么说妈妈也是因为我而得了这个病的，我真内疚，不知该怎样才能弥补。我便问妈妈。"妈妈您需要什么，不要自己起身只要叫我一声，我会帮您办好的。"我细心地对妈妈说。妈妈听了这番话，心里像喝了蜜一样甜，高兴地抱着我哭了，我也哭了。家里人以为又出了什么事，连忙跑上楼问道。一看才明白原来是咱们家的小祖宗——莹莹，长大了，懂事了，懂得去关心别人了。听了大人们的这样称赞,我的心里美滋滋的。

爱是相互的

赏析／冯婷婷

　　小说中,妈妈对小主人公悉心呵护而彻夜不眠直到劳累病倒,为的就是把"病无大碍"的女儿照顾好。如此舐犊情深,换得了子女爱的回馈。

　　这是日常生活中一件再平凡不过的小事,但正是这些看似微乎其微的小事,给我们带来了莫大的道理。在我们眼里,一直都认为父母对我们的软语温存是天经地义、理所当然的,却从来没想过父母的这一种天职也应该要相对存在的。如果父母对我们的爱是天职,那么我们回报给父母的"孝"则是责任,一项义不容辞的责任。

　　其实,子女的爱和理解对父母是很重要的,正如小说中莹莹的行动,就告诉我们:被爱是幸福,爱着也是幸福,爱应该是大气的对流,可以相互作用。莹莹把妈妈给予她的爱,用质朴的语言,真情回馈——就那么平凡的一番话,让妈妈感动得热泪满襟。她已履行了那平凡却必需的义务——子女的对父母点滴的回报。

　　把平凡的事做好就是不平凡。子女那平凡的充满爱意的一言一语、一举一动,都能带给父母莫大的安慰!

　　人因为精神的富足而拥有真正的生命,生命结束后又因为灵魂的长驻会得到下一次的怒放。

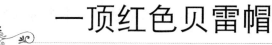

一顶红色贝雷帽

●文／宋新华

　　一九四六年国民党的飞机空袭了瓦家堡,那一年我五岁。

八路军骑兵队长就住在我们家里。临走，骑兵队长依依不舍，他从身上斜背的"军挎"里摸出一顶红色贝雷帽，交给了母亲，并在母亲耳边嘀咕了几句。

母亲手捧着贝雷帽，眼里噙满了泪花儿。

骑兵队长跨上一匹高大的枣红马，两腿一夹，"哒哒"地赶任务去了。

一见贝雷帽，我高兴得蹦起来，一把抢过顶到了脑袋上。

可能因为当时的飞机还没有夜视装置吧，国民党的飞机是白天轰炸，夜晚停息。

母亲带着我，天亮之前撤离村子，晚上悄悄返回家。那顶红色贝雷帽始终没离开过我的头顶。

空袭那些天，大人孩子都不敢出声，更不敢哭鼻子，全村人都躲藏到离村四五里外的山洞里。我依偎在母亲身边，不敢大声喘息，怀里紧紧抱着那顶贝雷帽。一直等到黄昏，我又饿又渴，母亲领着我朝山下走去。一路上漫山遍野的野菊花开得正旺，我趁母亲不注意竟得意地戴上了那顶红色贝雷帽。没走多远，就听到了飞机巨大的轰鸣声，来不及躲闪，一架飞机冲着我们俯冲下来，投下了几枚炸弹。母亲忙把我扑倒在地，用整个身体把我死死地护住。随着一声巨响，霎时我就什么都不知道了……

等我醒来的时候，骑兵叔叔站在我跟前，手里拿着那顶红色的贝雷帽。

我高声地喊着："妈妈——妈妈——"

女护士走近我："孩子，别怕！"她给我端来了一大碗鸡蛋面。

我什么都不想吃。

继续大声呼喊："爸爸——爸爸——"

一个星期后，我的伤口愈合。骑兵叔叔又赶来，这才把全部真相告诉了我。说完，他把那顶红色贝雷帽往我头上一扣："瞧，多神气的女兵！"

原来，我的母亲在空袭中为保护我——光荣献身了。

我的父亲在"白区"执行特殊任务中——壮烈牺牲了。

那顶红色贝雷帽是父亲留给我的最后遗产。本来是要等解放，为庆祝胜利特意送给我的。

我成了一个孤儿。但我一点儿也不孤独。部队收留了我，从此我成了一个名副其实的军人！后来还当了军官……

多少年过去了，那顶红色贝雷帽，我一直珍藏着。看到它，我就想起了我的父亲，我的母亲……还有那流失的岁月。

永远的军魂

赏析／梁晓雯

在一九四六年的战场,我们看到了枪鸣炮轰、硝烟弥漫,天地间仿佛失去了所有的生灵,让人窒息。老百姓无家可归,过着游离失所、生死由命的日子。

为了让老百姓摆脱四处飘零的日子,解放军"醉卧沙场"也在所不惜,这就是崇高的军魂。战争一天未停息,人民一天未安宁,军魂便一刻也不能倒下。小说中的军魂幻化成为一顶贝雷帽,保留下来,传给了下一代。人虽不在,然浩气长存,精神永在。父辈的使命未能完成,让贝雷帽军魂附体,陪伴着儿女战斗到底!

用生命来完成父母的遗志,把他们的宝贵精神延续下去。这便是"我"捧着贝雷帽的遐想。"那流失的岁月",带不走我们对烈士的瞻仰和怀念,带不走薪火相传的军魂。人因为精神的富足而拥有真正的生命,生命结束后又因为灵魂的长驻会得到下一次的怒放。这或许是对军魂的最好诠释,也是贝雷帽带给我们的最好启示。不倒的军魂,将永远和我们在一起,不断向前!

有人说:"予人玫瑰的手上,常有一缕芳香,就像香水倒在别人的身上,自己无法不沾染上一些。"我们在付出的同时,也收获了快乐和舒心。

一角钱的玫瑰

●文／[美国]克里斯·罗斯

博贝坐在后院的雪地里,感到身上越来越冷。博贝没有穿靴子,他不是不喜欢靴子,因为他根本就没有靴子可穿。他脚上的运动鞋有几个地方开了洞洞,在保暖方面很无能为力。

博贝在后院待了一个小时了,他使劲地想,却无论如何也想不出该给妈妈送什么礼物。他一边想一边摇头:"没有用的,就算知道了送妈妈什么,也没有钱去买呀。"

自从五年前爸爸去世以后,一家五口只好勉强度日,不是妈妈不尽心,也不是妈妈不努力,只是因为花销太大了。她晚上在医院里上班,挣的那一点微薄的工资只能支撑成这样了。他们虽然家境贫寒,但这并不能影响一家人彼此相爱。博贝有两个姐姐还有一个妹妹,妈妈不在家的时候,她们操劳家务。

姐妹们手巧,都已经给妈妈制作了漂亮的礼物。不知怎么的,博贝感到很委屈。现在已经是圣诞节前夕了,他还两手空空呢。

博贝拭去脸上的一滴眼泪,踢了一下脚下的积雪,开始向着两边布满了大小商店的街上走去。六岁就没有了爸爸,尤其是博贝现在不能给爸爸说说心里话,真够可怜的。

博贝走过一家又一家商店,透过一个个装修华丽的窗户看里边的东西。就在这时,他的眼睛一下看到了有个什么东西在晚霞中闪光。他蹲下身来,发现那是一枚小小的一角钱的硬币。

没有人能像博贝捡起那枚硬币时感觉到那么富有。他拿着那枚硬币全身掠过一股暖流。随后他就走进了眼前的一家商店。当一个售货员告诉他说一角钱什么也买不了的时候,他那颗激动的心很快就凉了下来。

他还是走进了一家花卉店,在那里排队等候。店主人问他要买什么东西的时候,他掏出了那一角钱,问能不能买一朵花,当做圣诞礼物送给妈妈。店主人看看博贝,又看看他手里的一角钱,然后把手放在博贝的肩上,说:"你就在这里等着,我去想想办法。"

博贝一边等一边看那些美丽的鲜花。尽管他是个孩子,也能理解为什么所有的妈妈和女孩子们都爱花。

最后的一个顾客离开后关门的声音,使博贝的心思又回到了自己的事情上。那里只剩下了他一个人,他觉得有些孤独,有些害怕。

突然,店主人出来了,他向柜台走过去。啊!博贝眼前摆放着十二朵鲜红的玫瑰花,那些花带着绿绿的叶子还有长长的枝条,用一个银环跟一些小白花束在一起。店主人把花束拿起来,却把它轻轻地放进了一个长长的白色盒子里。博贝看着,心顿时凉了。

"小伙子,这个卖一角钱。"店主人一边说,一边伸手向他要那一角钱。博贝的手慢慢地移动着,慢慢地把那一角钱交给店主人。这是真的吗? 一角钱,人家不是说什么都买不到的吗? 店主人察觉到了博贝的疑虑,就接着说:"我碰巧要贱卖一些玫瑰花。你看那些花漂亮吗? "

博贝不再犹豫了。店主人把那个盒子送到他的手里的时候,他知道那不是一个梦。店主人给博贝开门,让他回家。他听到店主人在身后说:"圣诞节快乐,孩子。"

店主人转身返回,这时他的妻子出来了。"你在那儿跟谁说话呢? 你收拾好的花呢? "她问道。

店主人看着窗外,眼睛里含着眼泪。他回答说:"今天早晨我碰到了一件奇怪的事情。我在摆放货物,准备开门的时候,好像听到有个声音跟我说话,那个声音叫我留下十二朵最漂亮的玫瑰花,当做一个特殊的礼物。那时我搞不清是我走神了还是怎么的。不过我还是把花留下了。后来,也就是刚才,一个小男孩进来了,他想用一角钱给他的妈妈买一朵花。"

"看见了他,我好像看见了好多年前的我自己。那个时候我也是一个穷孩子,也没有一分钱给妈妈买礼物。我在街上走着的时候,一个我从来没有见过面的大胡子叫住了我,他说他要给我十块钱。

"今天晚上我一看见那个孩子,就明白了那声音说的是谁了。我挑选了十二朵最最漂亮的玫瑰花。"

店主人和妻子紧紧地拥抱着,他们觉得他们得到了最好的圣诞礼物。

于人玫瑰,手有余香

赏析／王洋子

读完《一角钱的玫瑰》,有感动,还有感悟。

他们一家虽然贫穷,但这并不影响这家人的相濡以沫。我被花店主人的慷慨相助打动,被博贝的爱母之心打动,被贫穷却相爱的一家子打动。

以一角钱的价格卖出了十二朵当天店里最最漂亮的玫瑰花,这是一笔亏本的买卖,但花店主人却感觉得到了一份最好的圣诞礼物。多年前,他得到了一个好心人的帮助,给妈妈送礼物的愿望才得以实现,故心存感激，为助人而准备着。而今天，当帮助一个小孩实现同样美好的愿望时，他感到这比接受帮助更快乐——施比受更幸福。

我们在给予别人真诚帮助的时候，也会收获别人由衷的感激，正印证了那句"予人玫瑰，手有余香"。生活在这个世界上，谁都离不开他人的帮助。当然，不是每份付出都求回报。我们不是贪图别人对我们的滴水之恩报以涌泉，而应让助人之后的那份快乐保留在记忆的长河里，在以后漫长的岁月中慢慢品味。

有人说："予人玫瑰的手上，常有一缕芳香，就像香水倒在别人的身上，自己无法不沾染上一些。"我们在付出的同时，也收获了快乐和舒心。

就如种子发芽离不开土壤，航船离不开避风港，风筝飞翔离不开风，我们离不开母爱。

血　奶

●文/佚　名

当年唐山大地震，有一位年轻的母亲正一边织毛衣，一边用脚踩着摇篮逗她仅五个月的宝贝女儿。

天崩地裂的一刹那，母女一起坠入黑暗无边的废墟，所幸是母女俩都完好无损，惊吓后的孩子在母亲怀里睡着了，醒来后啼哭不止。母亲知道她是饿了，忙开怀喂奶。一天一夜后滴水未进的母亲奶水枯竭，孩子的哭声越来越弱，绝望的母亲这时触摸到毛衣针，心里猛地一动，用衣针刺破手指，塞进孩子嘴里。

一周之后，人们发现了母女，孩子一息尚存，小嘴仍吮着母亲的手指头，母亲气绝。人们惊奇地发现，母亲的个个手指头都有一个小破洞，脸色像雪一样洁白。

年轻的母亲为孩子流尽了最后一滴血奶。

亘古不变的母爱

赏析／王洋子

我们每天都会为一些事情感动。我们的世界无时无刻不在上演着或轰烈、或平凡的母爱故事,这些都值得感动,值得赞颂。

《血奶》短短的篇幅,带给我深深的震撼。被那位勇敢的母亲震撼,被在母爱照耀下的婴儿震撼,被母爱深深震撼。我相信,不只是《血奶》中的母亲,所有的母亲遭遇灾难时都会奋不顾身地去保护子女。母爱,上演了多少震撼人心的故事?这母爱,不是神奇可以说明白的。

就如种子发芽离不开土壤,航船离不开避风港,风筝飞翔离不开风,我们离不开母爱。再华丽的词藻也写不出这种爱,再栩栩如生的图画也绘不出这种爱,再美妙的音符也奏不出这种爱。母爱围绕在我们身边,也许是平凡的、不易察觉的,但只要我们用心就能感受到她的弥足珍贵。

那我们拿什么报答我们的母亲?她会说:"只要你乖乖的就够了。"真的够了吗?让我更爱你,让我更珍惜你!闲暇时候,不忘对她说:"妈妈,我爱你!"

生活难免会给人带来困苦,这时汗水和泪水一起挥洒,蒸发在空气中。生活也会带来感动,泪水会像溪水一样流淌不息,直达我们的心坎。

谁能让我忘记

●文／侯德云

说起来,已经是很多年前的事了。

怎么忘得了呢?

高考结束以后,我闲在家里,苦苦地等待。我在等待大学的录取通知。哪个大学无所谓,只要肯录取我,它就是中国最好的大学。

我很焦急。比焦急更让人闹心的,是无聊。那可真叫无聊。连小说也读不下去。心里有事嘛。

现在我才知道,无聊,其实是人生的一种痛。

那个命根子一样的录取通知终于来了。

我让自己的心情很尽兴地激动了一会儿,才慢慢打开那封金光闪闪的来信。

信上没多少字。很严肃,公事公办的态度。

我把信上的字,一个一个地数了一遍。又一个一个地数了一遍。周围没人。陪伴我的,是偶尔的几声鸟叫,几声蝉鸣,还有一株小白酒草,两株苍耳。

我心里悬着的石头落地了。我踏实了,舒服了,不知道自己姓啥了。我是早晨八九点钟的太阳了。我将光芒万丈地悬挂在刘家庄的上空了。

我没有急着回家。没有。我知道,我的父母也都在心急火燎地盼着这个好消息。我的想法是,反正他们已经盼了很久,再多盼一会儿也没关系。

我走到村外,去看望那棵老槐树。我在老槐树下站了很久,默默地流泪。看见老槐树,我的泪水就止不住了。

我听见自己在老槐树下读书的声音,往日的声音。它们没有走远,它们有着露珠一样的鲜活和清亮。

我不是看望老槐树。我是看望我自己。往日的自己。

好消息传到家里,家里的气氛立刻就变了。

爹放下饭碗,怔怔地看着他的儿子,那不是一般的看,是发了狠的,是用目光在拧。

爹的目光把我的脸拧红了。爹自己的脸也红了,红烧肉一样闪着油光。他忘记了午睡的习惯,背着手,身子一挺一挺地出了家门。

妈也放下饭碗。她坐在炕沿上,一会儿撩起衣襟擦擦眼,一会儿又撩起衣襟擦擦眼。她说:"我的沙眼病又犯了。"

爹把他的唾沫星子喷遍了刘家庄的每一个角落,然后又兴高采烈地接受着每一个角落里喷向他的唾沫星子。爹的得意忘形,让我觉得有点不自在。

也不能全怪爹。刘家庄在地球上定居了上百年,什么时候出过大学生?

好在,两天以后,爹就清醒过来了。

爹频频地到集市上卖西瓜。爹看西瓜的眼神很慈祥,很博爱,也很无耻。那是他儿子的路费、学费和生活费,不好好看看,行么?

我跟着爹,到集市上去卖过一次西瓜。仅仅一次,我再也不想去了。

那天很热,热得很不要脸。我的手指甲都冒汗了。集市上的人,却很少有来买西瓜的,好像吃了西瓜就会着凉似的。太可恨了。

我脸上的沮丧像汗水一样欢快地流淌着,爹看见了,他皱了皱眉头,弯下腰,从筐里挑出一只最小的西瓜,一拳砸开,递给我。

我说:"爹,你也吃。"

爹说:"我不吃。我吃这东西拉肚子。你吃你吃,叫你吃你就吃,哈。"

西瓜有点生,不甜,有一股尿臊味。我吃得很潦草,匆匆忙忙就打发了。扔掉的瓜皮上带着厚薄不均的一层浅粉色的瓜瓤。

爹狠狠地扎了我一眼,走过去,将瓜皮一块一块捡起来。他用手指头弹弹瓜皮上的沙土,又轮流把它们压到嘴巴上,像刨子一样刨那些残留的瓜瓤。

我的眼圈红了。

那些日子,妈换了一个人似的,她很少说话,她喜欢盯着鸡屁股看。不光看,还经常用手去抠,抠得一丝不苟,好像我要去的地方,不是大学,而是鸡屁股。

爹说:"别理她,你妈跟鸡屁股有仇。"

妈的确跟鸡屁股有仇。那一天,她又去抠芦花鸡的屁股。按她的说法,这个挨千刀的货,屁股里夹了一只蛋,两天了,还没生下来,是锈住了么?妈很生气。她把自己的手指头变成了挖掘机,在芦花鸡的屁股上开工了,她成功地从芦花鸡的屁股里挖出一泡黄水和几小片鸡蛋皮。

我走出家门的那一天,可怜的芦花鸡死掉了。

公共汽车开出很远了。我回过头,我没有看见爹妈,也没有看见刘家庄,我看见的,只是几块西瓜皮和一只死去的芦花鸡。

刻骨铭心的印记

赏析／司徒子琳

生活难免会给人带来困苦,这时汗水和泪水一起挥洒,蒸发在空气中。生活也会带来感动,泪水会像溪水一样流淌不息,直达我们的心坎。

在一个穷苦的小村里,"我"是唯一一名大学生。孩子找到了出路,父母喜出望外。为了给"我"筹集上大学的费用,父亲在炎炎夏日下卖西瓜,母亲也想着法子让芦花鸡多生几粒蛋。这些,"我"都看眼里,记在心上。

文中父母对"我"的爱令人心酸得动情:为了给"我"筹集上大学的费用,父亲在炎炎夏日下卖西瓜,在火炉般的太阳底下,父亲舍不得吃一个西瓜,哪怕是最小、最生的,却捡回"我"丢掉的瓜皮,"轮流把它们压到嘴巴上,像刨子一样刨那些残留的瓜瓤"。母亲焦急得把芦花鸡都"抠死"了。多么热烈的爱,父母似乎恨不得把一切都献出来,作为"我"成才道路上的垫脚石。这一刻,"我"心灵上的琴弦一定会颤动不已,久久不能平静。

"我看见的,只是几块西瓜皮和一只死去的芦花鸡",难道看到的仅仅是这些吗?如果这世上还有不能忘记的人,那应该就是我们的父母吧!

人生就像一场考试,要面临许许多多的选择题,只要你选择了问心无愧的答案,便是正确的。

八月的阳光

●文／陈玉龙

一进八月,小夏和小秋日日去村前的土路边盼信。土路上的尘土很

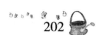

厚,八月的阳光煮熟了那层泡沫,赤脚踏上去便会燎起几个水泡。

终于有一天,盼来了信,两封。小夏一封,小秋一封。俩人急着看了信的封面后又互看了。小夏说:"京城的,比我的好。"小秋道:"上海的,也不差。"兄弟俩遂将半个月来的焦躁一齐用欢笑发泄出来。

小夏拆信,小秋也拆信,忘了头顶上的烈日。小夏一惊,小秋也一愣。

后来兄弟俩半喜半忧地回了家,将通知书念给父母听。父亲说:"上大学要这么多的钱?"母亲只叹了口气。

八月的乡村,最富裕的是阳光,而最贫穷的是金钱。棉花还没到上市的季节。

父子仨人兵分三路,到晚回家,所筹借的钱还不够费用的十分之一,兄弟俩读书掏空了家底,家里没什么值钱的东西。母亲只好把一头正在长膘的猪卖了。

八月的日子越来越少,小复和小秋的上学费用仍差一大截。那天,他们去了学校。班主任和校长都非常同情,但也无能为力,只好以学校的名义写了封信给乡政府,请当地政府给想想办法。

当父亲在烈日下奔波了三天捧着由乡政府出面借的两千元贷款回到家里,一下子仰面倒在地上,昏了过去。十天来的劳碌和心焦,使这个在太阳地里劳作了半个世纪的硬汉子也趴下了。

上学的费用还不够一个人的,八月的日子所剩无几。

没想到这天邮递员竟送来了一张汇款单,一千元。学校来的。附言栏里只有几个小字:祝贺!全体教师捐赠。父亲从床上爬起,母亲赶紧将汇款单递过去,父亲的嘴唇里蠕动着,发不出声音。

费用还只够一个人的,日子不会停留,小屋里的人立刻意识到事情的严峻。三个人的目光一齐盯着床上的父亲。父亲忽地一骨碌坐起来,说:"现在只有一条路,你们也都懂事了,自己决定吧。要不,抓阄也行。"

小夏和小秋顿像两个雕塑。

像是经历了一个世纪,小夏抬起头说:"小秋,你去吧,你的学校好。"小秋也抬起头:"不,我比你年轻一岁,哥,你去吧。"

这时谁也没注意小夏一个微小的动作。他把手伸进衣袋,摸出那张录取通知书撕了个粉碎。小秋醒悟过来后一下子跪在地上:"哥!"泪水夺眶而出。

八月的最后一天,小夏带着二百元路费出了门,他去了南方打工。父母欠下了许多债,小秋在学校还要许多开支。八月的阳光压在十八岁少年小夏那瘦小的身上,很沉很沉。

八月的阳光下,小秋站在村头的土路旁,看着那泡沫似的尘土上一行行深深的脚印出神。

选择题

赏析／容秀眉

"土路上的尘土很厚,八月的阳光煮熟了那层泡沫,赤脚踏上去便会燎起几个水泡",八月的阳光很炫目,很残酷——小夏与小秋面临的是残酷的选择呀!因为贫穷,又无法凑够钱,所以兄弟俩只能选一个去上大学。

面对着这道残酷的选择题,小夏做出了痛心的选择,他咬紧牙选择了放弃,把难得的机会让给了弟弟小秋,他偷偷地撕碎了让他空欢喜一场的通知书。读到这里,已泪流满面,我被深深地震撼了。难以想像小秋的心情,他一定是满怀感激与悔恨,除了流泪还是流泪吧!八月的阳光最终是落在瘦小的小夏身上了,他选择了去南方打工,替父母还债,供弟弟读书。

很多时候,人生就像一场考试,要面临许许多多的选择题,有单项的、多项的,有简单的、复杂的。但只要你选择了问心无愧的答案,便是正确的;就如小夏,相信他一定不会后悔自己所做的选择。或许我们不比小夏伟大,但在人生道路的分叉口,我们照样可以做出正确、无悔的选择。

永远的箫声

没有上锁的门

只要你去发现,去领会,就会感受到世界处处充满着爱,时时弥漫着爱。就像美妙的箫声,就算箫声已逝,你仍可以感觉到余音缭绕、不绝于耳,这种美好的氛围,会成为传递爱的动力。

教育孩子，要用语言，更要用行动。

身 教 言 教

 文／［苏联］勃罗多夫

阖家三口儿围坐在一张铺着天蓝色桌布的圆桌旁。爸爸在翻阅报纸，妈妈在绣坐垫，八岁的维佳在看书。

"爸爸，我有个问题弄不清楚，"维佳突然向父亲发问，"请你给我解释一下，怎么有些人会吵嘴的？"

"这不难，"老爸把报纸放在一旁说了起来，"打个比方，我们的房屋管理员与庭院清扫工之间有了意见……"

"没有那回事！"妈妈打断了爸爸的话，"房屋管理员与庭院清扫工相处得很好。"

"这是我举个例子嘛。"爸爸辩解道。

"你不应该凭空瞎举这样的例子！"妈妈提高嗓门喊了起来。

"那就有劳你向孩子解释解释……"

"你总是把责任推到我的身上。"

"不是我推卸责任……是你爱找碴儿……"

"是我爱找碴儿？"

"是的，是你……"

"不对，是你……"

"别吵了，"维佳插嘴说，"我明白了。"

如此言传身教

赏析／刘慧珊

这是一个极具讽刺的幽默故事。当父母听到维佳顿悟的"别吵了，我明白了"后,会怎样想呢?维佳明白的仅仅是"吵嘴"的定义吗?

生活有时喜欢跟我们开玩笑,开很矛盾的玩笑。如大人教小孩如何生活,如何做人的时候,自己却往往做不好。如此做法,会给孩子留下怎样的阴影呢?不得而知。其实,教育孩子,要用语言,更要用行动。春秋时期的曾子以杀猪的"壮举"兑现妻子与孩子一个随意的诺言,故"曾子杀猪"成了古往今来教子育女的典范。

家庭是孩子的精神乐园,他们幼小的心灵在那里开始萌芽。如果孩子生活在恐惧中,那么他就学会了忧虑;如果孩子生活在讽刺中,那么他就学会了自卑;如果孩子生活在鼓励中,那么他就学会了自信;如果孩子生活在真诚中,那么他就学会了平静地生活。

不过,"金无足赤,人无完人",父母若有不当,我们不但要学会分辨,也要及时指出。必要的时候,何妨给他们来一个"言传身教"?

幸福要与人分享,才会更具价值。

你的孩子让我抱抱

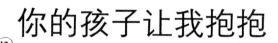

●文/宗利华

母亲到城里来,照看她的孙子。

孙子还不满两周岁,一脱手便跌跌撞撞做奔跑状。然而,不出几步,就会跌倒。跌倒,母亲并不去扶,母亲有她自己的处理方式。母亲说,自己跌倒,要自己爬起来。我们兄妹几个,小的时候就一直接受这些理论。但我的儿子,母亲的孙子却并不配合,他哭起来,等奶奶去拉,否则,便趴在地上。

母亲对此非常自信,极有耐心。

于是,祖孙两个,在人行道边上对峙。就在这时候,那个女人出现了。

女人的目的很明确,这从她的视线就能看出来。她是冲我儿子来的。

女人眼窝很深,这样就显得像是睡眠不足。她瘦削的脸上挂着笑,那笑看上去非常灿烂。

她老远就张开了手,把我的儿子非常利落地拉起来,那个动作仿佛在一瞬间就完成了,甚至母亲还没来得及去阻拦。

女人把我的儿子揽在她怀里,腾出另一只手去拍打身上沾的土,嘴里说:好孩子,摔疼了吗?

母亲赶紧蹲下去,想把孙子接过来。因为,她看到孙子的眼睛直直地瞧着那女人,小嘴嘟着。母亲想,也许接下来,他就会哭了。他还太小,对陌生人还不那么认可。

可那女人似乎搂得更紧了些,依然笑着,说,我孙子也这么大了,也会跑了,一刻也闲不住,可调皮了,和他爸爸一样。他爸爸小的时候,就爬上爬下的,有一次,把刚长出来的牙都磕掉了一颗。

母亲笑着,应着说,男孩子嘛,不都顽皮吗?要老实安稳了,你还以为他病了呢。说着,伸手去抱孙子。女人伸了手,竟小心翼翼去抚摸儿子,母亲隐隐约约有点生气了,她是那样认为的,孙子是我的,你这般亲昵干什么呢?

女人却浑然不觉,继续说她的儿子,小时候他也长得这样,胖乎乎的,一笑,俩酒窝……女人脸上簇成核桃状,移了腮去贴孩子的小脸。

母亲已经将笑收起来了。

她看到孙子的嘴撇了一撇,看来,他真要哭了。

母亲就伸了手,打算把孙子硬夺过来。

这时候,一个白发的老头子出现了,老头子显得很紧张,所以步子就很零乱。一边蹒跚着,一边喊,你怎么出来了? 你怎么出来了?

母亲吃惊地看看他,再看看那个女人。

女人嘿的一声笑了,说老头子,你来看看,他像不像咱儿子小时候?

老头走过来,笑着说,像,真像!

一边说,一边将我儿子抱起来,顺手递给了我母亲,同时小声说:对不起,没吓着孩子吧?

母亲这时把孙子抱紧了,轻声地和他说着话,抬起头,却发现老头搀着那女人沿路走过去了。

母亲回家,就跟我讲这件怪事。母亲说,那个女人,怕是个疯子吧?

我正摘下帽子,解着警服上的扣子,慢慢就顿住了。

那女人看上去年纪很大吗? 我问。

母亲点点头。

我就一下子沉默了,一个熟悉的影子执拗地出现在眼前。我告诉母亲,那个女人的儿子去年抗洪时离开了我们……

母亲看着我,老半天没说话。

很久以后的一天,母亲在道边上又瞧见了那女人,母亲赶紧让她的孙子喊奶奶。可是,那个女人似乎浑然不觉,眼直直地瞧着前方,走过去了。

母亲站在那里,瞧着那个背影,眼泪就扑簌簌地流下来。

分 享 幸 福

赏析／陈秋艳

文中的两位女主人公,同为母亲,却有不同的遭遇。一位家庭美满,弄孙为乐;一位却因承受丧儿之痛而"神志不清"。但两位母亲对儿孙的爱都叫人为之动容。

女人利落地拉起摔倒的孩子,说了安慰的话,还和孩子脸贴脸,多么真切、温馨! 如是种种,都看出她对孩子朴实的关爱。即使她误认别人孙子做自家孩子,我们也不忍责备。可"母亲"却认为这是一件"怪事"。在女人抚摸孙子时,"母亲"生气了;"母亲"看到孙子撇嘴后,便"打算把孙子硬夺过来"……此刻,"母亲"对孙子的爱展露无遗,即便"母亲"有些"不客气",但因为她是紧张孙子,这也情有可原了。后来,当"母亲"知道那女人的儿子在抗洪时离开了,"老半天没说话";又遇见那女人时,她"赶紧让她的孙子喊奶奶"。这是喜悦的传递,这是幸福的分享。

相传,当你在一片三叶草中,发现了四叶草,你便会找到幸福,因为四叶草会和你一起分享它的幸福。的确,幸福要与人分享,才会更具价值。

树没有了根，就会枯。人没有了精神的依托，也难以成人。

爷爷的枪

●文/马新亭

我是爷爷的一条尾巴，爷爷走到哪我跟到哪。我感觉爷爷是天下最让我着迷的人。因为我像所有的小男孩一样喜欢枪。而爷爷也喜欢枪，爷爷总是变戏法似的给我弄来好多枪。

爷爷不但喜欢枪还会造枪。他有时用各种木棍给我造枪，长的、短的，背着的，挎着的。他有时用各种农作物杆给我造枪，手枪、步枪、冲锋枪、机关枪……五花八门，应有尽有。

我问爷爷，你小时候喜欢枪吗？爷爷。

爷爷说，喜欢啊。

我问，你为什么喜欢枪。

爷爷诘问我，你为什么喜欢枪啊？

我说，我觉得好玩。

爷爷笑笑说，爷爷小时候喜欢枪，可不是觉得好玩。那时候，兵荒马乱枪炮声不断，爷爷害怕，总是身不离枪，身上有枪爷爷就不害怕。爷爷的腿是被日本鬼子打瘸的，你大伯是被美国鬼子打死的。

生活好点后，大爷叔叔爸爸姑姑给爷爷一些零花钱。爷爷舍不得花。他每次赶集，总会给我买枪回来；他每次进城，也总要给我买枪回来。有塑料的，有铁的，有冒光的，有冒火的，有带声音的……有时，我疑惑不解，外面怎么这么多枪啊。渐渐地，我产生了一种离奇的想法，什么时候，我能摸摸真枪啊。

我真摸上了真枪。我到外面的世界当兵去了，天天与枪打交道。

这年，我回家探亲，爷爷问我，摸到真枪了吗？

我说摸到了，我还是部队上的神枪手呢。

爷爷说，你带我去看看枪。

我笑了，心想爷爷真是老了，糊涂了。说，上哪里去看。

爷爷一边往外走一边说，你跟着我走就行。

我骑上自行车，追上爷爷，带着爷爷出了村子。

村外有好几条纵横交错的公路，不管是大路还是小路，路两旁都栽着树。

爷爷指着那些树说，你看像不像机关枪？

我看了看说，怎么是机关枪呢，那不是树吗？

爷爷说，你再看看，树干像不像枪身，枝头的无数片叶子，像不像枪口喷出的子弹？

让爷爷这么一说，我看着还真有点像，就说，像，真像。

走着走着，爷爷指着一片高粱地说，你看那些高粱像不像冲锋枪？

我不想让爷爷不高兴，就说，爷爷，让你这么一说，还真像，我原来咋就没发现呢。

爷爷笑了。

路过一片玉米地，爷爷又指着玉米说，你看看那一棵棵玉米像不像一支支步枪。杆像枪身，樱像刺刀，玉米苞像弹夹。

我说，是是是。

爷爷说，知道吗？这些树木啊庄稼啊花草啊都是大地的枪啊。

我说，大地还需要枪吗？

爷爷说，当然需要。

我再一次探家时，爷爷更老了，老得走不动路，只能坐在炕头上。而我这次探家与前几次探家已有天壤之别。我从一个扛枪的兵成为一个扛枪的将。

听说我回来，亲朋好友都来看我，挤得屋里满满的。座位上坐满了人，炕沿上坐满了人，还有站着的。人们七嘴八舌地恭维我，恭维我父母。有说我有出息的，有说我光宗耀祖的，有说我父母教子有方的。最后人们又恭维我爷爷，说我爷爷有眼光，当年没人愿意去当兵，只有我爷爷坚决支持我当了兵。我爷爷咳嗽一阵子，说了一句话，在我眼里他什么都不是，他就是爷爷的枪！

沧海桑田"枪"不变

赏析／姚海军

假如树没有了根,就会枯死。假如人没有了精神的依托,也难以成人。《爷爷的枪》里的"枪",是爷爷的精神寄托。这好比巢之于鸟,暮鸟息林,自然成章。

小小的"我"喜欢枪是因为好玩,而小时候的爷爷,由于生在一个兵荒马乱的年代,喜欢枪是因为枪可以保护自己,就像他说的"身上有枪爷爷就不害怕"。可见,小小的"我"是幸福的,天天可以玩枪;而小时候的爷爷是多么不幸,每天都得面临随时可能死亡的恐惧。

小说里的"枪"并不单指枪,"枪"可以是树,可以是高粱,可以是玉米——它们是大地的"枪"。当"我从一个扛枪的兵成为一个扛枪的将"时,爷爷说了一句意味深长的话,"在我眼里,他什么都不是,他就是爷爷的枪"!此刻,孙子俨然已成为了爷爷心中强大的精神支柱,像当年用来防身保命的枪一般不可或缺。

人在变,物在变,时代在变!我们唯一能做的是,背着自己的精神行囊,一路向北。

刘备的柔弱不争,诸葛亮的情义双修,曹操的奸险狡诈,杨修的诡异莫测,均跃然纸上,让人拍案称奇,久久难忘。

谁偷了曹操同学的手机

●文／魏金树

刘备同学偷了曹操同学的手机。这件事在校园里掀起了轩然大波。

在班主任刘老师的办公室里，刘备"呜呜"地哭了，哭得很伤心。

几天前的一个早晨，班长曹操的手机在宿舍里被盗了。曹操与刘备、孙权住在一个宿舍，当时只有刘备因病在宿舍里睡觉，大家做完早操回来，曹操的手机便不见了。

一开始刘备也不肯承认，后来刘老师发了怒，就停了课让大家反省。不到两天，刘备就挺不住了，向刘老师承认自己偷了手机。可追查赃物时，刘备却说又弄丢了。

刘老师强抑怒火，心平气和地对刘备说，"念你平时表现还不错，只要将手机交出来就没事了。如若死不改悔，哼！你先回去想想吧。"

刘备刚走，刘备的朋友诸葛亮敲门进来，"刘老师，我刚才看见刘备很委屈的样子，料定其中必有冤情。""你有什么依据吗？""当然有！"诸葛亮不紧不慢地说，"据我分析，发案现场只他一个人，按说最易成为怀疑对象，刘备若行窃岂不是太蠢了吗？何况刘备同学平时仗义疏财，怎能做这种事呢？"

"可他已经承认了啊。"刘老师说。"不错，但我想他可能另有苦衷。现在高考临近，寸阴足惜，为追查手机，你给大伙停了课，刘备同学肯定是为了让大伙尽快复课，才选择了牺牲自己的下策。""那谁偷了曹操同学的手机呢？""我也不敢肯定，只是，我怀疑孙权。记得那天早操期间他去了一趟厕所。操场离宿舍很近啊。""啊，我想起来了。"刘老师一副恍然大悟的样子，"他请假说拉肚子去厕所，而且时间很长。对，肯定是孙权偷的。"

"不，不可能是孙权偷的！"门一响，孙权的朋友周瑜推门进来。

"周瑜同学有何高见呢？"刘老师问。

"孙权家中非常有钱，为人也很豪爽，他不可能去偷别人的东西。倒是刘备最为可疑，刘备虽不爱财，但可能由于赌博、谈恋爱等原因急需用钱，而他家中很穷，便只有去偷。""不！"诸葛亮打断周瑜的话，"谁不知道刘备胆小怕事，而曹操身强体壮，性情暴戾，咱班上哪个同学不畏他三分。不怕他的人只有一个，那就是副班长孙权。"

"好了，你们别争了。"刘老师站起来说，"周瑜同学去调查刘备，诸葛亮同学去调查孙权。就这样吧！"

二人走后，刘老师将曹操叫来，说了刚才的事情，然后问，"你说谁有可能偷了你的手机呢？"曹操很大度地摆摆手，说，"无论是谁偷的，都应以大局为重,我看这事就算了吧。同学之间,别伤了和气。""不行!难得你如此宽宏大量,别人要都像你这样就好了。此事虽小,但关系到咱们三国中学的声誉,曹操同学你就别管了。"曹操还想分辩,刘老师挥挥手,曹操只好退了出去。

周瑜和诸葛亮受命后,分别对刘备和孙权展开调查,虽无进展,却搞得刘、孙二人声名狼藉。后来学校推荐唯一一名重点大学保送生时,刘老师理所当然地提名了曹操。唯曹操的朋友杨修在一边冷笑。

毕业了,大家收拾东西各奔前程时,杨修忽然站了出来,大声说,"你们想知道到底谁偷了曹操同学的手机吗?"

嗯,是谁呢?人群一阵骚动。

杨修掏出自己的手机,只摁了一遍曹操手机的号码,就听曹操身上"嘀嘀嘀"地响了起来?大家都怔住了。

随后有人问杨修:"你怎么知道曹操自己藏了手机呢?"

杨修哈哈大笑,"诸葛亮,是刘备的朋友;周瑜,是孙权的朋友;我,是曹操的朋友啊!"言罢,扬长而去。

穿越时空,演义三国

赏析/陈秋艳

小说虽然篇幅不长,但里边人物的性格相当鲜明——刘备的柔弱不争,诸葛亮的情义双修,曹操的奸险狡诈,杨修的诡异莫测,均跃然纸上,让人拍案称奇,久久难忘。

曹操、刘备、孙权三位同学同住一间宿舍。曹操丢了手机,刘备和孙权自然成为"嫌疑人"。然而,刘备的朋友诸葛亮积极为他"开脱",并将目标转向孙权;孙权的朋友周瑜也极力为他"澄清",把矛头指向刘备。结果互相猜疑,最终"搞得刘、孙二人声名狼藉",让曹操"独享渔人之利"。

全文读罢,方才回过神来,曹操的"丢"手机是一个早有预谋的"圈套"。可惜"聪明一世"的诸葛亮、周瑜竟"一时糊涂",成全了曹操。最后,杨修以"我是曹操的朋友"的弦外之音揭露了真相,一语道破个中缘由,既出人意料,又合乎情理。

作者把"三国中学"比作人生的大舞台,形形色色的鲜活人物纷纷登台表演,善恶美丑,是非因果,环环相扣,极具蕴意。

我们要爱家人、爱朋友、爱世界上的每一个人,用自己心中的爱与善良去包容每一个人、珍惜每一个人,让世界每一个角落都充满爱。

一九六〇年的两块芋头

●文/石庆滨

漆黑的夜晚,父亲的背影很重,脚步很急,敲打着一九六〇年冬天的山路。

"跟上!"父亲压低声音,全然不顾十岁儿童的脚步有多长。我一路小跑的跟着。脚步的回音在我身后拖得很长,我害怕,总感觉身后有个人在追……

身后的村庄离我们越来越远,我感觉一下子扑进了漫无边际的黑洞……饥饿,寒冷,害怕一齐向我袭来,我喘不过气来,脚下像踩着一团软棉花。

我摔倒了,父亲停下来,站在那儿不动。我只好爬起来再跑,还没跑到父亲跟前,他转身又走了。

也不知过了多少时候,父亲不动声色地拉我爬上一个高高的土堰,趴在那儿向四周张望,四周漆黑一团,什么也看不清。我相信父亲也看不多远,他在用耳朵细心倾听……

我想起来了,这地方叫"南台子"——一个天然形成的高高的土平台,生产大队的几十口芋头井都在这儿。我不禁心情紧张起来,大队长老一今天早晨还在街上吆喝:谁再偷芋头井里的芋头种,下年的口粮不分给他。

我浑身直哆嗦，牙齿咯嘣咯嘣对打起来，哭着说："爹，咱回吧……"父亲立马用他沾满土粉的手捂住我的嘴："没出息的东西，哭什么？"

后来，我失去了瞬时记忆，不知父亲怎么把我领到一口芋头井边，从腰间取出一条井绳，一头系在他腰上，一头递给我说："记住，你一定要拉住井绳，在我下到井底以后，从一数到一百，还不见我上来，就赶紧拉绳，你一边拉一边往台下滑，这样会省些力气，我像你一样大的时候就这样拉过你爷爷，救了你爷爷一命，你能行。"

父亲下去了，我从一数到一百还没见父亲上来，我向井下喊了一声"爹——"井下回荡着我颤抖的余音，没有爹的回音。我赶紧拉绳，拉了一段，浑身的能量好像使尽了，我的手也开始抽筋了。我知道我的一双还很稚嫩的小手正系父亲的生命，我屏息凝汽，使尽全身力气，绳子还是一动不动。

我不能放松，三五分钟后，我感觉我的力气几乎要耗尽了。我绝望了，想起生病在床奄奄一息的母亲，我的泪水一下子涌来，我对着漆黑的夜空大喊了一声"救人啊……"

我知道我的喊叫是徒劳无益的，村庄离我们很远，大家都在睡梦中，没有人会听到的。我闭上双眼，大脑一片空白，努力做最后的坚持，我必须做最后的坚持，我感觉自己快要憋死了。

突然绳子一松，我重重地摔在地上。等我擦干泪水模糊的双眼，我看到我面前站着一个魁梧的身影，他双脚叉在井口，正在迅速地提着绳子……

父亲终于被他提上来了，借着黑影忙乱的手电余光，我看到父亲紧闭双眼，一手攥着一块芋头。黑影掐了父亲人中，然后不停地挤压父亲的胸脯，没多久父亲便缓过气来。我这才从黑影手电的余光中看清他的面孔：老一，今天早上在街上喊偷芋头就不给口粮的老一。

老一一声不响地坐在父亲身边，点上一支烟。父亲看清了他的面孔，一下子从地上爬起，跪在他面前说"老一，孩儿他娘活不了几天了，我想在她走之前吃上一顿饱饭，到了那边也好不做个饿死鬼啊！"

我扑通一声跪在老一面前："大伯，你饶了我们吧，我们再也不敢了。"

没想到老一一把把我揽在怀里："孩子，你爹为了两块芋头，差一点连命搭进去，我痛心啊，我心里比你们还难受啊。你是个好孩子，要不是你把你爹拉到半截，你爹也许就没命了，你们放心，这件事我不会说出去的。"

第二天，老一一大早就来了，他把两张二尺的布票放在昏睡的母亲身边，背过身子长叹一声说："给孩儿他娘买身终老衣吧，不能让她当一个冻死鬼啊，我这个队长愧啊！"

父亲说："天灾人祸，怨不得你。"

老一摇摇头，一声不响地走了。

父亲望着远去的老一泪流满面地对我说："孩子，给你娘煮芋头，我去集上扯布！"

当天夜里，母亲在"没有饥饿没有寒冷"的幸福感觉中去世了。

让世界充满爱

赏析／梁玉雪

一九六〇年，那是一个令人痛心的年代。那个年代的人是贫穷的、饥饿的，他们没有汉堡包，没有巧克力，甚至连一块芋头都是奢侈品，但他们的心中有爱：有夫妻之爱，有母子之爱，有邻里之爱。这些足够他们精神层面上充饥。

文中的"父亲"是爱妻子的。他宁愿冒着被队里的人责备、甚至失去生命的危险去偷芋头，只为让妻子死之前吃上一顿饱饭。文中的儿子是坚强的，即使在自己抽筋之时，依然紧拉悬着父亲生命的绳子。出人意料的是老一，身为队长的他本应惩罚父亲的，但他并没有这么做，反而在隔天送来一张二尺的布票，只因不想让"母亲"死后做一个"冻死鬼"。想法如此简单却又如此真诚！这样凄凉而温暖的场面，深深感动我。

故事告诉我们：我们要爱家人、爱朋友、爱世界上的每一个人，用自己心中的爱与善良去包容每一个人、珍惜每一个人，让世界每一个角落都充满爱。

月色朦胧,河对岸传来动人的箫声。循声暗问,那箫声悠悠,像在大洋上画了一条长线,把游子和祖国联系到了一起。

永远的箫声

● 文/凌鼎年

月色淡淡,星光淡淡,所谓月朦胧鸟朦胧的时候——一个很美的夜晚。更美的是,河对岸又传来了委婉动人的箫声,箫声缓缓地传来,听得出,今晚的吹箫人心境很平和,吹得从容不迫,吹得抒情而轻快,那箫声因了河水的滋润,愈发有一种沁人心脾的感染力。何箫箫放下了手中的书,听得如醉如痴。这吹箫人是何许人呢?

她转弯抹角问过很多人,所有的回答都没能使她满意,或者说所有的回答都没能明确告诉她吹箫人是男是女,是老是少。

也许是个像《红楼梦》中黛玉那样的女子吧;也许是个退休的老人,借箫寄情,打发那长长的寂寞;也许,不,应该是个年轻人,要不,哪能吹得如此美妙,如此震颤心弦?

这吹箫人也真奇怪,每到天一擦黑,那箫声就从河对岸不请自来,几乎从没间隔。那箫声既不哀怨,也不热烈,好像只是在倾诉什么。何箫箫不敢说自己是知音,不敢说自己从箫声中听懂了什么,但她感受到似乎吹箫者在传达心中的一种秘密。

倘若哪一晚对岸的箫声无缘无故沉默了,何箫箫会觉得怅然若失。是什么,她也说不清。

难道自己喜欢上了吹箫人?不会吧,连面也没见过,何许人也不知道,喜欢又从何说起呢。只是何箫箫不止一次在箫声里描绘过勾勒过吹箫人的模样。在何箫箫的想像中,这位吹箫人一定很痴情很古典,一定有很深的文化底子……

后来,想一睹吹箫人的真容成了何箫箫心里的一个结。有几次,黄昏后,她有意无意地沿着河边走向远方的大桥,当她到了对岸,循着箫声找啊找啊，终于找到那幢楼时，她又没有勇气上去，生怕惊破了一个美丽的梦，于是，又慢慢地回到了河的这边。

再后来，她出国留学了，她离开了河边，离开了家乡。她，再也听不到那低沉而悠扬的箫声了。远在异国他乡的她，耳畔常常回响起那熟悉的箫声。箫声，成了她永远的回忆。

何箫箫甚至想，仅仅为了这萦绕于心头的箫声，学成后也要回到祖国，回到家乡。

游子的箫声

赏析／冯盛祥

月色朦胧，河对岸传来动人的箫声。循声暗问，那箫声悠悠，像在大洋上画了一条长线，把游子和祖国联系到了一起。隐约的箫声竟是那样的富有穿透力和感染力！

这箫声打动了何箫箫，足以让她沉迷，醉在祖国的乡韵中。也许箫声就是祖国向她透露的密语，为的就是唤起她内心深处的眷恋之情。她对箫声的眷恋，是炎黄子孙对黄河、对长城的眷恋，是游子对祖国母亲的眷恋。正是这份眷恋，使她甘愿放弃国外优越的条件，回到了祖国，回到了家乡。这不是海外游子的共同心声吗？在他们的心中，一定也萦绕着可以引起共鸣的"箫声"吧！

黄叶飘落，回到大地，找到了归宿。我想起了费翔的《故乡的云》："我已厌倦漂泊……我已是满怀疲惫，眼里是酸楚的泪，那故乡的风和故乡的云，为我抹去创痕……"如果真是累了，倦了，那么回来吧，回到祖国的怀抱，回到母亲的温柔和慈爱中来。

一部手机，对小康水平的家庭来说，真的算不了什么，但是对于一个贫困的单亲家庭来说，那可能是几个月的伙食费啊。

短信作业

 文/无字仓颉

一年级新生一入学，学校就建议每位家长的手机开通中国移动的"校信通"业务。当然，每个家长都接受了"建议"——早在入学报名时就已登记了手机号。

作为一年级三班的班主任，我双手拥护这一举措。你不知道，没开通"校信通"时布置作业多费劲——这帮小不点儿们刚接触作业，老也记不住，丢东忘西，没几个能按时按量完成的。现在好了，再不用我磨破嘴皮子了，短信搞定！回家自有家长督促他们。

还有一点：老师收发短信免费。嘿，这政策真够人性的！给男朋友发蜜语真成了"情义无价"了，呜呼！

慢着！先别急着高兴，这不，短信一开通，手机爆满！全是家长们发来的问候，一个个客气得好像我点着他们的哑穴。唔？这条有点意思，看看："您好！我是你班学生敬仰真的爸爸，日报社记者，喜欢文学，有作品在国家级刊物上发表。你是语文老师，希望与你结为朋友，共同探讨一些感兴趣的话题！"哈哈！看来小记者除了对花边新闻感兴趣，对漂亮女教师也不放过呀！

搞文学的就是有意思，一个个认真得可爱，成心跟字过不去似的。好在我是语文老师，否则可真够应付的。不信你看——小记者的短信又来了：

"黄老师您好！请您写出两个带'竖弯'笔画的字。"

我在心里笑：原来文人也有不知道的啊！随即发回去两个字"四"、"西"。这是今天的语文家庭作业内容：写出含有下列笔画的字。

过了一会儿，短信又来了："黄老师您好！请分别写出带有'弯钩'和

'竖钩'笔画的字。"

嘿嘿!我料到这个他必然要问,除非文字研究专家,一般人很难分清这两笔的区别。我得意地发回去:"弯钩有'手'、'了';竖钩有'削'、'到'。"

他不死心,又追回来:"斜钩?"

"戈!"

"卧钩?"

"心!"

……

小记者彻底缴械了,一败涂地。我心中无限快意,陡生成就感,真是隔行如隔山呀。这场短信挑战,也从侧面证实了小女子的教学成就!我心情舒畅得几乎要哼出歌儿来。

不几天就跟同学们熟络了,我一个个都能叫得上名了。敬仰真,小记者的儿子,最先记住的一个。跟他爸爸一样,文质彬彬不爱说话,一说倒很有趣;刘玉虎,人如其名,虎头虎脑,就是脸上总不干净,天天像糊了层锅巴。脸虽然脏,人却很聪明,作业一向完成得不错,本子保持得比脸干净。不像其他孩子,发的本子两天就没了面目。

不知怎么回事,这两天刘玉虎的作业掉下来了,布置的老是做不全,不是忘语文就是少数学。我很奇怪,问他他也不吱声。这孩子很倔。

无奈,我只好给他家长发短信:您的孩子这两天家庭作业完成得不够好,请您抽空督促一下。

发出去短信,觉得应该有起色了。可依旧如故!

我只好再次发短信:对不起打搅您了,您的孩子近段时间作业总不能如数完成,是不是有什么情况,请您接信后回复一下!

这次灵,短信发出去马上有了回复,内容还很长,分了好几条才发完整:

"黄老师您好!短信收到。我正在外地出差,上次忙没及时回复,请原谅!您说的孩子不是我的孩子,是我家请的钟点工的孩子。她下岗了,丈夫又跟了别人。一个人带着孩子找工作,很不容易。她来我家时,首先提出的条件就是让我的手机加入'校信通',入网费从她工资里扣。我每天把作业内容告诉她,她再转告给孩子。这次由于时间紧走得急,把这事搞忘了。打电话吧,一个是没时间,另一个是她租的房子里没装电话。所以只有请老师想想办法,帮她解决这个问题。她很不容易。"

这几条短信看得我眼睛都酸了,一揉,还有点儿湿。

下午放学,我把刘玉虎叫到跟前,递给他一张纸条。我说:"刘玉虎,老师把今天家庭作业的内容都写在纸上了,你回家按这个做就行。记住啊。"

不料,刘玉虎竟然没接。他说:"我妈妈说了,她挣够钱了,今天就去买手机! 老师,有了手机,以后我就不会忘记做作业了。"

忍了几下没忍住,眼眶盈满,赶紧背过身,怕刘玉虎看见。擦着泪,我想,得赶紧给小记者发短信,应该让更多的人知道这个故事。

在短信时代外

赏析／刘清泉

用短信布置作业,对于常遗忘作业的小朋友来说,的确是一个好方法;但学校却没有想过,如果学生的家长没有手机的话,那该怎么办呢?这个故事就是一个这样的例子。

刘玉虎的妈妈为了孩子的学习,起早贪黑,辛勤劳作。一个下岗而且已离婚的女人,要解决孩子的温饱问题,已经很不容易了;为了孩子的学习,要买手机开通"校园通"更是难上加难了。一部手机,对小康水平的家庭来说,真的算不了什么,但是对于一个贫困的单亲家庭来说,那可能是几个月的伙食费啊。手机于"小记者"是必备品,但于刘玉虎的妈妈,可是奢侈品!贫富的对照,映射到了贫困家庭孩子强烈的自尊心。刘玉虎不接老师的纸条,是因为他想和其他同学一样,不想接受老师特别的帮助。妈妈为了不让别的同学看不起孩子,不让他为这事而伤神、烦恼,便决定努力工作挣钱买手机。

怎样才能让这样的辛酸和痛楚告别一个贫困的单亲家庭?远离了短信时代,难道我们就可以做到吗?

从小说中，我们读到了无私奉献的心和积极向上的眼睛——那是在贫瘠的土地上挺立的花朵。

女教师的特异功能

●文/张玉庭

假如没有粉笔，你知道怎么上课吗？请准许我给你讲个故事。

这故事发生在一个偏僻的小村庄，村头有一个小小的学校。

有一天，上课必需的粉笔突然用完了，女教师便想了个办法，她找了杯清水，然后对孩子们说："来，老师蘸着水在黑板上写，上课——"

孩子们懂事地点了点头，答应了。

于是，她一笔一画地写，孩子们一笔一画地学。

当然了，这需要速度——因为，只要教得慢了点，或者记得慢了点，那用水写的字就立刻干了，看不见了。

这以后，每当出现了这种局面，女教师就以水代笔，而可怜的孩子们，也便渐渐地适应了这种奇怪的上课方式。

一天，女教师哭了。她想起了鲁迅笔下的孔乙己。那蓬头垢面的孔乙己，为了教咸亨酒店的小伙计认字，曾用他的长指甲蘸着酒，在柜台上写过茴香豆的茴字，可是今天，她——一位亭亭玉立的女教师，却要用那仙女般的纤纤玉指，蘸着水在黑板上写字，在冰凉冰凉的黑板上耕耘了！

可她想想，又笑了。磨秃了自己的手指头，却丰富了孩子们的心灵，值得。

她从容，坦然，她一如既往。

又一天，她走进教室，正准备上课，突然发现杯子里的水已全部漏完——也难怪，那盛水的杯子太陈旧了，陈旧得能让人想起这个古老民族的沉重的历史。

没水，怎么板书？

没水，怎么上课？

也就在这山穷水尽的时候，女教师突然感到，从她右手的手指尖上，正在不断地渗出亮晶晶的水珠——

水！水！

有水就能上课！

女教师猛地转身，在黑板上滔滔不绝地写了起来。

她写得飞快。孩子们也记得飞快。

当然了，每当她转身板书的时候，那指尖上的水珠也就恰到好处地冒出来。

天！她从此有了特异功能！

日复一日。年复一年。

这种古怪教育的奇异结果，便是造就了一帮可以高速理解、高速记忆、高速运算的神童，也正是由于这种神奇的高速度，他们被一所著名的大学破格录取了。

后来，有人专门研究过这批神童，发现他们都具有特异功能，即凡是被泪水浸泡过的地方，他们都能准确地断定，这里曾经发生过什么，是悲剧，还是喜剧。

那么，从女教师的手指上奔涌而出的那些液体，究竟是什么呢？

有人化验过，那水，与泪水的化学成分一模一样……

为未来绽放的童话

赏析／刘光全

女教师在"山穷水尽"的时候，却"柳暗花明"地意外迎来了特异功能，这保证了教学的进行，还成就了孩子们神奇的未来。仙女般的女教师和神童孩子们，在希望的田野上绽放出童话般的花朵。

有了特异功能，就可以重新板书，可以传授知识、育人成才。"特异功能"寄寓了作者的理想，他精心设计了一个美丽的童话，给瘸腿的山村教育插上天使的翅膀去飞翔。这个看似美好、其实悲哀的故事令人掩卷深思。"泪水的化学成分"从何而来？是孩子们艰难、倔强的童年，是女教师无奈、执著的青春，还是贫困艰难却挣扎着生长的山村教育？确是一个无言的答案,值得思考。或许,要等到这类"特异功能"绝迹于世,等到"水"不再是"泪"的时候,我们的童话才会更加真实、更加美丽。

从小说中,我们读到了无私奉献的心和积极向上的眼睛——那是在贫瘠的土地上挺立的花朵。如今被钢筋水泥包围的人们,心灵的土壤却趋于荒芜,城市丛林何尝不需要这样的童话呢?

父母对孩子的爱总是无言地渗透在我们生活的每个细节里,要真正读懂他们内心深处的爱,需要我们用心去体会和理解。

拒绝洗衣服的母亲

●文/王志明

"你已经十岁了,要学着自己洗衣服,"母亲没有接儿子递过来的脏衣服,"你是小男子汉了,要自立! "

"我们班上的小朋友都是他们妈妈洗的衣服,"儿子撅着嘴说,"为什么你不给我洗衣服? "

"因为你已经是一个小男子汉了! "母亲依然没有接。

"哼——"儿子气愤地把衣服扔在地板上。

"我洗吧! "父亲拾起儿子的衣服。

"不,"母亲将衣服从父亲手里拿过来,并放在沙发上,"让他自己洗! "

儿子的衣服每脏一身,就让母亲给他洗一次。每次,母亲总拒绝给他洗衣服,也不让父亲给他洗衣服,一次又一次要他自己动手去洗。而他依然气愤地把衣服甩在地板上,这时,母亲总是心平气和地从地板上拾起放在沙发上。

沙发上的脏衣服越来越多,儿子的干净衣服越来越少。直到一天,儿子将所有的衣服都穿脏了。

"妈妈,给我洗洗衣服吧!"儿子眼巴巴地望着母亲,"好妈妈,给我洗洗吧!"

"孩子,"母亲双手轻轻地摩挲着他圆圆的脑袋,"你已经是一个小男子汉了,要学会自立! 懂吗?! "

"不,"儿子跺着脚嚷嚷道,"你不是我妈妈! "

"我洗吧!"父亲将双手伸向沙发上的脏衣服。

"不,"母亲阻止了父亲的双手,"让他自己洗! "

母亲将一盆清水端到儿子面前,并将一袋洗衣粉放在他面前,满眼柔情地望着他。

儿子撅着嘴将洗衣粉胡乱地倒入脸盆中,又胡乱地搅了几下,然后把衣服放在水中。泪水顺着他胖乎乎的小脸滑落下来,一阵手忙脚乱过后,他将衣服从水中捞出。洗过几次后,脸盆中的水依然很黑。这时,母亲从儿子手里接过衣服,挂在衣架上。

等儿子洗完衣服后,母亲微笑着在他布满泪痕的脸蛋上轻轻地吻了一下:"儿子长大了! "

第二天早晨,儿子发现自己洗的衣服竟然非常干净。

母亲笑吟吟地对父亲说:"看咱儿子多么乖! 看咱儿子洗的衣服多么干净! "

从此,儿子所有的衣服都是自己洗,而且一次比一次干净。儿子在学校经常对小伙伴们说:"看,我自己洗的衣服! 多么干净! 我自立了! "

一天深夜,儿子起来去卫生间。他发现卫生间里灯亮着,而且有洗衣服的声音传来。他轻轻地走进卫生间:原来母亲在洗衣服!是今天自己刚刚洗过的衣服!

读 懂 母 爱

赏析／王意琴

每个孩子始终都要长大,都要离开父母的怀抱独立去面对这个社会。聪明母亲一次又一次拒绝帮孩子洗衣服,她的用意是帮助儿子学会自立,从而建立面对生活的信心。其实,母亲在拒绝孩子的时候,她的心里也并不好受,可是,为了要让他成长为真正的男子汉,母亲必须尽力使儿子意识到自己是有能力去胜任洗衣服这件事的。母亲的心是无限温柔的,默默包容着孩子的误解。当母亲在一个又一个无人知道的深夜把孩子的衣服重新清洗的时候,她的内心里饱含了多少对儿子的深情啊!

我们常常无法理解父亲的严厉和母亲的唠叨,甚至常常因为父母不答应我们的一些要求而觉得他们不是爱我们的,其实,那也是一种爱的方式啊!父亲的严厉不是真正对孩子凶,他是希望孩子能认真严肃地对待自己的错误;母亲的唠叨是因为老是放心不下,老是为孩子的事情操心。父母对孩子的爱总是无言地渗透在我们生活的每个细节里,要真正读懂他们内心深处的爱,需要我们用心去体会和理解。

他放弃了个人的利益,把乡亲们的利益和自己的人生价值牢牢地系在了一起,毅然回到乡村里教书,这需要多大的勇气啊!

榜　　样

● 文/秦　俑

峰子最后还是选择了回家乡教书。当同学们都去火车站送他时,峰子不知怎的就想起了一句悲壮的古诗:壮士一去兮不复还。

先到县教育局报到,签了字后,办公室的同志瞪着一对金鱼眼问,你是师大毕业的?峰子什么话也没说,背起两大袋子书和行李,头也不回地搭车回了家。

父亲见峰子回来了,远远地迎了上去,说,工作好了吧?

峰子没吱声,把行李往父亲手上一放,回到家"咕嘟咕嘟"喝了一大杯水,然后才说,省晚报让去做记者,没去。

怎么?

我想回村里学校教书。

父亲颤着声问，是不是在学校里犯了事？

年年都评三好生呢，怎会犯事。峰子坐了下来。

那怎么回这破村？

学校不是少了老师么。

父亲愣了好一阵，叹了口气便去张罗着煮面条。

峰子早没了娘。他看着驼了背的父亲，心中不由惴惴地慌：父亲要是骂他一顿，或许打他一记耳光，他的心里也许会好受一点。

吃过面，峰子便去村里的学校找校长。

说是学校，其实不过一层四间的茅草土坯屋，屋旁竖着一根四五米高的杉木，上头飘着一面早已发白的旗。而且长年留校工作的，也只校长一人。

峰子在学校的自留地上找到了校长，校长正戴着那副掉了一条腿的老花眼镜在地里侍弄自己种的蔬菜。

峰子轻轻地唤了一声，校长。

校长回过头，眼镜差点就掉到了地上。他见了峰子，脸上的笑便浮了上来，说，峰子回来了。

我是来向您报到的，我也来学校教书，以后我就是您的部下了。

你……校长激动得什么话也说不出来，只是汪了泪，用沾了泥土的手紧紧地握住峰子的手。

校长破例炒了一盘蛋，邀峰子喝一盅。校长一边喝酒一边说，想你考上大学那年，学校里的娃儿就加了一倍，大家都把你当榜样呢。

峰子就想起往年的寒暑假，他一回家，总有东家西家地请他到家里吃饭教课，说是要自家的娃子学学他的样。

可是，这一年暑假过去，也没见哪家有人来请他。和乡里乡亲的见了，还有人不相信地问：峰子，你真回村里教书？

峰子就爽快地回答：是！

到秋天开学了，报到的学生竟爆减到了往常的三分之一。校长和峰子都不明白：老师多了，学生怎么反倒少了？

于是峰子拿了一份花名册挨家挨户去问，问来问去，都回答说：我家的娃儿不念书了，过两年让他到外面打工去。

峰子说，孩子还小，怎就不让念了？

念了书没用。

怎没用？念了书可以考大学啊。

对方就不吭声了，任峰子怎么劝说也没用。等峰子一脚跨出大门，后边就传来轻轻的嘟囔：上了大学又怎啦，还不照样回家种地……

这话刺得峰子的心一阵阵地疼。

跑了几天，来报到的孩子没见增多。倒是县教委捎了信过来，说是让峰子去领"扶贫助学志愿者"奖章，他成了县里好几万教师的榜样呢……

真正的榜样

赏析／王意琴

在省里当一个记者是多么令人羡慕的职业，以峰子的本领，他一定可以干得更好更出色，将来会得到更好的发展。是什么原因促使他放弃这么光明的前途回到乡下甘心当一名清贫的教师呢？

峰子回乡从教是抱着一颗为村里奉献青春和才华的真心，可是乡亲们无法明白峰子回乡的良苦用心，反而由此认定读大学是没有用的，一样要回家种地，峰子的形象一下子从正面榜样成了反面教育的榜样。事情总是朝着让人意想不到的方向发展，峰子后来又成了县里老师们的榜样。

峰子的榜样形象一变再变，到底峰子是不是好榜样？

其实他的确是一个优秀的好榜样。峰子在大学毕业决定个人前途的时候，他放弃了个人的利益，把乡亲们的利益和自己的人生价值牢牢地系在了一起，毅然回到乡村里教书，这需要多大的勇气啊！希望人们都能读懂这样高尚的情操和那颗无私的心。假如人人都能像峰子那样，我们的家乡，我们的国家，我们生存的这个世界该是多么美好啊！

　　月色朦胧，河对岸传来动人的箫声。循声暗问，那箫声悠悠，像在大洋上画了一条长线，把游子和祖国联系到了一起。

　　她对箫声的眷恋，是炎黄子孙对黄河、对长城的眷恋，是游子对祖国母亲的眷恋。

拍下一生

没有上锁的门

的祝福

幸福就像书页的两面，一面是喜一面是忧，一面是苦一面是甜。不要怠慢眼前的生活，慢慢学会欣赏盛开在窗前的玫瑰花，而不是整日梦想远方迷人的玫瑰花园，因为，是点点滴滴的细节组成了你一生的幸福。

粒粒老师死了,可是,他的灵魂永远朝着太阳的方向,他所做的事情也将像太阳一样温暖着他的学生的记忆和所有知道这件事的人们的心房。

鹅老师粒粒

● 文/范子平

那时我十二岁,正上小学五年级。我们北山寨公社的小学是有分工的,我村只有四五年级,两个年级一个班,叫复式班,全班学生共九个人。全学校唯一的教师是下放我村劳动的鹅老师粒粒。

鹅老师姓里,名字叫力。听我爹说,他的爹解放前跑往外国,他的娘在"文化大革命"开始时自杀了,他在市林业局当技术员时又犯了政治错误才下放来的,一家子里外透着黑,本不该叫他教学的,但我们村一直留不住一个老师,他来时我们又是三个月没有老师上课了,不得已才让他在大队治安员监管下教书。

里力老师个子高脖子长,还爱伸着脖子左右探望,我们就叫他鹅老师。我们觉得里力这个名字挺怪的,再加上四年级的课文里有"小麦粒粒还仓"一句,我们一下课就嘴里念叨鹅老师粒粒。里老师知道了,不仅不恼,忧郁的脸上反而露出了笑容,还故意学着大鹅的样子蹒跚行走,并伸着长脖子四处寻食的样子,逗得我们开心大笑。从此我们就公开叫鹅老师粒粒,他也声叫声应。还在黑板上写了鹅、里、力、粒四个字,说谁写错了就拧谁耳朵。从此这个绰号传出来,连村里的大人也跟着问他叫鹅老师粒粒。

鹅老师粒粒是大学毕业生,做事办法也多,比如说学校唯一的也是全村唯一的那台修了又修的旧闹钟,鹅老师粒粒来以前很久就找不到了。鹅老师粒粒就找了一个玻璃瓶装满水,再找一根细橡皮管往外抽水,一瓶水滴完就是一节课,三节课正好是一响。

这天上午课堂上还没抽完第一瓶水,忽然听外边响起了纷沓的脚步声和喧嚣声,鹅老师就停住讲课,到教室门外看了看,回来脸色很严肃,说是山林着火了。

我们正想问问该咋办，教室门"哐"的一声被踢开，马大全跑了进来。马大全是大队革委会副主任，又是大队治安员，鹅老师粒粒第一天上课就是他押送来的。

马大全横着脸吆喝："里力，咋不赶紧带学生救火？"

鹅老师粒粒木然道："知道了。"

马大全又凶巴巴地训道："让学生赶紧点，外村学生早冲上去了！还在这儿'肉'，这可是集体财产！这可是阶级立场问题！"说完这一句起身跑了。

鹅老师粒粒愣怔了一下，出来到办公室又回来，手里拿着一封信，皱着眉头说："同学们山火大啊，浓烟滚滚，我有一封信，跟山火有直接关系，万分重要，处理好才能去救火，你们谁能把它送到教育局？"

没有人吭声。教育局在县城里，离这儿三十多里，不是怕道儿远，而是大家都要去救火。

过了一小会儿，侯小花站起来，说她愿意去送信，顺便给她的娘取药。

鹅老师粒粒仔细看了看药方，面露惊慌地问："你娘心口疼、有点儿上不来气？"

侯小花说是，说娘让她等明天过星期去县城取药。鹅老师粒粒就急切地喊："万万不能啊！我懂医，我一看这药方就知道是心脏病，一天也耽搁不得的。同学们，侯小花的母亲是贫下中农，救命要紧啊！县医院药不全，我的同学在十八里沟中药站当站长，这上边的药一样也不会缺，你得赶快往那儿赶。"

大家都一愣，十八里沟跟县城方向相反，离这儿也有三十里，送信没法"顺便"了。

鹅老师粒粒却想起另外一个问题，说距离这么远，侯小花一个女孩子哪能放心。他给他的同学写了条子，派王大青和李河套送侯小花去，还要他们一分钟也不要停留。

鹅老师粒粒就喊："王大双，送信这个重要任务就交给你了。"大双嚼撅嘴，心里可能也不想去，但大双学习好，学习好的人总是听老师的。

大双刚要出门，鹅老师又喊住他说："这封信实在太重要了，还得有人保护，要不然遇到阶级敌人该咋办？"

大双说："可你们救火——"

鹅老师粒粒说："这可是鸡毛信，万万丢失不得的。这样吧，王菊花，你和王大双厮跟着,你心细,负责小心提醒。两个人还不行,得有人一路保护。这样,王石头,你跟他们去。"他们三个向来就对劲儿,果然高高兴兴地去了。

教室里只剩下三个人,那就是四年级的李小喜、李小孬和我。李小孬把窗户上的塑料纸捅了一个小洞正往外瞧。鹅老师粒粒突然大喝一声:"偷看啥?"李小孬把头一拧:"看山火!"

鹅老师粒粒恼火道:"好好的窗户你弄一个洞,简直就是破坏!"

李小孬说:"你才是破坏救火!"李小喜也打抱不平说:"鹅老师粒粒,今天你弄的事可是不对劲儿!"

鹅老师粒粒反常地大发雷霆:"搞破坏还不认识错误,能指望你们救火?你们在家给我写检查!"说完不由分说,把我拉出来,把他们反锁在教室里,也不管他们如何在教室里哭骂喊闹。

我完全被眼前发生的事搞迷了,鹅老师粒粒平常不是这样的,再说他也不敢这样呀。我说不出原因,但我本能地感到他这样做不对。想着心事我几乎掉进校园里的枯井里。这井有五尺多深,人掉里面没有人拉拽出不来,我们常在课余时间跳到里面搞"防空演习",土井沿儿已经磨得光溜溜的。

我说:"就剩下咱俩人,快走吧,北山那边天都红了。"

鹅老师粒粒也抬头看了一眼,脸阴得厉害,黄眼珠盯住我说:"都去救火,村里没有人了,要防止阶级敌人来学校捣乱,你在这里保卫学校。"

我终于恼了:"你操得啥心?是不是想叫大火烧完山林?"

鹅老师粒粒瞪圆了眼睛:"啥?啥?混乱时候你敢不护校?"他猛然出手,一下子把我推进枯井里,摔得我半天爬不起来。

这场山火烧了一天一夜才扑灭,但却成了我们北山寨公社最惨痛的历史事件。由于山风带着火回旋,许多救火的人被裹卷在大火里,其中救火的老师学生居多:野虎屯小学烧死四名学生,两名教师,坡头小学烧死六名学生,一名教师,北山寨小学烧死十二名学生——烧伤的师生还有许多。公社的统计表上,只有我们小学没有死伤教师和学生。虽然勇敢的鹅老师粒粒在救火时烧成了焦炭,但他只是临时代课,连村办教师都不算。烧死的师生都被公社算是烈士,鹅老师粒粒被争议来争议去最终没算上。可是,我们知道了候小花娘的病并不紧急,知道了鹅老师粒粒那封信只是一张白纸,也就深深知道了他的那颗心。我们把他埋在北山最高的向阳坡,埋他的那一天,我们全班九名学生,还有九名学生的全部家长,都哭着跪在了他的坟前。

那永远向着太阳的师魂

赏析／王意琴

里力老师永远被埋在了高高的向阳坡上,而他的形象却永远刻在了孩子和家长们的心上。老师的死是无奈的,他知道人要去扑灭这么大的山火只有送死,而自己因为政治上的原因必须加入到扑灭山火的行动中。可是,孩子们是无辜的,扑灭凶猛的山火也不是人力能够做的事。鹅老师粒粒把上级愚蠢的命令丢到一边,运用智慧不动声色地把孩子们顺利地安排到远离危险的地方,从而使他们免遭一场无谓的劫难。

难道老师当时不惧怕死亡吗?当他认清事情的形势时,保护自己的学生生命安全成了他最神圣的事情。老师完全可以在安排好学生后逃离火海的,可是他没有这么做,他知道保护山林,保护人民的财产一样是自己必然要尽的责任,于是他义无反顾地去了,扑入到火海中战斗,直到最后一刻。

粒粒老师死了,可是,他的灵魂永远朝着太阳的方向,他所做的事情也将像太阳一样温暖着他的学生的记忆和所有知道这件事的人们的心房。

我想,在这个世界上,唯一不会被阻隔的,只有爱。时空无法阻隔,生死也无法阻隔。

拍下一生的祝福

●文／无业良民

我是电影学校毕业的,专业是摄影。就因为"学校"和"学院"一字之差,我就注定没有机会在张艺谋的剧组掌镜了,因此也就失去了成为一个伟大的电影摄影师的机会。

运气还算不错，我在一家影楼谋得了一个摄影的差事。我就是那种人家在婚筵上大快朵颐的时候咽着吐沫扛着摄像机忙活的人。我的兴趣当然不在婚礼上面，脑袋后面也长出了马尾巴，拉开一副将要拍摄电视剧的架势。

电视剧一个镜头没拍，但是经我的镜头见证的新人至少有五十对了。开始我把拍摄婚礼当作一次艺术实践，经常玩一点什么淡出淡入的技巧。久而久之，审"美"疲劳了，摄像机在我手里就成了一把机枪，我常常对着人群胡乱扫射。

五十对中不时有再次请求服务的，有拍摄孩子满月的、有拍摄结婚周年纪念的，当然也有换了老婆老公拍摄另外一次握手的。

那天一上班，影楼来了一对夫妇，我认得他们，因为漂亮的新娘子总能给人留下深刻的印象，也容易激发影像创作的灵感。因为女主角的漂亮，所以我那次拍摄的婚礼实况成为我们影楼的经典之作。

他们一定是来要求追加服务的。

果真如此，而且是趟美差。他们指名要我陪他们到云南全程拍摄旅游的过程。这都是有钱烧的，我想。于我来说，拿着顾客的钱去饱览山川秀色，何乐而不为。

我们上路了。

在机场，他们旁若无人地依偎着，甜得发腻。

女的说，你怎么不拍？

这里也拍？我问。

当然。她说。

我于是架起摄像机，观景窗里的女主角还是那么漂亮。女主角告诉我，除了禁止拍摄的场所，我须忠实记录他们的活动。

过站昆明，转飞大理，行程紧密得透不过风。他们说他们没有多少时间。飞机在大理一落地我就打开了摄像机，唯恐违背了女主角的意愿。

他们相拥于苍山脚下，牵手于洱海之滨。男主角表情不自然的时候，女主角就搞一个恶作剧来调动情绪，摄像机忠实地记录了女主角银铃般的笑声。他们的幸福和甜蜜让我嫉妒，我甚至想扔掉摄像机去客串一下男主角。

我们登上了苍山号游船，白族青年男女的表演把船上的气氛推向了高潮，女主角甚至和他们一起手舞足蹈起来。在游船回程的时候女主角显得很疲惫,最后竟靠在男主角的怀里睡着了。这次男主角没有走神,他紧紧地搂着女主角,嘴唇轻轻贴住她的脸颊。就这样,他们两人凝固成了一尊雕塑。

太美了。我忘了关机。当时我就想,回去后用什么背景音乐来衬托这幅画面。

船靠岸的时候女主角醒了,略微显得不好意思。她告诉我这里是他们第一次见面的地方,当时她来参加一个公司的订货会,他则是这家公司会务组成员。我说你干吗告诉我这个?女主角说,早看出来了,你都憋了一路了。接着他们为谁先追的谁争辩不休。

云南的任务完成后,我坐在编辑机前绞尽脑汁地想给他们的旅游专辑起一个浪漫的标题。大部分夫妇在婚后浪漫逐渐降温,很少有人花费这么大的代价重回初恋开始的地方,我得对得起他们的用心。

有电话找我。

真不好意思。女主角说,还想请你补拍最后一个镜头。

不用客气,你们伟大的爱情早就感染我了,补拍一百次我都愿意。我开玩笑地说。

但是,我的话说得太过了,我情愿,不,我坚决不再拍这样的镜头。那天补拍的情形在两年之间萦绕在我的脑海挥之不去。尽管这个镜头没有用一点技巧,但那是一个经典到让人战栗的镜头。

那天,女主角穿戴很漂亮,抹了口红。她把丈夫撵了出去,说要安静地拍。男主角只好抱着一岁的女儿出去了。

我把摄像机固定在三角架上,然后打开了射灯。

女主角问,好了吗?

可以开始了。我说,并且按下了录像键。

女主角对着镜头沉默了足足一分钟,此刻房间内安静得只有摄像机运转的"沙沙"声。

女主角脸上绽放出笑容,开始对着镜头说话。

乖女儿,今天你两岁了,祝你生日快乐……今天你十岁生日,祝你生日快乐……今天是你十八周岁生日,你比妈妈年轻的时候还要漂亮,选择男友一定要慎重哦……今天是你结婚的日子,你是世界上最漂亮的新娘……

错愕之后,我猛然明白了云南之行以及这次拍摄的意义。

我多想这一幕就是我一个不恰当的构思，能够修改，能够删除，或者给她一个重生的机会。

面对这个超越时空超越生死的对话，我的镜头模糊了。

爱，永不消失

赏析／王意琴

我想，在这个世界上，唯一不会被阻隔的，只有爱。时空无法阻隔，生死也无法阻隔。作为一个年轻的母亲，当她不得不离开自己年幼的孩子，并且永远无法照顾她陪伴她慢慢成长，无法像天下所有的母亲那样给予自己的孩子全身心的爱时，她的心里该多么悲伤和痛苦！她多么想看到女儿如何长大，想保护她在成长的历程中顺顺利利不受干扰，想看她出落成另一个男子美丽的妻子，帮她带他们共同的孩子……

爱一个人就是要给予他幸福，尽力让他生活得满足，没有缺憾。母亲对孩子的爱，永远是世界上最伟大和永恒的爱。这样的爱，不会因时间的流逝而有半点消泯，即使隔着一个时空，母亲的心依然牵挂着孩子是否幸福。远走到另一个世界的只是母亲的身体，她的心至死也不会离去，她要让自己的关爱和祝福伴随孩子的一生。

母亲的爱是世界上最细腻的爱，她为孩子设想一切，尽可能让孩子过得最好。那盒录像带录下的是一个母亲的心和灵魂，在没有母亲的日子里，相信她的女儿一样会感觉妈妈未曾离去。

> 正直和诚信既是一个人的立身之本，也是做人最重要的品质。

契　　约

●文/凌君洋

终于要出发了，一切都已准备停当，我所要做的，就是等雇主的命令了。

雇主终于来了，他轻轻问我："都准备好了么？"

"随时准备出发。"我面无表情。

"那么，请你在契约上签名吧！"雇主拿出了一个文件包，取出那份我尚未签名的契约。

"你知道我的规矩吧。"我依旧面无表情："我和别人一向只定口头契约，况且，我也没有固定的名字，怎么签名？"

"按个手印也可以，现在全世界都是用法律说话的，没有契约，我实在是不放心。"雇主平静地把三份文件放在我的桌子上，用了三种文字。

金属质地的桌面反射着暗淡的灯光，冷冷罩在我的脸上，我说了一句话，立刻让雇主闭了嘴——

"法律？如果人人都遵守法律，那就没有我了。"

我下意识地检查了一下子弹，瞄了几眼契约，站起身准备走，雇主眼里闪过一丝惊恐的目光，可能他没见过像我这样的杀手吧。

毫不费力我就找到了这一次的目标——他是今年才通过竞选获得州长席位的 A，雇佣我杀他的是他的政敌，因为在这一次的竞选中失败了，所以才以此泄愤。

第一眼看到 A，我就有些后悔接这笔生意，A 看上去是个正直的人，虽然说人不可貌相，但是这么多年来，我自觉很少看错人——看过了太多的权钱交易，一张张丑恶虚伪的嘴脸，使我对正直的人加倍尊敬，A 是不是这样的人呢？

没有上钩的

感动系列

下手前,我决定试探一下。

我拦住了他的车,一个保镖从副驾驶座的位置探出头来恶狠狠地训斥我:"干什么? 不要命了?"

我听到 A 的声音,他在劝阻他的保镖不要多事,我对 A 的认可度又高了一分,但也不排除他借此收买民心的可能。

"A 先生,对你的当选我首先以个人的名义表示祝贺。"我不慌不忙地说:"我以一个普通市民的身份,想知道您以后将怎样施政。"

A 居然停了车,并下车和我握手,然后说:"谢谢你,我想我的施政纲领已经在竞选演讲时说过吧? 希望你以后能继续支持我。"

我淡淡地说:"算了吧,那些都是过过场,说说你的心里话吧。"

A 一怔,随即明白了我不是一个普通的市民,他稍微想了一下,说:"这样吧,眼下我有事,来不及和你细讲,有空的话,晚上十一点十五分在市中心广场的咖啡店见面。""好,我会去的,再见了。"我说完回头就走了——那些当官的的确都有许许多多的应酬,就暂且信他一次吧。万一爽约,哼……

我想,如果 A 以盛气凌人的态度对待我,恐怕我已经完成工作了吧。

我一向是非常守时的,但是今天我觉得有必要早一点去,十一点十分,我进入约定好的咖啡店,进门的一刹那,我按下了腰间的计时器,然后点了一杯咖啡,五分钟内不见 A 进来,我立刻就去完成工作。

我知道自己的想法很残酷,A 如果迟到一秒,就会成为我的枪下之鬼,但是这样的念头转瞬即逝——这个世界本身就是残酷的,残酷而又现实的。

十一点十五分,A 准时出现了,A 一下子就找到了我,微笑着走来,说:"你很准时。"

"你比我更准时,我早到了五分钟。"我站了起来,观察一下周围的情况,没有可疑的人,我坐在靠窗的位置,在我视力所及的范围,也没有保镖或者巡逻警察出现,看来 A 的确不曾怀疑过我。

"先生当真想知道我的施政纲领?"A 笑容可掬地问我。

"是,我想知道自己还有没有必要留在这个州,以前的那个州长已经死于非命了,我感到很庆幸,希望你不是那种人。"

那个原来的州长也是我杀的,我知道我改变不了世界,但是我想尽量杀掉几个贪官污吏,洗涤一下肮脏的世界。

"我想,我的施政纲领很简单,就是要教会所有人履行契约。"A也点了一杯咖啡,喝了一口后轻轻说。

"契约?"我眉头一皱,不禁想起雇主的那三张写满了条件和报酬的纸:"遵守契约就可以改变现在的一切了么?"

"我一直是'社会契约论'的倡导者。"他放下咖啡杯又接着说:"比如说,我当了州长就是和所有的纳税市民签下了契约,为了履行契约,我必须努力兑现在演讲上的承诺,然后拿属于我的工资。"

"也就是说,那些贪官都没履行自己的'契约'?"我被A的奇怪思想吸引了。

"是,他们背弃了自己写下的契约,所以理应由公民终止契约的继续履行,也就是罢免他们的官职。"A尽量说得通俗易懂。

"在这世界上,有太多太多的人写下了契约而不履行,你的思想看来接受的人并不多呢。"我有些不相信A,难道就这么简单?

"这就是我要做的事,让契约论成为每个人行为的准则,世界上的一切就井井有条了。"A掩饰不住内心的兴奋。

A越说越兴奋,我也越听越入迷,一直到钟楼的钟声敲响。十二点了。

"我会支持你的,耽搁你时间了,谢谢你。"我一听到钟声,就决心放弃工作,和他握了握手后,走出了咖啡厅。

契约?真有意思,可惜,我没机会看到A施展他的才能了。

我回了家,举起那装了消声器的枪对准了自己的太阳穴——以后这个世界可能再也不需要我的存在了吧。

我可能是A当州长后第一个履行契约的人吧——虽然我没有在契约上签名。

我依稀记得契约上的最后一行:"如A在今日十二点前未遭受到任何暗杀伤害,为求保密,执行者必须自杀……"

诚 信 无 价

赏析 / 王意琴

正直的A州长不知道,正是自己的正直和诚信不仅成就了他的事业还无形中挽救了他的生命,避开了一场未知的劫难。由此可见,正直和诚信的力量是多么巨大, 它既是一个人的立身之本也是做人最重要的品质。假如 A 州长不是一个守信用又守时的人,他早就和杀手枪下的贪官污吏一样死于非命了。A 州长不因为对方是平民而盛气凌人,不因自己是官员而高高在上,他正直地遵守自己心中的契约,全心全意地去为民众谋福利,这正是他诚信的一个最重要的体现。

从小到大,父母老师总会不厌其烦地教导我们要讲诚信,要说话算话等等,我们在日常生活中认真去这样做了吗? 因为不诚信,不守时,我们损失了什么? 答应了同学的事情,我们都办到了吗? 和朋友约会,我们都准时出现了吗? 也许,你因为贪玩,忘记了答应别人的事情,并且你也找到了很充分的理由,但是,你很快就发现你和同学的距离变得疏远了。和朋友的约会一次又一次迟到,让朋友等了又等,然后你们吵架了,最后变成了陌路人从此不再说一句话。不诚信,我们损失了友谊,损失了信誉,损失了很多我们意识不到的东西。

好好培养诚信的品质,才会让我们在成长的路上有更多收获。

皮皮对爸爸妈妈的思念有多深,爸爸妈妈在寒冷的山上对皮皮的思念就有多深,甚至还饱含着深深的愧疚和无法表达的爱!

打不出去的电话

●文/王　斌

校园旁边有一部公用电话。经常有同学在那里通话。皮皮很羡慕,但他只能羡慕而已,皮皮没有 IC 卡。

天已经很冷了,学校马上就要放假了。同学们兴高采烈高兴得不得了,纷纷打电话告诉爸爸妈妈这个好消息。打电话的人很多,排了好长好长的队伍。小皮皮看着看着禁不住就排到了队伍的尾巴上。很快,皮皮后面就跟了好些人。

打电话的皮皮一个都不认识。有高年级的同学,也有比他更矮的小同学。那些哥哥姐姐弟弟妹妹一个接一个不停地说话。有人问家里做了什么好吃的,有人问他的铅笔盒放在哪里,有人让妈妈送衣服来,有人在电话里向爸爸妈妈、爷爷奶奶撒娇。更多的人是告诉家里人学校就要放假了,假期爸爸妈妈带他们到哪里去玩。

拿话筒说得兴高采烈,没拿话筒的小朋友叽叽喳喳。小皮皮正想他要跟爸爸妈妈讲什么话的时候,后面一个嫩嫩的声音说,小哥哥,该你了。小皮皮跳上去拿起话筒就喊爸爸、妈妈。跟前的小朋友一阵哄笑。原来小皮皮没插上 IC 卡,也没有拨号码。小皮皮脸刷地红了,站在原地不知所措。后面的那个小朋友把一张 IC 卡递到皮皮眼前说,小哥哥,用我的打吗,皮皮感激地说谢谢。

拨了号,皮皮说,爸爸妈妈你可要注意身体呀,山上很冷,现在已经下雪了吗?停了一会儿,皮皮又说,我不冷也不饿,我都十岁了,会煮挂面,也会炒菜,爸爸您不用担心。过了一会儿,皮皮又说,不,不要。我要字典,我们就快放寒假了,妈妈我要你教我溜旱冰,然后教我查字典。哦,姥姥身体很好,小姑姑也经常去家里,妈妈放心吧……

皮皮说了挺长一段时间才放下电话,后面的小朋友说,小哥哥,你怎说这么长时间啊!我的 IC 卡只有三块钱了,你用完了我怎么打电话啊?小朋友看来是二年级的小朋友,看上去很瘦很小。话刚说完,小朋友就哇哇哭起来。

皮皮连忙给小朋友擦干眼泪说,不哭,不哭。其实哥哥没花你一分钱。我爸爸、妈妈的道班很远很远,那里也没有电话。我刚才拨的是空号,是在跟自己打电话。

小朋友立刻圆睁眼睛说,可他们听不到啊!

皮皮就噘起小嘴说,我想爸爸,也想妈妈。

美丽的思念

赏析／王意琴

打不出去的电话,是皮皮无法传递给爸爸妈妈的思念,虽然他的父母没有接到电话,但是相信他的爸爸妈妈一定可以感应得到皮皮真切的思念。我被小皮皮天真的举动深深地打动了,既为他的真情感动又不禁为他无法传递的思念心酸。小皮皮的爸爸妈妈,相信你们也一样地思念着皮皮吧?因为工作的原因,你们不得不离开皮皮,但是你们的心里无时无刻不在牵挂着儿子。

皮皮对爸爸妈妈的思念有多深,爸爸妈妈在寒冷的山上对皮皮的思念就有多深,甚至还饱含着深深的愧疚和无法表达的爱!他们知道皮皮已经十岁了,他健康吗?他快乐吗?他聪明吗?爸爸妈妈不知道在梦里见到皮皮多少回,时刻盼望着能早日回家和皮皮团聚在一起,把他抱在怀里,陪伴他成长,让他与其他孩子一样和爸爸妈妈一起去逛公园去玩耍,晚上临睡的时候看看皮皮是不是盖好被子。每个爸爸妈妈都希望能够给予孩子最贴心的呵护,让孩子的心灵在温暖中成长,皮皮他是能体会到父母的心意的。

保护童心不受社会不良风气的污染,是父母们要重视的事情,也是小朋友们自己要注意的事情。

儿子请客

●文/茨　园

抹桌子,扫地,烧开水。

可儿从没这样勤快过,又是帮我又是帮秋,让我俩好一阵受宠若惊。但当我和秋四目相对时,却同时传递了这样一个信息:"可儿肯定又要买什么东西了。"

想问,犹犹豫豫又不敢问,怕万一可儿提个要求把人吓着。

吃完了饭,可儿凑到我跟前,问我:"爸爸,小郑、小刘几个叔叔这些日子怎么不来家里喝酒了?"

小郑、小刘，都是我多年的好朋友，常来，但后来，为了可儿能好好学习，也就和他们不怎么来往了。

"你不是说不喜欢他们来么？"见可儿问，我说。可儿一愣，笑道："其实你也该常叫叫他们，多一个朋友多一条路嘛！"

真不明白可儿为什么突然这么世故。可儿今天怎么了？

可儿看了看他妈，终于说他想请班上几个要好的同学来家坐坐。说着又看了看我，说有的同学已请了好几次，他再不请就会被同学看不起的。

这样的事我从报纸上也看到过不少。我和秋相视一笑，点了点头，应了。

改天，十几个八岁的孩子到了我家。上菜，开饮料。客套着催促他们开吃的时候，几个孩子看了看可儿，可儿脸一红，说："爸爸，酒还没上呢！"我不由一愣，想不到这些小毛孩子也……但看着可儿尴尬的样子，我忙说："要点葡萄……""家里白酒、葡萄酒倒都有一些。"

"那就来点白葡萄吧。"一个孩子说。

卧室里，我悄声对秋说："想不到现在的孩子……"正说着，可儿推门进来了，"爸爸，该你敬酒了。"我狠狠地瞪了可儿一眼，想问问他"什么时候学会喝酒的"，秋却冲我眨了眨眼。那意思无非是说："你可要给可儿留个面子啊！"

"唉！"我长叹一声，随了可儿一脸堆笑"敬酒"去了。"敬"着，一个孩子说可儿告诉他可儿妈即将"下岗"，如果我没有意见，他可以让他爸帮忙给秋换一个工作。我嘴上连声称谢，心想为了秋的事我已求过好几个当处长、副局长的老同学也没办成，一个小毛孩子也能办成？但不久，秋的调令下来了，且是从大集体直接到国有企业的调令。

秋兴冲冲地描述她那一帮小姊妹怎样用羡慕的目光看她的时候，我目瞪口呆。可儿自豪地说这都是他的面子。还说："要不是'铁哥儿们'，人家才不帮呢！"

秋的工作有了着落，我自然高兴。心想现在办事都兴请客送礼，便试探着问可儿："用不用买些玩具给那个小朋友表示表示？""这么大的事一点儿破玩具你怎么好意思拿得出手？"可儿不满地白了我一眼，说。

"那么，你说该怎样办呢？"我红着脸问可儿。

"拿两吊钱（两千元）出来吧。"可儿说。我和秋惊得说不出话来。

童心，也要进行环保

赏析／王意琴

孩子的世界是很单纯的，不像成人的世界那样充满了竞争和勾心斗角，他们眼里的世界简单而纯洁，觉得这个现实世界和天堂一样美好。大人们常常幻想不要长大，想永远像一个孩子一样天真，那样就会很快乐。正因为这样，孩子的心一直以来被认为是世界上最纯洁的，没有受到社会的污染，没有杂念，纯洁得像天使一样。

可是，一旦天使们接触了不良的现象，也是很容易失掉孩子的童真的，并且会学得和大人一样去和别人竞争、攀比。当一个孩子做的不是一个孩子做的事的时候，是很值得人们忧虑的。最容易影响孩子的是父母，父母的言行举止在日常生活中潜移默化地改变着孩子对事物的看法。

保护童心不受社会不良风气的污染，是父母们要重视的事情，也是小朋友们自己要注意的事情。不要让一些攀比啊，送礼啊等等不好的作风影响自己，这样才能做一个真正的好孩子。在攀比的同时也要想想，这样会让爸爸妈妈为难吗？

当父母老了，请耐心地对待他们，因为他们曾用尽整个生命来爱你，而我们也会这样老去。

毛　毯

●文／［美国］戴　尔

让爷爷滚蛋，彼得简直不相信这会是爸爸干的事儿，可这条毛毯的确是今天爸爸买来送给爷爷的，因为明天一早，爷爷就必须滚蛋了。这将是他们共度的最后一夜。爸爸出去会女朋友,这样祖孙俩就可以在一起聊聊天儿了。

这是九月里一个晴朗的夜晚,祖孙俩坐在门廊上。"我去把小提琴拿来,"爷爷说,"给你拉几首老曲子。"可爷爷拿来的却是一条毛毯,这条毛毯很大,双人的,红色上面带有黑色的条纹。

爷爷说话的时候,尽量做出心平气和的样子,好像是他自愿到孤老院去的。

彼得站起身来走进了屋子。他不是那种爱哭的孩子,而且他已经十一岁了,彼得进屋是给爷爷拿提琴的。

皓月当空,微风徐徐。彼得以后再也听不到爷爷拉小提琴了,爸爸也会离开这儿,搬进新房子去。

小提琴突然停住了。爷爷说:"你爸爸要娶的那位姑娘也还不错。有那么一位美丽的妻子,你爸爸肯定会重新焕发青春的。可是有我这么个讨厌的老东西,整天在他们眼皮底下碍手碍脚的,那可怎么行!而且他们很快就会有孩子,我也不愿意一天到晚生活在婴儿的哭闹声中。"

爸爸和他那位面容娇美的女朋友不知何时走上了门前的小径,一直等他们走到门廊前,祖孙俩才听到姑娘的笑声,于是音乐便像是受了惊吓似的,突然一下停住了。还没等爸爸开口,那姑娘便走上前来,妩媚地对爷爷说:"明天早上我不能来给您老人家送行了,所以今晚特意赶来看看您。"

"那可真要谢谢你了。"爷爷说着,垂下了眼睛。看到了地上的毛毯,他便弯腰捡了起来,不无尴尬地对姑娘说:"你看看,这毛毯是儿子送给我的,让我带走的。"

姑娘一动不动地盯着毛毯,"还是双人的。"她不无责备地对父亲说,"不管怎样,他也用不着一条双人毛毯!"说完便顺着门前的小路跑走了。

爸爸呆望着她的背影,一副疑惑不解的神情。

"她是对的。"彼得冷冷地对爸爸说,然后递给爸爸一把剪刀,"把毛毯剪成两半儿吧。"

"这主意倒不坏,"爷爷温和地说,"我是用不着这么大的一条毛毯。"

"不错,"彼得粗鲁地打断了爷爷的话,"对一个被赶出家门的老东西来说,单人毛毯已经足够了。爸爸,咱们把另一半儿留着,将来会有用的。"

"你这是什么意思？"爸爸不解地问。

"爸爸，我要把另一半儿毛毯留给你，等将来你老了，我也让你滚蛋。"

一阵沉默。爸爸走过去，坐在爷爷面前，一句话也没说，可爷爷已经懂了，他把一只手放在了爸爸肩上。彼得望着他俩，只听爷爷低声对爸爸说："没关系，孩子，我知道这不是你的意思……"这时候，彼得再也忍不住，哭了起来。

不过这次不要紧——因为他们三个都哭了。

别忘记你也有老的时候

赏析／王意琴

中国也有一个类似的民间故事，一个不孝子厌恶自己年老的母亲，嫌弃她的啰嗦，不准老母亲和自己的家人一起同桌吃饭，只准母亲在一个角落用破碗来吃饭。终于有一天，他的儿子对他说："爸爸，我也要把奶奶用过的碗保留下来，将来你还用得着呢！"

每个人都有老的时候，我们的父母也一样。当他们老了，白发苍苍行动不便，又爱絮絮叨叨地说着很多在我们看来很啰嗦的话，你是否能够包容并且体会到他们的痛苦呢？岁月无情，他们佝偻的身躯已经不再挺拔，无法再为我们遮风挡雨，身体里年深日久积下的宿疾折腾得他们痛苦不堪，一旦这个时候就需要我们的悉心照料，为我们带来很多麻烦和不便，你会烦吗？

如果你烦，那你不妨想想他们在你很小的时候是如何逗你笑，叫你小宝贝，如何把你抱在怀里睡觉动也不敢动生怕把你惊醒；再想想他们是如何老去的吧，为了给你上最好的学校，受更好的教育，他们起早贪黑不分日夜劳作，只为你的将来能过得比他们更好。

当父母老了，请耐心地对待他们，因为他们曾用尽整个生命来爱你，而我们也会这样老去。

父亲就像一座无言的大山，他总是在默默地为家庭为孩子们的成长做着奉献，只是少用语言来表达。

爸爸的味道

● 文／张小娴

每个人身上都有一种独特的气味，日子久了，那种气味就代表他。

F 说，他爸爸是一家海鲜酒家的厨师。小时候，每晚爸爸下班回来，他都嗅到他身上有一股浓烈的腥味。他们住在一个狭小的房间里，爸爸身上的腥味令他很难受。他和爸爸的关系很差，考上大学之后，他立即搬出去跟朋友住。父子俩每年只见几次面。

后来，他爸爸病危，躺在医院里。临终的时候，他站在爸爸的病榻旁边，老人家身上挂满各种点滴，加上医院里浓烈的消毒药水味道，他再也嗅不到小时候常常嗅到的爸爸身上的那股腥味——那股为了养活一家人而换来的腥味。他把爸爸的手指放到自己鼻子前面，可是，那记忆里的腥味已经永远消失。那一刻，他才知道，那股他曾经十分讨厌的腥味原来是那么芳香的。

爸爸走了，他身上的腥味却永存在儿子的脑海中，变成了愧疚。F 说，他不能原谅，因为自己小时候曾经跟同学说："我讨厌爸爸的味道。"

他记得他有一位同学的爸爸是修理汽车的，每次他来接儿子放学，身上都有一股修车房的味道。另一个同学的爸爸在医院工作，身上常常散发着医院的味道。

爸爸的味道，总是离不开他的谋生伎俩。爸爸老了，那种味道会随风逝去。我们是否尊重和珍惜他身上的味道？

你爸爸是什么味道的？

父爱无言

赏析／王意琴

人们常常歌颂母爱的伟大,却很少人提到父爱的深沉。一个家庭,男主外女主内,母亲一天到晚把时间花在家里,把家人照顾得细致周到,扮演的往往是温柔体贴的角色,我们很容易就能感受到她的付出和爱,但是父亲却少有机会和孩子们呆在一起,他要在这个竞争激烈的社会中的拼搏奋斗,为撑起一个家做最大的努力。孩子要读书,家里的日常生活要消费,各种现实生活中的压力让父亲们不敢有一丝懈怠,工作的原因让他们不能像母亲那样慈爱温柔地体贴孩子,从而孩子们慢慢就认为父亲是严肃的。

其实,父亲就像一座无言的大山,他总是在默默地为家庭为孩子们的成长做着奉献,只是少用语言来表达。父亲的味道代表着他对子女厚重的爱,代表着他对家庭的责任。为了家,父亲和母亲共同努力,父亲在社会上风里来雨里去,母亲从父亲那里得到安慰和信心把家营造得更加温馨。没有父亲,家便失去避风的港湾。

留意爸爸身上的味道并且好好爱他,同时别忘了仔细看看岁月的风霜在他的面庞上留下的皱纹和疲倦的神情,你会读懂父爱和母爱一样深。

你怎么看

没有上锁的门

你自己

生命最大的恐惧,不过是来自于心底那个不去发现的黑暗,但是灵魂告诉我们,只要还有心跳,就一定有勇气。不论阳光还是雨露,只要心中的彩虹依旧,生活就会变得热烈澎湃起来。

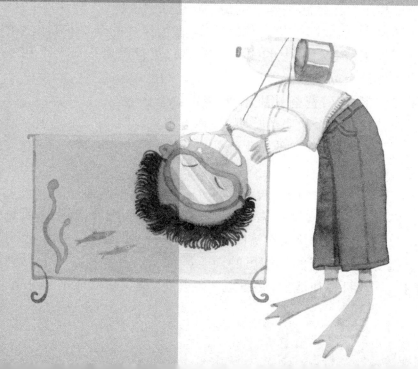

人在这个世界上是追求幸福的，没有一颗可以感知幸福的心，他的人生会是多么悲哀呢？

梯　子

●文/［新加坡］周　粲

　　年轻的爸爸和他的儿子一起在后花园放风筝。小小的园地，小小的风筝。

　　小小的风筝飞呀飞，就飞到了墙头上。墙头上的野花，把风筝紧紧地缠着。

　　于是爸爸说，必须去拿一架梯子来。然后爬上梯子，取下墙头上的风筝。

　　爸爸要爬上梯子，但是儿子说："爸爸，让我来吧！"

　　爸爸看了看九岁的儿子，想了又想，终于说："也好，让你来就让你来。"

　　儿子像猴子一般地爬到梯子的最高一级了。

　　儿子转过头来，嘻嘻地笑。他的笑声，像用早晨的牵牛花吹出来的。

　　解开了风筝绕在野花上的线，正要下来，爸爸却用一只大手和一个声音制止了他。爸爸说："慢着！"

　　儿子停住了，望着爸爸，用眼睛问爸爸："怎么啦？"

　　爸爸说："我先讲个故事给你听了，你再下来。"

　　于是儿子笑得更开心，他一手抓住梯子，一手拿着风筝，等爸爸讲故事。爸爸讲的故事，没有一次是不好听的。

　　爸爸说："从前有个爸爸，告诉他那个站在一架很高很高的梯子上的儿子说：'你跳下来，你一跳下来，爸爸一定会在下面把你抱住。'听见爸爸这么说，儿子很放心，就像游泳时跳进水里去一样，纵身一跳。哪里知道当儿子就要投进爸爸的怀抱里的前一秒钟，爸爸的身体一闪，站在一旁。儿子扑了个空，掉在地上，屁股差一点开花。哭哭啼啼地站起身来，儿子问爸爸为什么要骗他。爸爸说：'我要给你一个教训，连你爸爸的话都靠不住，别人说的话，更不必说了。'"停了一停，爸爸继续说，"我们也来照着做一次好不好？"

儿子一听，脸都变白了。

爸爸说："不要怕，勇敢一点，你只要跳那么一次就行了。我要你留下深刻的印象，免得你以后长大了，容易上人家的当。"

但是儿子显然并没有被爸爸的话所说服。他脸上惊愕的表情，丝毫没有消退，然而他还是不敢违抗命令。他站在那儿，动也不敢动。

爸爸开始发号施令了："听着啊，我喊一二三，喊到三的时候，你就跳下来，然后我就把伸出去假装要接住你的手缩回来，让你跌一个屁滚尿流！"

站在梯子上，儿子的脸像一个还没有熟透的橘子。

爸爸喊了："一……二……三！"

咬紧牙根，忍着泪，儿子从梯子上跳下来了。他等待着自己的身体像一个南瓜，噗的一声，摔得支离破碎……

然而，好奇怪！爸爸的手竟然没缩回去，他的身体也没移开。他还是定定地站在原来的地方，把掉到他两手中的儿子，牢牢固固、结结实实地接住了、抱住了。

儿子虽然不曾受伤，但是他的神情，比刚才还要疑惑，张大了眼睛，他问："爸爸，你为什么骗我？"

爸爸笑出声来。爸爸说："爸爸要让你知道：即使是别人的话，有时也是可以信任的，何况是爸爸的话呢！"

所有的玫瑰花，都回到儿子脸上。他搂住爸爸，不住地吻爸爸的双颊。

爸爸和儿子拉着风筝，向后园的一角跑去。

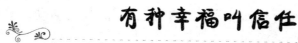

有种幸福叫信任

赏析／王意琴

"连你爸爸的话都靠不住，别人说的话，更不必说了。"一个爸爸这样

教育他的孩子。我们不难想像这个爸爸教育出来的孩子会是一个什么样的人。当这个孩子长大，他一定是一个对这个世界充满怀疑和不信任的人，内心里充满了对外界的恐惧和不安。这样的人，可能他会因为处事谨慎而成为一个非常成功的人士，但是他的心是感觉不到的幸福的，因为这个世界上没有一个人是值得他信任的。人在这个世界上是追求幸福的，没有一个可以感知幸福的心，他的人生会是多么悲哀呢？

"即使是别人的话，有时也是可以信任的，何况是爸爸的话呢！"这个父亲给予孩子的是一种如何信任别人的智慧，不是盲目的信任，而是有判断有选择地信任。父亲告诉孩子做事情要有自己的判断，该相信的时候要相信，不要做不必要的怀疑。是的，假如没有信任，我们怀疑朋友对我们的友谊，怀疑父母对我们的爱，怀疑这个世界的一切，那么我们的人生还能有什么乐趣可言！当我们给予别人信任，别人才有可能报以我们信任，就像儿子信任父亲的话往梯子下跳一样，父亲怎么会辜负孩子对他的信任呢？

一个人的成长需要一个温暖幸福的家庭，爸爸妈妈是这个家最最核心重要的部分，是家的发热器和推动器，是孩子快乐和健康成长的源泉。

一等奖作文

● 文/韩昌盛

教师节到了，学校举行一次主题为"谢谢老师"的征文活动。短短一星期，收到一百多篇来稿。

稿件统一将姓名隐去密封评比，我们语文组十个老师人均等份，评出最好的一篇进入决赛。半天过去了，每人都挑选出了一篇，为了节省时间，大家决定找两名同学轮流读这些文章，评委们听后打分，再算平均分。

实话实说,同学们读的声情并茂,文章写的也真实感人:有的写老师像树,带来荫凉,有的写老师是园丁用心血浇灌,有的写老师的目光刺醒了沉睡的灵魂……爱在流淌,大家都觉得难分高低。最后一篇文章,《难忘的一天》,读标题时,曹老师捣捣我,这个标题有点土气。

"这一天开始时,和平日没有什么两样,天还是蓝天,云依旧白云,我仍然是那个做着许多作业的中学生,可是太阳出来时,小鸟唱歌时,一件意想不到的事发生了。"

同事们你瞧瞧我,我看看你,不知道葫芦里卖什么药。

"来了几个同学,他们和我一起做作业,作业做完了,就开始玩,下棋,打扑克,看录像,当什么都玩腻时,张子明说,我们打电话让老师来,我不同意,老师很忙啊,他们坚持试试老师是否关心我们,就打了班主任家的电话,说我有病,就挂了。"

曹老师小声说,很感人。

"老师真来了,骑着他那辆破自行车,着急地问我怎么不上医院,看着大家都笑了,他也笑了,看了我们的作业,开始和我们一起读书,讲故事,他讲了许多有趣的故事,到了吃午饭时,他要回家,我说,老师,在这吃顿饭吧。"

读书的孩子停顿了一下,又读了起来。

"这顿饭吃得五花八门,老师说得消化消化,到田野里去吧。于是我们向田野出发,春风和煦,麦浪翻滚,柳阴片片,我们放风筝,风筝在飞,我们在跑,老师也跑。"

办公室里静悄悄的,另外一个读作文的孩子也专心地听着,仿佛日子流淌,在这时慢慢打了个旋又向前流去。"让我们自由自在玩一次吧,我们看着老师,他点点头,大家欢呼起来,割草,找藏在草丛里的花,玩剪刀、石头、布,下水捉鱼摸虾。终于,能想出来的游戏都玩了一遍,老师要回去了。张子明说,我们再玩最后一个游戏吧,每人唱一首歌,老师坚决不同意,说他五音不全。张子明不听,他先唱了起来,我唱了一首《打靶归来》,应该不错,轮到老师了,他推来推去,实在不行我学狗叫吧,张子明高兴地跳了起来,我说不行,老师怎么能学狗叫?老师笑着止住了我,今天没有老师。

真的,老师学了三声,很像。我也学了,张新、张子明都学了,高的,低的,长的,短的,各种各样的狗叫声,像的和不像的,都在田野中飘荡着。近处的村民向这儿张望,我们叫的更响了。"

读作文的孩子突然停住了,抽噎起来,"老师回去了,我感谢他,让我们渡过了难忘的一天,我感谢老师,他和我们一起学狗叫,让日子不再寂寞。"

作文得了一等奖,接近满分。一个多么好的老师,放弃休息时间与学生一起游戏,走进学生,亲近学生,这样的作文,当然该得最高分,大家都这样说。

我是唯一没有打满分的老师。他们不知道,那个星期天是五个孩子喝酒被人打了110我才赶去;他们也不知道,每个星期天他们都是轮流在一起吃饭,看录像,谈论老师,思念遥远工地上的父母。而和老师一起吃饭、学狗叫,当然成了难忘的一天。

其实,他们永远不会知道有一个阳光满地的下午,父亲离我而去。从此我就在角落中看着别人玩耍,在田野里独自疯跑,那年开始,我刚过六岁。那一天,我只不过看到了我自己的影子。

孩子的心,请用心听听

赏析／王意琴

父母不在身边,孩子的生活和成长只能是寂寞和无奈的,伙伴再多也无法代替父母在孩子心中的地位和作用。一个人的成长需要一个温暖幸福的家庭,爸爸妈妈是这个家最最核心重要的部分,是家的发热器和推动器,是孩子快乐和健康成长的源泉。

一等奖作文中描写的老师感动了在场的老师和学生,但是人们不知道那位老师赶去见学生的原因并不是作文里所说的那个小小的谎言,真实原因是孩子们在一起喝醉了酒被带到110而不得不赶去。老师从孩子们的身上仿佛看到了当年的自己,他深深懂得孩子们的思念和寂寞。孤独地面对没有父母在身边的日子,独自成长独自寂寞,那种滋味是刻骨铭心的,而这种缺憾的心情在世界上无法找到可替代的弥补。

亲爱的爸爸妈妈们,请你们不要轻易地离别自己的小宝贝吧,当他们还需要你们的时候,要尽量陪在他身边,即使什么都不做他也觉得幸福和满足。请用心听听孩子那正在成长的心灵的声音吧,虽说成人有成人的无奈,爸爸妈妈肯定也有他们不得已的苦衷,但一定一定不要轻易离别。朋友在身边,父母在远方,孩子思念和盼望的心就在远方。

一个拥有纯洁的人格的人,会让人佩服,让人觉得他特别真实。

勇 敢 的 人

●文/李开杰

我是媛媛。

我今天要告诉你的,是我发现了我心目中最勇敢的人。

你猜猜,他是谁?

算了吧,如不是我告诉你,你是不可能猜出来的,我也不会猜到他。

他就是我们班的罗军。

哦,你们都笑了,我知道你们为什么笑,你们认为我要么在说笑话,要么就是神经有问题,要不怎么会把最胆小的罗军说成最勇敢的人呢?

说实话,过去我也同你们一样,认为罗军是最胆小的人,他比我们女孩子都胆小,我们常常议论他,说上帝没长眼睛,竟会把那么壮实的身子给了一个那么胆小的人。

他不怎么说话,特别是面对我们这些女孩,他更是永远没有一句话,我们对他的印象只有一个,就是他低着头,坐在他的座位上,两手无措地乱动。

他从不敢同男同学发生争执,如果因为什么事他同某个同学对峙起来,那么首先退让的总是他,总是他低着头匆匆走开,那匆忙的样子好像迟一点对方的拳头就会落在自己头上。

在体育上同样表现了他的胆小，那些对抗性太强的运动诸如足球什么的，他是永远不会去试一下的，就连跳马他也不敢，每次跳马都以他可怜兮兮地趴在木马上告终。

就是这样一个人，我竟然说他是世界上最勇敢的人，难怪你们会发笑，难怪你们会怀疑我的神经出了问题。

但是我还是要说，他——罗军，是我心目中最勇敢的人，而且，我曾经被他的勇敢感动得流了泪，而且他的勇敢行为使我修正了自己对勇敢的认识。

你们还记得上周六在江边举行的露天音乐会吧？听说很多同学都去了，我也去了，我同我的表哥还有妹妹一起，坐在台阶上，边喝百事可乐边听"贝多芬"。

那天很热，热得一点儿不像春天而像是盛夏来临。

那天的音乐会很盛大，很庄严，同时也很华丽。

盛大庄严是指音乐会本身，而华丽则是指观众，那天去欣赏音乐会的人都穿得很漂亮。

我爸爸说了，艺术永远是少数有钱有闲人的东西。

因此，我对露天音乐会也有这样的华丽一点儿不感到奇怪。

演出到中场时，那个漂亮的主持人宣布休息二十分钟。

在这休息二十分钟的时间里，一个同音乐会的华丽极不谐调的身影出现了，一个穿得十分破烂的老太婆，也许她并不太老，是生活的艰难使她过早地显出了老态。她背着一个很大的编织口袋，从我们这些穿着华丽的人群中间走过，她不断地弯下腰，去捡拾那些我们扔下的可乐瓶、纯净水瓶，还有用来垫座的废纸。

她与音乐会实在太不谐调。她走过人群时，有的人赶紧站起来让开，有的人把手中还没有喝完的可乐连瓶递给她，也有人掏出钱给她，也有的人在讥笑她。可她没有什么表情，没有感激也没有愤怒，仍然一个一个地捡可乐瓶，一下一下地弯腰。这时，另外一个身影出现了。

一个满头大汗的男孩子跑了过来，他的手里也抓着几个可乐瓶。他跑进人群，见到了那个穿着破烂、背着一个大编织袋的老太婆，然后，他响响亮亮地叫了一声"妈妈"。

我不用说你也会想像得到，在那样的环境下，在那样的地方，要叫出那声响亮的"妈妈"，需要多么大的勇气，需要多么勇敢。

那些来听音乐会的人,那些穿着华丽的人,还有那些讥笑老太婆的人,都默默地看着这个壮实的男孩,眼中都充满了赞许。

我不用说你也知道了,这男孩是罗军。

从此,罗军成了我心目中最勇敢的人。

因为他在那种时候喊出了那声响亮的"妈妈"。

勇敢,因为纯洁的人格

赏析／王意琴

罗军小朋友的确是一个了不起的孩子,不仅仅是因为他很勇敢地在众人面前响亮地叫"妈妈",而是因为他身上拥有这个世界上难能可贵的人格品质。其实,在罗军纯洁的心灵里,妈妈就是妈妈,而不是一个"穿着破烂、背着一个大编织袋的老太婆",即使是在同学们众目睽睽之下也无损他的自尊心。

小作者佩服罗军的勇敢,因为他叫"妈妈"的时候,是响亮的,快乐的,没有丝毫犹豫和迟疑的。可是,她不知道罗军叫"妈妈"根本就不需要任何勇气。在一颗纯洁无瑕的心灵里,妈妈的艰辛哺育了他,是他最亲爱的人,根本没有丝毫嫌弃的意思。罗军是深爱自己的妈妈的,而他的妈妈也必然是一个伟大正直的女性,因为她把儿子养育成了一个了不起的正直勇敢的人。

一个人,也许他的身体不够强壮,也许他的性格不够开朗,也许他在人群中会畏缩害羞,但是那并不能说明什么,最强大最能打动人心的是他内心的东西。一个拥有纯洁的人格的人,会让人佩服,让人觉得他特别真实。

一个人一生的故事可以有这种讲法，也可以有另一种讲法，但归根到底，唯有"善与真"这两个字才能支撑你将你的故事讲得更完美。

善 与 真

● 文/李永康

爷爷做过"米"字寿宴就不喜欢给我讲故事了。他每天总是静静地坐在沙发上闭目养神。我却非要缠着他，要他讲一个。这天，爷爷说，我给你讲个新鲜的。

那时不只我们一家穷。爷爷说。

我打断他的话：我不听我不听，爷爷又在说重皮子。

爷爷说，我过去讲的那个故事开头是：那时我们家穷，喝稀粥能当镜子照，可是今天我要讲的是，那时穷得吃不起饭的人太多太多了。爷爷加重了他的语气强调道。我瞪大眼睛安静地听着。

我在东家刘光头家打长工。你爹病得非常厉害。刘光头借了一块银元给我，叫我抓付中药。

我问：你过去讲，刘光头不是心狠手辣的大地主吗，他借钱给你是放高利贷，到时还不起要剁你的右手！

不，过去我讲错了，刘光头有钱有势还是要周济穷乡亲的，只是那时穷的人家太多，他把一屋家财散尽也顾不过来，况且当时的政府根本不管老百姓的死活，官员们只知道聚敛钱财高高在上挥霍无度，刘光头只是一个地方上的土财主能有多大的能耐。

还是接着往下讲吧。我催爷爷。

我拿着钱去抓药回来，途中翻野猪林时发现一位猎人摔断了脚杆，我把他背回去后，他要送我两只野鸡，我推卸不过，把那两只野鸡拿回来炖来给你爹补补身子。你爹吃了药和野鸡身体很快就好了。

爷爷，你过去说，你拿着野鸡回家时又遇到一位被白军抢了钱包饿得晕倒在地的男人,你烤了野鸡给他吃后,他还送了你两包蛇药,并掏出笔和本子记下了你的姓名和地址呢。

爷爷告诉你,所有人讲自己的故事由于种种原因都要作一些修饰,万万不可当真,更不要按别人的故事来设计自己未来的路。再说,别人帮助过你,对你有恩,你还用得着记在纸上吗。你如果真有感恩之心,你会记在心里永志不忘的。

我点了点头问,那两包蛇药又是咋回事呢?

爷爷说,有一天,我收工回家发现了一个中年男子躺在门前。原来他是饿昏了。我扶他进屋煮了粥给他喝,还留他住了一宿。第二天走时,他为了感谢我,就送了我两包蛇药。我才知道他是个精明的生意人。当初我也没把这药当回事,没隔好久,刘光头的儿子被眼镜蛇咬了,眼看没有活命的希望,刘光头就吩咐账房先生张榜重金寻访良医。我得知后,半信半疑地将蛇药送去一试,果然灵验,我也就走了运。刘光头不但免了我一块银元的债务,还信守承诺划了五垧地给我。因此,解放后我家也成了中农成分。

我终于知道了,我兴奋地拍手说,爷爷,你有这五垧地才有钱供我爹读书,我爹才能走出乡村,来这更大的世界闯荡。

爷爷说,一个人一生的故事可以有这种讲法,也可以有另一种讲法,但归根到底,唯有"善与真"这两个字才能支撑你将你的故事讲得更完美。

爷爷是八十九岁去世的。他走得很安详。

用善与真来支撑你的人生

赏析/王意琴

"所有人讲自己的故事由于种种原因都要作一些修饰,万万不可当真,更不要按别人的故事来设计自己未来的路","一个人一生的故事可以有这种讲法,也可以有另一种讲法",每个人有每个人自己的人生道路,我们现在就行走在自己的人生旅途中,当我们白发苍苍的时候,我们讲的故事里主角会是我们自己。

如何才能将我们的人生故事讲得完美？其实，不论怎么讲，故事的内容所体现的都应该是真善美。美好的人生由点点滴滴美好的回忆来组成，善和真自然产生美。爷爷讲的人生故事虽然不是每次都一样，但是有一点相同的就是他做的事情都是善事，所以爷爷的人生充满了很多奇妙幸运的故事。如果一个人一生都在行善中度过，在善待别人的同时又得到别人真诚的回报从而得到无比的快乐，那么当他走到人生的最后一刻的时候，必然是内心无愧的，他会安详地离开这个世界，就像"我"的爷爷一样。把善和真紧紧地握在手里，然后慷慨地给予他人，那么，我们的人生故事讲起来该多么美丽啊！

我们在帮助别人的时候，是否想过，他真的需要帮助吗？他需要我这样去帮助吗？

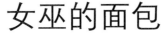

女巫的面包

● 文/[美国]欧·亨利

马莎·米查姆小姐是街角上那家小面包店的女老板（那种店铺门口有三级台阶，你推门进去时，门上的小铃就会丁零丁零响起来）。

马莎小姐今年四十岁了，她有两千元的银行存款、两枚假牙和一颗多情的心。结过婚的女人可不少，但同马莎小姐一比，她们的条件可差远啦。

有一个顾客每星期来两三次，马莎小姐逐渐对他产生了好感。他是个中年人，戴眼镜，棕色的胡子修剪得整整齐齐的。

他说的英语带有很重的德语口音。他的衣服有的地方磨破了，经过织补，有的地方皱得不成样子。但他的外表仍旧很整饬，礼貌又十分周全。

这个顾客老是买两个陈面包。新鲜面包是五分钱一个，陈面包五分钱可以买两个。除了陈面包以外，他从来没有买过别的东西。

有一次，马莎小姐注意到他的手指上有一块红褐色的污迹。她立刻断定这位顾客是艺术家,并且十分穷困。毫无疑问,他准是住阁楼的人物,他在那里画画,啃啃陈面包,呆想着马莎小姐面包店里各式各样好吃的东西。

马莎小姐坐下来吃肉排、面包卷、果酱和红茶的时候,常常会好端端地叹起气来,希望那个斯文的艺术家能够分享她的美味的饭菜,不必待在阁楼里啃硬面包。马莎小姐的心,我早就告诉你们了,是多情的。

为了证实她对这个顾客的职业猜测得是否正确,她把以前拍卖来的一幅绘画从房间里搬到外面,搁在柜台后面的架子上。

那是一幅威尼斯风景。一座壮丽的大理石宫殿(画上这样标明)竖立在画面的前景——或者不如说,前面的水景上。此外,还有几条小平底船(船上有位太太把手伸到水面,带出一道痕迹),有云彩、苍穹和许多明暗烘托的笔触。艺术家是不可能不注意到的。

两天后,那个顾客来了。

"两个陈面包,劳驾。"

"夫人,你这幅画不坏。"她用纸把面包包起来的时候,顾客道。

"是吗?"马莎小姐说,她看到自己的计谋得逞了,大为高兴。"我最爱好艺术和(不,这么早就说"艺术家"是不妥的)和绘画,"她改口说。"你认为这幅画不坏吗?"

"宫殿,"顾客说,"画得不太好。透视法用得不真实。再见,夫人。"他拿起面包欠了欠身,匆匆走了。

是啊,他准是一个艺术家。马莎小姐把画搬回房间。

他眼镜后面的目光是多么温柔和善啊!他的前额又多么宽阔!一眼就可以判断透视法——却靠陈面包过活!不过天才在成名之前,往往要经过一番奋斗。

假如天才有两千元银行存款、一家面包店和一颗多情的心作为后盾,艺术和透视法将能达到多么辉煌的成就啊——但这只是白日梦罢了,马莎小姐。

最近一个时期,他来了以后往往隔着货柜聊一会儿。他似乎也渴望同马莎小姐进行愉快的谈话。

他一直买陈面包。从没有买过蛋糕、馅儿饼,或者她店里的可口的甜茶点。她觉得他仿佛瘦了一点,精神也有点颓唐。她很想在他买的寒酸东西里加上一些好吃的东西,只是鼓不起勇气。她不敢冒失。她了解艺术家高傲的心理。

马莎小姐在店堂里的时候,也穿起那件蓝点子的绸背心来了。她在后房里熬了一种神秘的榅桲和硼砂的混合物。有许多人用这种汁水美容。

一天,那个顾客又像平时那样来了,把五分镍币往柜台上一搁,买他的陈面包。马莎小姐去拿面包的当儿,外面响起一阵嘈杂的喇叭声和警钟声,一辆救火车隆隆驶过。

顾客跑到门口去张望,遇到这种情况,谁都会这样做的,马莎小姐突然灵机一动,抓住了这个机会。

柜台后面最低的一格架子里放着一磅新鲜黄油,送牛奶的人拿来还不到十分钟。马莎小姐用切面包的刀子把两个陈面包都拉了一道深深的口子,各塞进一大片黄油,再把面包按紧。

顾客再进来时,她已经把面包用纸包好了。

他们分外愉快地扯了几句。顾客走了,马莎小姐情不自禁地微笑起来,可是心头不免有点着慌。

她是不是太大胆了呢? 他会不高兴吗? 绝对不会的。食物并不代表语言。黄油并不象征有失闺秀身份的冒失行为。

那天,她的心思老是在这件事上打转。她揣摩着他发现这场小骗局时的情景。

他会放下画笔和调色板。画架上支着他正在创作的图画,那幅画的透视法肯定是无可指责的。

他会拿起干面包和清水当午饭。他会切开一个面包——啊!

想到这里,马莎小姐的脸上泛起了红晕。他吃面包的时候,会不会想到那只把黄油塞在里面的手呢? 他会不会——

前门上面的铃铛恼人地响了。有人闹闹嚷嚷地走进来。

马莎小姐赶到店堂里去。那儿有两个男人。一个是叼着烟斗的年轻人——她以前从没有见过,另一个就是她的艺术家。

他的脸涨得通红,帽子推到后脑勺上,头发揉得乱蓬蓬的。他攥紧拳头,狠狠地朝马莎小姐摇晃。竟然向马莎小姐摇晃。

"笨蛋!"他拉开嗓子嚷道;接着又喊了一声"千雷轰顶的!"或者类似的德国话。

年轻的那个竭力想把他拖开。

"我不走，"他怒气冲冲地说，"我非同她说个明白不可。"

他擂鼓似的敲着马莎小姐的柜台。

"你把我给毁啦，"他嚷道，他的蓝眼睛几乎要在镜片后面闪出火来。"我对你说吧。你是个惹人讨厌的老猫！"

马莎小姐虚弱无力地倚在货架上，一手按着那件蓝点子的背心，年轻人抓住同伴的衣领。

"走吧，"他说，"你骂也骂够啦。"他把那个暴跳如雷的人拖到门外，自己又回来。

"夫人，我认为应当把这场吵闹的原因告诉你，"他说，"那个人姓布卢姆伯格。他是建筑图样设计师。我和他在一个事务所里工作。"

"他在绘制一份新市政厅的平面图，辛辛苦苦地干了三个月。准备参加有奖竞赛。他昨天刚上完墨。你明白，制图员总是先用铅笔打底稿的。上好墨之后，就用陈面包擦去铅笔印。陈面包比擦字橡皮好得多。"

"布卢姆伯格一向在你这里买面包。嗯，今天——嗯——你明白，夫人，里面的黄油可不——嗯，布卢姆伯格的图样成了废纸，只能裁开来包三明治啦。"

马莎小姐走进后房。她脱下蓝点子的绸背心，换上那件穿旧了的棕色哔叽衣服。接着，她把榅桲和硼砂煎汁倒在窗外的垃圾箱里。

行动前，请先了解清楚

赏析／王意琴

建筑图样设计师三个月的心血因为马莎小姐的"好心"而功亏一篑，难怪他会气得大骂她是"惹人讨厌的老猫"。在现实生活中，我们是不是常常也会遇到这样好心做坏事的情况呢？本来是想帮助别人的，但是因为我们不了解情况而使结果适得其反，不仅使受到帮助的人蒙受了损失，自己的心灵也因此受到伤害。如果是小事情，那么还不算什么损失，解释一下就过了。但是，假如像马莎小姐这样的情况，那可不是非同小可的。看来，把事情了解清楚透彻再去做，那样对我们解决问题会有很大帮助。

我们在帮助别人的时候，是否想过，他真的需要帮助吗？他需要我这样去帮助吗？而不能像马莎小姐一样一厢情愿地认定那个顾客就是一个设计师，并且自以为是地去给他最体贴的帮助。人们就是容易犯这样的毛病，一旦认定某样事情，就主观地认为事实就是这样，而不冷静地去分析自己的想象和真实情况的差距，从而导致了荒唐的错误，让美好的事情变成了尴尬的事。

　　美好的人生，就是由你给别人的幸福构建的。你的品质越好，越善良，你的人生也会越美好。

红　樱　桃

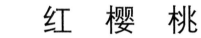

●文/李永康

　　汽车刚刚从山顶盘旋着绕到山脚，一座小城便出现在眼前：依山傍水而建的高楼在夕阳的映照下，错落有致，像一幅油画。
　　朋友说："这还不是我们此行的目的地，我们只是从它的身边路过。"
　　陡升的兴奋点又降到最低。我微眯着眼，靠在椅背上。
　　"买樱桃！买樱桃！"
　　一阵清脆的叫卖声将我的视线吸引到路边几位衣着朴素、精明干练的年轻妇女身上。隔着车窗，我看见她们两只手各提一小筐垒得尖尖的、盖着几片翠绿色的叶子、红得透亮的樱桃，朝似停未停的车子奔来。
　　"买樱桃！买樱桃！三元一筐，五元两筐。"
　　她们的身后还跟着她们的孩子。小姑娘双手捧着筐举在胸前，很费力的样子；小男孩儿则一只手提一筐，脸涨得通红。
　　孩子们也跟着喊："买樱桃，买樱桃！"
　　声音尖尖的，嫩嫩的，不但脆，而且还甜。
　　朋友将车靠边停下。十多筐樱桃举到面前，一样的红，一样的鲜，一样的让人喜欢。

儿子要了一筐小女孩儿的,妻子要了一筐小男孩儿的。一家人买了两户人家的樱桃,却只收两筐合卖的钱。小女孩儿捏着钱兴奋地朝大人跑去,小男孩儿一蹦一跳地在后面跟着。

车又启动了。

我要朋友吃樱桃,朋友拣了两颗丢进嘴里,边吃边说:"今年雨水好,刚到'五一'劳动节樱桃就大量上市了。"

儿子说:"比妈妈在市场里买的好吃多了。"妻子没吭声,吃得有滋有味。

"这就是低海拔高原樱桃的特点:个儿大、皮亮、味纯。"朋友有点陶醉地说,"前面将要路过的樱桃沟,沿路都是樱桃,你还可以提着筐站在树下,边摘边尝。"

"哎呀,你们看,这颗樱桃好奇怪!"儿子突然惊呼起来。

我接过仔细一瞧,原来是一颗红玛瑙做成的樱桃饰品。

妻子也惊叹:"太漂亮了!"

朋友说:"这一定是那位摘樱桃的姑娘不小心弄丢在筐里的,应该是一对儿,再找找,看看筐里还有没有。"

"丢失一只已经够人家姑娘伤心的了。"我说。

儿子红脸恳求道:"叔叔,你把车开回去,我们把'红樱桃'送还人家好不好?"

回到我们刚才买樱桃的地方,车还未停稳,又围上来一群卖樱桃的。

"买樱桃!买樱桃!"声音甜甜的、脆脆的。

我仔细辨认着:哪两个才是先前卖樱桃给我们的小孩儿呢?

儿子大概也没有认出,干脆举着"红樱桃"站在路边怯怯地叫道:"谁家丢了红樱桃?"

一瞬间,七八个男孩儿女孩儿像商量过一样,放下樱桃一起围上来,嘻嘻哈哈地笑着嚷道:"抛上去抛上去。"有的抓我儿子的胳臂,有的抱他的大腿。儿子挣扎着问:"你们这是干啥?"

我多次到过少数民族地区,知道这是他们对初来乍到的特殊外地人表示友谊的礼节,不由得也开心地哈哈大笑起来。

"一、二、三!"他们齐喊着。

儿子被他们抛到空中,接住,又被抛到空中。有人在边上呐喊助兴:"抛得越高,情谊越深,抛上去抛上去!"接连抛了三次,他们才将儿子放下。

这时候,有位年过花甲的老人来到我面前鞠了一躬道:"尊贵的远方客人,请留下来参加我们樱桃沟举办的樱桃节篝火晚会。"

我被弄糊涂了。

老人说:"我们今天篝火晚会的特邀嘉宾都是采用这种特别的方式邀请的。谁吃到我们的玛瑙樱桃,谁就是我们的贵宾。"

儿子见我犹豫,上来拉着我的手嚷道:"答应老爷爷,留下吧!"

朋友也说:"我的目的也是拉你们一家人到少数民族地区来走一走,感受感受。"

妻子点点头也示意留下。我还能说什么呢。

这个"五一"长假,我们过得格外舒心——都是因为樱桃!

啊,红樱桃,红樱桃!

美好品质,美好的人生

赏析／王意琴

古人有句话说:好心就有好报。的确是这样的,假如"我们"没有把无意中发现的'红樱桃'送回给小女孩的话,就永远不会知道原来那是少数民族邀请贵宾的特殊信物,就没有可能受到高礼遇并且参加樱桃沟举办的樱桃节篝火晚会。一切都是那么意外和偶然。

但是,世界上的事情往往如此,你在做好事的时候,就会有更好的事情发生在你身上,让你收获到更多的东西。即使有时候,我们做了好人却一时得不到应得的回报,甚至得到的是恶报,但是我们依然收获了很多无形中的东西,比如增长了见识,锻炼了自己,收获了一颗善良的心等等。善良的人,他即使不富足,他的内心也是满足和安宁的。一个人做了好事,别人即使没有回报他,他却自己回报了自己一颗懂得生活的心。一颗追求美好充满爱心的心灵,在人生的路上一定会遇到比自私的人更多的幸运和美好的事物。美好的人生,就是由你给别人的幸福构建的。你的品质越好,越善良,你的人生也会越美好。

凡是多从别人的角度来考虑，多点去体会一下别人的感受，人们的交流就不会有那么多阻碍了。

幸子的不幸

●文/[日本]天童荒太

"求求你啦，让我出去！"

三年级小姑娘幸子，被妈妈关在黑咕隆咚、堆满杂物的壁橱里反省，又急又怕，盼望妈妈早点放她出去。可是，壁橱拉扇门外的起居室里，没有一点儿动静，也许，妈妈早到邻家串门去了。

幸子又想起了那个小姑娘。几天前，妈妈把她关在壁橱里，她用钢笔式手电筒照亮，在旧纸箱子里找到一个笔记本，一个和她同样命运的小姑娘在笔记本上写下了令人心酸的肺腑之言。每当被妈妈关进壁橱时，幸子就想再听听小姑娘的倾诉。

她止住眼泪，丝毫不敢疏忽大意，先从一默数到一百，接着高声喊："来人哪！害怕呀！再也不敢啦！"停了停，最后在哽咽声中深深地舒了一口气：妈妈不在起居室。

她伸手到杂物的夹缝里摸出一个钢笔式手电筒，打开开关，从旧纸箱子里取出那个笔记本，借着微弱的光线阅读起来。

"……还是在壁橱里。可是，我并不害怕。因为只用一点儿光就能把这里照亮，而且，只有这里，才是属于我的世界。在这里我不必担心挨打挨骂。在我家里，偏偏壁橱才是我最喜爱的地方……"

在手电光的照耀下，笔记本上的字迹又黑又粗，显然，小姑娘此时才敞开了心扉，尽情发泄自己的悲伤和怨恨。

"把真话写出来真痛快呀！是，连作文本上都不许写真话。我若是在作文本上写了真话，老师就会摆出一副厌恶的面孔。妈妈的脸色更可怕，所以，这个笔记本谁也不让看；在这个笔记本上我只写真话，写过以后就把它们忘掉，让这些事情在我脑子里永远消失。"

幸子翻到第二页。

"爸爸工作很忙,作为补偿,他常给我买玩具。我真该为此感谢他。爸爸对妈妈比对我温和得多了;可是,妈妈说爸爸在外边干了坏事,经常扯起嗓子和爸爸吵闹。每次吵闹过后,爸爸就对我特别温柔,并且专门当着妈妈的面说,他最喜欢这个孩子,要是只有这个孩子该多好。所以,妈妈在我做错了什么事情时,就扇我耳光,这时,我就飞快地钻进壁橱,在黑暗中又哭又喊,让自己渐渐平静下来。我不想看见凶神般的妈妈,我特别喜欢温柔的妈妈。我将来长大成人,一定要做温柔的妈妈,不论孩子做错了什么事情,我都绝对是一个温柔的妈妈……"

看到这里,刚止住哭泣的幸子,鼻子发酸,心里难受极了,忍不住呜咽起来。

"幸子!"拉扇门外传来了妈妈的声音,"好啦,出来吧!以后再不许弄脏衣服啦。"

妈妈的声音又亲切,又温柔。幸子心里猛地涌起一股难以抑制的喜悦,满脸堆笑,从壁橱里蹦出来,竟然忘记把笔记本放回原处。眼尖的妈妈盯住笔记本厉声问:"那是什么?从哪儿拿的?"

"从那个旧纸箱子里……"

"随随便便翻腾妈妈的东西,真淘气!"

"我没有淘气。我只是看看里边写些什么。"

"一个旧算术本子,有什么好看的?混账东西!穿上干干净净的制服,你就翻得满身是泥;让你反省,你又给我捣乱。小无赖,还不给我滚进去!"

幸子哭丧着脸,慢慢退回壁橱,把笔记本扔到旧纸箱子里,把自己埋在深深的黑暗中,想:要是一直待在这里边该多好!

学会考虑别人的感受

赏析/王意琴

幸子的妈妈早就忘记了自己小时候的痛苦遭遇和自己给自己的承诺,她忘记了自己说过一定要成为一个温柔的妈妈。幸子的不幸是什么呢？她的不幸是有一个不懂得适当教育孩子的妈妈,尽管妈妈心里是爱她的。妈妈用她自己也曾痛恨的方式来教育幸子,无形中,让幸子产生了和她当年一样的想法和心理。幸子喜欢上了独自呆在壁橱里,成了一个内心孤僻的孩子,而成年后的幸子也必然重蹈她母亲的覆辙,错误的教育方式很可能会继续由幸子传递到下一代身上,使下一代的心灵受到同样错误的伤害。

假如幸子的妈妈能够真正地考虑到幸子的感受,不忘自己当年的痛苦,她就不会使自己的女儿无奈地喜欢独自呆在黑暗可怕的壁橱里,抹杀了女儿活泼天真的天性。

凡是多从别人的角度来考虑,多点去体会一下别人的感受,人们的交流就不会有那么多阻碍了。父母多从孩子的角度来考虑问题,就能发现孩子犯错误的真正原因;孩子多从父母的角度来分析问题,就不会觉得和父母无法沟通。

我信,故我能;我爱生活,故我乐在其中。

你怎么看你自己

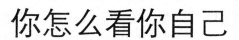

●文/张　力

她站在台上,不时不规律地挥舞着她的双手;仰着头,脖子伸得好长好长,与她尖尖的下巴扯成一条直线;她的嘴张着,眼睛眯成一条线,诡谲地看着台下的学生;偶尔她口中也会咿咿唔唔的,不知在说些什么。基本上她是一个不会说话的人,但是,她的听力很好,只要对方猜中或说出她想说的话,她就会乐得大叫一声,伸出右手,用两个指头指着你,或者拍着手,歪歪斜斜地向你走来,送给你一张她制成的明信片。

她叫黄美廉,一位自小就患脑性麻痹的病人。脑性麻痹夺去了她会发声讲话的能力。从小她就活在肢体不便及众多异样的眼光中,她的成长充满了血泪。然而，她没有让这些外在的痛苦，击败她内在的奋斗精神，她昂然面对，迎向一切的不可能，终于获得了加州大学艺术博士学位。她用她的画笔，以色彩告诉人"寰宇之力与美"，并且灿烂地"活出生命的色彩"。全场的学生都被她不能控制自如的肢体动作震慑住了。这是一场倾倒生命、与生命相遇的演讲会。

"请问黄博士，"一位学生小声地问，"你从小就长成这样，请问你怎么看你自己？你没有怨恨吗？"我的心头一紧，真是太不成熟了，怎么可以在大庭广众之下问这个问题，太刺人了，很担心黄美廉会受不了。"我怎么看自己？"黄美廉用粉笔在黑板上重重地写下这几个字，她写字时用力极猛，有力透纸背的气势。写完这个问题，她停下笔来，歪着头，回头看着发问的同学，然后嫣然一笑，再回到黑板前，龙飞凤舞地写了起来：

一、我好可爱！

二、我的腿很长很美！

三、爸爸妈妈那么疼爱我！

四、我会画画！我会写稿！

五、我有一只可爱的猫！

六、……

教室内鸦雀无声，没有人敢讲话。她回过头来定定地看着大家，再回过头去，在黑板上写下了她的结论："我只看我所有的，不看我所没有的。"掌声从学生群中响起，看着黄美廉倾斜着身子站在台上，满足的笑容从她的嘴角荡漾开来，眼睛眯得更小了，有一种永远也不被击败的傲然，写在她脸上。

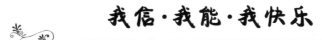

我信·我能·我快乐

赏析／王　嘉

一个从小就患脑性麻痹的病人，一个与生俱来就带上悲剧色彩的生命。就是这么一个苦难的女孩——黄美廉，凭借着"我只看我所有的，不看我所没有的"的乐观、豁达，在美术的世界里取得了常人尚不能获取的成功。读着黄美廉的故事，我的眼中泛满了泪花。从这位异于常人，能人所不能的女孩身上，我们读到了"一种永远也不被击败的傲然"。

黄美廉的成功全在于她能正确认识自我，发掘并热爱自己的所有优点，不因生活的磨难而妄自菲薄。亲爱的朋友，读了她的故事，你还有理由为了生活中些许的不如意而怨天尤人吗？每个人都希望梦想成真，但成功却似乎远在天边遥不可及，倦怠和不自信让我们怀疑自己的能力，放弃努力。其实，我们不必想以后的事，一年、甚至一月之后的事，只要想着今天我要做些什么，明天我该做些什么，然后努力去完成，就像那只钟一样，每秒"滴答"摆一下，成功的喜悦就会慢慢浸润我们的生命。

生活的道路不可能永远都一帆风顺，学会在挫折中欣赏自己，在困境中积累奋起的动力，生活便能在你的眼中折射出最耀眼、最美丽的光芒。我信，故我能；我爱生活，故我乐在其中。

> 爱是永不止息的，什么是真正的爱？能够同甘共苦的夫妇，能够互尊互爱的父母、子女。

无言电话

● 文/[日本]古贺准二

在一套窄小公寓的房间里，一个男人正往小饭桌上摆碗筷。没有灯罩的电灯发出暗淡的灯光照到阳台上，晾衣竿上挂着淡蓝色的鸟笼，笼中偶尔啾啾地响起一对十姊妹的对鸣声。电话铃响起，男人停住了手。

"喂——"

"……"

"喂，这里是城之内——"

"……"

"您是哪一位？"

虽然能听到呼吸声，但对方不说话。

——会不会是无言电话？不过男人想不出被人故意找麻烦或恶作剧的理由。

"——找我妻子京子吗？她到附近的糕饼店买东西去了。不瞒您说，今天是我六十岁的生日。本来我忘得一干二净，可妻子说：'今天是你的生日。你的病也好了，我得豁出点钱来买盒蛋糕。'她刚出去，一会儿就会回来……"

"两年前我得病以后，实在让她辛苦了。"

"——想来，我一直让她很辛苦。"

"从前，我生存的意义就是工作。天天追赶时间和钱，又被它们追赶，把妻子和孩子丢在一边不管。"

"有一次做股票投机，遭受了惨重的损失。为了还债，房子、土地都到了别人手里，我才突然发现失去了朋友、公司，还有孩子们。"

"像坠入绝望的深渊里，我想自杀的时候，妻子这么说：'孩子他爸，你权当自己回到刚出生时那样一无所有的状况。咱们两手空空从头开始吧——'"

"我那时才醒悟过来，同时对过去的生活产生了怀疑，我究竟图个什么来着。直到现在还感谢我妻子，我是从她那儿获得了新生。"

"两年前我得大病的时候也让我妻子非常担心。直到现在我还不怎么能工作，所以妻子只能去打零工。我有时真是觉得奇怪，她那瘦弱的身体里怎么会蕴藏着那么多的精力。"

"……"

"——我女儿隆子六年前跟男人一起离家出走了。想来我应该承认她第一次自己选择的异性。但我当时觉得更体面一点儿的男人才和我女儿般配。这应该说是做父亲的一点私心了。"

"听说她好像有了两个儿子，一个五岁，另一个三岁，他们现在正是最可爱的时候吧……"

"啊，这个，像是我妻子有时瞒着我去看他们。"

"……"

"——我有一个儿子名字叫彻，十年前他竟说想当音乐家，大概不想做像他父亲这样的人吧。我劝他不管怎样应该先读完大学，可是他不听，我们吵架后，最终和他断绝了父子关系。"

"那个小子该是三十岁了吧，也不知在哪儿怎样过日子……"

"每天一早一晚,我都要和妻子一起祈祷他平安无事。"

"——现在,我跟妻子两个人孤零零地在这小公寓里过着俭朴的日子。"

"我们养着一对十姊妹,它们很亲昵,还下了两个蛋。"

"我跟妻子今天早晨刚刚说起,看着母鸟和公鸟交替抱窝的样子,就想起我们夫妇当时的情景来。"

"——我一个人讲了很多没用的事情。啊,您是哪位来着?"

电话里对方的呼吸急促起来。

"喂,您怎么了?"

"……"

突然话筒中响起一阵呜咽声。

"——爸,祝您生日快乐!隆子姐姐和妈妈也在这里。我们马上就去您那儿!"

这是隔了十年之后才听到的儿子的说话声。

"……"

男人无言地握紧话筒,大颗的泪珠顺着脸颊流了下来。

爱·聆听

赏析／王　嘉

　　一个无言的电话,会是无聊闲人的恶作剧?还是顽皮小孩的故意找麻烦?"男人"不得而知,但他仍乐意带着这些困惑与疑问和这位无言的致电者"聊"了起来。从年轻的自己,到生活的低谷,从与妻子的相濡以沫,到对子女的无限关注。老人徐徐叨叨的说着,这是大部分老年人的谈话习惯,他没有刻意渲染某种情感,但电话那头的人早已被这种平常而质朴的话语深深打动,泣不成声。那是一个儿子对父亲深切的愧疚。

　　爱是永不止息的,什么是真正的爱?能够同甘共苦的夫妇,能够互尊互爱的父母、子女。老人是幸运的,他拥有一个善解人意,愿与他风雨同舟的妻子。但同时,老人又是孤寂的。由于人生观的差异,他的一对儿女先后离他而去。然而骨肉亲情是任何法律程序都无法将其真正断绝的,老人仍记挂着名义上已经和他断绝了亲子关系的子女,并默默关注着他们的生活。

亲爱的朋友,你是否也曾经因一些观念的差别而与你的父母意见相左?你是否也曾埋怨父母对你的不理解是加深彼此间鸿沟的主要原因?然而,为何为人子女的我们不能静下心来与父母交流我们对人生的看法,为何在问题出现时总要把责任推向父母?

难道你忘记了吗?父母是世界上第一个认识我们的人,我们何时学会了说话,我们何时学会了行走,我们何时懂得面临困难不要哭泣,我们何时在美好的憧憬中绽放出会心的微笑……那一双双慈父,慈母的眼睛啊,在我们贪婪地环视世界的同时,他们始终在背后默默地注视着我们,我们的一举一动,我们的性格规律他们都那么熟悉,那么清楚。朋友,不要再犹豫了,爱不能隐藏,爱需要聆听。让我们像儿时父母微笑着聆听我们幼稚的提问一样,坐到父母的身边,心平气和地说说你心中最真实的想法,认真聆听父母心中最真实的愿望吧!

给美丽 做道加法

没有上锁的门

人生最伟大的光辉不在于永不坠落，而是坠落后的再度升起，那是最美的弧线！

智者无言，他们默默地承受生活中的苦难，永不言弃。我们钦佩，生命的勇士；我们感动，生命的坚韧；我们铭记，风雨中的美丽。

总有一种感动让我们泪流满面，总有一种力量让我们勇往直前，那便是父母亲的爱。

隔 窗 相 望

● 文/贺点松

一棵梧桐树的阴影下,蹲着一个黑瘦的中年汉子。他上穿一件皱巴巴的衬衫,下穿一条脏兮兮的黑裤子,脚上一双"踢死牛"布鞋,没穿袜子。他不断地取下脖子上的短毛巾揩额上、颊上大颗大颗的汗珠。他的脚旁放着一只鼓囊囊的塑料袋,塑料袋里装着一套衣服、几包方便面,还有许多鲜黄的杏子。

学校是新建的学校,梧桐树是去年才栽的,它投下的阴影勉勉强强地能遮住壮年汉子。

我经过他身旁时,他正又一次用短毛巾揩脸上的汗。

"找学生吧?"我问。

他赶紧站起来,脸上堆着笑:"是找学生。"

我又问:"在哪一班?"

他说:"二(3)班。"

"二(3)班?"

"嗯。"

"学生叫什么名字?"

"赵飞。"

我心里"咯噔"一下。

"刚才下课没找着呀?"

"来得不巧,进校门时刚敲上堂(课)钟(铃)。"

我看看表,第二节课才上五分钟。就是说,这位父亲还得在酷暑中苦熬四十分钟!

我说:"这儿太热,教学楼北边台阶上凉快,坐那儿去吧!"

不敢再多看这位父亲，赶紧走进教学楼。

赵飞是我班的"双差生"，学习差，纪律差。作为班主任，从高一到高三，我不知做了他多少思想工作，都没有什么效果，近来，顽劣程度还有增加。我上了二楼，走到班的教室外，隔窗观察。是语文课。王老师正在动情地讲着，学生们听得入神。可是，赵飞趴在靠窗的课桌上睡觉。赵飞此举，我已见怪不怪，而今天却让我非常恼怒，真恨不得冲进去把他揪起来狠狠地揍一顿。

我点起一支烟，猛吸一口，有了一个主意。我轻敲一下窗子，示意赵飞的同桌叫醒他，让赵飞出来。

赵飞被叫醒了，揉着眼。"跟我来！"赵飞跟着我进了办公室。大概认为我又要教训他了，摆出一副水泼不进刀枪不入的满不在乎的架势。

我说："往里边站点儿，赵飞。"

赵飞往里边站了点儿。

我说："再往里边站点儿，站到窗户前。"

赵飞大大咧咧地站到窗前。

我说："这节语文课，你在睡觉吧，赵飞？"

赵飞轻描淡写地说："是。"

我说："我想让你观察一个人。观察之前我想提醒你，今年夏天天气干旱，持续高温，今天的气温是三十八摄氏度。你要一边观察一边思考：那个人来干什么？他为什么蹲在那儿？他一生最大的愿望可能是什么——好啦，隔着你旁边的这扇窗户，那个人你抬眼就能看见——开始吧！"赵飞抬眼一望，转身就要出去。我用极其严厉的语气说："站着！按我说的做！"

赵飞不敢再动。

办公室里静极了，只有吊扇转动的"呼呼"声。

赵飞的眼里有了亮晶晶的东西。

赵飞的喉头在蠕动。

赵飞的双肩剧烈地抖动着。

下课的铃声响了，赵飞终于"哇"的一声哭出声来。

"老师，我……"赵飞泣不成声。

我严厉而又语重心长地打断了他的话："什么也别说，去吧，我相信你是一个善于思考的学生，我不想听你现在怎么说，我想看你今后怎么做！"赵飞咬着嘴唇重重地点点头，向我深深鞠了一躬，转身跑出办公室。

从此，赵飞像换了一个人，期末考试，赵飞的成绩跃入了全班前列。

有一种爱催人奋进

赏析／王　嘉

看完《隔窗相望》，我想起这两年社会上颇为流行的一句话，"总有一种感动让我们泪流满面，总有一种力量让我们勇往直前"。

赵飞是班上有了名的"双差生"，他学习差、纪律差，上课睡大觉，对于这样的学生，老师们的严厉管教、苦口婆心通常都是收效甚微的。然而，当赵飞站在班主任办公室的窗前目睹父亲蹲在酷暑中去翘首等待自己下课后，他竟脱胎换骨，从此刻苦学习，不仅摘掉了"双差生"的帽子，还获得了名列前茅的好成绩。是慈父的爱感动了赵飞，打开了他心中脆弱的情感窗口，唤醒了他体内潜在的奋发动力。

中国有句古话，"母不嫌子丑"。无论孩子长得多么难看，心理或生理上有什么缺点，在父母的心中，他们仍是世界上最完美的生命。从那件皱巴巴的衬衫，那条脏兮兮的黑裤子，那双"踢死牛"布鞋上可以看出，赵飞的父亲是一位贫苦的父亲，台阶上他那黑瘦的身影写满了爱的注解，引发我们无限的遐想：他或许没能为赵飞带来富裕的生活环境，但他切切实实地为赵飞的成长倾注了毕生的心血与爱。

正是父亲酷暑下的等待让儿子顿悟了父爱的厚重，找到了前行的动力。总有一种感动让我们泪流满面，总有一种力量让我们勇往直前，那便是父母亲的爱。

　　要给美丽做道加法，让我们善待别人，让我们美丽的人生，多分爱心，多分理解，多分宽容，多分努力。

给美丽做道加法

●文/高汉武

　　就像平静的湖面落下一枚银币，突然的声响，惹得满教室的花朵晃动起来。靠窗那排坐在最后的同学，弄碎了一块小镜子。

　　这是上午的第二节课，老师的讲述已停下来，同学们正进行课堂练习。有初冬的阳光从窗外涌进来，流淌在摊开着的课本上的字里行间。在教室的课桌间来回踱步，看长长短短的七排秀发及秀发下亮晶晶的一百一十二粒黑葡萄，捕捉沙沙的写字声合成的音乐，男老师感觉到自己好像一位农民在田间小憩，擦汗的同时聆听着庄稼的拔节之声。

　　一个小姑娘心爱的小镜子摔坏了。

　　教室里低低地有了议论：

　　"臭美！扮啥酷呀！"

　　"上课怎么能照镜子？"

　　"活该受批评了。"

　　"看老师怎么办？"

　　老师没有言语，他有意无意地听着同学的每一句议论。这些女孩子呀，全十五六岁年龄，作为旅游职校的新生，脸蛋身材口齿当初都曾经过精心挑选，一笑甜爽爽的，开了口也如一巢出窝的小鸟，没有三五分钟是静不下来的。男老师的心里笑着，他知道她们在等讲台上的反应。

　　其实，开始练习后不久，老师就看见那位同学悄悄摸出了小镜子。他看到她将镜片偷偷压在作业本下，写几笔作业就照一照。借着阳光，一只蝴蝶形的淡黄色的发夹舞动在她的前额，花季的脸真是漂亮。男老师想提醒她，但一时没有想好合适的话，现在经同学一催化，他忽然有了一种灵感。

　　他微笑着先开口问了一个物理问题。

"请说说平面镜的作用。"

"有反射作用。"这很简单,全班五十六个同学几乎异口同声地回答。

"是啊!"老师说,"同学们,几分钟前,我们教室里五十六位同学变成了五十七朵花,有一个同学借镜子反射出一朵。但是,镜中的花是虚的,镜片只能反射美丽,并不能增加美丽。要增加美丽或者让美丽面对岁月雨雪风霜的一笔笔减数,还能保持总数不变,我们唯一的办法是从另一方面给它再一笔笔添上加数。这加数是指,我们一次次作进步的努力,一次次为自己的目标不轻言放弃,或者,一次次向我们的周围伸出自己的手……而此刻,对坐在教室里的你来说,帮助你增加美丽的是你桌上的书本。"

再也没有任何声音,一池吹皱的春水再度平静。

当天晚自习时,照镜子的小女孩儿在日记中写下了这么一句话——给美丽做道加法。

感动添加的美丽

赏析/王 嘉

一位花季年龄的女孩,在上课时照镜子,一不小心把镜子给打碎了。这个违反课堂纪律的行为让周围的同学们都议论起来,女孩也陷入了一个进退两难的尴尬境地。可是,这位上课男老师并没有批评女孩,而是用一个物理问题巧妙地使"一池吹皱的春水再度平静"。

特别让读者感动的想必是老师那富含哲理性的一段话,"镜片中只能反射美丽,并不能增加美丽。要增加美丽或者让美丽面对岁月雨雪风霜的一笔笔减数,还是保持总数不变,我们唯一的办法是从另一方面给它再一笔笔添上加数。这加数是指,我们一次次做进步的努力,一次次为自己的目标不言放弃,或者,一次次理解别人,一次次用心宽容别人,善待别人……"这段话不仅显示了老师的睿智聪明,又婉转地说出了读好书才能让自己增添美丽。启示我们要珍惜青春,拿起书本,向着自己的目标前进!同时更启示我们,要给美丽做道加法,让我们善待别人,让我们美丽的人生,多分爱心,多分理解,多分宽容,多分努力。

也只有这样,我们的视野,才能因着美丽的存在而开阔;我们的心灵,才能因着细腻的情感而生动;我们的成长,才能因着彼此的关照而茁壮;我们的生命,才能因着无数的摩擦而永远绚烂精彩!

　　无论祖国兴衰与否,无论天下太平与否,心系祖国、心系民族,以国为重的爱国情怀是每一个国人必须具备的基本情操。

血　经

● 文/凌鼎年

　　一九三七年的初冬,冷得格外早。风,把古庙镇刮得昏天黑地。时而如野狼嚎叫,时而如老妇饮泣。

　　从昨晚起,庙里就收容了不少从江边乡下逃来的难民。

　　难民们悲愤地哭诉着日军登陆后的暴行,即便侥幸逃出的,仍一个个惊魂未定。

　　弘善法师开始还喃喃自语着"罪过罪过"。听着听着,他牙齿咬得格格作响,悲愤得血都要喷出来。

　　弘善法师每晚诵经念佛,超度亡灵,但依然难以排遣心中的悲愤。他知道,抗日游击队几乎遍布各地,他们正用青春与热血在与日寇做着殊死的斗争,但佛家弟子不能杀生,弘善法师很是苦恼。弘善法师每每想起先哲顾炎武"国家兴亡,匹夫有责"的话时,胸中就产生一种冲动,觉得自己应该做些什么。他想,抗日志士在为国为民流血,佛家子弟岂能一味怜惜自己的生命?

　　终于,弘善法师决定:写血经!

　　他觉得只有也流点血,才对得起佛祖,对得起供他养他的善男信女。

　　说干就干,他每天清晨用针刺破手指,挤出一盆血来,用以抄写《妙法莲华经》,前后花了近一年时间,弘善法师抄完了鸠摩罗什的七卷译本。

　　血经虽然抄写完毕,然而日寇的暴行有增无减。譬如县城有位道士经城门时未向站岗的日军兵士鞠躬,竟被活活打死;更令人怵目惊心的是有个日军军曹独自溜到毛家村,强行奸污了一名年仅十五岁的农家女孩,女孩的大哥发现后,邀集了村民痛打了这位军曹一顿。不料第二天,日军血洗了毛家村,其中有十一位年轻人被绑在树上,被日军练刺刀活活捅死,血流满地,腥臭多日……

血、血、血,弘善法师每日里听到的是日寇的暴行,是百姓的流血,弘善法师仿佛心尖在淌血。

《妙法莲华经》的血色越来越淡,据说是采血写经期间未绝盐的缘故。弘善法师考虑再三,决定再写一部血经。为表心迹,这回弘善法师决定破舌沥血,为保证血经不褪色,他决定采血写经期间绝盐淡食。

庙里上上下下都震动了。要知道,《大方广佛华严经》共八十卷,六十多万字。而舌尖之血,每天能采多少? 即便是钢铁之躯也要垮的呀。但弘善法师主意已决,他向佛祖发誓:不抄写成《大方广佛华严经》这部血经,死不瞑目。

养真法师担心弘善法师一个人难以完成此宏愿,主动表示愿与弘善法师两人轮流采血,以供弘善法师抄写血经。

每天清晨,弘善法师与养真法师两人刷牙洗脸后,用刀片割破舌尖,让舌尖之血一滴一滴地沥在一只洁白的瓷盆里,待沥满一小盆后,再加少许银砑,然后用羚羊角碾磨,直至把血丝全部磨掉磨匀,方开笔抄写。弘善法师每天坚持抄写一千字左右。每个字都一笔一画,工工整整。

舌尖采血后,一般要三四个时辰以上才能进食。逢到养真法师采血还罢,逢到弘善法师自己采血,他就得饿着肚子抄写。

两人舌尖上的老伤口还未长好,新伤口又添,以致后来,味蕾简直快失去功能了。这倒算了,最令人难以忍受的是绝盐淡食。十天八天也许忍一忍就过去了,一个月两个月也许咬咬牙也能挺过来。但这是一场持久战啊。春去春来,秋去秋来,弘善法师日见憔悴,脸白白的,瘦瘦的,毫无血色,他舌尖上的血已越滴越少,他抄写的速度也越来越慢。他对养真法师说,只要能完成血经,我就是死,也死而无憾了。他每天求佛祖保佑他挺住,保佑他完成血经的抄写。历经六百六十六天,弘善法师在养真法师的配合帮助下,终于如愿以偿完成了这部以全部心血完成的血经。

当弘善法师抄完最后一个字时,他一下子瘫了下去,连握笔的力气也没有了。他形似枯槁,但一丝欣慰的笑浮上他的嘴角。

我以我血荐轩辕

赏析／王　嘉

一九三七年是中国人永远不能忘却的日子,这一年日本侵略者的魔爪伸进了中华大地,中国人民从此饱尝苦难……《血经》的故事就发生在这个历史背景下。日军侵华,烧杀掠夺,坏事做尽,主人公弘善法师对此感到十分痛心与愤恨。他是一个出家人,不允许杀人,况且他不是军人,没有大枪大炮。但是作为一个中国人,他的心在流血,为了让更多人团结起来,共同抗日,将日本侵略者赶出中国,他绝盐淡食,破舌沥血,抄写血经,用鲜血和生命为伟大的民族情怀作证。

血经,是佛教中珍贵的经书形式,僧侣为表现对佛祖的虔诚,发愿刺血为墨,书写经卷。每天清晨,净手燃香后,刺破舌尖,滴血入杯中,以毛笔蘸血书写,血经的抄写凝聚了僧侣全部的生命与信仰。在民族危难之时弘善法师用舌尖之血抄写六十万字的《大方广佛华严经》,这不仅是对佛祖的虔诚,更是我以我血荐轩辕的民族大爱。

毋庸置疑,弘善法师是一名伟大的抗战僧人,他用生命告诉世人,无论祖国兴衰与否,无论天下太平与否,心系祖国、心系民族,以国为重的爱国情怀是每一个国人必须具备的基本情操。

他们的生活仍然是动人的, 因为那里面有妈妈舐犊情深的爱,也有儿子孝感动天的情。

怎样使妈妈的手又纤细又干净

●文／张爱国

那天语文课上,我带领同学们分析一道课外阅读题。材料是一篇短

没有上锁的门

感动系列

文,大意是,爸爸去世的早,既做父亲又做母亲的妈妈因为太多太重的劳动,"双手既粗大又满是皱纹,还脏乎乎的……"设置的问题是:结合短文,谈谈怎样才能使这位妈妈的手变得又纤细又干净?

孩子们认真地思考着,不断地在书上翻弄着,可就是没有一点儿头绪。我于是提示:妈妈的手是怎么变成这个样子的呢……要使妈妈的手变得又纤细又干净,我们能为妈妈做些什么呢……

孩子们立即茅塞顿开,纷纷举手。有的说为妈妈扫地,洗碗,洗衣;有的说不打架,不吃零食;还有的说听妈妈的话,努力学习,做懂事的孩子……我微笑着,不断地点头,表示回答是正确的,孩子们的脸上都露出了得意的笑容。

正当我准备讲下一题时,坐在教室最后排的那个小男生瑟瑟地举起了手。我本不打算再叫人回答,但考虑到这位叫马力的小男孩是新来的同学,还是请他站了起来。

他瑟瑟地站起来,嘴巴张了几次都没有说出话,教室里开始发出了低低的笑声,他的脸"唰"地红到了耳根。我鼓励他大胆地说。他又张了张嘴,看上去是在给自己鼓劲。终于,他说:"给妈妈找个能干的爸爸!"说完,就抬起头,睁大着眼睛,看着我,急切地等待着我的裁定。

教室里哄地笑了起来,我也扑哧地笑出了声。静下后,我问大家马力的答案对不对? 孩子们异口同声地说:"不对!"我点点头,告诉马力:"脑子不能乱想……"

很快,我就忘了这件事,因为孩子有些古怪的想法是正常的。但接下来的几天里,马力同学的眼睛一直红肿着,老是像没睡醒的样子,课堂上总是死气沉沉,老师讲到了下一页,他的课本还在上一页上——他根本就不在听课。我警告过他几次,但都没有用。如此几天,我决定找他认真地谈一次。

我开门见山地告诉他:"要是再不能端正态度,我就要请你的爸爸到学校……"

没想到他竟然大声地哭道:"老师! 别……"

"为什么?"

"老师,我爸爸不……不在……"

"爸爸不在家,就请妈妈……"

"不! 老师! 求您别告诉我妈妈! 我爸爸不……不在世了……"

我像是被浇了一盆凉水，面对着这个不过十岁的孩子，脑中一片空白。

"老师，我妈妈的手也是既粗大又满是皱纹，还脏乎乎的，因为自从我两岁时爸爸走了后，妈妈这双手就既做妈妈的手又做爸爸的手了。我很小就希望妈妈的手能像小伙伴们妈妈的手，我就听姥姥的话，帮妈妈扫地、洗碗、洗衣、做懂事的孩子……"他稍稍平静下来，"但是，妈妈的手一点儿都没有变。后来，姥姥说妈妈要是有个能干的爸爸就好了……"

我一把搂过他，早已泪如雨下。

妈妈的手，儿子的心

赏析／王　嘉

"怎样使妈妈的手又纤细又干净？"面对老师的提问，孩子们给出了种种让人欣慰的答案。为妈妈扫地，洗碗，洗衣，听妈妈的话，做懂事的孩子……这些都是子女力所能及的孝顺妈妈的好办法。与这些答案相比，马力那"为妈妈找个能干的爸爸"的答案显然显得离经叛道。或许，当你看到马力的回答时，也会像文中的师生一样忍俊不禁，会为马力的"人小鬼大"而暗暗发笑。然而，当我们沿着作者的笔触走进小马力的生活，走进他幼小而又成熟的心灵时，你震撼了吗？

他是一个可怜的孩子，从小便失去了父亲的关爱；他是一个深爱着母亲的孩子，他自觉地帮妈妈扫地、洗碗、洗衣，做懂事的孩子；他更是一个懂得幸福含义的孩子，他愿意以妈妈的幸福为自己幸福的起点，为妈妈找一个能干的爸爸……

人们常说，生活从来都是动人的。对于这么一个苦难的单亲家庭来说，生活似乎并没有为他们带来多少动人的缤纷色彩。"妈妈"为了生计，为了让儿子更好地成长既当爹，又当娘，早已粗糙了双手，染白了双鬓；"儿子"从小在失去爸爸的心灵环境中成长，无法体会同龄孩子的甜蜜生活。然而，他们的生活仍然是动人的，因为那里面有妈妈舐犊情深的爱，也有儿子孝感动天的情。

家书记载着游子在外成长的轨迹,诉说着他们身上发生的故事,牵扯着父母心头最敏感、最深情的神经。

儿 子 来 信

●文/相裕亭

离城八十里,是片青黛幽幽的山区。有数的几十户人家,散住在坳内一条二里多长的山溪两岸。坳内长满了树,溪水从房屋和树根旁流过。景致是很美的!

乡邮电所的小邮递员,骑辆半新的"飞鸽",每天午后进山来,送来外面大世界对小村人的无限关怀和问候!

小村里人不忍心远道而来的小邮递员再挨家挨户送信件,自觉地选村部为集邮点。于是,每天午后或傍晚,小村的广播喇叭里,准要喊呼张三、王五带上私章或证件到村部来。

"曹亮!"

今日里的这声呼唤,对期待中的曹亮大叔来说,如同久旱的庄稼喜逢骤雨。老人扔下正切猪草的菜刀,抓过一旁小树杈上的旧衣衫,边伸袖子,边往大门外走。已经走出大门了,他又转回头,扯开嗓子冲屋里喊:"顺——他——娘——,俺顺子来——信——啦——!"

喊了一声,没等屋里的女人照面儿,曹亮大叔便乐颠颠地奔村部去了。

小顺子开春时退了学,抹着泪水跟山后的基建队去了大庆。他们在那里建大楼,干得很火红。曹大叔是找了个熟人才把小顺子带上的。临行前,曹大叔挂念儿子头一回出远门,千叮咛、万嘱咐,让他常写信来。可是,从春等到夏,从夏盼到秋,一等就是小半年。

"这个小兔崽子,怎么到现在才来信!?"曹亮大叔为盼儿子的信,心里边早就油煎火燎的啦!

现在信取在手中,曹亮大叔还一路骂着。但他脸上的喜悦,是无论如何也掩饰不住的。

同样是盼信心切的老伴儿，没等老头子取信进家，就喊来了东巷的四运儿。

四运儿原先和小顺子一个班。眼下，正在山嘴口中学读初三。小村里，一块上学的十几个，能坚持从山坳小学读到山嘴口联中的，就还剩四运儿一个。

"你顺子哥来信啦！"

这话，曹大妈不止说了一遍了。现在信就在四运儿的手中，曹大妈按捺不住内心的喜悦，把话重一遍，又重一遍。

四运儿坐在曹大妈用袖子抹过的板凳上，慢慢打开信，读道——

父母大人：

随信寄去两千元钱，望查收！

曹亮大叔还盼下文，可四运儿把信纸一卷，说："就这个！"

"就这个?！"曹亮大叔瞪大两眼，显然是有些不相信。

"告诉你后边有钱寄来，这两天，你就注意听广播吧！"四运儿把信上的意思又重复一遍，递过信纸，起身要走。

曹亮大叔拦住他，把信又递过来，说："你再细看看！"

四运儿说："就告诉寄钱的事，别的什么都没说。"

"你再细看看！"曹大叔一面说，一面关照老伴："给四运儿洗几个枣儿，拣大个儿的。"

四运儿受宠若惊！但他还是把信接过来。这一回，他读得格外认真。

忽而，四运儿读不下去了，他愣愣地看着曹大妈。那个刚才还笑逐颜开的女人，这会儿，抄起衣襟，抽抽搭搭地哭开了。

"你！你这是干什么？"

曹大叔喊呼眼前的女人。

哪知，女人自有女人的道理。

曹大妈说："俺顺子才出去几天呀，就挣来这么多钱，一准是在外面干着牛马样的活儿！"

这一说，曹大叔也有些心酸了。他示意四运儿别念了。

转天黄昏，曹大叔正和老伴在牛棚里铡草。大喇叭里喊去取钱。老两口好像谁也没有听见，仍然一个按铡，一个进草。许久，铡草声没断……

亲子之情拒绝金钱稀释

赏析／王 嘉

　　曹大叔盼星星，盼月亮地终于盼来了爱儿顺子的信。信的内容很简单，就是告诉大叔、大娘随信寄去的还有两千元钱。两千元，对于生活在离城八十里山区，靠着点农活维持生计的曹大叔一家来说该是多么难得，多么令人艳羡的一笔钱款。然而，曹大叔两口子对这儿子汇来的两千元却感觉不到丝毫的兴奋、欣慰，反而生出无限的失望，更因而担心顺子在城里"干着牛马样的活儿"。

　　常言道，家书一封抵万金。游子像风筝，家书就是一根长长的线，把游子的心与家人紧密相连。期盼和思念，激动和喜悦，痛苦和忧伤，苦涩和酸楚，家书记载着游子在外成长的轨迹，诉说着他们身上发生的故事，牵扯着父母心头最敏感、最深情的神经。曹大叔老两口盼的就是这种能让他们和儿子越过千里仍能心贴心，情牵情的一封家书。哪怕信上记录的是顺子进城打工的点滴琐事，哪怕信上唠叨着儿子异乡生活的困惑，都仍能让老人感受到儿子犹在眼前的快慰。如此的一封家书，早已不是一封简单的信件，她凝聚着老人对儿子最深切的关注，最浓情的关怀，亲子之情拒绝金钱稀释，只要饱含真情，轻盈的一纸信笺也有金钱无法比拟的重量。

　　朋友，每天出门前别忘了带上这面特殊的"镜子"，时常照照自己，用道德的标尺细细审视一下你的内心，你的行为。

特　　技

●文／［日本］星新一

　　电视台的新闻广播员，某日，一如往常，刚要播放稿件，竟违背自己

的意志,信口开河起来:

"下面报告新闻。发现了一起行贿受贿案件。据报,K 企业定期向主管机关的高级官员重金行贿……"

播后,电台内部掀起轩然大波。有人问他:"你为什么讲了原稿上根本不存在的事儿?"

"脑袋出毛病?真丢人,人家会抗议的。胡侃下去,我们电台就会威信扫地。"

电台里的人都被吓得面色如土,广播员也等着革职。然而,奇怪的是压根没有人打来电话表示抗议。

不仅如此,电台还得到情报说,电台点名的那几位高级官员已经引咎辞职。还听说,对此报道半信半疑的警方,在 K 企业进行搜查,很快就发现了行贿的证据,立刻逮捕了嫌疑者。

电视台里的气氛一下子变了,肯定播音员第一名报道了爆炸性新闻,赞许的呼声代替了责难。

"真是惊心动魄!你说的全是事实,你是怎么知道的?"

"我也不大清楚。只是这念头在脑子里一闪,就变成话语脱口而出了。"

"说不定这是特技哪,你具有发现暗地违法的能力。今后可要大力发挥你的才能哟,我们电视台的听众,会一下子增多的。"

"噢,但不知能否一帆风顺。"

第二天的新闻节目时间里,这位广播员又胡侃起来:"播送去年偷税者前十名名单。第一名……"

随后,他不仅播放了偷税的金额,还详细地报道了他们偷税的手段。这次又给他说中了。

税务署的人员立刻出动,不费吹灰之力就获取了证据。于是,这个新闻节目大受欢迎,听众和观众不断打来电话,一个劲儿地打气。

"了不起,是大众的战友!用你的特技,毫不留情地把那些坏家伙揪出来,让我们大家心里痛快痛快!"

这位播音员便住在电视台,每天三次上电视,每一次他都报道一条爆炸性新闻,声望越来越高。

但是,接连几天,他的身体便支持不住了,每周都想方设法地请假。他打算回家。可是就在他回家的一路上,不管是谁,一见了他便逃之夭天。

有的也许是骗取了公司的旅差费的,违章乘车的,装病不上班的,学生时代考试作过弊的,骗过女人的等等,全都有点什么把柄。他们不愿意接近这位电视台里最有威信的播音员,也许害怕自己的弊端也被宣扬出去,那就吃不消了,因此,尽作鸟兽散了。

他心神不快,总算回到了家。但是,妻子不见了,据说几天前就逃之夭夭。特技即使对她,也不例外。

人性的镜子

赏析／王　嘉

日本作家星新一的这篇《特技》可谓出奇制胜,尺幅千里,尽得微型小说精髓。作者以夸张的笔法,写一名播音员信口开河便能揭发别人的罪行,而且所讲之事与实际情况丝毫不差。这是多么了不起的特技啊,这种异乎常人的禀赋理当能为播音员带来无限风光的前途以及人们的羡慕、敬仰。然而,播音员却悲伤地发现,在他事业最顶峰的时候,他反而成了人见人怕的"怪人",甚至没有了朋友,失去了妻子……

播音员的遭遇是让人同情的,他因在纷繁的社会中充当了人性的镜子,把所有光明的、黑暗的、公开的、隐蔽的事情通过自己的特技折射到了世人的眼前。于是,他反倒成了众矢之的,反而落得了孤家寡人的寂寥下场。作者通过播音员的遭遇,揭示了人性的可悲,揭露了社会的荒唐与混乱。

人们常说,"以史为鉴"便能知古通今,避免走弯路、走错路。其实,生活中的我们更需要一面像文中播音员的特技一样的"人性的镜子"。它能帮助我们自觉反省,它能引导我们主动发现人性中的弱点、盲点。朋友,每天出门前别忘了带上这面特殊的"镜子",时常照照自己,用道德的标尺细细审视一下你的内心,你的行为。

母爱,已成为人类一个亘古不变的主题,我们赋予它太多的诠释,也赋予它太多的内涵。然而,你可曾细细地品味过倾注在你身上的母爱?你可曾真正认识你身边平凡如水的母爱?

母亲的纽扣

● 文／一　冰

　　他还记得,那年他过十二岁生日时还在上学,老师自然没有理由为他放假。一大早,母亲就把他从被窝里拽出来,他躲闪着母亲冰凉的手,还想再赖一会儿床,就听母亲说:"你看这是什么?"

　　他睁开眼睛,面前是一件新衣服,正是他梦寐以求的那种军装式样,双排铜纽扣,肩上有三道蓝杠,这是在同学们中正"流行"的。他一下子兴奋起来,三下两下穿上衣服,连长寿面都吃得慌慌张张——他要去学校里跟同学们炫耀一下,他也有一件自己的新衣服了,而且是最"时髦"的!要知道,从小到大,他都是穿哥哥的旧衣服,补丁摞补丁呀。

　　果然如他所料,当他一走进教室,同学们的眼光都瞪直了,他们都没想到,一向灰头土脸的他也有这么光彩夺目的时候。

　　他在自己的座位上心情愉快地上完第一节课,课间时分,同学们都围拢在他的周围,翻看他的新衣服。有个同学忽然问:"咦,你的纽扣怎么跟我们的不一样呢?"他这才认真看起了自己的纽扣,还真的不一样,别人的纽扣是双排平直的,而他的纽扣却是斜的,两排成倒八字形。

　　同学们翻看他的衣服,忽然都笑了起来,原来他的白衣服被纽扣扣住的地方,是一块黄色的旧布。他也明白了,一定是母亲买的一块布头,布头不够做衣服,只好在里面衬上一块别的布,为了怕别人看出来,纽扣只好歪到了一边;而为了让别人看不出来,母亲又别出心裁地把另一排纽扣也斜钉着,自然就成了倒八字形。

　　知道了真相,同学们"轰"地一下全笑了,眼里又恢复了往日讥诮的神色。那些目光激起了他心里的一片怒火。中午回到家,当着来客的面,他剪碎了自己的新衣服。母亲冲到他面前,高高扬起的手,终于没能落下来,他瞥到母亲的泪水在眼眶里打着转,转头跑了……

他分明地感觉到,从那天起,母亲像是变了个人似的。父母做的是磨豆腐的生意,母亲平时都很少闲过,那以后就更是连喘口气的时间都不给自己留。他眼看着母亲消瘦下去,眼看着母亲倒下去……他很想对母亲说一句"对不起",可再也没机会说了。

但他继承了母亲的傲骨和勤奋,他努力地学习,使自己的生活发生了翻天覆地的变化。他拥有很多很多的钱,把母亲的坟墓修葺了一遍又一遍。

有一天,他参加了一个服装展示会,那都是世界顶级的服装设计大师的作品。中间有一个男模特走上场,他的眼睛一下子直了,脑子里面嗡嗡乱响——那白色的衣服,倒八字的铜纽扣,里面是不是……?他情不自禁地冲上了舞台,翻开那个男模特的衣服,里面衬的竟然也是一块黄布!

他跪在那男模特的面前放声痛哭。

当听他讲完了他的故事后,全场的人都沉默良久。最后,一位设计大师说:"其实,所有的母亲都是艺术家!"

认识母爱

赏析/王　嘉

母爱是博大的,她的博大足以与日月齐辉。古往今来,赞颂母爱的艺术作品更是数不胜数。母爱,已成为人类一个亘古不变的主题,我们赋予它太多的诠释,也赋予它太多的内涵。然而,你可曾细细地品味过倾注在你身上的母爱?你可曾真正认识你身边平凡如水的母爱?

就如小说里的"他",为了两排"倒八字"的纽扣,"他"向母亲宣泄了不该宣泄的责难,而当时更碍于颜面,没来得及在母亲生前亲口道一句"对不起"。他的母亲该是带着怎样的遗憾与伤痛离开人世的啊,顶着生活的艰难为儿子缝制了一身新衣,她并不期望会有多少人赞赏她的手艺,她只希望能带给儿子幸福与快乐。然而,事与愿违,母亲的心怎能不备受煎熬?"他"又该是带着怎样的自责,走过那些母亲已离去的岁月啊,在那个猝不及防的瞬间,母亲温暖的目光折断了翅膀,也折断了"他"所有向母亲道歉的机会。

认真地品读母爱，认识母爱吧，趁着生命老树的枝芽还郁郁葱葱，赶紧与母亲一同享受回忆的快乐，一同品味生活的甘甜，让母亲在奉献爱的同时，体验爱的喜悦。

"十年树木，百年树人"，人才的培养是一项基本工程。就人的全面发展而言，教育的天平应当以"育人"为根本，让学生先学会做人，学会做好人。

造　　句

●文/林斤澜

汉山小学四年级的班主任辛苦了一天，傍晚下班，还要撑着脚步，绕道"家访"——就是找找家长，特别是判分发生问题的时候。

家长刚下班回家。沏上一杯龙井，眼望绿雾如烟，肠胃自在舒张，看见班主任来了只好顺手让茶。

班主任微微喘着气，接过碧绿茶，不觉连喝几口，手里递过去作业本。家长竟觉着班主任太认真了，自己忍着叹气，皱着眉头打开本子——

"造句：天真。

昨天真倒霉。"

家长愣了愣，不由得暗笑：刘强这小子不是不会。就是犟。成心。

"造句：天气。

过雨天气都不打一鼻孔出来。"

家长心想：还带气儿，过分了。也别说，思想倒活跃。

"造句：天天。

李石叫天天不应。"

家长忖度：歪用成语。可用得还四平八稳的……他妈老埋怨名字起歪了：刘强，听着是"牛犟"，可你犟得过老师？

班主任喝完了碧绿茶，出来一句话："叫人怎么判分？"

谁都明白"判分"的份量。"分"就是成绩，就是价值。小成绩加起来就是大成绩，就是前途，就是命运。

"造句：但是。

毛保宝打水漂打开了李石的脑袋，但是他爸说开个价吧。"

家长心头一跳：这里窝着事儿。回头叫刘强，刘强没答应。莫非找李石去了？赶紧跟班主任说：就在胡同口，李石怎么在把角那儿练起摊儿来了。

说着拉上班主任往外走，路上班主任告诉家长，毛保宝的爸爸是大款，难怪开口就是开价。李石的爸爸刚下岗，妈妈又偏瘫，李石三天没来学校……说着走到胡同口，黄昏里，看见摊子已经归置在一堆，刘强指点着裹着纱布的李石，在作业本上划拉着什么。家长望着班主任一笑：好一幅"补课"图画。

班主任往前抢了一步，又见李石的爸爸蹬过三轮斗车来，李石和刘强架起瘫在摊儿边的妈妈，连抱带抬上了三轮，推着过马路去了。

家长随着班主任走到摊儿前，班主任随手拿起作业本，习惯地翻看。家长却盯着儿子的背影，心想谁说"犟牛"跟"缺根弦儿"一般？看看从什么角度判分吧。我也来造句，也造造"但是"……"可以有个性，但是不可以狂。"家长自觉有点抹稀泥味道，又来一句："乐于助人，但是也要坚持原则。"眼角里看见班主任对着作业本摇头，又判了不及格了吗？再来一句："判分不等于一切，但是关联着一切。"好哩，家长给自己判了声"好"。虽说还是"抹"，可是他认为抹得"好"。正当他自我欣赏的时候，却又看见班主任把作业本一摔，扭头就走了。

家长赶紧抓过本子看孩子们的"补课"：

"造句：但是。

班长哪门功课也不是尖子，但是他听话第一；

老师说教师节不要送礼，但是家长们送脑黄金脑白金；

赵庆什么都不送也当班干部，但是他妈是局长。

老师教导我们不说假话，但是说了真话不及格。"

家长看见刘强和李石推走了车，合计着什么往回走来了，还造句吗？简直是哥儿俩。家长的精神一恍惚，眼前竟出现汉山小学的班主任和家长自己;班主任一身绿茶水变稠了,硬了,化不开了,跟苦胆似的吐出苦水:糟糕,把判分忘了。家长自觉透明,毫不抹稀泥,说:"真棒,把判分忘了。"

造句与做人

赏析／王　嘉

《造句》是一篇视觉独特,寓意深远的微型小说。文章看似只讲"造句"实为写"做人",作者以造句为线索,从老师的判分难开始,引出这些"判分难句"的创作者——刘强。

表面上看,刘强似乎是个专门给老师造麻烦,难以管教的"顽童",然而这个"有个性"学生的为人实际上却并不像他的句子一样那么难以判分。见到受欺负同学李石的家里有困难,他主动前去帮忙,为李石补课;还以造句的形式为李石的遭遇打抱不平。与在造句的判分上让老师很为难相比,刘强的人格评分一点也不让人为难,他那正义、乐于助人以及善于分辨是非的性格特征就鲜活地呈现在我们的眼前。小说结尾刘强家长那句"真棒,把判分忘了"并不是对老师忘记判分的侥幸,而是对刘强的肯定与赞扬。

人们常说,"十年树木,百年树人",人才的培养是一项基本工程。就人的全面发展而言,教育的天平应当以"育人"为根本,让学生先学会做人,学会做好人。而刘强便是那种懂得"做人"原则的学生,他关于"但是"的造句极具讽刺意味:"班长哪门功课也不是尖子,但是他听话第一;老师说教师节不要送礼,但是家长们送脑黄金脑白金;赵庆什么都不送也当班干部,但是他妈是局长。老师教导我们不说假话,但是说了真话不及格。"这是一个纯真少年对社会最直接的揭发与批判,为我们同龄的少年朋友树立了良好的榜样。在以道德规范、文明先进为主流的社会环境中,面对一些不良的社会风气,我们要坚持真诚与正义,拒绝人云亦云。

在成功面前,一定要保持清醒的头脑,不要一味地沉溺于成功的喜悦之中,为别人的崇拜而淘醉,否则,当梦醒的时候,你会发现自己是多么愚蠢。

天才的力量

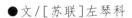

● 文/[苏联]左琴科

演员库兹金娜取得一鸣惊人的成功,观众们使劲跺脚,嗷嗷地吼,简直发了狂。崇拜者们把鲜花朝台上扔去,喊叫着:"库兹金娜!库——兹金娜!"

一个机灵非凡的崇拜者想穿过乐队挤上台去,给观众拦住了。他于是向门上写着"闲人莫入"的房间冲去,一下就不见了。

库兹金娜这时正坐在演员化妆室里,心想:"啊!我期望的正是这样的成功啊!激动人心,以自己的天才使人们变得高尚起来……"

这时,有人敲门。

"喂,"她说,"请进。"

一个人飞身走了进来,这就是那位机灵的崇拜者。他的动作是那么麻利,女演员甚至连他的脸都没有看清。

这人"扑通"一声跪在她面前,嘟哝着说:"我爱……我倾倒……"他拣起扔在地上的一只皮靴就一个劲儿地吻起来。

"对不起,"女演员说,"那不是我的皮靴,那是滑稽老太婆的……这才是我的。"

崇拜者又疯狂地抓起女演员的皮靴。

"还有一只……"崇拜者跪在地上一边爬一边嘶哑地说,"还有一只呢?"

"天哪!"女演员暗自想,"他是多么爱我啊!"她于是把另一只皮靴也递给他,怯生生地说:"在这儿……那儿是我的束腰带……"崇拜者抓起皮靴和束腰带,非常庄重地把它们贴在自己胸前。

库兹金娜仰面坐在扶手椅上,她想:"天哪!天才的力量是多么惊人呀!它使人抑制不住自己的感情……成功了!是多么成功啊!崇拜者们闯到后台来,吻她的靴子……多么幸福,多么光荣!"

她越想越激动,连眼睛都闭上了。

"库兹金娜!"导演喊,"上场!"

女演员猛地醒了过来。崇拜者和皮靴都不翼而飞了。后来才查清楚:除了皮靴和束腰带以外,化妆室还丢失了一盒化妆品、假发。滑稽老太婆的一只皮靴也不见了,那个崇拜者没有找到另外一只,另外一只在扶手椅底下。

虚情如梦,醒时成空

赏析／王　嘉

玩过篮球的朋友想必都清楚,一只篮球,当被人捧起或者被人拍打的时候,那下一步就是被人扔出去。

左琴科的《天才的力量》中,以短小的篇幅,精巧的结构,成功地塑造了一个由于陶醉于演出的成功,而被所谓的"崇拜者"偷走了皮靴和束腰带的女歌唱演员——库兹金娜,并告诫人们,天才的力量总是有限的。在成功面前,一定要保持清醒的头脑,不要一味地沉溺于成功的喜悦之中,为别人的崇拜而淘醉,否则,当梦醒的时候,你会发现自己是多么愚蠢。

"柏格森"也曾经说过这么一句话,"虚荣心很难说是一种恶行,然而一切恶行都围绕虚荣心而生,都不过是满足虚荣心的手段"。可见,虚荣心是使人坠落、使人轻薄的发源地。人一旦有了虚荣,就会轻而易举地抛弃自己最珍贵的东西,却把虚伪的言行看成属于自己的高贵。

因此,不要让舞台灯光的绚烂迷住了我们的眼睛,掩盖了我们自己的瑕疵,因为事情远不如表面看起来的那么辉煌。如果你只陶醉在虚幻的荣光里,那只会让自己忘了自我,迷失了自我,进而失去自我。请记住,人类之所以能够不断的进步,那是因为建立在我们能正确认识自己的基础上。

　　要增加美丽或者让美丽面对岁月雨雪风霜的一笔笔减数,还是保持总数不变,我们唯一的办法是从另一方面给它再一笔笔添上加数。这加数是指,我们一次次做进步的努力,一次次为自己的目标不言放弃,或者,一次次理解别人,一次次用心宽容别人,善待别人……

每个女孩都是天使

没有上锁的门

天使在歌唱
人间是天堂
再没有风浪
因为有天使过往
天使在奉献
天使在飞翔
天使在尽情歌唱
她们在播撒最美的祝愿
她们把爱种在人们的心房

父母浓浓的亲子之爱仿佛是流淌在他们血液里的生命本能,为了子女的健康、快乐成长他们能摒出一切凡生俗念,甚至不惜生命的代价,为子女遮风挡雨,排除万难。

坠落过程

●文/吴万夫

那天,她从菜市场买完菜回来,走到距离自家楼房的马路那边,突然看见三岁的儿子正爬到没有栏杆的阳台上。

那是一幢三层建筑物。按最迅捷的速度计算,从楼下跑到楼上,尚需一段时间,何况她当时还在马路的这一边,根本没有选择的余地去抱下儿子。

她的心猝然悬在嗓子眼儿,紧张得窒息了一般。她清醒地意识到儿子一旦跌下来的最终结果:即使不摔成肉饼,也会摔个头迸脑裂!她像一尊泥塑木雕,立在那里痴傻了一般。

在她看见儿子的同时,儿子也惊喜地发现了她。她下意识地摆摆手,示意儿子赶紧爬下阳台,离开危险地段。

可是儿子却错误地理解了她手势的意思,作一个拥抱的姿势向她扑来——儿子一脚踩空,跌了下来——

"儿子——"

在那一瞬间,她的一声杜鹃啼血式的尖利呼喊,宛若鹰隼的长喙,扎破了所有人的耳膜;又如一只小鸟,扑打着银白色的翅膀,剑一般划破了城市的晴朗上空。所有的行人和车辆,立时便都像患了暂时性的意识丧失,刀切般地定格在那里。就在这短短的时间里,人们似乎都看见了她的儿子所处的绝境。有人痛苦地闭上了眼睛;有人眼睁睁看着她的儿子在空中划一道优美的弧线,若一只翻飞的小燕子,倒栽着跟头跌下来。人们知道那个场面将惨不忍睹,个个都埋下了头。

但谁也不会想到,就在他们闭上眼睛的一刹那,却有一道黑色的旋风，从他们眼前呼啸而过，绕过所有的障碍物，穿过一条十几米宽的马路，向她的儿子坠落的地方冲去。

当人们愣怔过来的时候，发现她正跌坐在地上，三岁的儿子在她的怀里哇哇大哭。

儿子安然无恙。

她却脸色惨白。

好奇的人们纷纷围拢上去，问长问短。有的对她惊叹不已，又有的对她表示怀疑。因为按照距离和坠落速度，她根本不可能赶到并稳稳接住。可是当时的现场，除了她又没有第二个人——不是她，还会是谁呢？

当人们再三询问时，她却嘴唇乌紫，汗珠涔涔，蓦然昏厥过去。在众人的积极抢救下，她才苏醒过来。

人们坚信是她救下儿子确定无疑了。

多少天来，人们一直对这件事情非常感兴趣，街谈巷议，沸沸扬扬。

后来，市电视台知道了这件事，决定以《母子情》为题，拍摄一部反映社会伦理教育的片子。

导演循着人们提供的线索，找上了她的家门。再三央求，却遭到她的满口拒绝。导演又提出给她一笔丰厚的拍摄酬金，她仍是闭口缄默。街道居委会的人也对她进行苦口婆心的劝说，她思忖良久，才没带任何条件地答应下来。

导演请来了特技设计师，依照她的儿子制作了一具形态逼真的模型。可是在投拍的时候，怎么也达不到预期效果。尽管她拼命冲刺，气喘吁吁，总是距模型坠地的好长时间才能赶到。导演很着急，试拍了几次都没有成功。后来干脆又找来一名运动员作为她的替身演员，但运动员使尽浑身解数，仍是不遂人意。

人们永远没有看见那个真实的坠落过程。

母爱的爆发力

赏析／王　嘉

《坠落过程》是一篇表现母爱的作品，它告诉我们母爱可以超越极限,但同时又是没有极限的。千钧一发之际,母亲以常人根本无法达到的速度挽救了自己的儿子,以至事后蓦然昏厥。可以想像,这位母亲是倾尽其所有力量奔向儿子坠落方向的,甚至她自己的生命也感受到了虚脱。

这让我想起了一个真实的故事,一九九九年土耳其发生了百年一遇的特大地震,救援人员在一座坍塌的大厦里发现一位母亲,整整两天用手撑地,背上顶着一层层厚重的石块,为她七岁的小女儿,用手撑起一片生存的空间……

这两位母亲为了保护自己深爱的子女,超越了我们无法想像的生理极限,而支撑她们的便是永无极限的母爱,在危难的时刻,母爱更会加倍放大,其强劲的爆发力甚至能创造出生命的奇迹。父母赋予我们生命,我们是父母生命的延续,这就使我们与父母之间结成了世界上最亲密的关系。这种骨肉相连的情感,是潜藏在我们体内最真实、最本质的情感。父母浓浓的亲子之爱仿佛是流淌在他们血液里的生命本能,为了子女的健康、快乐成长他们能摒出一切凡生俗念,甚至不惜生命的代价,为子女遮风挡雨,排除万难。

母亲节,远不仅仅是每年五月的第二个星期天,那只是一个节日的符号。真正的母亲节,是我们生活中的每一天,无论阴晴雾雨,用心体验母爱,用爱感恩母爱。

母亲们的意外

●文/萧　磊

那天下午,趁着很多老师都去上课了,我便把几个班干部叫到了办公室里,让他们讨论一下明天下午要举行的主题班会的方案。这让他们感觉有些意外,因为以前我几乎不干涉他们的。更让他们感到意外的是,这次我居然先帮他们确立了一个"主题"——也就是他们比较熟悉的"中心思想"。

明白过来以后，几个学生像麻雀一样"唧喳"开来了。看着他们这样一副热闹劲，我也不好意思多插嘴，只说了一句：讨论完以后，把大概的情况和我说一下，我最后再布置一个任务！然后，我马上知趣地走开了，来到了办公室的窗口前。

窗口不远处有几棵桂花树。每年八月的时候，总是将一阵阵暗香送进我们的办公室，来抚慰我们疲惫麻木的神经，所以，此刻我特意将视线伫立在了她们的身上。就在这时候，我突然意外地在中间那棵的树杈上看到了一个鸟巢！这会儿巢里的几只雏鸟"大合唱"般地伸着脖子张着嫩黄的小嘴等着一只母鸟给它们喂食。等到那母鸟像一团泥巴从树丛里飞出后，它们就安分地缩在了巢里。于是，一切都归于宁静！

是班长凌瑾的声音把我的思绪拉了回来的，萧老师，我们讨论好了！

恩，还不错！我听完她的陈述后说道，等下放学的时候，你通知一下：让同学们回去做两个准备工作——一是，向父母问清楚自己出生时候的重量，同时找个地方称一下现在的体重；二是，找两张自己的照片，一张是第一次拍的，另一张是最近刚拍的。这也是我今天的家庭作业！我在说最后一句话的时候，故意加重了语气！

几个学生有点迷惑地看看我，嘴唇微微抖动，最终没说什么。

明天班会课我会"校对"这家庭作业的答案的！我说完朝他们笑了笑，而他们用更灿烂的笑容呼应了我，就像文章中的"首尾呼应"一样默契。

第二天，主题班会顺利地开展着。学生们或唱歌或跳舞；也有临时准备的相声或小品；还有我们的地方剧种：莲花落和越剧。让我这个当老师的也不得不佩服某些人的才艺。尽管有些节目因为时间关系稍稍粗糙了些，但从他们内心散发出来的情感却是最真实的。

等到所有的表演结束后，我站在了讲台前，说，我们来"校对"一下昨天布置的"家庭作业"吧。首先是每个同学都自己算一下两个体重之差；然后是把两张照片并排放在课桌上，再是朝相反的方向移动，能移多少就是多少！

底下的学生，像炸开了的油锅一样热闹起来，忙着计算体重，移动照片。

相差这么多了！

我重了这么多了!

我的双手不够长了!

你借我只手,帮我拿一下另一张照片,我想把距离拉大点!

……

杂乱的声音像鸟雀一般从教室的角落里飞起,然后四下消散。

最后,我拍了拍手掌,做了个"stop"的手势,声音又如潮水一般退去。

想知道"标准答案"吗?

想! 学生们异口同声地说了出来。

我把用来掩盖黑板的白色投影幕布徐徐升起。

早已有几个心急的学生念出了那几个事先坐在黑板上的美术字:母爱的重量和距离!

这个句子像接力棒一般在学生的口中传递着。最后,在我示意下,汇成了一条粗壮的河流,从教室里流向了远方!

两天后的一个早晨,也就是"母亲节"那天早晨,我刚从睡梦中醒来不久,手机就响了。

萧老师,今天一大早,凌瑾就帮我做早饭了!

我是马里的妈,马里一早就说晚上要替我洗脚! 谢谢你啊,萧老师!

……

我的手机就这样一刻不停地被学生母亲们的意外温暖着。

我下意识地拨了那串熟悉的数字,按下了那颗"绿键",但我马上又按了那"红键"停止了"呼叫",下楼从小区的车棚里推出了自行车。

路上。有鸟儿在我的头顶飞过,它们消失的身影将我的视线拉向了远处的大山,那边有我寡居着的母亲……

向妈妈道声"谢谢"

赏析/王 嘉

一位情感细腻的教师,用找出自己出生时与现在的体重差以及第一张照片和最近一张照片的区别这两项"家庭作业",引导学生领会了"母爱的重量和距离",让班上每一位同学的母亲都在母亲节收到了最甜蜜、最幸福的礼物。

"母爱的重量和距离",一个看起来非常平凡但又震撼人心的命题,你是否也曾静下心来思考它的答案?细心回想一下,在我们的日常生活中,有多少个母爱的瞬间已为我们作出生动的诠释:

每一次妈妈都清晰的记得你的生日,你记得妈妈的生日吗?每一次妈妈都会甜甜地端详你的照片,今天孩子长出了第一颗牙齿,今天孩子学会了说话,今天孩子学会了写字,今天孩子知道了爱……而你是否也仔细端详过妈妈曾经的照片?她曾经也像你一样活泼可爱,她们曾经那么青春亮丽,她们曾经那么潇洒自如,可是自从有了你,她的生活就发生了变化。因为有了你,她的腰身倦得不再挺拔;因为有了你,她的眼睛渐渐失去了光华;因为有了你,她的黑发泛起了霜花;因为有了你,她的脸颊印着那么多牵挂……

向妈妈道声"谢谢"吧,用你最真挚的语言、最实际的行动、最赤诚的孝心。母亲节,远不仅仅是每年五月的第二个星期天,那只是一个节日的符号。真正的母亲节,是我们生活中的每一天,无论阴晴雾雨,用心体验母爱,用爱感恩母爱。

地球,是人类赖以生存的家园,是与人类生存发展休戚与共的美丽星球,保护地球也是地球上每一位居民义不容辞的责任。

得天独厚的星球

●文/郑允钦

有这么一群小生灵,他们对于自己居住的环境津津乐道。

"宇宙是由二十八个有棱有角的星球组成的,"天文学家 M 先生说道,"这些星球分上下两行排列……我们这个星球得天独厚,是唯一的适合我们生存的地方。"

"的确是这样！"探险家 B 附会道，"我考察了所有的星球，发现没有一个星球能够同我们的星球相比，它们过于坚硬，缺乏有机质……"

"而且，"地质学家 D 接上说道，"由于我们生长繁殖，我们星球变得越来越柔软湿润，适合于我们居住……"

化学家 C 说："最奇妙的是，我们至少还能够在这个星球上繁殖数千代……"

于是，这群小生灵们肆无忌惮地生长繁殖起来。

可是，没过多久，他们感到大地突然剧烈颤抖起来，接着发出"轰隆"一声巨响，他们的星球崩溃了！

原来，这群小生灵所赖以生存的"星球"不过是一颗牙齿，这颗牙齿由于他们的大量繁殖而腐蚀发炎，被医生拔掉了。

牙齿里的星球

赏析／王　嘉

"得天独厚"的星球？初看题目，你或许以为作者写的是太阳系中的某一个行星，或许也为这个特殊的"星球"作了许多美丽的遐想。然而随着作者娓娓道来，我们不禁为作者的精妙构思而会心微笑。这个所谓"得天独厚"的星球，竟是一颗小小的牙齿！

一颗牙齿虽小，但仍是有可写之处，仍能牵引出引人入胜的故事。由于天文学家 M、探险家 B、地质学家 D、化学家 C 等人的妄自尊大，忽视了"星球"的客观容量，最终因为生灵肆无忌惮地繁衍而把"星球"推向了毁灭……

曾几何时，我们的教科书上也曾把地球成为"得天独厚的星球"——"地球在茫茫宇宙中是个很不起眼但又得天独厚的星球，是太阳系中唯一适宜生命存在的天体。"而当现实生活中也有一些像天文学家 M、探险家 B、地质学家 D、化学家 C 一样盲目评价、开发、利用地球资源的人。小小一颗牙齿影射着地球的命运，它的最终"崩溃"为过度开发地球资源的人们敲响了警钟。

随着时代的发展，人们通过各种手段对地球进行了大规模的"整容"。然而，在科技发展的同时，地球资源也遭到了破坏。于是，她开始悲伤，开始流泪，开始发怒，开始呼啸，日益频繁的自然灾害便是地球不堪重荷的表现。地球，是人类赖以生存的家园，是与人类生存发展休戚与共的美丽星球，保护地球也是地球上每一位居民义不容辞的责任。

　　每个女孩都是上帝派往人间的天使，谁都不该看轻自己。天使要履行给人带来快乐的责任。

每个女孩都是天使

●文/庞婕蕾

　　安琪是我们初二(3)班最受男生欢迎却最不受女生欢迎的女孩。

　　安琪的妈妈是做服装生意的，很年轻，打扮也很赶潮流，和安琪站在一起像是姐妹俩，这让我们都很羡慕。可是安琪没有爸爸，所以镇上的人都怀疑起她妈妈的个人作风问题。想想也是，这样漂亮的女人怎么可能没有感情纠葛呢？不过她总是热情地和我们班的同学打招呼，还让我们多关照安琪。

　　安琪本来就长得不错，精致的五官，眼睛很黑很深，好像会说话，皮肤白白的婴儿般的水嫩。再加上很会打扮，穿着入时，站在人群里很突出，像一只高傲的天鹅，而我们剩下的女生就是作为陪衬的丑小鸭了。

　　赵梅特别反感安琪。因为赵梅读小学时也是全校公认的一枝花，高傲得不得了，可是一进入初中，就被外来的安琪夺走了所有的目光和喝彩。这使得赵梅很没面子，常常在私底下说安琪漂亮全靠有个做服装生意的妈妈，要是没有这么多漂亮衣服支撑着，她肯定也会淹没在人群中。也许不完全是这样，因为在赵梅有意识注意打扮以后我们还是觉得她不及安琪，因为赵梅的漂亮是俗气的那种，而安琪则是超凡脱俗的。

我们班男生的数学学得特别好,参加全国数学竞赛都能拿好几个奖回来,女生呢,通常只有安琪能在初赛中胜出参加最后的决赛。她拿一个鼓励奖和一个三等奖,所以男生对安琪是很尊重的,说她既有美貌又有智慧,说她真的是天使,"安琪"本来就是天使的意思嘛。

总之,安琪在男生中人气指数是很高的,生日的时候贺卡雪片似的飞过去。一到下雨天,会有男生排长队要把雨伞借给她,每天还有不固定的护花使者送她回家。来实习的男老师上课点名的时候都多看她几眼,解答她的提问也会特别有耐性。去春游,碰到其他学校的学生,陌生的男生都会追着她吹口哨。不过也没见过她答应了谁或者是得罪谁,总之她和所有的男生关系都很铁。就连那个不声不响的王云也暗恋她,有过含蓄的表示。王云可是我们很多女生心目中的白马王子,不仅长得帅,而且学习棒,又乐于助人。赵梅和他是青梅竹马一起长大的,以前他们的关系一直不错,可是自从有了安琪,王云明显对安琪亲近,这让赵梅更加恼火。

总之我们女生都不喜欢安琪,因为她夺走了所有男生的目光,她那么鲜活亮丽,让我们黯然失色。没有女生愿意和她同桌,也没有女生愿意和她一起吃午饭。"三好学生"评选的时候,全体女生都很有默契地没有选她,最终一个各方面逊色很多的男生获此殊荣。上体育课的时候,我们都挤作一团嬉笑玩耍,只有安琪远远地一个人站着,更像一只离群索居的高贵天鹅了。

安琪有成群的仰慕者,却没有一个知心的朋友。不过她好像也不怎么介意,依旧做她既高贵又孤独的天使。她不会主动和你套近乎,见了面只是给你一个惯常的微笑。也许她也知道就算主动接近我们,我们还是不理睬她。

安琪有一个与众不同的地方是她用左手写字,谁都不知道她为什么会这样?但至少大家都很钦佩她能这样,因为我们写字都是从左到右的,用左手的话会很别扭。安琪就是安琪,连写字都与众不同。到了初三,安琪更加突出了,又拿物理竞赛的奖又拿作文竞赛的奖,简直就是一个全能的才女,连很多骄傲的男生都不得不俯首称臣。王云更是在公共场合说安琪是他出色的竞争对手,也是最好的朋友,他们还常常被老师誉为最佳搭档呢。赵梅的火气是越来越大了,她有一次偷偷把安琪的自行车的气给放了,安琪着急得很,这个时候王云过来陪她去车铺打足了气还送她回家。赵梅嫉妒得在教室里又是砸桌子又是扔扫帚，可是这些管什么用呢。

初三下学期，重点中学给了我们一个保送名额，学校经过商议把这个名额给了安琪，但是一定要通过民主选举才能最后定下来，重点中学的领导到时也会来检查。那些领导先是找了安琪谈话，可能交谈结果很满意，安琪是微笑着从会客室走出来的。接下来他们又到了我们教室说想听取大家的意见，开民主生活会，当然安琪是回避的。

一开始大家都不肯发言，沉默着，谁都怕说错话。在领导的再三鼓励下，大家才开始说安琪成绩很好，各方面都好。"那么她的人缘怎么样呢？"领导又问，"我们想从各方面对她有个了解。"

大家你看我我看你，谁都不说话，教室里连蚊子飞过的声音都那么清晰。"安琪只和男生要好，平时根本就不理我们女生。"赵梅尖细的声音一下子打破了安静。

"安琪很注重打扮，和每个男生的关系都很好，可是她没有一个女生朋友。她只管自己成绩好，却从来不帮助我们女生一起进步。"赵梅接着说，她肯定是想借此机会来发泄几年来的不满和委屈。

接着领导问我们是这样吗？我们都点了点头。安琪的确没有女生朋友，可那是我们不愿意接近她，并不是她不理睬我们。安琪的确受男生瞩目，可那是她的错吗？领导意味深长地点了点头，然后走了。

后来那个保送的名额给了王云，事情来了一个一百八十度的转弯。

这个消息在全校公布以后，大家议论纷纷，都在猜测为什么安琪中途被放弃，各种说法都有。得知消息的安琪在走进教室的一刹那晕倒了，我们都觉得过意不去，可是再想想自己也没有做错什么啊，于是又心安理得了。

这样的日子过了几天，班主任给我们开了一个班会，是关于安琪的。班主任说安琪的身体出了点"故障"，要在医院待一些时间，那都是我们的年少无知引起的。

"唉，你们这些不懂事的孩子啊，让我说什么好呢？"班主任叹了口气，不再说什么，教室里又是可怕的安静，如同那次领导来检查。

那个明媚的下午，我们全班浩浩荡荡去医院看安琪。安琪的妈妈依旧热情接待了我们，脸上还挂着泪痕，也许安琪真的病得很重。

情况比我们想像的还要严重。

安琪的妈妈说安琪生下来就有心脏病,靠右的心脏近乎瘫痪,所以她写字只能用左手。她奶奶嫌弃她,要把她送到福利院去,让她妈妈再生一个健康的孩子,可是安琪妈妈不答应,于是安琪的爸爸和她离婚了。安琪妈妈一个人把安琪带大,其中的艰辛也就不说了。

安琪的身体一直不好,可是她从来都没放弃过学习,本来体育课是可以免修的,可是她吵着要和我们一起上,她说她不想让自己特别。但是每次体育课过后她都会难受好一阵子,要借药物才能缓解过来。安琪一直希望人家能把她当做正常人对待,所以她一直默默坚持,就连班主任也是最近才知道她的病情。

医生说安琪随时都可能会倒下,最乐观的预计也是到二十多岁。总之,安琪会带着遗憾离开这个世界。安琪的每一天都是她生命的倒计时,所以她格外珍惜。她去学唱歌,学绘画,她害怕时间真的不够用,所以想抓紧时间好好地体验生命。她尽量做一个好学生好女儿,不让大家为她操心。

她也努力做一个优秀的女孩儿,可是我们这些无知的女生啊!安琪妈妈一直建议她考中专,生怕高中三年的学习生活会彻底击垮她的身体,可是她的梦想是考上医科大学,要找到一种治愈类似于自己的病人的方法。她说有限的生命不想虚度,真的,当有一天你的生命也进入倒计时的时候,你绝不会愿意碌碌无为地走过这段日子,肯定是想让它每一刻都精彩都有意义。

安琪有很多漂亮的衣服,那是因为她的人生实在太短,所以安琪妈妈想尽量让她每一天都能光彩照人,充分享受一个女孩的权利。唉,没想到这居然成为我们排斥她的理由。

安琪妈妈说着这些的时候,整个病房都寂静得可怕。她哽咽着说了这些,眼泪肆无忌惮侵蚀着这个漂亮女人的脸,梨花带雨也有别样的美丽。

我看看周围的女生,都含着悔恨的泪花,因为年少而犯下的错误会被原谅吗?

安琪躺在病床上,脸色很苍白,她微笑着看着我们,这是我们第一次看到她穿着简单的病号服,原来她穿什么都很动人,我看到了一种名为气质的东西在她身上闪耀。真的,她的笑是那么温和,好像从来都不知道什么是憎恨,她那样恬静地笑着,午后的阳光照耀在她身上。男生都送上了礼物,有音乐盒,有巧克力,还有鲜花。我们女生都躲在后面,不敢看她那么明亮的眼睛。

"你们过来吧,怎么啦,我有那么可怕吗?"安琪招招手示意我们走到她的床边。

那个时候,安琪的妈妈和班主任以及全体男生都走了出去,只剩下我们女生和安琪面对面说话,我们都低着头不敢看她的眼睛。那个下午安琪说了很多很多,说她的童年,说她的求学历程,说她对未来的期待。那么坦诚的交谈还是第一次,我们终于承认安琪确实是天使,不仅是男生的天使,也是女生的天使。

赵梅哭得很大声,眼泪像决堤的河水泛滥,一发而不可收。安琪用手帕给她擦干了泪水:"你没有做错什么,真的,不要放在心上。""其实每个女孩都是天使。"这是安琪说的话,让我们牢记一辈子。

每个女孩都是上帝派往人间的天使,谁都不该看轻自己。天使要履行给人带来快乐的责任,安琪说她很抱歉,她没能给我们所有的人带来快乐。但是谁都不会否认安琪就是传说中的那个天使,原来天使真的会降临人间。

那个下午的交谈是我们这些女孩子经历蜕变的过程,也许真正长大也只是在瞬间。

安琪住院期间,王云每天都给她送复习资料。因为他被保送了可以不去学校上课了。王云一度想去找学校谈谈,把这个保送的名额还给安琪,被拒绝了,她说她也想试试自己的临场应战能力。赵梅呢,每天都认真地记录上课的笔记,让王云带给安琪。我们全班的奋斗目标是不仅要自己考好,还要让安琪顺利进入重点高中。

安琪出院以后,每天坚持来上课上晚自修。看着她越来越苍白的脸,我们真的很不忍心。但是她微笑如昔,说多一份人生经历也是一种财富。

那个炎热的夏天,我们初三(3)班有十一个同学拿到了重点中学的通知书,这是我们学校创办以来的最高记录。安琪的考分是全校最高的,她又一次绽放出美丽的笑容。

谁能想到也就在那个炎热的夏天,安琪离开了我们。

八月,我们参加了军训,安琪完全有理由不参加,可是她一如既往和我们站在一起来。我们是在军训结束以后从爸妈的口中得知的,因为学校向我们封锁了所有的消息,我们过了一个看似轻松的军训,然而心情却是那么沉重。

后来我们女生还是会常常去安琪妈妈的服装店,这个漂亮的女人开始衰老了,时间就是这样无情的东西。我们总是能享受贵宾的待遇,所有的新装都会给我们打八折。安琪妈妈说因为看到了我们,也就像看到了安琪,每个女孩儿都是天使。

原来,天使真的会降临人间……

赏析/王　嘉

故事中的主角是一名叫做安琪的女孩,她既是一位美丽的天使又是一位全能的才女。可是这样一位惹人喜爱的女孩,却只能受到男生的欢迎,受不到女生们的欢迎,原因无非是为了她的美貌和智慧。美貌遭到女生的嫉妒,智慧也受到排斥,这一切都使安琪原本就曲曲折折的命运变得更加坎坷多变。在一般人的眼里,她只是一只既高贵又孤独的白天鹅。可是她对这些从来都没有介意过,也没有因此沮丧过,而是更加发奋学习。到了升学考试前夕,学校要把唯一的一个保送名额给安琪,原本这一切都是那么的顺利,可最后却来了一个一百八十度的大转弯,名额给了王云。这是女生们嫉妒的结果。然而,谁可曾想过这位美丽天使的背后却隐藏着一个不为人知的不幸呢?当她住院治疗后,这个秘密才被渐渐地揭开。这个秘密让所有人都大为震惊:试想一个患重病的女孩要取得成功,需要付出多么大的代价啊!安琪这种可贵的品格最终赢得了所有人对她的喜爱。

看过这个故事的人,都会被主人公顽强的品格所感动。是的,假如有一天,你的生命也正在进入倒计时的时候,你绝不会愿意碌碌无为地走过这段日子,肯定是想让它每一刻都精彩,有意义。安琪的生命是短暂的,但她不想带着遗憾离开这个世界。所以每一天都是她生命的倒计时,她格外珍惜自己所留下的时间。她去学唱歌、学绘画、生怕自己什么时候会无声的倒下。

安琪这个名字,就是天使的意思。在故事中,安琪曾说过:"每个女孩都是上帝派往人间的天使,谁都不该看轻自己。天使要履行给人带来快乐的责任。"永远没有人会否认,安琪,她就是传说中的那个天使……

社会经济的发达，让多少人像布劳恩先生一样养成了以车代步的习惯，为了追求速度，为了跟上竞争的步伐，人们在享受"快速、高效"的同时也在不知不觉中以自己的健康、快乐充当代价。

一个小偷与失主的通信

● 文／[德国]内尔比

尊敬的布劳恩先生：

您一定已经发觉您停在歌德大街的那辆蓝色小轿车被人偷走了。我就是那个窃车贼。我一向喜欢与被偷的人保持良好的关系，所以我向您提出以下建议：您的车里有一个装着信件与公文的皮包。这个包对我毫无用处；然而对您，我想，必定十分重要。我将为您把这个包放在歌德大街四号的后面，如果您也把您的轿车证件放在那里的话，您给我的回信也可一并放在那里。

非常感谢。

您的窃车贼

一九六四年四月三日于法兰克福

尊敬的窃车贼先生：

我急需那些公文，因此我接受您的建议。我的，也就是您的蓝色四座轿车的证件可以在今晚十二点去歌德大街四号后面取。

谨致敬意。

马克斯·布劳恩

一九六四年四月五日于法兰克福

尊敬的布劳恩先生：

本周您的轿车必交的分期税款真的高达二百四十六点九七马克吗？

您恭顺的窃车贼

一九六四年四月七日于法兰克福

尊敬的窃车贼先生：

我非常遗憾地告诉您，您必须在本周内到税务局去付清那笔分期税款。拖欠税款会被处以很高的罚款。

谨致崇高敬意。

您的马克斯·布劳恩

此外：请勿忘记向西克瑞塔斯保险公司交纳汽车保险费。

一九六四年四月九日于法兰克福

尊敬的布劳恩先生：

请您原谅我又写信前来打扰。我只是想问一下，十二至十四升汽油够这辆轿车用吗？另外，左后轮好像有些漏气。

谨致敬意。

您的窃车贼
一九六四年四月十日于法兰克福

尊敬的窃车贼先生：

我完全忘了写信提醒您，我的，也就是您的汽车，必须立即更换新轮胎。汽车的耗油量您说得很正确。现在您一定已经发现了这是一辆老掉牙的破车了吧？就您的职业而言您一定常常用车，为了您的安全我建议您快换上新的阀门。

您的马克斯·布劳恩
一九六四年四月十二日于法兰克福

尊敬的布劳恩先生：

税务局令我在十天之内补交税款六百九十八点五七马克。另外，车座的软垫坏了，左转弯指示灯也失灵了。您能给我推荐一个又小又便宜的停车房吗？最好车房里的温度高一点，因为马达很难启动。现在我停车得花五十马克。

谨致诚挚的谢意。

您的窃车贼

一九六四年四月十八日于法兰克福

尊敬的窃车贼先生：

您别无选择，只有如数交付税款。另外，昨天夜里我突然想起刹车已经失效。您马上去检查一下。还有，如果遇到像现在这样的坏天气，您一定得去把车顶修一修。

您恭顺的马克斯·布劳恩

又：关于停车房我提不出什么好建议。我一向是把车停在露天的。

一九六四年四月二十三日于法兰克福

尊敬的布劳恩先生：

我偷了您的汽车，却吃足了您的苦头。福无双至，福不单行，昨天变速器又坏了。我这个地道的小偷又怎么承担得起这许多款项呢？我请求您收回这辆汽车，我会付给您一笔为数不多的赔偿费。衷心希望您能接受我的建议。

谨致最崇高的敬意。

您的窃车贼

一九六四年四月二十五日于法兰克福

尊敬的窃车贼先生：

您突然作出如此生硬的决定，打断了我们友好的通信，令人十分遗憾，您偷走了我的汽车，我才弄清了上帝给我一双脚是用来做什么的。我又开始四处漫游。我现在已减肥达数磅之多，心脏情况正常，"经理病"于我已经久违。现在我很少有客人，经济情况大为好转。可突然您要把汽车还给我！对此我绝不会加以考虑！就是您向法院提出起诉，我也绝不会答应。此外，我从不接受偷来的东西。

谨致最崇高的敬意。

您的马克斯·布劳恩

一九六四年四月二十八日于法兰克福

众生颠倒，啼笑皆非

赏析／王　嘉

《一个小偷和失主的通信》，这篇由十封简短的通信组成的微型小说．讽刺辛辣，幽默含蓄，读后令人捧腹，发人深思。小偷偷了布劳恩先生的汽车，布劳恩先生却还能和小偷友好地往来，小偷送还了他急需的文件，他居然按约转交了汽车的全部证件，帮助小偷名正言顺成了车的真正主人。

乍一看，布劳恩先生是吃了大亏了，而小偷则万分得意，但出人意料的事情接二连三地发生了：小偷要向税务局交汽车税；要向保险公司交保险费；后轮胎破了，他要换轮胎；汽车耗油量大，他要买大量的汽油；还得换掉坏了的阀门、刹车，还得修理车顶；更没有可供停放的车房……小偷得到了汽车却吃尽了苦头！令人啼笑皆非的是小偷的最后一封信，想来小偷是"不堪重负"了，竟然说他想倒贴一笔赔偿费，将汽车还给布劳恩先生。

如此荒唐之事，经作者笔端一调侃，更显得幽默诙谐。在忍俊不禁的同时，我们也不禁发问，到底是什么令猖獗的小偷也不得不放弃这辆偷来的汽车？繁重的税赋、保险费、大量的修理费和汽车的耗油……这些何尝不是其他车主所要背负的压力？

布劳恩先生给小偷的最后一封回信令人深思，他说："您偷走了我的汽车，我才弄清了上帝给我一双脚是用来做什么的。我又开始四处漫游。我现在已减肥达数磅之多，心脏状况正常……即使您上法院告我，我也决不会答应。"可见，社会经济的发达，让多少人像布劳恩先生一样养成了以车代步的习惯，为了追求速度，为了跟上竞争的步伐，人们在享受"快速、高效"的同时也在不知不觉中以自己的健康、快乐充当代价。

人，就是一个集优点、缺点于一身的复杂的个体。

好 人 坏 人

●文/魏金树

上小学的儿子合上书本，向爸爸提出一个问题："爸爸，什么叫好人，什么叫坏人呢？"

爸爸想了一下，说："我先给你讲几个故事，讲完后再回答你的问题，好吗？"

"好哇好哇！"一向爱听故事的儿子高兴得直跳高，"爸爸你快讲吧，我最爱听故事了。"

爸爸端起茶润了一下嗓子，然后就向儿子讲起来："我讲的第一个故事，主人公叫A。这天A乘公交车去办事，从始发站到终点，车上人越来越多，以至连过道上都站满了人。这时上来一位大腹便便的孕妇，乘务员大声喊：'哪位同志给孕妇让个座。'孕妇周围坐了许多人，却全都装聋作哑，谁也不肯动地方。这时坐在最里面的A站了起来：'请到这儿来坐吧。'要知道，当时他离下车还有半个多小时的路程，他这一让座，则意味着可能一直挤在过道中摇来晃去了，但他没有丝毫的犹豫。你说，A算好人还是坏人呢？"

"当然是好人！"儿子说。

"我讲的第二个故事，主人公叫B。有一片住宅小区经常停电，后来经电工检修，才发现是一部分线缆被人剪去了。电工重又接了线缆，没想到不久线缆又让人半夜偷走了，接连几次，闹得小区的居民怨声载道。后来经派出所连续几昼夜'蹲点'，终于将这个盗贼逮住了。这个盗贼正是B。按说他偷的线缆也卖不了几个钱，却搅得四邻不安，影响了这么多人的正常生活，你说B是好人还是坏人呢？"

"当然是坏人。"儿子说。

"我讲的第三个故事,主人公叫 C。公园里,一位小男孩不慎掉进湖里,湖边围了许多人,却没人跳下去。这时 C 也经过这儿,他一看见有人落水就跑了过来,连衣服也没脱就'扑通'一声跳下去……这时已是初冬季节,水已很凉了。结果孩子得救了,他却着了凉,接连好几天发高烧——你说 C 算好人还是坏人呢?"

"应该算好人。"儿子说。

"我讲的第四个故事,主人公叫 D。D 因生活所迫,到一个单元住宅楼行窃,他估计主人已上班去了,便从阳台开着的窗子翻了进去,却没料到,这家还有一位老人,老人见有贼进屋便喊了起来。D 当即慌了,他顺手抄起一个墩把向老人头上打去,顿时便有鲜血流了出来,老人昏了过去。D 不顾老人死活,打开门落荒而逃。你说 D 是好人还是坏人呢?"

"应该是坏人。"儿子说。

爸爸顿了一下,又总结说:"A 给孕妇让座,是助人为乐;B 偷盗线缆,是损人利己;C 跳水救人,应该算见义勇为;D 入室打劫,则是典型的强盗行为。我要跟你说的是,在事实上,我说的 A、B、C、D 却是同一个人。你说这个人是好人还是坏人呢?"

儿子一下子愣住了,说:"这怎么可能呢,他们怎么可能是同一个人呢?"

爸爸看着儿子,认真地说:"这的确是一个人,这个人曾是我的朋友。因为他平时爱做好事,所以人缘极好;因为他见义勇为,单位还专门表彰过他;因为他偷盗线缆和入室打劫,终于被公安人员抓获,迄今还在拘留所里。"

爸爸又说:"实际上,世上的好人与坏人都是相对的……你明白了吗?"

儿子似懂非懂地点点头。

复杂的人性

赏析／王 嘉

人,就是一个集优点、缺点于一身的复杂的个体。这是这篇文章给读者的最让人深思而又最富内涵的思考。但作者偏偏安排了一个涉世未深的儿童的视觉来将主题导入,不可谓不高明!

　　每个人小时候,估计都有过这样一种经历,那就是看电影或者看电视时,首先都要问"哪个是坏人,哪个是好人",用一种很简单的思维方式先把影视作品里的人物做一个区分,然后再对里面的好人寄于厚重的感情,对里面的坏人抱着极端的仇恨来继续往下看。小孩因为思维的简单,没有大人们的复杂,用这种最直接了当的方式来判别世界上的是非善恶当然是无可厚非的。但是有很多人随着年龄的增大,到成人时却还是以这种非此即彼的思维来看待世物,那未免就有点"可爱"了!首先毫无疑问的是,是非善恶必须很明确的划分开来,但人往往有其复杂的一面。因为一个表面看起来的好人,未必就完全没有坏人的痕迹在身上。一个大家公认的坏人身上也不是完全没有好人的品质。我所认为的人,就是一个集优点、缺点于一身的复杂的个体。世人所谓的好人,在我看来,无非是他身上好的优点大于他身上的缺点,即好的方面压过了他坏的方面,于是呈现出来的主要是好的一方面,我们就叫他"好人"。坏人就是刚好相反。

　　小偷掏了别人的钱包,有人明明看见了,却不吱声,你能说他也是"坏人"吗?小孩落水了,岸上的行人不乏游泳好手,却无一人下水去救孩子,他们算不算是"好人"呢?其实答案文章中的父亲已给我们作出了一个最好的诠释:"实际上,世上的好人与坏人都是相对的。"

　　在紧张的学业面前,在激烈的竞争当中,我们是否也曾迷失了情感的真我、爱的真我?如果真是这样,那么,请您务必把他们找回身边!

清　　明

●文/郭学荣

　　冬至这天特别阴冷,太阳在中午时分勉强露了一下脸,如同病人应酬时挤出的苦笑。就在这天,望龙的父母跌入了悲喜交集的泥淖。望龙的父亲被确诊为肝癌,而且是晚期,而望龙在省中学生奥数竞赛中获奖,并且是一等奖。透心的悲凉与由衷的喜悦如冰炭同炉,如火烧水浇。

手术前,望龙的父亲斜躺在病床上,带着与家人诀别的庄严沉重,召集至亲好友商量交代有关事宜。提起儿子,望龙父亲的眼中闪出了神采。儿子望龙正在一所寄宿制的省属重点中学读高三,学习成绩在班上名列前茅。望龙的妈妈、舅舅、叔叔几乎一致主张,这件事要瞒住望龙。孩子明年就要参加高考,扒扒算算只有六个月了,不能有一丝一毫影响孩子的学习。每周日一如既往地由望龙的妈妈送饭送菜。望龙的妈妈要高高兴兴,不能露出一丝破绽,孩子放假,就说爸爸出差了,总之,要瞒得严严实实,瞒得滴水不漏。

望龙的父亲虽然没有下不了手术台,但发现癌症已经大面积扩散了。医生预言只有三五个月的存活时间。在医院住到年根岁底,还是回了家。实际上只放了十天寒假的望龙天天埋头做作业,忙得连油瓶倒下来都不扶。望龙的妈妈告诉望龙爸爸得了甲肝,是传染病,最好不要接近。一心只忙学习而又十分听话的望龙只知道爸爸生病了,也没有在意。开学时,望龙跟爸爸招呼都没有打,就在妈妈的催促声中离家返校了。

春天万物生长,生机蓬勃,望龙的父亲却日薄西山,气息奄奄。"逃过大冬,逃不过清明",望龙的父亲终于在临近清明时被"无常"带走了。

清明这天也特别阴冷。"好日不现中",太阳偏偏在中午时分勉勉强强露了下脸,显得有气无力。就在这时,望龙的班主任张老师接到了望龙叔叔打来的电话。望龙的叔叔告诉了张老师,望龙的父亲因患癌症,医治无效,不幸去世。打算今天下午四点钟破孝。破孝、火化、下葬等丧仪非儿子不可。这些环节本来需要三天,考虑到望龙学习紧张,准备在二十四小时之内完成,特向老师请假二十四小时,明天晚上一准送孩子返校上晚自习。张老师迟迟疑疑吞吞吐吐地说,本来是可以多请两天假的,可是明天下午安排了语文模拟考试。望龙的叔叔思谋了一下说,那不耽误考试。望龙的叔叔恳请张老师做一下望龙的思想工作。

张老师随即到学生宿舍找到了望龙,把他带到办公室。张老师首先肯定了望龙的学习态度和学习成绩,接着指出当前这一阶段的战略地位和不可估量的战略意义。张老师诚恳地说,这个时候,人要排除一切干扰,全身心地冲刺。然后,张老师才告诉望龙他父亲去世的消息。望龙一愣，头脑一片空白，夺眶而出的泪水在脸上奔流。稍许停顿后，张老师有情有致地朗诵起"天将降大任于斯人也，必先苦其心志，劳其筋骨，饿其体肤"的古训，有声有色地评述起司马迁为了完成《史记》，受腐刑之辱而隐忍苟活，克服个人感情的大丈夫气概。张老师补充说，生老病死是自然规律，有生必有死，不足为怪。张老师希望望龙节哀顺变。张老师不希望望龙沉溺于悲痛之中，从而对不起自己，辜负家长和学校的厚望。

望龙踏进家门，看见穿好老衣放在铺上的父亲，放声大哭。望龙的外公外婆、舅舅姨娘、叔叔婶婶连忙劝止。他们不约而同地说，人死不能复生，你还有个把月就要高考了，千万别哭伤了身体，哭坏了脑子。孩子！听话！不准哭了！第二天中午，叔叔安排好车，叫他上车返校时，望龙抱住骨灰盒不肯离去。叔叔用手机又接通了张老师的电话。张老师既诚恳又沉痛地说，望龙同学，你要化悲痛为力量，以实际行动告慰你父亲的在天之灵，模拟考试在即，学习比什么都重要，你不能感情用事，因小失大！

走进学校的望龙又投入了紧张的考试之中。第四大题是阅读一篇题为《奔丧》的散文，然后回答问题。看完《奔丧》，望龙又泪流满面了。平静以后，面对第一个问题什么叫奔丧，望龙左思右想，绞尽脑汁怎么也不明其意，最后只得留下空白，付之阙如。

珍惜支撑生命的"软力量"

赏析／王　嘉

这是一篇看了让人心酸的微型小说。为了不耽误望龙高考，望龙的家人、老师向望龙隐瞒了他爸爸病重的消息，甚至当望龙爸爸与世长辞后，家人、老师也仍不忘劝诫望龙，面临高考，当以学业为重，要理性对待爸爸的过世，切勿因小失大。

望龙，望龙，望子成龙！从望龙的名字就可以看出，他的长辈对他寄托了多么殷切的期望。正因如此，他们才把望龙的高考视为家里的头等大事，其余一切的事情都要为此让路，甚至望龙父亲的生命，甚至两父子之间血浓于水的亲情。如此的教育方式怎能不让人悲哀，怎能不让人愤慨。当对前途的追求凌驾于一切情感之上,当人性中最基本情感也要为高考让路,为高考而压抑时,我们的教育还有何意义?莫非我们社会未来的栋梁都必须是断绝所有情感的"钢铁之士"?

望龙的故事让我们心酸,也为我们带来了警示:在紧张的学业面前,在激烈的竞争当中,我们是否也曾迷失了情感的真我、爱的真我?如果真是这样,那么,请您务必把他们找回身边!记得白岩松说过:"过去我们都崇尚钢性的硬力量,钢、铁、速度、臂膀的膂力和头脑的理性,以为所有的这些尖锐才是构成力量的东西。而现在,我更崇尚那些细致的、温暖的,甚至显得有些柔弱的软力量,比如水,比如时间,比如温情……"正是这些"软力量"支撑了我们的生命,让我们的生活真实而有质感。珍惜支撑生命的"软力量"吧,不要再让过分的理性追求压抑你的心灵,朦胧你的情感。

那一滴滴泪水晶莹别透,折射出的同样是人世间最美丽的彩虹!父母爱,子女情,这是人间最自然也最美丽的情感。

种 相 片

●文/孙　禾

老师来了。

"老师真漂亮!"老师来了,小女孩情不自禁地叫了起来。

老师笑笑。老师笑的时候两个脸蛋像开了两朵花,一条大摆裙从腰际滑至脚底,让人有经过闷热之后淋一场雨的快感。

老师讲课前,先检查头天布置的家庭作业。老师在教室里来回走动着,当走到小女孩身旁时,小女孩又突然冒出一句:

"老师,您长得真像我妈妈。"

老师笑着轻轻拍拍小女孩的头说:"真的吗?"

　　小女孩使劲地点了点头。小女孩感到惬意极了,小女孩已很久没有这种感觉了。小女孩好想投入老师的怀抱,就像投入妈妈怀抱时那样的自然,那样的理所当然。

　　老师开始上课。

　　老师的声音很甜很脆,有和风轻拂风铃的感觉。

　　老师从她带到教室的一摞书上,拿出一个大信封。同学们都惊奇地把目光聚焦在这信封上,想刺破这只有一层纸的秘密。

　　老师轻轻打开信封,取出一颗黄豆般大小的黑色颗粒。老师说:"这是种子……"

　　老师的声音很缓,像是被一阵泥土的芬芳托出。

　　听到种子,小女孩那如种子般圆润充实的眼睛睁得更大了,像有一种灵性,把以往遗落的目光一一拾起而重新集结起来。

　　"种子种在土里,经过浇水、施肥、除草、捉虫,就可以发芽、开花……"老师讲了很多。

　　老师的话在小女孩的眼里湿润起来。

　　放学后,小女孩跑着回家。

　　打开门。冲进屋里。把书包扔在床上。找钥匙。打开抽屉。翻出日记本。从日记本里倒出一个纸包。打开纸。一层。两层。再打开一层。从里面抖出一张照片。拾起来贴在胸前。

　　随即,有两颗硕大的泪珠从小女孩的眼里溢出,砸在抽屉里的纸上,飞溅的泪花潮湿了小女孩所有的记忆。

　　小女孩捂着那张照片独倚在门旁。

　　突然,小女孩就跑向后院,在一片空地上蹲下,用两只小手狠命地刨泥土。不大一会儿,地上便有一个小坑。小女孩把脏兮兮的小手在腿上蹭了蹭,小心地从怀里取出照片,托了一会儿便笑了。

　　小女孩把相片放入坑里,小心地填满了泥土。小女孩静坐起来,眼睛痴痴地盯着那个刚填满新土的土坑。她好像在等待着什么。

　　小女孩趴在那儿睡着了。

　　小女孩又梦见了老师,长得像她妈妈的老师。

　　老师抚了抚她的头,问道:"你这是干什么?"

　　小女孩说:"种相片。"

　　"种相片?"老师有些疑惑,又说:"谁的相片呀?"

"妈妈的。"小女孩说。

老师笑了，又抚了抚小女孩说："把相片种起来干什么？"

小女孩说："我妈妈死了，我很想妈妈，我把妈妈的相片种在这里，我好好浇水、施肥，妈妈不是很快就可以长出来了吗。"

老师哭了。

小女孩弄不明白，忙问老师："老师您哭了，老师您为什么哭呀？老师您为什么不高兴呢？我很快就可以看见我妈妈了，我妈妈和您长得一样漂亮，真的，不骗您。"说完，小女孩又把她那如种子般圆润充实的眼睛投向老师。

老师一下子拥住小女孩，把脸紧贴在小女孩头上，笑着把两行泪轻轻淌到小女孩脸上。小女孩感到好烫好烫……

突然，电闪，雷鸣。

天哭了。

也看天下子女心

赏析／王　嘉

《种相片》中，小女孩的妈妈英年早逝。天真、幼稚的她由于老师在课中讲的"种种子"，引出了"种相片"的怪诞念头：她以为把相片种在地下也会像种子一样生根、发芽，长出一个新的妈妈来。于是她就用稚嫩的小手在地上一点一点地刨一个小坑，将自己唯一一张珍贵的相片"种"在里面。然后，有空便去等待着……这样一件平凡的、幼稚的故事不仅文中的"老师哭了"，"天哭了"，更不知有多少读者会为之潸然泪下。

作者那感人的笔调，把"小女孩"的那种天真无邪的性格和对已故母亲的思念，表现得淋漓尽致，尤其是在描写"小女孩"种相片的行为方面，用词生动丰富，如"跑"、"冲"、"蹲"、"刨"等，无不表现了"小女孩"对母亲的思念。其情感之真挚，读来尤其感人。

常听见人们说"可怜天下父母心"，天下子女心也同样能够感天动地。这便是本篇文章所发掘出来的人性的闪光——那一滴滴泪水，晶莹剔透，折射出的同样是人世间最美丽的彩虹！父母爱，子女情，这是人间最自然也最美丽的情感。《红楼梦》中"好了歌"有这么一句"痴心父母古来多,孝顺儿孙谁见了?"我则更愿意将后句改之为:孝顺儿孙报恩多。用心去感恩,用行动报答父母的生育恩养育情吧!

　　毫无疑问,母爱是世间最伟大的力量,当我们一次次被这种爱所震撼,一次次享受母爱所创造的奇迹时,我们也应当给自己一个提醒——感恩母爱!

鸭　　蛋

●文/安　勇

　　妈用房檐下挂着的一长串包米换回了四只摇摇摆摆的小鸭子。从此,每天放学后我有了一项放鸭子的工作。妈说:"二勇,鸭子长大了就能下蛋,下了蛋,妈就煮给你吃。"我不由自主地"吧嗒吧嗒"嘴儿,妈的话里有一股香甜的鸭蛋味。

　　四只鸭子好像特别理解我的心情,都很争气地迅速长大了。从长着黄绒毛的小不点儿,变成了披着白羽毛的大鸭子。几乎每天我都要问妈,它们什么时候能下蛋。我一问,妈就仔细地看看鸭子们,说:"快了,用不了几天了,二勇就要吃到鸭蛋了。"妈的话让我充满希望,我在鸭栏的角落里放下一捆稻草,对每只鸭子嘱咐一遍:"记住,你有蛋不要随便乱下,一定要到草上去下。"

　　一天放学回家,妈捧着两只手说:"二勇,猜猜妈手里有什么?"我一下喊出了"鸭蛋"两个字。妈打开手,在她的掌心里果然躺着一颗鸭蛋。鸭蛋是椭圆形的,蛋皮上泛着淡淡的绿光,看上去美极了。当晚,我尽最大的努力放慢进食的节奏,从蛋清到蛋黄,一点儿一点儿地吃下了那只漂亮的鸭蛋。鸭蛋的味道和我想像的一样香甜,仔细品品好像还有一股特别的滋味。妈说:"那是你劳动的味道。"

从那天以后，我放鸭子的热情更高了。鸭子们也善解人意，下蛋的热情很高涨，每天放学后妈都会给我一只鸭蛋。

除了鸭子，我家还养了两头猪。妈每天都要到地里给猪们挖一篮子野菜。最近一段时间，我发现妈每天挖菜回来都非常晚，我想，也许是附近地里的菜不多了，妈去了更远些的菜地。

有一天晚上，在河边放鸭子时我遇到一个打鱼的老爷爷。他指着我的鸭子夸它们长得好。我自豪地扬着头说："当然了，它们每天都下一只蛋呢！"老爷爷看看鸭子，摇摇头说："公鸭子也能下蛋，没听说过，从来没听说过。"老爷爷走远了，我心里却有些疑惑，难道我养的真是公鸭子吗？那鸭蛋又是哪来的呢？

我提前赶着鸭子回了家，妈还没回来。把鸭子关进栅栏里，我躲在杨树后，盯着妈挖菜回来的那条路。过了一会儿，妈从路上走了过来。让我纳闷儿的是，她的胳膊上不是一只菜篮，而是一左一右挎着两只菜篮。经过家门口时，妈没进家门，径直向村子里走去。我一路跟着妈，最后来到了小强家门前。妈把一篮菜递给了小强妈，又从小强妈的手中接过了一件东西。我看清了，那是一只椭圆形的鸭蛋。

当天晚上，妈把鸭蛋放到我面前，我看着她被挖菜刀磨出一排老茧的手，哽咽着说："妈，我都看到了，以后再也不想吃鸭蛋了。"妈没说话，紧紧把我搂在怀里。妈的怀抱很温暖，我知道那就是母爱。我还知道，这份母爱能产生奇迹，它能让公鸭子下出蛋来。

母爱创造奇迹

赏析／王　嘉

家里养的明明是公鸭子，但"我"每天仍能吃到鸭蛋，这明明是天方夜谭，但"我"又确确实实品尝到了鸭蛋的香甜。难道世上真的有奇迹？没错，这是奇迹，但这个奇迹与神灵、仙术无关，这是母亲用爱"创造"的奇迹。

为了让"我"如愿吃上新鲜的鸭蛋，母亲用自己的劳动与邻居进行交换，这在母亲看来或许是一件平常又自然的事，是每一位母亲的爱的本能,但也足以让为人子女的我们感动、感恩。

回想一下,当母亲轻轻地哼着摇篮曲哄我们入睡时,我们用甜甜的微笑回报了母亲,从母亲的眼中我们读出了幸福与关爱;当母亲第一次送我们上学时,我们用快乐的挥别回报了母亲,从母亲的眼中我们读出了希望与期待;当母亲第一次拿着我们的奖状时,我们用快乐的微笑回报了母亲,从母亲的眼中我们读出了欣喜与安慰……我们快乐时,母亲比我们更欣喜,我们忧郁时,母亲比我们更苦闷。全世界的母亲多么的相像!她们的心始终一样:每一个母亲都有一颗极为纯真的爱子之心,让我们的心灵不至成为荒漠。

毫无疑问,母爱是世间最伟大的力量,当我们一次次被这种爱所震撼,一次次享受母爱所创造的奇迹时,我们也应当给自己一个提醒——感恩母爱!

诚信胜过黄金,是无形的资产,是维系真、善、美的源泉,是人类社会发展、进步的基石和阶梯。

一定要洗七遍

●文/王　静

上课时教授讲"WTO 条款",大家昏昏欲睡。为了醒瞌睡,教授使出看家本领,讲了一个故事。

一个在日本的中国留学生,课余为日本餐馆洗盘子以赚取学费。日本的餐饮业有一个不成文的行规,即餐馆的盘子必须用水洗上七遍。洗盘子的工作是按件计酬的,这位留学生计上心头,洗盘子时少洗一两遍。果然,劳动效率便大大提高,工钱自然也迅速增加。一起洗盘子的日本学生向他请教技巧。他毫不避讳,说:"你看,洗了七遍的盘子和洗了五遍的有什么区别吗?少洗两次嘛。"日本学生喏喏,却与他渐渐疏远了。

餐馆老板偶尔抽查一下盘子清洗的情况。一次抽查中，老板用专用的试纸测出盘子清洗程度不够并责问我们这位留学生时，他振振有词："洗五遍和洗七遍不是一样保持了盘子的清洁吗？"老板只是淡淡地说："你是一个不诚实的人，请你离开。"

为了生计，他又到另一家餐馆应聘洗盘子。这位老板打量了他半天，才说："你就是那位只洗五遍盘子的中国留学生吧。对不起，我们不需要！"第二家、第三家……他屡屡碰壁。不仅如此，他的房东不久也要求他退房，原因是他的"名声"对其他住户(多是留学生)的工作产生了不良影响。他就读的学校也专门找他谈话，希望他能转到其他学校去，因为他影响了学校的生源……万般无奈，他只好收拾行李搬到了另一座城市，一切重新开始。他痛心疾首地告诫准备到日本留学的中国学生："在日本洗盘子，一定要洗七遍呀！"

"这就是 WTO 的规则！"教授厉声棒喝。我们不禁悚然动容，睡意全无。

为"诚信"敲响警钟

赏析／王　嘉

文章通过一位教授向读者转述了一个中国留学生的故事，为守护"诚信"敲响了警钟。在日本打工洗碗的时候有一个不成文的规定，必须洗七遍，而一个中国留学生为了增加效率，只洗五遍。在后来的一次检查中被老板发现，而他却不介意。因此他被辞退了，与此同时，无论是学校，朋友，还是房东都要求他离开，因此它给了我们一个教训，同时也警示了我们。

在中国人的眼里面，可能都认为洗七遍实在太夸张了，那位大学生洗五遍也不太过分吧！可是也正是这种原因，中国人才会被一些人所鄙视，正是因为这种"不诚信"的心态使中国在一些地方输给了别人。

须知，诚信是做人的一个起码道德。随着社会的进步和发展，诚信已成为既无国界，又不分社会制度的共同道德伦理准则。古人讲为人，堂堂正正做人，清清白白做事。诚信作为人类社会进步的象征，作为维系国家兴旺、家庭和睦、人格尊严的源泉,起着基石和阶梯的作用。最好的实例是雷锋精神和他的高尚道德品格超越了国界、超越了社会制度、超越了信仰,融入全世界。在著名的美国西点军校,大厅里悬挂着五位师生们所敬仰的英雄肖像,雷锋的肖像被排在第一位。雷锋精神之所以走出国门,属于全世界,正是因为他对党、对人民无限热爱和忠诚,信守自己的诺言,他是共产主义道德与传统美德的完善结合体。

因此,大到一个国家,小到一个家庭和每个公民,如果失去了诚实和信用,国家就会丧去尊严,企业就会失去市场,家庭就会失去和睦,个人就会失去生存的条件和土壤。诚信胜过黄金,是无形的资产,是维系真、善、美的源泉,是人类社会发展、进步的基石和阶梯。

在父母的目光下,我们一步一步成长;在父母的目光下,我们一次次领悟坚强。

身后的眼睛

●文/曾　平

那是一头野猪。皎洁的月光洒在波澜起伏的包谷地上,也洒在对熟透的包谷棒子垂涎欲滴的野猪身上。

孩子的眼睛睁得圆圆的,野猪的眼睛也睁得圆圆的。孩子和野猪对视着。孩子的身后是一个临时搭建的窝棚,那是前几天他的父亲忙碌了一个下午的结果。窝棚的四周,是茂密的包谷林,山风一吹,哗啦哗啦地响个不停。

孩子把手中的木棒攥得水淋淋的,这是他目前唯一的武器和依靠。孩子的牙死死地咬紧,他怕自己一泄气,野猪趁势占了他的便宜。他是向父亲保证了的,他说他会比父亲看护得更好。父亲回家吃晚饭去了。孩子是吃了晚饭之后主动向妈妈提出来换父亲的。

野猪的肚子已经多次轰隆隆地响个不停。野猪眼露凶光,龇开满嘴獠牙,向前一连迈出了三大步。

孩子已经能嗅到扑面而来的野猪的臊气。

孩子完全可以放开喉咙喊他的父亲母亲——家就在不远的山坡下,但孩子没有。孩子握着木棒,勇敢地向野猪冲去。尽管只有一小步,但已经让野猪吃惊不已。野猪没有料到孩子居然敢向它反击,嗷嗷嗷地叫个不停。野猪的头猛地一缩,它准备拼着全身的力气和重量冲向孩子。

在窝棚的一个角落,一个汉子举起了猎枪。正当他准备扣动扳机的时候,一双手拦住了汉子。

汉子是孩子的父亲。拦住孩子父亲的是孩子的母亲。

孩子的母亲一边拦住孩子的父亲,一边悄悄地对孩子的父亲说,我们只需要一双眼睛!汉子只好收回那只蓄势待发的手。

孩子的父亲和母亲,眼睛全盯在孩子和野猪身上。月光洒在孩子父亲母亲紧张的脸上,他们的担心暴露无遗。孩子的父亲和母亲已经躲在窝棚的角落有些时候了。孩子没有退缩,也没有呼喊。他死死地咬紧牙,举起木棒严阵以待。

野猪和孩子对视着。野猪恨不得吞了孩子。

孩子恨不得将手中的木棒插进野猪龇满獠牙的嘴。

野猪喘着呼噜呼噜的粗气。

听得见孩子的心咚咚地跳动。月光照在孩子的脸上,青幽幽的。一粒粒的细汗,从孩子的额头缓缓地沁出。

野猪的身子立了起来。

孩子的木棒举过了头顶。他们都在积蓄力量。

突然,野猪扭转头,一溜烟儿地,跑了。

孩子长长地吐了一口气,一屁股瘫在了地上。

孩子的父亲母亲长长地吐了一口气,走了过来。父亲激动地说,儿子,你一个人打跑了一头野猪!父亲的脸上全是得意。

孩子看见父亲母亲从窝棚里走出来,突然扑向母亲的怀抱,号啕大哭。孩子不依不饶,小拳头擂在母亲的胸上,说,你们为什么不帮我打野猪?一点儿也没有了先前的勇敢和顽强。

孩子的母亲抱起孩子,重复着孩子父亲的话,说,儿子,你一个人打跑了一头野猪!母亲的脸上全是赞扬。

孩子依然不依不饶,哭着说,你们为什么不帮我打野猪?母亲一本正经地说,我们帮了你啊! 我和你父亲用眼睛在帮你!

孩子似懂非懂。他仔细地看了又看父亲母亲的眼睛,父亲母亲的眼睛和平时一模一样,怎么帮自己的啊?

那孩子就是我。那年我七岁。

父母的眼睛

赏析／王　嘉

月光下,一个七岁的孩子,自己站在田地里,手拿木棒,面对着凶恶的,随时有可能进攻的野猪。这个紧张的场面,让我们这些局外人都为孩子捏了一把汗,更何况是孩子的生身父母? 然而,出人意料的是,孩子的父母在紧急关头并没有"挺身而出",为孩子驱赶野猪,而是在孩子的身后默默的注视着他,等待那个激发孩子进一步成长的瞬间。可想而知,孩子的父母为了这个瞬间忍受着多大的紧张与担忧。

身后的眼睛,是写满了关爱的眼睛,在我们的成长过程中始终在身后为我们默默祈祷,给予我们无声的支持。我们童年的顽皮,我们成长的艰辛,我们最详尽的成长档案,我们成功、失败的每一次记录……所有与我们相关的信息都完整地贮存在父母宁静的眼中。没有过多的干涉,没有过分的指引,而是用无声的注视,让我们学会独立自主,学会勇敢无畏。

在父母的目光下,我们一步一步成长;在父母的目光下,我们一次次领悟坚强。于是,我们学会跌倒了要自己站起来,我们懂得了面对危险要沉着应对,我们积淀了与困难斗争的勇气与底气。当我们羽翼丰满,能独自翔翔高空的时候,回头看看身后那两双父母的眼睛吧,那里面凝聚了数十年的担忧、鼓励、喜悦与关爱!